이
조
한
문
단
편
집

1

이조한문단편집

1

이우성
임형택 편역

창비

개정판을 내면서

『이조한문단편집』이란 이 책은 '조선 사람들의 이야기', 곧 '이조시대 스토리'이다. 원래 모두 3권으로, 1권은 1973년에, 2, 3권은 1978년에 간행되었던 것이다. 발간 당시 국문학계에서 「한문소설의 재인식」(장덕순,『창작과비평』31, 1974)이란 논평이 나왔으며, 완간이 되자 역사학계에서 「역사학이 찾은 '시대'와 소설이 담은 '시대'」(강만길,『세계의 문학』9, 1978)라는 논평이 나왔다. 이 책이 자기 시대를 호흡하면서 생활했던 사람들의 구체적인 삶의 이야기를 자못 풍부하게 그려냄으로 해서 한국 문학사의 신개지新開地가 펼쳐진바, 그러한 작품 세계를 능히 담아냈다는 측면에서는 어떤 역사 기술보다 오히려 생동감이 있다. 현실성을 포착한 소설인 동시에 흥미롭게 읽히는 생생한 역사이다.

이『이조한문단편집』의 속편에 해당하는 책을 나는『한문서사의 영토』1, 2(태학사 2012)로 내놓은 바 있다. 유사한 성격의 책임에도 제목을 달리 붙인 것은 범위를 넓게 설정한 때문이다.『이조한문단편집』은 그 출생 시간대가 실은 18, 9세기에 집중되어 있다. 반면『한문서사의 영토』는 위로 15세기까지 올라가서 조선시대 전역을 아우른데다가 18, 9세기에서도 작품들을 찾아내어 크게 보완한 것이다. 이 두 종의 선집에는 15~19세기에 이르는 시기에 산생된 한문단편으로 일정한 성격을 지닌 작품들이 모여 있다. 그런 중에도『이조한문단편집』은 한문단편의 전형적인 모습을 보여준다. 18, 9세기는 우리 문학사에서 고전적인 '소설시대'이다. 이 기간에 완성된 한문 단편소설은 그 시대의 활발성을 배경으로 성립한 것이다. 그럼에도 사회 현실을 반영하는 데 그치지 않고

4

갈등하고 고뇌하는 인간의 진경이 형상적으로 표현되어 있다. 대체로 실사에 근거하되 이야기꾼들의 입에서 유전하면서 허구와 상상이 가미된 소설적 경지에 도달한 것이다.

이 책이 세상에 첫 선을 보인 지 45년, 완간이 된 지 40년이 지난 지금에 와서 개정판을 내놓는 데는 물론 까닭이 없지 않다. 기본적으로 유효 수요가 소실되지 않은 때문이지만, 당초부터 학계의 비상한 관심을 끌어서 관련한 연구가 진전되었고 관련 자료들이 속속 발견되었다. 수정해야 할 사실과 보충을 요하는 부분이 적지 않게 발생한 것이다. 그뿐 아니다. 옛말에 10년이면 강산도 변한다는데, 우리가 살아온 반세기는 변해도 엄청 변했다. 급변한 생활문화에 따라 달라진 독자의 언어감각에 맞추어야 한다는 생각이 들었다. 하지만 큰 틀은 바꾸지 않고 원규모를 유지하는 선에서 손질을 가하였다. 당시에는 대부분 작자도 파악되지 않은 상태였기에 작자 문제는 뒷전으로 돌려두었던 터인데, 그사이에 작자가 밝혀진 경우가 적지 않다. 이 개정판에도 각 편의 작자를 드러내지 않았던 원상태를 그대로 두고 3권 끝에 별도로 작자에 대한 논의를 총괄해서 붙였다. 편차 또한 원형 그대로 유지하였다. 다만 개별 작품에서 1편을 빼고 2편을 추가했다. 빠진 1편은 제6부의 「구변口辯」인데, 이것은 본디 유몽인柳夢寅의 『어우야담於于野譚』에 실렸던 것이어서 『한문서사의 영토』에 유몽인의 작으로 돌려놓았다. 대신에 유경종柳慶種의 「김씨가 이야기金氏家故事」가 제3부에 수록되었다. 그리고 '별집 연암소설'에서 「우상전虞裳傳」은 작품 성격이 좀 다르다고 보아 제외했었는데 굳이 그럴 필요가 없다고 여겨져서 추가한 것이다.

여기 작품들은 굳이 분류하자면 무형문화재에 속한다. 요컨대 그 속성이 독서 행위를 통해서만 가치가 드러나는 것이다. 그렇기에 가독성을 높이는 방향으로 유의해서 번역문을 다듬었다. 한걸음 나아가서 기대하는 바가 있다. 이 책에 담긴 비가시적인 가치를 재현해주기를 고대한다는 말을 하고 싶다. 이 책이 처음 출현했던 당시에도, 예컨대 황석영黃晳暎의 『장길산』, 김주영金周榮의 『객주』 같은 역사소설에 이 책에 실린 단편들이 많이 녹아들어가 있었다. 그런 결과로 당대의 풍속사가 재미나게 재현될 수 있었다. 근래 '한류 열풍'이 일어나서 국민적 기대치가 한껏 높지만 뿌리 없는 나무처럼 바람에 휩쓸려 사라질 우려가 없지 않다. 앞으로 활용하기에 따라서는 '창조적 변용'을 불러일으킬 소지가 여기에 무한하지 않은가 싶다.

이 개정판 작업은 5년 남짓의 시일이 걸렸다. 익선재 야담 강독반에서 젊은 연구자들과 독회 방식으로 진행한 것이다. 그러느라 시일은 더 소요되었지만 학술 정보에 여러 모로 도움을 받았고, 아울러 젊은 언어감각을 수용할 수 있었다.

이 책은 이우성李佑成 선생님과 공편역으로 만들어진 것이었다. 개정판을 내는 문제 또한 선생님과 의논해서 정한 일이었다. 그런데 선생님은 지난해 5월 12일에 영면을 하셨다. 영결사의 한 대목을 다음에 인용해 둔다.

"지난 4월 28일 선생님 댁으로 문병을 간 일이 있습니다. 그 자리에서 저는 『이조한문단편집』을 수정하는 작업을 마쳐서 출판사에 넘겼다는 말씀을 드렸습니다. (…) 그 수정작업이 요청되어 시일을 상당히 걸려서 마무리지은 것입니다. 선생님은 이 수정판이 나오기를 은근히 기다리셨습니다. 선생님은 병세가 날로 침중해져서 이미 말로 의사를 표현하기 어려웠음에도 저의 말을 알아들으시고 사뭇 반가운 표정을 지으셨습니다. 그 자리가 선생님을 대면한 마지막이 되고 말았습니다. 좀더

6

서둘러서 완성된 책을 생전에 보여드리지 못한 것이 저로서는 여한이 아닐 수 없습니다."

끝으로 이 개정판의 출판을 맡아주신 창비사, 그리고 편집 교정의 실무를 담당하여 꼼꼼하게 살펴주신 김정혜 선생에게 깊은 감사를 드린다.

2018년 2월 1일 익선재에서

임형택 쓰다

　이름하여 '이조한문단편집李朝漢文短篇集'이라 했으나, 내용은 이조李朝 전시대의 것이 아니고 주로 이조 후기, 특히 18세기 이후의 것으로 엮어놓았다. 그중에는 19세기 말경의 것도 얼마쯤 들어 있다.

　'한문단편'이란 그리 흔히 사용되었던 말이 아니다. 18세기 당시에 '패사소품稗史小品'이란 용어가 많이 나타나고 있거니와, '한문단편'은 바로 이 '패사소품'을 알기 쉽게 바꿔놓은 것이라 해도 좋다. 그런데 이른바 '패사소품'은 대체로 문인학사들의 문예적 취미에 의하여 애독 내지 모작되었던 것임에 대하여, 이 '한문단편'은 주로 거리의 전기수傳奇叟나 사랑방 이야기꾼들에 의하여 전수된 서민층의 화제를 그대로 옮겨놓은 것이다. 따라서 위의 '패사소품'들은 문장이 유려한 반면 사실의 윤색과 감정의 분식粉飾이 지나침을 면치 못할 경우가 많은 데 비하여, 여기 이 '한문단편'들은 표현이 졸박拙朴하면서 진실이 그대로 생동하여 독자에게 훨씬 더 많은 공감을 주고 있는 것이다. 그중에는 원래 민담계의 것, 동화·전설계의 것, 그리고 견문見聞된 사실을 소재 그대로 남겨둔 것 등이 간혹 섞여 있으나, 대부분의 작품들이 당시의 사회와 인생에 관한 심각한 문제의 일면을 다뤄놓은 것이다.

　이조 후기, 특히 18세기 이후에 상품·화폐경제의 발전에 따라 도시의 형성과 농촌의 변화, 양반사족의 광범한 몰락과 중인·서리胥吏 등을 위시한 상인·수공업자·농민들 사이에서의 신흥부자들의 대두 등 많은 새로운 역사현상과 더불어 전통적 가치관이 크게 동요되면서, 부와 신분의 갈등, 남녀간의 본질적 정욕과 기존 규범과의 모순이 중대한 문제로 제기되는 동시에 그 해결에의 추구가 이 작품들에 의하여 진지하게 그려지고 있으며, 또한 장래의 역사

8

를 담당할 훌륭한 인간형 내지 인간 기질이 양반계급에서가 아니고 민중 속에서 발견되고 있음을 이 작품들은 가장 잘 포착하였고, 또 가장 잘 묘사했다고 할 것이다.

이 한문단편집은 『동패낙송東稗洛誦』 『삽교별집霅橋別集』 『청구야담靑邱野談』 등 여러 화집話集 속에서 작품들을 발굴하여 상·중·하 3책으로 편성한 것이다. 상책에는 제1부 '부富'와 제2부 '성性과 정情'을 수록하였고, 중책에는 제3부 '세태 I'과 제4부 '세태 II', 그리고 하책에는 제5부 '민중기질 I'과 제6부 '민중기질 II'를 싣기로 하였다.

이 작품들은 대체로 이번에 처음 학계에 소개되는 것이다. 한두개의 예외를 빼고는 모두 무명 작가들의 것이다. 그뿐 아니라 이 작품들을 담아둔 종래의 화집들 대부분이 인쇄를 겪지 못하고 필사본으로 남아 있다가, 그중에는 해외로 유출되어 국내에서는 그 면영面影조차 볼 길이 없게 되었던 것도 상당히 많다.

나는 1967년과 1971년 양차의 해외만유海外漫遊를 통하여 일본·미국 등지에서 적지 않은 자료들을 수집하였고, 귀국 후에 다시 서울대학교 동아문화연구소東亞文化硏究所 임형택 씨의 협력으로 국내 각처의 자료들을 발췌하여 그것을 힘침으로써 이 책을 만들게 되었다.

이번에 이 책이 나옴으로 하여 우리나라 문학사의 재구성에 한 계기가 될 수 있을 것이며, 또한 현대 작가들에게 풍부한 주제들을 제공하게 될 것이다. 그뿐만 아니라 이조 후기의 사회경제사·사상사를 다루고 있는 국사학도들에게도 귀중한 자료로서 큰 참고가 될 수 있을 것이다.

끝으로 이 책의 출판을 맡아주신 일조각一潮閣 한만년韓萬年 사장과 편집과 교정 등 많은 수고를 다해주신 동편집부 여러분에게 삼가 감사를 드린다.

1973년 7월 13일 서벽산장栖碧山莊에서

이우성

제2부 • 성性과 정情

일러두기

1. 한문단편을 현대 한국어로 번역한 이 책은 총 4권으로 엮었다.
   제1권 제1부 부/제2부 성과 정
   제2권 제3부 세태 I: 신분 동향/제4부 세태 II: 시정 주변
   제3권 제5부 민중 기질 I: 저항과 좌절/제6부 민중 기질: 풍자와 골계
       별집: 연암소설
   제4권 원문편
   번역의 대상이 된 원자료는 대부분 필사본으로 40여종을 헤아리는바, 종에 따라서는 다수의 이 본이 존재한다. 이들 자료에서 작품을 발굴하여 이 책을 엮은 것이다. 번역문으로 제1~3권을 구성하고 원문 또한 정전으로 제공한다는 취지에서 따로 제4권을 만들었다.
2. 원래 제목이 달려 있지 않은 것이 많았던데다 제목이 달린 경우도 한시구 혹은 한문구로 되어 있어서 그대로 쓰기 적절치 않기에 제목을 일괄해서 알기 쉬운 우리말로 바꾸었다. 원제는 각 편의 해설에 밝혀놓았다.
3. 출전 자료에 관한 해설은 일괄해서 제3권 뒤에 실었다.
4. 작자는 연암 소설이나 이옥의 작품과 달리 밝혀져 있지 않은 상태인데, 가능한 대로 추적하여 각 편의 해설에서 언급했으며, 역시 제3권의 '출전 해제' 뒤에 '수록 작품의 작자 일람표'를 제시하고 관련한 논의를 덧붙였다.
5. 번역은 원문의 뜻이 충실히 표현될 수 있도록 하되 일반 독자들이 접근하기 쉽도록 배려하였다. 이해를 돕기 위해 각주를 붙였다.
6. 그런 한편으로 당시의 분위기를 살리기 위해 역사·제도 및 생활상의 옛날 어휘를 쓰기도 했으며, 경우에 따라서는 비속어 내지 비칭 등을 피하지 않았다.
7. 원래 『이조한문단편집』은 이우성 선생과 임형택의 공편역이었는데 2012~17년에 이루어진 이번 개정판 작업은 임형택이 주도한 독회의 과정을 거쳤다. 독회 참여자는 다음과 같다.
   강수진 이화여자대학교 국어국문학과 박사과정 수료
   강혜규 서울시립대학교 강사
   곽미라 동국대학교 국어국문학과 박사과정 수료
   김수연 이화여자대학교 국어국문학과 조교수
   김유진 한국기술교육대학교 강사
   김지윤 서울대학교 국어국문학과 박사과정 수료
   남경화 한국학중앙연구원 석사과정 수료
   남궁윤 동국대학교 국어국문학과 박사과정 수료
   양영옥 고려대학교 BK21플러스 한국어문학사업단 연구교수
   엄기영 대구대학교 국어국문학과 조교수
   유정열 서울대학교 국어국문학과 박사과정 수료
   이승은 순천향대학교 향설나눔대학 조교수
   이용범 성균관대학교 동아시아학술원 박사과정 수료
   이주영 동국대학교 국어국문학과 박사과정 수료
   정성인 동국대학교 불교학술원 연구원
   정솔미 서울대학교 국어국문학과 박사과정 수료

제1부

●

부
富

전傳 김홍도金弘道 「연광정연회도練光亭宴會圖」(국립중앙박물관 소장)

귀향歸鄉

옛날 서울에 최생崔生이라는 선비가 있었다. 이름은 전하지 않지만 대대로 벼슬하는 집 자손이었다. 그는 젊어서 문장으로 이름을 떨쳤다. 그럼에도 장성한 이후로 과거에 번번이 낙방하였다. 집이 가난해지니 어버이는 늙고 처자식은 초라해졌다. 그의 선대의 문생門生과 연고 있는 서리들 중에 현달顯達한 사람이 적지 않았으나, 형세가 최씨 가문으로부터 멀어지고 보니 그를 도와주려고 하는 자가 없었다.

최생은『맹자』를 읽다가 "사지를 게을리하여 부모의 봉양을 돌보지 않는 것은 하나의 불효니라."[1]라는 구절에 이르러 책을 덮고 한숨을 내쉬었다.

"내 실로 불효를 하는 것이지."

하고는 붓과 벼루를 치우고 서책을 묶어서 쌓아두고 자기가 지은 원고들을 모아서 불태워버렸다. 그리고 서가에 가득한 책은 친구에게 맡겨두고, 바로 다음날 집을 팔아서 5백냥을 받아 부모를 모시고 처자를

---

1 원문은 '惰其四肢, 不顧父母之養, 一不孝也'로 『맹자孟子·이루 하離婁下』에 나오는 말.

거느리고 아이종 둘, 여종 셋과 함께 충청도 청주 고향으로 내려간 것이다. 그곳에는 제위답[2] 10결[3]과 초가집 7간에 노비가 10여 명을 헤아리고 소가 세마리 남아 있었다.

최생은 노비들을 불러놓고서 약속을 하였다.

"내 너희들과 10년을 기약하여 전답 100결에 노비 100구口, 말 100두頭, 소 100필匹하고 50간 집에서 날마다 만전萬錢의 비용을 쓰며 달마다 포목 3백필을 소비하는 부자가 되겠다. 내 명령을 따르는 자에겐 일인당 100냥을 상으로 줄 터이지만, 따르지 않는 자는 의당 죽음을 면치 못하리라."

그들은 주저하며 선뜻 나서지 않았다.

"사람치고 누가 부자로 살고 싶지 않겠습니까마는, 복이 다 정해진 걸 맘대로 됩니까?"

이에 최생이 그들을 설득하였다.

"화복禍福은 다 자기 자신으로부터 나오느니라. 구하려는 자는 힘쓰면 얻는 법이다. 무엇이 어렵단 말이냐? 너희들은 아무 소리 말고 내 시키는 대로만 하여라. 미리서부터 이루어질 수 없는 일이라고 단정하지 마라."

노비들은 마음속으론 전혀 그렇게 생각하지 않으면서도 입으로 대답은 "그리합죠."라고 하였다.

이에 최생은 5백냥을 내어 곡식을 매입하도록 하여 비축했다. 그해는

---

2 제위답祭位畓 추수로 제사의 비용을 충당하는 전답. 제위전祭位田 또는 제수답祭需畓.
3 결結 농지의 단위. 원래 우리나라에서는 예로부터 조세를 부과하기 위해서 수확량으로 계산을 했는데 나락 100짐[負]을 수확하는 넓이를 1결이라 했다. 1부負는 100묶음[把].

마침 충청도 지방에 대풍이 들어서 150전으로 벼 25두를 바꿀 수 있었고,[4] 다른 곡식도 이에 준하는 값이었다. 이듬해 봄에 최생은 몸소 삽을 들고 논두렁으로 나가 농군을 지도하여 2백석을 추수했다.

이해 역시 대풍이라 곡가는 지난해보다도 더욱 헐했다. 최생은 이에 제위답을 전부 팔아서 돈 3천냥을 받아 오곡을 사들였다. 지난해에 팔아들인 것과 합쳐 계산해보니 곡식이 4천여 석이나 되었다.

그 이듬해는 여름엔 가뭄이 들고 가을엔 홍수가 휩쓸어 들판에 서 있는 곡식이 없는 지경이었다. 시절이 대기근이라 겨울이 지나고 봄이 오자 늙고 병든 사람은 구렁에 쓰러지고, 젊은 사람은 떠돌이가 되어 열에 아홉 집이 빈 형편이었다. 벼 한섬 가격이 10냥이고, 쌀은 이보다 배가 되었다. 늙은 종들이 저장된 곡식을 판매하자고 졸랐으나 최생은 듣지 않았다.

"가서 동네 어른들을 불러오너라."

불려온 사람들을 마당에 세우고 물어보았다.

"우리 이웃에 거의 굶어죽을 지경에 이른 사람이 얼마나 되오?"

"시방 누가 안 죽을 사람이 있습니까? 땅 한평 없는 이가 많은데다, 토지가 있어 소를 세우고 남녀 일손이 많아 땅에 엎드려 힘껏 농사를 지어서 1년을 걱정 없이 살아가던 사람도 모두 부황이 들어 죽어가는 판이지요. 이네들은 금년 농사가 여름엔 가뭄으로 타고 가을엔 물에 잠겨 허다히 논바닥에 세워둔 채로 낫도 대보지 못한 것이지요."

"허허! 모두 죽게 되다니……. 내게 양곡이 얼마간 있으니, 비록 약소하나 여러분을 구휼할 수는 있겠소. 우리 고장 사람이 전부 굶어죽는 것

---

4 원문이 '五錢, 收租二十五斗'로 되어 있는데, 오기誤記가 있는 듯하다. 『동야휘집東野彙輯』에는 '以錢百五十, 收租二十五斗'라고 되어 있어 이에 준해 번역했다.

을 어찌 차마 보고 앉았겠소? 아무로부터 아무까지 식구의 다소와 호구의 대소를 기록하여 보여주시오."

그네들은 입을 모아 칭송하는 것이었다.

"이야말로 생불生佛이십니다."

그들은 돌아가서 인근 사람들에게 알려 호구를 전부 기록하여 최생에게 바쳤다. 약정한 날짜에 기록된 5백여 농가의 1천 3백여 구口를 모두 불러 곡식을 나누어주었다.

"여러분, 굶주림을 근심하지 말고 본업에 힘쓰도록 하시오."

드디어 매월 호구에 따라 양식을 배급하여 굶주리지 않도록 했다. 소를 팔아 고삐를 놓친 농가에는 소를 사주고 농량5을 대주며, 또 5백여 농가에 오곡의 종자도 지급한 것이다. 그리하여 5백여 농가가 합심 협력하여 농사를 때맞춰 부지런히 힘쓰고 너나없이 솔선 권면하였다.

최생은 혼잣말로

"나도 작년에 수확을 하려다가 실농失農을 하고 말았지. 금년엔 잘 지어야 할 터인데 10결의 땅을 이미 팔아버렸으니, 마땅히 남의 땅을 많이 빌려 경작해서 소출의 반을 취하리라."

하고 노비를 거느리고 들로 나가서 몸소 보살폈다. 이해에는 과연 풍년이 들어 수확이 매우 좋아서 땅주인과 나누었더니 소득이 100여 석에 이르렀다.

추수가 끝나자 그 고장 5백여 농가들에 공론이 돌았다.

"우리네 이 곡식은 모두 최씨 덕이라. 5백여 농가 1천 3백여 구가 올봄, 올여름철에 열에 아홉 집이 비던 때 우리가 굶주림을 면하고 삶을

---

5 농량農糧 농사짓는 동안 먹을 양식.

온전히 하여 부모 형제 처자식과 단란하게 지내며 앞들에서 노래 부르게 된 것은 누구의 은덕인가? 사람이 이같은 골육지은骨肉之恩을 입고도 보답하기를 생각지 않으면 개돼지도 우리가 남긴 찌꺼기를 먹지 않을 것일세."

이에 너나없이 이구동성으로 "그렇고말고!"라고 했다. 그중 노숙하고 학식 있는 사람이 나서서 동민들을 모아놓고 제안을 하였다.

"최씨댁 곡식은 바로 그 양반 제위답 10결과 서울집을 처분한 돈이라. 지난봄 곡가로 치자면 4천여 석으로 4만냥을 받을 수 있음에도 매출하지 않고 우리들을 살렸으니, 그야말로 천하의 의인이고 어지신 분이라. 우리가 기껏 4만냥으로 쳐서 갚아드린다면 너무 박하지요. 의당 6만냥으로 상환해야 할 것이오."

모두들 "옳소." 하였다.

이에 호구의 수를 쭉 적고 평상시에 대준 식량과 농량 및 사준 소값 등을 추곡가로 환산하니 100전이면 곡식 20두였다. 도합 6만여 석이 되는 것이었다. 5백여 호 농민들이 이를 소와 말에 실어 꼬리를 물고 최씨 집 문전에 줄줄이 들어섰다. 최생이 어리둥절하여 무슨 영문인가 물으니, 그들은 "차차 말씀드립지요." 하고 곡물을 바깥에다 쌓는 것이었다. 그리고 마을의 대표들이 들어와 뜰에서 나란히 절하며 아뢰었다.

"저희들이 받은 은혜가 태산 같은 데 비하면 이까짓 곡식이야 터럭 한 낱입지요. 저희들은 지금 터럭 한 낱으로 태산을 갚는 격입니다."

"대체 얼마를 가져왔소?"

"6만여 석입니다."

"내가 굳이 묵적 같은 겸애[6]나 백이 같은 청렴[7]을 지키자는 것은 아니나, 6만석은 내가 여러분에게 드린 양곡에 비하면 열다섯배나 되는 것이오. 이건 조그만 미끼를 던져 큰 자라를 낚는 격이지."[8]

최생은 고사하고 받으려 하지 않았다.

"그렇지 않습니다. 지난번에 만약 4천석을 판매하셨다면 족히 4만냥을 받았을 것이요, 4만냥을 가지고 경향京鄕 간에서 백가지 물화를 사들였다가 가을에 판매를 했다면 12만냥을 벌었을 것 아닙니까? 이 12만냥으로 지금 곡식을 사들이면 12만석이 되겠지요. 6만석은 12만석의 반입니다. 12만석을 취하지 않고 6만석을 취하시니 이것이 청렴이옵고, 조금도 이해상관을 따지지 않고 굶어죽어가는 동리 사람들에게 베풀어주시고도 한마디 보답을 바라는 말씀이 없었으니 이것이 겸애십니다. 저희 백성들의 이해를 가지고 논하더라도 500여 호 1천 3백여 가구가 지난여름 크게 기근이 들었을 적에 빚을 얻으려야 아예 길도 없었을뿐더러, 설사 돈을 얻는다 하더라도 그 이자가 필시 5할을 내려오지 않으며, 그 돈으로 곡식을 바꾸려야 곡식은 귀하고 돈이 천해서 돈을 가진 사람은 장터에 가득한데 곡식을 낼 사람은 거의 없었지요. 이런 판국에서 살아날 도리가 있었겠습니까? 게다가 어떻게 때를 안 잃고 농사를 지어 집집마다 안온해질 수 있었겠습니까? 이 곡식을 안 받으시면 소인들이 노비로 자원하여 만에 하나나마 보답을 하겠습니다."

"당신들 말이 그러하니 안 받을 수 없구려."

---

6 묵적墨翟 즉 묵자墨子는 중국 고대의 사상가로 두루 사랑하라는 뜻의 겸애兼愛를 주장했다.

7 백이伯夷는 중국 은말殷末의 고결한 인물. 은이 망하자 주周나라 곡식을 안 먹겠다고 동생 숙제叔齊와 함께 수양산首陽山에 들어가 고사리를 캐먹다가 죽었다는 이야기가 있다.

8 원문은 '投方寸之餌, 釣任公之鰲'인데 『장자莊子』에 임공任公이 큰 미끼로 커다란 고기를 낚았다는 고사와, 『열자列子』에 육백지국育伯之國에 대인大人이 큰 새우[鰲]를 낚았다는 고사가 있다.

"곡식이야 밖으로 갚는 것이고 감사하는 마음은 안에 맺혀 있으니 죽기 전에야 어느날이라 잊겠습니까?"

"준 것은 적은데 받은 것이 많으니 내가 실로 겸연쩍은데 무어 감사하달 게 있겠소?"

이듬해 봄에 곡식을 방출하는데, 곡가가 한석에 150전이어서 전부 9만냥을 받을 수 있었다. 가을에 다시 매입하여 9만여 석이 되었으며, 그 이듬해 봄에는 한석에 2냥을 쳐서 도합 18만냥의 돈이 된 것이다. 이후로부터는 돈이 워낙 많아서 곡식을 매입하기도 어렵고, 곡식도 많아 역시 돈으로 바꾸기도 지난했다. 그래서 5백여 호 중에 장삿속을 짐작하는 사람들에게 밑천을 대주어 장사를 시켰다.

10년 사이에 최생은 재화가 넘쳐흘러 애초에 노비들과 약조했던 대로 실행할 수 있게 되었다. 이에 노비들에게 상으로 각기 백냥을 주었다. 5백여 호의 백성들은 흉년이 들면 언제고 최생에게 도움을 받았다.

이 이야기는 최생의 특히 아름다운 행적이다.

●작품 해설

『계서야담溪西野談』에서 뽑은 것이다. 『청야담수靑野談藪』에는 '기러기 털로써 태산 같은 은혜를 갚다以鴻毛報泰山'라는 제목으로 수록되어 있다. 『동야휘집』 권4의 「재자가 낙향하여 굉장한 부를 이루다才子落鄕富抵京」도 줄거리는 유사하지만, 문장 표현이나 본문의 농지나 돈의 수치 기록이 차이를 보이고 있다.

이 작품은 주인공 최생이 귀향하여 10년간 치부하는 과정을 통해서 그가 능력 있는 훌륭한 인물임을 보여준다. 벼슬길이 막힌 최생은 꼼짝없이 '남산골 딸깍발이'처럼 별 희망도 없이 빈궁한 생활을 감내해야 했다. 이에 그는 선비의 고답적인 생활방식을 청산하고 직접 현실에 뛰어든다. 자기의 생활 근거지인 청주로 돌아오는 최생의 귀향은 곧 현실주의적인 방향 전환이었다. 이 점에 역점을 두어 '귀향歸鄕'이라 제목을 붙였다.

귀향한 최생은 먼저 지주적인 농업경영에 의존하지 않고 10여 결이나 되는 넓은 토지를 자영自營했다. 나아가서 농업에 의존하지 않고 농지를 팔아 곡물을 매입, 곡가의 변동을 이용해서 이익을 취하려 했으며, 이러한 그의 계산은 적중하였다. 그러나 최생은 자기 이익에만 급급하지 않고 굶주리는 그 고장 농민들을 구제함으로써 대인의 풍도를 지켰다. 최생은 10여 결의 농지를 팔아버린 뒤에 남의 땅을 많이 빌려 직접 경작하는데, 이는 이른바 경영형 부농經營型富農의 농업경영 형태를 반영한 것으로 볼 수 있다. 나중에 곡식과 돈이 워낙 많아지자 상업자본으로 전환시켜 부를 계속 증대할 수 있었다. 이러한 작품세계는 농업경영이 변동하고 상업자본이 크게 활약하던 이조 후기의 역사적인 실상이었다. 따라서 이 작품이 그린 최생이라는 인물은 이같이 특정한 역사적 상황 속에서 새로이 등장한 인간상이다.

대두大豆

충주 가흥에 사는 황희숙黃希淑이란 사람은 양민의 아들이었다.

그는 젊은 시절에 서울서 만전을 가지고 내려온 한 노인을 만났다. 경술년(1730) 대풍년에 콩 한말 값이 겨우 5문文이었다. 그 노인은 콩 2천 말을 사들여서 여러 사람 중에 황희숙을 지정하여 맡기고 가면서 이르기를

"내년 내후년에 가서 비록 흉년이 들더라도 경솔히 팔지 말고, 반드시 내가 오기를 기다려 팔도록 하게."

하고는 성명 거주도 말하지 않고 떠나버렸다.

다음 신해년(1731)은 과연 흉년이 들어 콩 한말이 20문을 호가했으나, 그 사람은 오지 않았다. 이웃 사람들이 팔기를 강요했으나 황희숙은 단단히 움켜쥐고 말했다.

"그분이 안 오시니 내 마음대로 내다 팔 수 없소."

황희숙은 집이 가난해서 굶어죽을 지경에 이를 때가 잦았으나 끝내 단 한말도 손대지 않았다.

그다음 임자년(1732)에도 크게 가뭄이 들어 천리에 풀 한 포기 없이

황량한 땅이었다. 이웃 사람들이 다시 팔 것을 강권했으나 응하지 않고, 식구들이 거의 죽어가는 지경에도 단 한말 축냄이 없었다. 그 사람은 종내 나타나지 않았다.

그다음 계축년(1733)은 풍우가 순조로워 보리 곡식이 구름처럼 펼쳐졌는데 미처 보리가 덜 익어서 굶어죽는 사람이 즐비했다. 이웃 사람들이 돈을 모아가지고 사방에서 몰려와 황희숙에게 조르며 야단을 쳤다.

"자네는 어찌 그리 사람이 꼭꼭 막혔나? 대기근에 곡가가 20배로 뛰었는데 불과 20일 남짓이면 보리를 먹게 될 것 아닌가. 이때를 놓치고 콩을 팔지 않으면 얼마나 큰 손해인가? 그리고 여태 그 사람이 안 오는 것을 보면 이미 죽은 사람이네. 자네는 그래도 기어이 죽은 사람을 위해 흉년에 곡식을 틀어쥐고 이웃의 6, 7백호를 굶어죽게 만들 작정인가?"

드디어 모두들 늘어앉아 종이에 '1두의 값이 100푼'이라 쓰고 6, 7백여 인이 각기 성명 및 돈 얼마, 곡식 얼마를 기재한 다음 도끼로 자물쇠를 부수고 콩을 꺼내가는 것이었다.

황희숙은 어찌할 도리가 없이 콩을 내주고 돈을 받은 셈이 되었다. 그래서 하루아침에 20만전이 쌓였다.

"나는 약속을 저버린 사람이다. 그 사람이 오거나 안 오거나 죽었거나 살았거나 그 아들이 있거나 없거나, 그건 내가 알 바 아니다. 무릇 일이란 명백해야 하느니라. 어찌 구차하게 넘길 수 있겠느냐?"

그리하여 매입할 만한 토지를 알아보았더니, 땅값이 전에 비해 3분의 2로 떨어져 있었다. 3, 4일 이내에 20만전을 전부 들여 토지를 샀다.

돈을 내고 땅을 사서 계약서를 작성할 때 많은 사람을 증인으로 세우고 사들인 사람의 이름을 비워둔 문서를 만들면서 이렇게 말했다.

"나는 그 사람이나 그 사람의 아들이 오기를 기다리는 것이다."

황희숙이 그 땅을 경작한 지 40여 년이 지났다. 지금에 이르도록 그 사람이나 그의 아들이 나타나지 않았다. 이미 황희숙의 땅이 된 셈이어서 그는 6, 7백호 되는 고장의 갑부가 되어 있었다.

일찍이 나의 선고[1]께서 "사람이 신의가 없으면 행실은 논할 것도 없고, 재산도 지키지 못한다."라고 하시는 말씀을 들었다. 이제 황희숙의 일로 말하건대 빈손으로 치부를 하여 마침내 향리의 갑부가 되었으니, 이는 오로지 신의가 있던 때문이 아닌가. 황희숙이 만났던 노인 또한 사람을 알아보는 눈이 있었다고 하겠다.

---

1 선고先考 자신의 돌아가신 아버지를 지칭하는 말. 작자 안석경安錫儆의 아버지는 안중관安重觀이며, 학자로서 이름이 있었다.

안석경安錫儆의 『삽교별집䑋橋別集』에서 뽑았다. 충주 가흥의 한 선량한 농민의 아들이 그 고장의 갑부가 된 이야기다.

원문에는 아무 제목도 달려 있지 않은데 이야기 내용을 가지고 '대두大豆'라고 제목을 붙였다. 원문에 나오는 경술·신해·임자 등의 연조는 영조 6, 7, 8년으로, 「임계탄壬癸歎」이라는 가사를 통해 확인되는바 1730년대 초 전국적으로 연거푸 흉년이 들었던 시기를 배경으로 한 것이다. 당시 서울의 상업자본이 주위의 농촌 지역으로 침투해서 곡물을 매점하고 시절의 풍흉豊凶을 이용하여 큰 이윤을 남기는 사례가 많았는데, 충주 가흥은 한강 상류에 위치하여 운수선업의 발달과 더불어 상인들이 붐비던 곳이다. 이곳의 목계木溪장터가 유명하다. 여기 콩 2천말을 사들여 황희숙에게 위탁하고 갔다는 서울의 한 늙은이도 그런 상인에 속할 것이다.

이 이야기를 기록한 작자는 황희숙이 끝까지 신의를 지킨 것과, 그 늙은이가 사람을 알아보는 지혜가 있었음을 대견하게 여긴다. 마음을 착하게 쓰면 부자가 된다는 민담적 구조를 지니고 있는 것이다. 우리는 이 작품에서 황희숙이 아무 가진 것 없는 빈손으로 큰 부자가 되는 과정을 통해 당시 우리나라 중부 지방의 사회적·경제적 양상을 리얼하게 표현한 데 보다 더 흥미를 느끼게 된다.

광작廣作

　여주에 허許씨 성의 양반이 있었다. 그는 마음이 어질고 착하나 형편은 몹시 가난했다. 집에 세 아들을 두고 글공부를 시키면서 사방의 친지들에게 두루 구걸하여 독서하는 아들들 입에 풀칠하게 했는데, 그가 어질고 착한 덕분으로 모두 동정하여 구걸에 응해주었다.

　허씨 양반 내외가 다 돌아가자 삼년상까지 고을 사람들의 부조가 컸다. 삼년상을 마친 다음 둘째아들 허공許珙이 형과 아우에게 말했다.

　"우리가 오늘날까지 굶어죽지 않은 것은 오로지 부모님이 인심을 얻으신 덕분 아니오? 이제 삼년상이 끝나 부모님이 남기신 덕에 더 의지할 수도 없는 일이니, 이런 곤궁한 형세로서는 다 같이 굶어죽을 지경에 갈 수밖에 도리가 없소. 우선 각기 살아갈 방도를 차려야지 않겠어요?"

　"본디 배운 글공부 말고는 달리 도리가 없는걸."

　형과 아우가 한목소리로 말하자 이에 허공이 말했다.

　"각자 뜻을 따를 수밖에 없지요. 저는 굳이 다른 길을 권하지는 않겠으나, 우리 삼형제가 모두 글공부에만 매달리다간 춥고 굶주려 죽기에 딱 알맞소. 내 어쨌거나 10년 기한하고 결단코 목숨을 걸고 치산治産을 하여 우리 집안을 구해보겠소. 오늘로 파산을 하여 형님과 아우는 절간으로 올라가서 중들에게 얻어먹으며 공부를 계속하고, 형수씨와 제수씨는 각기 친정에 돌아가시지 않을 수 없네요. 부모의 세업世業이라고는 단지 저 보리밭 세두락과 가대家垈, 여종아이 하나뿐인데, 이는 의당 종가의 재산이나, 형님이 이제 파산하시니 우선 제가 빌려서 쓰도록 하겠습니다."

이날 세 형제와 내외들이 서로 붙들고 눈물을 뿌리다가 헤어졌다.

허공은 즉시 아내에게 딸린 패물 등속을 팔아서 6, 7꿰미의 돈을 마련했다. 때마침 그해에는 면화가 풍년이었다. 그는 미역을 사서 등에 지고 부모가 친히 내왕하던 집을 두루 찾아다니며 집집마다 미역을 내놓고서 안면을 가리고 면화를 대신 달라고 간청하니, 모두들 옛 정의를 생각하고 가난한 형편을 동정하여 후히 도와주었다. 그래서 거둬들인 면화가 좋고 나쁘고를 막론하고 수백근이 되었다.

이에 그는 강원도의 귀리 100여 석을 사서 10년간 죽만 먹기로 굳게 약속을 정했다. 여종에게는 한 사발을 주고 그 부부는 반 사발을 들면서 여종에게 일렀다.

"주림을 정 견디기 어려우면 네 마음대로 나가거라."

여종은 울면서 말하는 것이었다.

"상전께서 죽음으로 맹세하고 치산을 하시는데, 저라고 어찌 굶주림을 두려워하여 버리고 가겠습니까?"

허공은 의관을 벗어던지고 적삼에 잠방이를 걸치고 주야로 길쌈하는데 일손을 돕고, 혹 자리도 치고 혹 도롱이도 엮으며 부지런히 날을 보냈다. 친구 사이에 혹 찾아오는 사람이 있으면 울 밖에 세워두고 자기는 안에서 "이제 다시 나를 사람의 예절로 꾸짖지 마오. 그냥 밖에서 돌아가

주오."라고 말했다.

1년 안에 길쌈을 해서 팔아 마련한 돈이 수백냥에 이르렀다. 문전에 마침 서울 사람의 논 10두락과 하루갈이 밭이 팔려고 나와서 허공이 즉시 사들였다.

그는 남의 손을 빌려 농사를 지으면 비용이 들 뿐 아니라 자기가 힘써 하느니만 같지 못하리라 생각하고, 소에 쟁기를 붙여 몸소 논에 들어갔다. 경험 많은 농군을 불러 잘 대접한 다음 논두둑에 앉히고 쟁기질하는 법을 가르쳐주도록 청했다. 논이고 밭이고 갈기를 열번이나 하여 깊숙이 흙을 일으키니 성과가 다른 농부에 비할 바 아니었다.

밭에는 담배모를 옮겨 심기 위해서 퇴비를 두껍게 깔고 이랑 위에 무수히 구멍을 뚫고 비 오기를 기다렸다. 한편으로 가뭄이 들어 담배모종이 시들까 염려하여 이른 봄에 길게 가자[1]를 매고 그 아래 담배씨를 파종하여 자주 물을 주었다. 그해에는 크게 가물어 도처의 담배모종이 온통 말라죽었으나, 그의 담배 모판은 유독 무성했다. 비가 오기를 기다려 즉시 옮겨 심었더니, 날이 얼마 지나지 않아서 담배 잎사귀는 파초잎처럼 너푼너푼 땅을 덮었다. 담배가 약이 차기도 전에 강상[2]의 연초상인이 찾아와서 담배밭을 통째로 해서 2백 꿰미에 흥정이 되었다. 연초상은 담뱃잎을 따서 모래사장에서 말려가지고 가더니 후에 다시 백냥을 가지고 와서 그 두번째 순도 사갔다. 논 10두락 소출의 곡식도 역시 100석에 이르렀다.

이로부터 재산이 매달 불어나고 매해 늘어나서 헤아릴 수 없는 정도

---

1 **가자** 나무로 시렁을 메는 것. 원문은 '長行架'로 담배 모판을 덮는 시설을 말한다.
2 **강상江上** 마포 일대의 한강 주변을 가리키는 말. 마포에 사는 사람으로 상업에 종사하는 이들을 '강사람'이라 불렀다.

가 되었다. 5, 6년이 지나지 않아 노적이 집 주위로 가득하고 논밭이 연달아서 10리 안쪽의 농민들은 허공의 집에 의지하지 않는 자가 없이 되었다. 사방의 작인作人들이 술과 안주로 인정[3]을 쓰니 밥상에 고기반찬이 떨어지지 않았으되 여전히 귀리죽 반 사발은 더하고 덜함이 없었다.

그 형과 아우가 절에서 자기 집이 도주공[4]이 되었다는 소문을 늘 듣다가 부자로 사는 모습을 한번 보고 싶어 8년 만에 내려왔다. 허공의 내외가 흔연히 반기었음은 물론이다. 그의 아내가 이웃에서 가져온 술과 고기로 대접을 하고 저녁때 세 그릇 밥을 지어 내왔는데, 8년 만에 돌아온 두 시숙에게 귀리죽을 드리기 어려웠기 때문이다. 그러나 허공은 밥을 보더니 불끈 눈을 치뜨고 야단을 치며 한 그릇 밥으로 두 그릇 죽을 만들어오라고 지시하는 것이었다. 그 형이 성내어 꾸짖었다.

"너의 재산이 몇천석인지 모르는 터에, 8년 만에 재회한 동기간에 이미 해온 밥을 물리고 죽을 끓여오라니, 이게 사람의 도리냐?"

"저희가 정한 기한이 아직 덜 되었소. 형님이 아무리 대로하시더라도 저는 절대 바꿀 수 없습니다."

허공이 이렇게 말하여, 형과 아우는 매우 불편한 마음으로 돌아갔다.

이듬해 형제가 나란히 소과小科에 합격했다.

허공은 창방[5]의 비용을 준비해가지고 몸소 상경했다가 형제와 함께 집으로 내려와서 축하연을 열었다. 그리고 이튿날 바로 광대들을 불러서 일렀다.

---

3 인정人情 뇌물을 바치거나 선물을 주는 것을 가리키는 말.
4 도주공陶朱公 중국 춘추시대 월나라의 범려范蠡를 지칭하는 말. 그가 벼슬을 그만두고 큰 부자가 되었기 때문에 부자를 지칭하는 말로 쓰인다.
5 창방唱榜 과거에 합격한 자에게 증서를 주던 일. 과거에 합격하면 광대를 부르고 축하하는 연회를 열었는데, 이를 창방연이라고 했다.

"우리 형님과 동생이 집도 없이 절에서 얻어먹고 있는 사정을 너희도 혹시 들었는지 모르겠구나. 오늘 당장 다시 산에 올라가 공부를 계속하셔야 한다. 너희들이 여기 더 머물러 있는 것은 무의미하다. 그만 파하고 돌아가거라."

각기 백금을 주어 보낸 다음, 형과 아우에게 절로 올라가서 대과大科 준비를 하도록 했다.

만 10년이 되자 허공은 엄연히 만석꾼 부자가 되어 있었다. 봄철에 친히 장터로 나가 명주·비단·모시·삼베 등속의 좋은 옷감을 사다가 동네의 가난한 부녀자에게 삯바느질을 주어서 남녀 의복을 수대로 여러벌 지었다. 그리고 섣달 스무하룻날 절로 편지를 써보내서 형과 아우에게 기별했다.

"제가 10년 치산하기로 정한 기한이 이제 다 되었습니다. 지금까지 경영하여 이루어놓은 것이 우리 삼형제가 일생을 호의호식하고도 남을 정도입니다. 오늘로 고생 그만하시고 한집에 단란히 모여 행복을 함께 누리도록 하십시다."

준마에 화려한 안장을 갖추어 형님과 아우를 맞아왔다. 형수와 계수에게도 역시 편지를 보내 데려왔다.

형님 내외, 아우 내외가 당도하자, 즉시 마당에 장막 둘을 치고 자물쇠를 채운 가죽롱 여섯짝을 옮겨다 내외의 장막에 각각 셋씩 나누어놓았다. 형제 내외는 각기 화려한 옷으로 갈아입었다. 그리고 마부에게 명하여 안장말 세필을 대령시키고 형과 아우에게 말했다.

"여기는 살 만한 곳이 못 됩니다. 달리 잡아둔 곳이 있지요."

삼형제가 말고삐를 나란히 하여 고개 하나를 넘었더니, 산중에 세채의 굉장한 기와집이 나왔다. 전면에 긴 사랑이 가로지르고 사랑 앞으로

긴 행랑이 있고 마구에는 마필이 가득했다. 온 마을 사람들이 이들의 행차를 길에 나와서 맞이하는 것이었다. 그의 형과 아우가 놀라 물었다.

"여기가 어딘데 이렇게 굉장한가?"

"우리 삼형제가 종신토록 살 곳이지요."

주택과 노비를 배치한 품이 이같이 거창한데, 옛집으로부터 5리 남짓의 거리였다. 그 형제도 몰랐으니, 대개 그가 일을 경영함에 주도면밀하기가 이와 같았음을 알겠다. 그날로 그들 형제의 부인들은 각각 한채씩 나누어 들고 삼형제는 한 사랑에서 거처했다.

가죽롱 열짝을 운반해오는데 이는 전답문서다.

"우리 형제는 분재를 의당 고르게 해야 할 터이나, 다만 제 처가 거의 죽을 고생을 하여 이 살림을 이루었으니 그 고생에 대한 보상으로 따로 구별해주는 것이 없을 수 없겠습니다."

허공은 이렇게 말한 다음 15섬지기의 논을 떼어 아내 몫으로 정하고 나머지 일체는 세 형제가 고루 나누어 가졌다.

하루는 형제가 같이 자는데, 허공이 문득 밤중에 일어나서 통곡하는 것이었다. 그 형이 위로해 말했다.

"너의 누리는 바가 공후公侯와 다름이 없거늘, 무슨 부족함이 있다고 이렇게 슬퍼하니?"

"부모님이 당초 우리 형제에게 기대하는 바는 과거 급제에 있었습니다. 형님과 아우는 비록 소성[6]이나마 족히 어버이의 뜻을 이루었습니다만, 저는 돼먹지 못하게 오로지 생계에 골몰하여 글공부를 놓은 지 이미 10여 년이라 한 글자도 기억에 남아 있지 않네요. 어버이의 뜻을 저버렸

---

6 소성小成 소과에 급제하여 생원生員이나 진사進士가 되는 것.

으니 어찌 슬프지 않겠습니까? 다시 시작해보았자 가망이 없으니, 차라리 활을 잡아 성공하면 그 역시 한 방도가 아니겠습니까?"

이로부터 허공은 날마다 활터로 나가 비 오거나 바람 불거나 가리지 않고 활쏘기를 열심히 하더니 3년이 지나 무과에 급제했다.

허공은 자신의 수단과 국량으로 세상에 명무名武로 일컬어졌다. 첫 외임이 안악[7] 군수였다. 곧 부임할 즈음에 아내가 병사했다.

"내 이미 영감하[8]라 벼슬로 봉양하기는 미치지 못하고 다만 아내를 영광스럽게 할까 했더니, 아내마저 죽었구나. 내 어찌 쌀과 돈에 뜻을 두어 관의 급료를 바라리오."

허공은 이렇게 말하며 부임하지 않고 향리에서 여생을 마쳤다.

---

7 안악安岳 황해도의 고을 이름. 그 시절에 '남영광南靈光, 북안악北安岳'이라는 말이 있을 정도로 안악은 영광과 함께 지방 수령 자리 중에 좋은 자리로 일컬어졌다.
8 영감하永感下 부모가 모두 돌아가신 것을 이르는 말.

● **작품 해설**

『동패낙송東稗洛誦』에서 뽑았다. 이 작품은 『청구야담』 『계서야담』 『선언편選諺篇』 『동야휘집』 등 여러 야담집에 실려 있다. 대체로 비슷하면서 약간씩 다른 곳이 있다. 특히 『동패낙송』에는 주인공의 성명이 허공許珙인데 『동야휘집』에는 허홍許弘으로 되어 있다.

『동패낙송』 『계서야담』 『선언편』 등에는 원래 제목이 없고, 『청구야담』에는 '둘째아들이 치산을 하여 부를 이루다治産業許仲子成富'라 했으며, 『동야휘집』에는 '선비가 치산을 하여 형제간이 행복하게 살아가다士人治産樂塤箎'라 했다. 여기서는 그 내용의 특징을 잡아서 '광작廣作'이라는 이름을 붙였다.

'광작'이라는 것은 18세기 이래로 우리나라 농촌의 노동생산성의 향상과 더불어 종래 안일한 지주들의 생활방식과는 달리, 넓은 토지를 직접 경영하는 역농가力農家들의 증산운동을 말하는 것으로, 이것을 토대로 해서 농촌에 많은 부자가 새로이 등장하기도 했다. 이 이야기의 주인공 허공은 바로 그러한 실례의 하나다. 그가 담배를 심어 거기에서 올린 소득이 적지 않았지만, 기본적으로는 그 자신의 피나는 노력으로 광작을 벌인 데에 힘입었던 것이다.

이 이야기에는 또한 주인공의 부부애가 진실하게 그려져 있다. 가난뱅이에서 큰 부자가 되어 형과 아우에게 똑같이 분재하면서 자기 부인의 특별한 노고의 댓가로 따로 몫을 정해준 점이라든가, 평생을 고생으로 보낸 그 부인에게 영광을 보여주기 위해 무과를 거쳐 어느 고을 원으로 부임하려 하다가 부인이 죽자 그 벼슬자리를 내던지고 만 것 등이 그것이다.

부부각방夫婦各房

　　상주에 김생金生이란 사람이 살고 있었다. 나이 스물이 넘었지만 일찍이 부모를 여의고 가난하여 남의 집 머슴을 살아서 새경을 저축했다. 스물여섯살에 비로소 장가를 들어 살림을 차릴 채비를 했다.

　　아내는 시집와서 첫날밤을 지낸 다음날 남편에게 말했다.

　　"오늘부터 윗방 문을 봉합시다."

　　대개 집이 세 칸으로, 아래윗방 사이에 통하는 문이 있었다. 김생이 반문하였다.

　　"무슨 말이오?"

　　"우리 부부가 두 궁상끼리 만나 동침하게 되면 자연 자식을 낳을 것 아니겠요? 만약 금년에 아들을 낳고 명년에 딸을 낳으면 자손지락子孫之樂이 좋기야 좋지마는 그동안에 식구가 불고 질병도 없지 않을 텐데, 그 씀씀이를 무엇으로 다 감당하겠요? 당신은 윗방에서 짚신을 삼고 나는 아랫방에서 길쌈을 하여, 10년을 기한하고 날마다 죽 한 그릇으로 배를 채우며 재산을 모아보는 게 어떨까요?"

　　김생은 아내의 말을 옳게 여겨, 드디어 중간 문을 폐쇄하고 부부가 따로 거처했다.

날이 저물면 부부가 매일 집 뒤 텃밭으로 나가서 구덩이 예닐곱을 파고 들어왔다. 그리고 섣달이 되자 주머니를 많이 만들어서 마을의 여러 집 머슴들에게 나눠주면서 개똥 한섬을 그 값으로 정했다.

초봄의 해동할 무렵에 파놓은 구덩이를 전부 개똥으로 메울 수 있어서 봄보리를 파종했다. 이해에 보리가 풍작이어서 거의 100여 짐을 거두었다. 바로 이어서 담배를 심어 수십냥 돈을 손에 쥘 수 있었다. 이처럼 부지런하고 성실하게 하여 6, 7년이 지나자 돈과 곡식이 집에 가득 찼으나 여전히 죽으로 끼니를 삼았다. 9년을 마치는 섣달 그믐날에 남편이 말했다.

"이제 10년이오. 오늘은 밥을 하지."

"우리가 10년 기한하고 죽을 먹기로 작정한 걸 하룻밤을 못 참고 파계해서 되겠어요?"

아내가 책망했다. 김생은 무안하여 물러섰다. 10년이 지나자 김생은 도내의 갑부가 된 것이다.

김생은 오랫동안 생홀아비로 지낸 터였다. 아내에게 동침을 요구하자 아내는 말하였다.

"우리가 이미 부자가 되었는데, 이 누추한 집에서 동침할 수 있겠어요? 조금만 기다려요."

이윽고 집을 크게 지어 새집으로 들어갔다.

김생 내외는 처음부터 서로 나이가 많아서 만났거니와, 다시 10년을 지나고 보니 이제 생산할 가망이 없었다. 김생은 이 때문에 근심이 많았다. 아내가 말했다.

"우리 살림이 이만하니 반드시 주장할 사람이 있으리다. 당신이 원근 일가들을 두루 알아보아 쓸 만한 애를 골라서 양자를 삼으면 뜻이 안 맞는 자기 소생보다 낫지 않겠어요? 정을 붙여 기르면 살붙이와 진배없습니다."

마침내 동성 아들로 후사를 삼으니, 이가 상산[1] 김씨의 시조이다. 그 후손들이 크게 번창하여 벼슬이 끊이지 않고 대를 이었다 한다.

---

1 상산商山 경상북도 상주尙州의 옛 이름.

『청구야담』에 '치산을 하느라고 부부가 각방을 쓰다_{營産業夫婦異房}'라는 제목으로 실려 있다. 여기서는 '부부각방_{夫婦各房}'으로 제목을 삼았다.

머슴살이를 하던 노총각이 장가를 들었는데, 부부가 살림을 모으기로 결심하고 각방에 거처하여 산아_{産兒}를 방지함으로써 부의 축적이 성공적으로 이루어졌다는 이야기다. 젊은 부부가 부부생활을 전폐한다는 것은 인정에 어긋난 이야기로 들리지만, 당시 사람들의 부에 대한 집념이 얼마나 강한가를 보여주는 좋은 사례로 볼 수도 있다. 농사를 근면히 짓는 것이나 10년 기한의 하루 전날까지도 생활방식을 고치지 않은 점 등은 「광작」과 통하는 내용이다.

부농富農

임피[1] 사람 김모金某는 그 고을 공생[2]이었다. 일찍이 아전 구실을 그
만두고 물화를 교역하는 일로 인근 장터를 두루 떠돌아다녔다. 그는 나
이가 젊고 풍류남아여서 가는 곳마다 여색을 가까이했고 그때마다 잉
태시켰는데, 게다가 영락없이 사내아이만 낳았다. 그래서 비록 한때 잠
깐 가까이한 여자라도 반드시 관청에 입지[3]를 내어두니 전후 낳은 아들
이 합해서 여든셋을 헤아렸다.

20여 년이 지나 아들들이 대체로 자라서 성인이 되었으나 그렇지 못
한 자도 있었다. 그중에 장성한 아들들 역시 그 아버지의 힘을 입지 않
고 대부분 어머니 손에서 성취했으며, 더러는 제가 혼자 장가를 들기도
했다.

갑을[4] 양년의 흉년을 겪은 다음, 김공생은 파락호破落戶 신세인데다

---

1 임피臨陂 전라북도의 고을 이름. 현재 군산시에 속해 있다.
2 공생貢生 교생校生의 별칭. 교생은 본디 향교의 학생을 지칭하는 말인데 뒤에는 향
  교의 사역을 담당했다.
3 입지立旨 관청에 출원出願한 서류의 끝에 붙이는 관의 증명.
4 갑을甲乙 1814년(갑술)과 1815년(을해).

이미 나이까지 늙었다. 하루는 자기가 낳은 자식들을 전부 불러모았다. 온 자도 있고 오지 않은 자도 있어 모여든 아들이 70여 명이었다. 이 자식들을 모두 끌고 김제·만경 두 고을 사이의 들녘으로 이주했다.

그곳에 긴 행랑 100여 간을 짓고 칸막이를 하여 70여 명의 아들을 들였다. 각자 능력을 살려 농사를 짓거나 다른 생업을 일삼는데, 자리 짜는 놈도 있고 신 삼는 놈도 있고 질그릇장이, 대장장이 등등 구색을 갖춘 모양이어서 김공생 부처는 편안히 앉아서 밥을 먹게 된 것이었다.

그곳 벌판이 본래 어영청[5] 둔전[6]으로 여러해 묵어 있었다. 이른 봄철을 맞아 김공생이 여러 아들을 거느리고 부지런히 개간을 하여 메밀을 파종했더니, 여름에 6, 7백석을 거두었다. 이듬해는 보리·콩·팥 등속을 심어서 근 천석을 수확했고, 그다음 해는 논을 만들어 벼를 심어가지고 그해의 추수는 전년의 곱절이나 되었다.

이렇게 3년이 지나자 가산이 점차 요족해졌다. 김공생은 직접 어영청에 가서 진전[7]을 개간한 사실을 대장에게 아뢰고, 도지賭地를 헐하게 정하여 영구히 마름[8]이 되는 입지를 내어 지금까지 경작해오고 있다.

그후로 10여 년이 지나자 70여 명 아들들이 자손을 낳아서 인구가 점점 불었다. 김씨 마을은 수백호의 큰 마을을 이루었으니 앞으로 얼마나 번창할지 예상할 수 없는 일이다.

---

5 어영청御營廳 임금을 호위하는 임무를 맡은 군영.
6 둔전屯田 각 궁宮과 군영 및 관아에 속한 전답.
7 진전陳田 농사를 짓지 않아서 묵은땅.
8 마름[舍音] 지주의 위임을 받아 소작지를 관리하는 사람. 사음舍音은 이두어.

●**작품 해설**

『해동야서海東野書』에서 뽑았다.『청구야담』에도 실려 있는데, 글은 똑같다. 제목은 두군데 다 '김공생이 아들들을 모아 각기 직업을 주다金貢生 聚子授工業' 로 되어 있다. 여기서는 '부농富農'이라고 제목을 붙였다.

이야기의 내용은 전라도 어느 아전 출신이 파락호가 된 뒤에 많은 아들을 거느리고 어영청 소유의 황무지를 개간, 농사를 넓게 경작하여 마침내 큰 부자가 되었다는 것이다.

한국의 농업사에 '경영형 부농'이라는 개념이 있다. 이 개념은 종래의 지주형 부자가 아닌 새로운 부농의 형태를 가리키는 것이다. 지주들이 자기의 토지를 전호佃戶(소작인)에게 주어 농사를 짓게 하고 자기는 앉아서 지대地代를 받아먹던 것과 달리, 이 새로운 부농은 남의 땅을 빌려서 자기의 능력으로 농사를 운용하며 그 토지의 수익성을 높임으로써 치부하였다. 이런 경영형 부농은 18세기 이래 우리나라 농촌에서 출현한 현상이거니와, 이 이야기의 주인공인 김공생은 그 전형적인 모습이다. 많은 노동력을 확보한 김공생은 어영청 토지를 임대해서 3년간 합리적으로 경영하고, 이어 어영청과 영도지永賭地로 계약을 체결하여 마름의 자격으로 길이 그 토지를 경영하면서 많은 자손들과 한 촌락을 이루어 잘살게 되었다는 내용이다.

순흥 만석꾼順興 萬石君

옛날 순흥[1] 땅에 만석꾼 황부자가 살았다.

그의 이웃에 사는 양반의 사위가 성이 최씨인데 풍기 사람으로 문벌이 좋고 글을 잘했다. 최생은 마침 정시[2]를 보려는데 형편이 궁해 노자를 변통할 길이 없었다. 그래서 장인을 찾아와 황부자에게 빚을 얻어달라고 부탁을 했다.

"황부자는 천하에 없는 구두쇠란다. 매양 자기 부모 제사도 쌀 세 됫박에 밴댕이 세마리를 놓고 지내는 위인이라는데 돈 한푼인들 내어서 남의 곤란을 도우려고 하겠느냐?"

장인의 말이 이러했으나, 최생은 장인이 남의 잘사는 것을 시기하여 사실에 지나친 말을 하는 것이겠거니 생각하고, 안면이 있고 없고를 불고하고 한번 찾아가서 직접 요청해보기로 마음먹었다.

이튿날 아침 최생은 장인에게 말하지 않고 바로 황부자를 찾아갔다. 그 집 대문에 당도하자 문지기 하인 두명이 흔연히 맞이하여 사랑으로

---

1 순흥順興 경상북도에 있던 지명으로, 현재 영주시와 봉화군에 나뉘어 있다.
2 정시庭試 나라에 경사가 있을 때 특별히 대궐 뜰에서 보이던 과거시험.

모시는 것이었다.

"저희 샌님께서 식전에 사냥을 나가시며 쇤네더러 만약 손님이 오시 거든 우선 맞아서 접대하라는 분부를 내리셨습니다."

이내 잘 차린 상이 나왔다. 최생이 상을 물릴 즈음 주인이 매를 팔목 에 앉히고 사냥개를 몰고 5, 6인 건장한 노복들과 함께 돌아오는데, 몸 집이 크고 의관이 훌륭하여 아주 위의 있어 보였다. 주인이 방에 들어와 최생에게 읍하여 예의를 표하더니 문지기에게 묻는 것이었다.

"손님을 기다리시게 했는데, 요기나 하시도록 했느냐?"

"예."

주인이 어디서 오셨는가를 물어서 최생이 대답을 했다.

"이웃 친구의 서랑壻郎을 만남이 어찌 이리 늦었는고?"

이어 또 조반이 나오는데 수륙진찬水陸珍饌이 상 위에 그득했다. 최생 은 상을 대해 앉아서 주인에게 말했다.

"세상 사람들이 부잣집에 대해 헐뜯어 하는 말은 대개 믿지 못할 것 임을 오늘 알았습니다."

"무슨 말씀인지?"

최생은 이번 처가에 온 연유와 아울러 장인과 주고받은 말을 옮기고 나서 덧붙였다.

"어르신께서 초면인 시생에게 이토록 후의를 베푸심을 받고 장인어 른이 공연히 사실에 어긋난 말씀을 지어내는 심사가 천만 아름답지 못 한 줄 알았소이다."

"장인어른은 내 이웃의 친구요. 누구보다도 나의 내력을 소상히 아는 사람이지. 세 됫박 쌀, 세마리 생선으로 친기親忌를 모신다는 말은 털끝 만큼도 어긋남이 없는 사실이라오. 이 늙은이가 초년에 고생하다가 말

년에 유복하게 된 내력을 들어보겠소? 내가 일찍 부모를 여의고 의지할
데 없는 곤궁한 신세였다오. 안동으로 장가를 들었더니 실인室人의 사
람됨이 더불어 치가할 만하여 우리 내외가 가난에서 벗어나기로 단단
히 약속을 했더라오. 집 앞 큰길가에 버려져 있는 돌밭을 개간하여 구덩
이 10여 군데를 파고, 길가 주막에서 행인의 대소변을 받아 구덩이에 부
었소. 그뒤 처는 옥수수씨를 뿌리고 나는 흙으로 덮어서 하루갈이 남짓
한 곳에 파종했더니, 옥수수가 무성하여 그해에 수십석을 추수하지 않
았겠소? 우리 부부가 수족이 닳도록 부지런히 치산을 하는데, 경영하
는 바가 뜻대로 되지 않는 일이 없습디다. 그리고 싸라기 한톨이라도 천
금같이 아끼기로 가법家法을 삼아서 친기를 장인어른의 말씀과 다름없
이 모신 터였고 기어이 만석을 채운 연후에 재물을 쓰기로 작정했는데,
9천석을 받은 지 근 10년에 1천석을 채우기야 아주 용이한 일일 듯싶었
소. 그런데 혹은 홍수로 혹은 가뭄으로 손실이 나든가 아니면 의외의 화
재를 당하든가 하는 등으로 소기의 만석을 채우지 못했더라오. 어제 우
리 내외가 상의하기를 '조물주가 만석을 채워주실 의향이 없으신데, 우
리 양주가 나이 70줄인 지금에 이르러 시원스럽게 써보지 못하고 하루
아침에 눈을 감고 보면 왕장군 곳간의 귀신[3]을 면하지 못할 터이라. 이
어찌 슬프지 않으리오. 찾아오는 손님을 접대하고 남에게 베풀기를 내
일부터 시작하여 죽기 전에 잘사는 부자 모양새를 보여주는 것이 옳겠
다.'고 하였지요. 그래서 문지기 두명을 세워두고 손을 인도하며, 성찬

---

3 왕장군王將軍 곳간의 귀신 재물에 인색했다가 결국 남에게 빼앗긴다는 의미. 유군繆
 君이란 사람이 재물을 탐해 나쁜 짓을 많이 하다가 왕장군에게 살해당하고 재산을
 빼앗겼다는 데서 유래한 고사. 흔히 수전노를 가리켜 '왕장군지고자王將軍之庫子'라
 고도 한다(『전등신화剪燈新話·삼산복지지三山福地志』).

을 준비하여 불시에 찾아오는 손님을 대접하도록 했던 거라오. 이렇게 하기로 정한 첫날 귀객이 먼저 오셨으니 실로 운수가 좋은가 싶소. 이로 미루어보건대 이번 과거에 틀림없이 뽑히겠소. 이 늙은이가 장차 귀하게 되실 분에게 어찌 돕기를 아끼겠소?"

그러고는 즉시 수노首奴를 불러 분부하는 것이었다.

"이 서방님은 이웃의 아무 생원 어른의 서랑이시다. 이번에 과거를 보러 가는데 노자가 없으시다니, 곳간에서 돈 50냥을 꺼내드리고 또 말 한필을 내어 잘 다녀오시도록 해라. 이제 노자 근심은 덜었으나, 집안 식구의 주림을 걱정하게 되면 시험장에서 짓는 글에 생각을 다 펴지 못할 우려가 있으니, 네가 풍기 인근의 마름에게 내 표지4를 써 보내 벼 30섬을 실어가서 본댁 식량에 보탬이 되도록 하여라."

최생이 천만뜻밖의 후의에 감사를 드리자, 황부자는 말했다.

"많이 쌓아놓고 베풀지 않으면 나중에 무엇하겠소? 재산이란 하늘이 낼 때부터 모였다가는 흘러가는 법이니, 주인이 바뀌지 않는 재물이 세상에 어디 있으리오. 이 집도 언젠가는 아마 쑥밭이 되겠지요. 귀객이 현달한 뒤 혹시 이곳을 지니게 되면 한잔 술을 부어 늙은이의 혼을 위로해주기 바라오."

"이같이 큰 재산이야 대를 이어가지 어찌 졸지에 망할 이치가 있겠습니까?"

최생의 말에 황부자는 다시 말했다.

"속성속패速成速敗는 이치의 당연함이라오."

최생은 황부자와 작별하고 그길로 상경하여 과연 과거에 급제했다.

---

4 표지標紙 증빙문서. 지금의 수표에 해당함.

그런 이후로 그의 처가가 다른 고장으로 이사한 때문에 순흥에는 발길이 닿을 기회가 없었다.

이러구러 13년이 흘렀다. 최생은 벼슬길이 툭 트여 경상도 감사가 되었다. 순찰을 도는 길에 순흥 고을 원에게 미리 알려 황가촌黃家村에 와서 대기하도록 했다. 행차가 황가촌에 당도하여 둘러보니 황부자의 대장원은 이미 황폐하여 풀이 무성하고 인적이 끊긴 상태였다. 최감사가 놀랍고 마음이 아파 황부잣집 사람을 두루 수소문하니, 한 늙은 하인이 본촌 뒤 불당佛堂에서 거사居士 노릇을 하고 있었다. 아전을 보내 그를 불러서 그의 상전이 졸연히 망하게 된 연유를 물어보았다.

"노상전이 돌아가시고 젊은 상전 형제분이 다 노상전만 한 국량은 없으나 심히 세상 물정에 어두운 편은 아니었는데, 필시 하늘이 속히 망하게 만들려 든 것입니다. 금년에 아무 곳의 농막農幕에 불이 나서 허다한 곡식을 태우면, 내년에는 다른 곳의 농장에 허다한 전답이 홍수로 떠내려가는 등 재앙이 꼬리를 물었답니다. 젊은 상전 형제분은 부잣집에서 자라 전답이 아무 들의 모자호[5]에 모복수[6]인지 애당초 관심이 없었지요. 어느날 종작없는 화재에 전답문서 10여 궤가 종잇조각 하나 남지 않고 재가 되었지요. 아무리 양전미답良田美畓이 동서남북에 널려 있다 한들 무엇에 근거하여 자기의 땅임을 밝히겠습니까? 게다가 초상이 연달아서 큰 상전도 이내 작고하고 작은 상전은 거지 신세가 되어 나갔는데, 풍문에 들으니 지금 밀양 포구에서 소금짐을 져 호구하고 있답니다."

---

5 모자호某字號 옛날에 지번을 『천자문千字文』의 글자 순으로 표시한 것.
6 모복수某卜數 복은 농지의 면적을 표시하는 단위. 단위가 파把→속束→복卜(負)으로 올라가는데 10속이 1복이다. 옛날에는 논의 면적을 생산량을 기준으로 계산했던 바 모복수는 몇짐이 나는 넓이라는 뜻이다.

감사는 행차를 머물러, 스스로 옛정을 잊지 못하겠거니와 황노인의 선견이 과연 영험하다는 뜻으로 뇌문[7]을 지어 폐허에 조제吊祭를 지냈다. 그리고 탄식하며 떠났다. 다시 밀양 부사에게 기별하여 황염부黃鹽夫를 순찰시 대령하게 했다. 그를 불러서 만나보니 몸이 야위고 얼굴이 타서 보기에 처량하기 그지없었다. 옛정을 이야기하며 패가한 내력을 물어보니 역시 지난번 하인에게 들은 말과 다르지 않았다. 감사가 안타깝게 여기며 물었다.

"자네가 이토록 패가한 나머지에, 만일 밑천이 생기면 다시 가업을 일으킬 방도를 차려보겠는가?"

"자신이 있습니다."

아들 황씨의 대답이었다.

감사는 그에게 자기가 감영으로 돌아간 다음에 찾아오라고 당부했다. 과연 그가 기약한 날에 찾아왔다. 해서 그에게 5백금을 특별히 마련해주었다. 황씨는 부지런히 치산하여 다시 중부中富가 되었다고 한다.

---

7 **뇌문誄文** 죽은 사람을 애도하여 지은 글. 제문祭文과 같은 말.

　『동패낙송』에서 뽑았다. 『동야휘집』에도 실려 있는데 줄거리는 비슷하다. 『동패낙송』에는 원래 제목이 없고, 『동야휘집』에는 '부옹이 이치에 통달하여 과거시험 보는 선비를 돕다富翁達理贐科儒'라고 되어 있는 것을 여기서는 알기 쉽게 '순흥 만석꾼順興 萬石君'이라고 제목을 붙였다.

　만석꾼의 명성을 누리는 순흥의 황부자가 젊은 서생에게 자기 부처가 당대에 만석꾼의 이름을 얻게 된 회고담을 들려주고, 초년에 그의 근면과 절약이 어떠했는가를 보여주는 한가지 예로서 길가 주막에서 행인의 대소변을 받아다가 구덩이에 부어놓고 돌밭을 일구어 농사를 지었다고 말한 것이라든지, 싸라기 한알이라도 천금같이 아끼기로 가법을 삼았다고 한 것은 매우 흥미로운 이야기다. 이러한 근면과 절약은 우리나라 중세의 치부담致富談에 허다히 따라다니는 것이지만, 황부자의 경우는 더욱 실감을 주고 있다. 그러나 황부자는 옹고집과 같은 녹록한 수전노가 아닐 뿐 아니라, 재물에 대해서 달관을 가지고 있는 것이 특색이다. 그 자신의 예언과 같이 그의 큰 재산은 그의 아들 대에 바로 사라지고 말았다. 젊은 서생이 출세하여 경상도 감사로서 황부자의 마을을 찾아갔을 때 이미 그 저택도 사람들도 간데없고 오직 쓸쓸한 폐허만 남아 있었다고 하는 이 이야기는, 단순히 영화와 쇠락의 무상함을 말하는 재래식 통속설화의 주제와는 다른 사실성의 일면이 있어 공감을 불러일으킨다.

비부婢夫

오모吳某는 양산 사람이다. 사람됨이 어리숙해서 짚신을 삼아 살아가는데, 그 짚신 모양이 매우 볼품없는 것이었다. 어느 서울 소년이 우연히 그의 짚신을 보고 우스갯소리로

"이 짚신이 서울 가면 백금짜린걸."

했다. 오씨는 이 말을 진담인 줄로 곧이듣고, 짚신 일곱 죽을 삼아서 짊어지고 서울로 올라왔다. 길가에 짚신을 벌여놓고 누가 혹시 값을 물으면

"한냥입죠."

하여, 모두 비웃으며 지나갔다. 며칠을 길가에 앉아 있어도 짚신이 단한켤레도 팔리지 않았다.

그때 어느 재상집의 하녀가 용모가 예쁘장한데다 민첩하고 총명하며 나이 방년 16세로, 정해주는 혼처는 마다하고 일찍부터 제 스스로 적당한 사람을 골라서 짝을 맺겠노라고 말해왔다.

어느날 이 여자가 오씨가 짚신 벌여놓은 앞을 지나다가, 짚신값을 턱없이 불러 전혀 사는 사람이 없는 것을 보고 마음속으로 이상히 여겼다. 3, 4일 연달아 나가봐도 그 턱이었다. 이에 오씨에게 말을 붙였다.

"이 짚신을 내가 전부 사겠어요. 값이 다 얼마예요?"

"일곱 죽이라…… 70냥을 받아얍죠."

"나와 같이 가서 돈을 받아가세요, 네?"

"그럽시다."

드디어 짚신을 지고 따라가 한 곳에 당도하니 저택이 굉장하고 대문이 무척 높았다. 하녀가 그를 자기 거처인 행랑으로 데리고 들어갔다. 오씨는 자리에 앉기가 바쁘게 짚신값을 독촉했다.

"낼 아침에 드릴게요. 하룻밤 묵어가세요."

하며 여자는 좋은 술과 안주를 내오는 것이었다. 저녁상이 나오는데, 그릇이 정결하고 음식가지가 진기하여 먼 시골에서 채소나 먹던 사람으로서는 난생처음 구경하는 것이어서 마파람에 게 눈 감추듯 먹어치웠다.

날이 저물자 여자가 말했다.

"이왕 이렇게 오셨으니 오늘밤 저와 같이 자요."

오씨는 당황하여 말했다.

"말인즉 아름답소만, 어찌 감히 바라겠소?"

그 여자가 불을 끄니 옷을 벗고 한자리에 누워 한바탕 운우의 낙[1]을 누렸음이 물론이다.

이튿날 이른 새벽에 일어나자, 여자는 오씨를 목욕하게 하고 농을 열고 새 옷을 꺼내 갈아입혔다. 사내는 용모가 한결 당당해 보였다.

---

1 운우雲雨의 낙樂 운우지락雲雨之樂. 구름과 비를 만나는 즐거움이라는 뜻으로 남녀가 동침함을 일컫는 말. 송옥宋玉의 「고당부高唐賦」에 초왕楚王이 고당高唐에서 놀다가 꿈에 신녀神女와 만나 사랑을 나누고 이별할 때 신녀가 "아침에는 하늘의 구름이 되고, 저녁에는 비가 되어 내리겠습니다."라 했다는 데서 유래했다. 운우지몽雲雨之夢이라고도 한다.

"저는 이 댁 사환비예요. 당신은 이제 제 낭군이 되었으니, 대감께 현신[2]해야 합니다. 그러나 결코 뜰아래서 절하진 마세요."

"그럭하지."

여자가 들어가서 아뢰었다.

"쇤네가 간밤에 지아비를 얻었습니다. 현신드릴까요?"

"그래, 얼른 들어와 보여라."

오씨는 불쑥 대청으로 올라서서 절하는 것이었다. 모시고 있던 사람들이 끌어내려 했으나, 오씨는 꿈쩍 않고 서서 하는 말이었다.

"나는 명색이 향족[3]이오. 지금 비록 비부쟁이[4]가 됐으나, 결코 하정배[5]를 할 처지는 아니오."

재상이 웃으며 말했다.

"아무개가 제 신랑감으로 고를 만하구나."

그로부터 오씨는 그 집 행랑살이를 하게 되었다.

어느날 여자가 오씨에게

"당신은 퍽 사리에 밝지 못한 사람이에요. 돈을 써보면 안목이 열리고 가슴이 트일 겁니다."

하고 돈 한 꿰미를 내주며 이르는 것이었다.

"오늘 이걸 갖고 나가서 다 쓰고 들어오세요."

오씨는 저녁때 돌아와서 말했다.

"제길! 배가 고프지 않은데 술이건 떡이건 사먹을 필요가 있나. 진종

---

2 현신現身 지체가 낮은 사람이 상전을 처음 뵙는 일.
3 향족鄕族 시골의 지체 낮은 양반을 가리킴. 토반土班과 같은 말.
4 비부쟁이 여종의 남편. 비부婢夫.
5 하정배下庭拜 뜰아래서 절을 한다는 말로, 신분이 천한 사람이 윗사람에게 절하는 예절.

일 돌아다녀도 돈 쓸 일이 하나도 없는데. 한푼도 못 쓰고 그냥 온걸!"

"길거리에 걸인들이 많은데 적선인들 못 하나요?"

"그건 미처 생각 못 했구려."

이튿날 그는 다시 돈 한 꿰미를 차고 나갔다. 거지들을 모아놓고 돈을 땅에 뿌렸더니, 거지들이 다투어 줍는 꼴이 가관이었다.

날마다 그는 이것이 일과였다. 그러다가 곰곰이 생각해보니 허다한 돈을 헛되이 걸인에게 뿌리는 건 부질없기 짝이 없는 짓이었다. 이에 사장射場으로 발길을 돌려 한량들과 사귀기 시작했다. 술을 사고 고기를 사서 매일 나눠 먹으니, 어느덧 막역한 사이가 되었다. 이어 허름하게 지은 집에서 글을 읽는 가난한 선비들과도 오고 가며 더러 양식을 대주는가 하면 필묵筆墨의 비용을 제공하기도 했다.

"오씨는 요새 세상 사람이 아니야."

모두들 이렇게 칭찬하였다.

그 여자가 남편에게 『사략』[6] 『삼략』[7] 『손무자』[8] 등 책을 주면서 서당에 가서 배우도록 하여 그 대지大旨를 짐작하게 되었다. 이러느라 수만 전의 비용이 들어갔다. 이때 여자는 그에게 새로이 당부하였다.

"당신은 아무래도 활쏘기를 익혀서 발신發身하는 방도를 찾아야겠어요."

오씨는 본디 건장한 사나이다. 한량들의 지도를 받아 활 쏘는 법을 연마하여 철전[9]이나 세전[10]이나 다 멀리 쏠 수 있었으며 무경칠서[11]까지

---

6 『사략史略』 간략히 쓰인 중국 역사책. 초보적인 교과서로 쓰였다.
7 『삼략三略』 장량張良이 황석공黃石公에게 받았다는 병서兵書.
8 『손무자孫武子』 손무孫武가 지은 병서. 『손자孫子』.
9 철전鐵箭 쇠로 만든 화살을 통틀어 일컫는 말. 육냥전六兩箭·아냥전亞兩箭·장전長箭 등이 있다.

깨친 터라, 무과에 응시하여 어렵잖게 합격해서 홍패[12]를 받았다. 그녀는 홍패를 몰래 감추어두고 집안사람들에게도 이런 사실을 모르게 했다. 그리고 오씨에게 일렀다.

"내가 비축한 돈이 10만전에 불과했는데, 당신이 전후로 쓴 돈이 거의 7만전이 되어요. 이제 3만전이 남았으니 당신은 장삿길로 나서보세요."

"내 도무지 장삿속을 알아야지. 무엇을 교역해야 하나?"

"올해 대추 농사가 크게 흉년인데, 오직 호서 어느 고을만 대추가 잘 영글었대요. 당신이 그곳으로 가서 전부 사들여오세요."

오씨가 이 말을 따라 충청도 어느 고을로 내려가보니, 가을일이 말씀이 아니어서 들에 낫을 댈 곡식이 없었고 사람들이 줄줄이 굶어죽을 지경이었다. 오씨는 보기에 워낙 가련하여 돈을 손길 닿는 대로 마구 흩어주고 올라왔다.

"적선도 물론 큰일이죠. 하지만 우리 돈이 곧 떨어질 판인데 나중에 어떻게 살아갈래요?"

여자는 다시 만전을 주며 당부했다.

"올해는 면화 농사가 팔도가 다 흉년인데, 오직 황해도 몇고을만 괜찮대요. 거기 가서 면화를 사오세요."

오씨는 황해도로 가서도 충청도에서처럼 탈탈 털고 빈손으로 돌아왔다.

---

10 세전細箭 아기살. 짧고 가는 화살을 말한다.
11 무경칠서武經七書 중요하게 취급되는 일곱가지 병서, 즉 『육도六韜』『손자』『오자吳子』『사마법司馬法』『삼략』『울요자尉繚子』『이위공문대李衛公問對』.
12 홍패紅牌 과거시험 합격자에게 내리던 증서. 붉은 장지에 썼기 때문에 홍패라고 했다. 홍패는 문과 합격자에게 주는 것으로 알려져 있는데 이 대목으로 미루어 무과 합격자에게도 주었던 것을 알 수 있다.

"제 돈이 이제 만전뿐입니다. 바닥을 다 긁어서 드리는 거예요. 이번엔 이것으로 헌 옷가지를 사가지고 북도[13]로 가서 삼베·인삼·피물皮物 등속을 바꿔오세요. 제발 먼저같이 흩어버리지 말아요."

오씨는 시전에 가서 헌 옷 수십 바리를 사가지고 함경도로 길을 떠났다. 함경도는 본래 면화가 토질에 맞지 않아서 옷이 금싸라기만큼이나 귀하기 때문에 옷을 해입지 못해 겨울날이 따뜻해도 오히려 추위에 떨고 있었다. 오씨가 돈을 물 쓰듯 해온 버릇으로 손이 커서 안변安邊에서부터 육진[14]에 이르기까지 헐벗은 사람들에게 옷가지를 죄다 나누어줘버리고, 남은 것이 달랑 치마와 바지 한벌뿐이었다. 혼자 생각해도 한심해서 탄식하였다.

"내 실로 남의 돈 10만전만 축냈구나. 돈을 짊어지고 나갔다가 빈손으로 돌아가다니, 무슨 낯으로 집사람을 다시 대한단 말인가. 이 몸을 차라리 호랑이 배 속에다 장사 지내야지."

하여 밤중에 홀로 산중으로 들어갔다. 벼랑길을 타고 심심산골로 들어가는데, 문득 나무가 빽빽한 사이로 등불이 반짝반짝했다. 그 집을 찾아가서 문을 두드리고 하룻밤 묵어가기를 청하자 할멈이 문을 열고 나왔다.

"이 밤중에 이런 깊은 산골엘 무슨 일로 오시나요?"

그를 맞아들여 저녁상을 내오는데, 대접이 은근했다. 오씨는 마지막 남은 바지와 치마를 꺼내 주인 여자에게 주었다. 할멈이 기뻐 어쩔 줄 모르며, 당장 갈아입고 백배치하하는 것이었다.

오씨는 상에 놓인 나물이 산삼인 것을 보고 물었다.

---

13 북도北道 북관北關, 즉 함경도를 가리킨다.
14 육진六鎭 함경북도의 변경인 두만강가에 있는 여섯 진鎭. 경원慶原·경흥慶興·부령富寧·온성穩城·종성鍾城·회령會寧이다.

"이 나물은 어디서 났소?"

"근방에 도라지밭이 있어서 매양 캐다 먹지요."

"더 캐다 둔 것이 있나요?"

할멈이 수십 뿌리를 내보이는데 모두 산삼이 아닌가. 자잘한 것도 손가락만 하니 굵은 것은 발목만 했다. 이윽고 밖에서 짐을 부리는 소리가 들렸다. 할멈이 말했다.

"우리 아이가 왔군. 저 애가 태어나서부터 양 겨드랑이에 조그만 날갯죽지가 돋쳐가지고 가끔 벽상에 날아오르기도 합디다. 그래 제 애비가 쇠꼬챙이로 지지기도 했으나 날개가 다시 돋칩디다. 애가 점차 사람에 따라 기운이 절등하여 지금 같은 평온한 시절에는 아무래도 화가 미칠까 염려된다고 이 깊은 산골로 들어와서 사냥을 하여 살아가게 되었지요. 제 애비는 벌써 돌아가셨고, 나 혼자 저것을 데리고 살아갑니다."

이어서 밖을 보고 말했다.

"귀한 손님이 오셨다. 들어와 뵈어라. 이 손님께서 내게 치마와 바지를 주시어 몸을 가리게 하니 실로 은인이시다."

할멈의 아들이 곧 들어와서 절을 하는 것이었다. 이튿날 아침에 할멈에게 물었다.

"도라지밭을 보고 싶은데 어디지요?"

할멈이 오씨와 함께 산마루를 넘어서 한 곳을 가리키는데 온통 산삼밭이 아닌가. 이날 온종일 삼을 캤다. 삼의 크기가 고르지 않았는데 그 중에는 동자삼[15]도 많았다. 한데 모으니 대여섯 바리가 착실히 되는 분량이었다.

---

15 **동자삼童子蔘** 어린아이 비슷하게 생겼다고 해서 일컬어지는 산삼. 동삼童蔘. 산삼 중에도 특별히 좋은 것으로 여겨졌다.

"산중에 말도 없고 이걸 다 어떻게 운반한다지……."

오씨가 걱정을 하자 할멈의 아들이 말했다.

"내가 원산까지 져다 드리리다. 거기서부터 말에 싣고 가시지요."

오씨는 그 말대로 하여, 원산부터는 세마[16]에 싣고 서울로 올라갔다. 집에 돌아와서 아내에게 전후 경과를 이야기하자 아내는 기뻐하며 말했다.

"당신이 적선을 많이 한 덕분에 하느님이 보물을 주셨네요. 오늘 이렇게 귀한 물건을 가지고 돌아오신 것은 우연이 아니지요. 내일이 마침 대감님 회갑이시라 조정의 벼슬아치들이 많이 모입니다. 당신이 여러 대감들께 인사를 드리면 벼슬 한자리 얻어 하기는 그리 어렵지 않겠지요."

다음날 아침 굵은 것으로 산삼 다섯 뿌리를 골라 대감께 선물로 내놓았다.

"쇤네의 지아비가 장사를 나갔다가 이 물건을 얻어왔기에 대감님 전에 바치옵니다."

대감은 크게 기뻐하며 오씨를 불러 보았다. 그 여자는 미리 세립과 철릭[17]을 준비해둔 터라, 오씨에게 새로 갈아입고 들어가도록 했다. 대감이 물었다.

"웬 복장이 이러한가?"

"소인이 연전에 무과를 했습니다. 장사로 살아온 고로 홍패를 숨겨두고 아직 대감께도 아뢰지 못했습니다."

---

16 세마貰馬 댓가를 주고 빌려 쓰는 말.
17 세립細笠과 철릭[天翼] 무관의 복색으로 세립은 머리에 쓰는 벙거지, 철릭은 무관이 입는 옷. 일명 첩리帖裡.

"그래. 신수도 훌륭한 무부武夫구면."

이윽고 벼슬아치들이 당도해서 대감이 산삼을 자랑해 보이자 모두들 부러워했다.

"이런 희귀한 물건을 대감이 혼자 차지하시다니요. 우리도 한 뿌리 나눠 가집시다."

"얻은 것이 이것뿐인 걸 어떻게 나눠드릴 수 있겠소?"

이때 오씨가 옆에 있다가 말했다.

"소인의 행장에 산삼이 조금 남았습니다. 다소간 나눠드려 조그만 성의나마 표할까 하옵니다."

그리고 자기 처소로 가서 산삼 세 뿌리씩을 여러 벼슬아치들에게 바쳤다. 벼슬아치들 역시 크게 기뻐하며 묻는 것이었다.

"저 사람이 웬 사람입니까?"

"저 사람은 내가 귀여워하는 여종의 지아비랍니다. 명색은 향족이고, 무과 출신이랍니다."

여러 대감들이 말했다.

"대감댁 비부로 저만 한 무변武弁이 아직 초사初仕 한자리도 못 했다니, 어찌 대감의 허물이 아니겠소?"

"저 사람 무과는 실은 나 역시 오늘 처음 알았소이다."

해가 이미 기울어서 여러 벼슬아치들은 모두 취하여 흩어졌다.

오씨가 산삼을 팔아서 수십만전의 돈을 벌었음은 물론이다. 그후로 여러 벼슬아치들이 서로 끌어주어서 얼마 지나지 않아 그는 무겸선전관[18]

---

18 무겸선전관武兼宣傳官 임금 주변에서 호위 및 왕명의 전달 등을 맡은 벼슬 이름으로, 무신 겸 선전관武臣兼宣傳官. 무관의 벼슬로서 아주 좋은 자리로 여겨졌다. 문관이 맡는 문신 겸 선전관이 따로 있다.

으로 뽑히고, 차차 승진하여 벼슬이 수사[19]에까지 이르렀다. 아내를 속량[20]하여 해로하다가 생을 마쳤다 한다.

---

19 **수사水使** 수군절도사水軍節度使. 수군을 통솔하던 지휘관. 육군을 통솔하던 병사兵使와 같은 등급임.
20 **속량贖良** 노비가 몸값을 바치고 천한 신분을 면하는 것.

●작품 해설

　『청구야담』에 '지혜로운 여자가 남편을 얻고 보물을 획득하다獲重寶慧婢擇夫'
라는 제목으로 실려 있다.『동야휘집』에는 '산삼밭을 발견하여 재화를 얻다探蔘
田收其奇貨'라는 제목으로 수록되어 있는데 대동소이하다. 여기서는 '비부婢夫'
라고 제목을 달았다.

　어느 재상가의 비부가 된 오모가 그 처의 자금으로 장사를 시작해서 여러번
실패하다가 마침내 크게 성공한다는 줄거리다. 처음 충청도 어느 고을로 내려
가서 대추를 매점하고, 다음 황해도로 가서 면화를 사들이고, 또 다음에는 서울
에서 헌 피복들을 많이 구입해가지고 함경도로 가서 인삼·피물들을 바꿔오기
로 했는데, 마음씨 착한 오씨는 가는 곳마다 춥고 굶주린 동포들을 보다 못해
자기가 가진 것을 죄다 나눠주어서 자신은 빈털터리로 돌아오고 말았다. 마지
막으로 함경도 산속에서 기적적으로 산삼 군락을 발견해서 드디어 모든 소원
을 달성하는 줄거리이다.

　이 이야기에서 당시 서울 사람들이 각 지방의 특산물을 수매, 판매함으로써
큰 이득을 얻을 수 있었으며, 또한 그 이득에 얼마나 관심을 보이고 있었는가를
재상가의 한 여종을 통해서 볼 수 있다.

　이야기에 어리석은 남편을 잘 지도해서 출세하도록 만든다거나 버려진 보물
을 발견한다는 등의 화소가 결합되어 있는 것도 유의할 점이다. 또한 서사의 과
정상 주목할 면이 있다. 돈을 써보면 소견이 열린다는 여주인공의 사고의 논리
에 의해서 이야기가 엮어지는 대목이다. 우연이 개입되긴 하지만 상업유통이
발흥하기 시작하는 시대의 일면으로 느껴지는 것이다.

감초甘草

한 선비가 상처를 하고 집이 가난해서 학동 10여 명을 모아 가르치고
있었다. 얼마 후에 먼 시골로 속현[1]을 하게 되었다.

신부가 시집이라고 와서 보니 서발막대 거칠 것 없이 한 됫박 양식도
없는데, 가장은 주림을 참아가며 독서만 할 따름이요, 도무지 생계는 돌
아보지 않는 것이었다.

그때 일가에 당숙으로 무관의 높은 자리에 있는 분이 있었다. 신부가
남편을 보고 당숙에게 부탁해서 살림 밑천으로 천냥을 빌려오라고 졸
랐다. 선비는 코웃음을 쳤다.

"웬걸 흔연히 빌려주시겠소? 또 내 평생 이런 일로 남에게 말해보지
못했는걸."

하나 신부 자신이 시당숙에게 천냥을 빌려주시면 1년 이내에 갚아드
리겠노라는 내용의 편지를 써 보냈다. 당숙집 며느리나 질부들은 모두
구설이 분분했다.

---

1 **속현續絃** 아내를 여읜 뒤 새로 아내를 맞아들이는 일. 원래는 끊어진 현악기의 줄
을 잇는다는 의미.

"시집온 지 며칠 안 되는 신부가 당돌하게 천냥을 꾸어달라고 하다니, 이런 몰지각하고 인사를 모를 데가 있나."

"그렇지 않다. 지난번에 신부를 보니 녹록히 볼 여자가 아니더구나. 그리고 편지 한장에 천냥을 용이하게 발설하다니, 그 뜻이 볼만하니라."

당숙은 이렇게 말하고 쾌히 응낙하는 답장을 보냈다.

신부는 돈을 받아 다락에다 보관해두는 것이었다. 선비는 해괴하게 여기면서도 우선 맡겨두고 어떻게 하는가 보기로 했다.

신부는 부릴 만한 여종이나 동복이 없으므로 학동들에게 떡이며 과자를 주고 돈을 쥐여주어 선전²에 가서 각색 비단의 자투리를 사오게 했다. 그것으로 주머니를 맵시 있게 지어서 골고루 채워주니, 학동들이 좋아라고 날뛰며 하인과 다름없이 고분고분 말을 잘 들었다.

이에 신부는 학동들에게 각각 돈을 나누어주고 문안 문밖의 약방들과 여러 역관譯官들의 집으로 보내 감초를 사오게 하는 것이었다. 이렇게 몇달 계속하니 서울 시중에는 감초가 바닥이 나서 값이 무려 5배로 뛰었다. 이때 곧 내다 팔아 3, 4천냥을 받을 수 있었다.

집을 사고 가구를 장만하며 비복을 세우니, 집안 형편이 하루아침에 요족하게 되었다.

그리고 나서 시당숙에게 편지를 써 아뢰고 천냥을 갚았다. 1년 기한의 미처 반도 못 된 터라 당숙 집에서는 모두 깜짝 놀랐다. 앞서 비웃던 사람들이 다들 현명한 부인이라고 칭찬했으며, 당숙은 크게 기특히 여겨 직접 새집에 와보고 돌려받은 천냥을 도로 내주며, 이 돈을 놀려 치부의 밑천을 삼으라고 했다. 신부는 사양하여 그 돈을 기어이 받지 않

---

2 선전[立廛] 서울 종로에 자리 잡고 있던 어용상점 중의 비단전.

았다.

"사람이 세상에 나서 의식이 군색하지 않고 동네 사람들과 친척들에게 착한 사람이라는 말을 들으면 족하지요. 구태여 부자가 되어야 하겠습니까? 그리고 부자는 뭇사람들의 미움을 사기 마련이니 제가 원하는 바 아닙니다."

이 부인은 바느질에도 민첩하고 치가에 부지런했다. 부부가 해로하였고 자손들 중에 현달한 자가 많았으며, 평생 궁핍을 모르고 살았다 한다.

●작품 해설

『해동야서』에 '가난한 선비가 어진 아내를 만나 가업을 이루다得賢婦貧士成家業'라는 제목으로 실려 있다.『청구야담』에도 그대로 수록되어 있다. 여기서는 제목을 '감초甘草'라고 하였다.

서울에서 훈장 노릇으로 살아가는 한 가난한 선비에게 시집온 신부가 무관인 시당숙에게 돈 천냥을 차용해서 자본으로 삼아, 학동들을 잘 구슬러서 서울 성중 안팎으로 약방과 역관의 집(역관이 중국무역을 담당했기 때문)을 두루 다니면서 감초를 계속 사들였다. 드디어 시중에 감초가 바닥이 나고, 값은 5배나 뛰었다. 이 신부는 그동안 매점했던 감초를 내다 팔아 3, 4천 냥의 돈을 벌었다는 것이다. 어느 특정한 물품을 매점해서 가격을 조작함으로써 폭리를 남기는 이야기는 연암燕岩 박지원朴趾原의「옥갑야화玉匣夜話」에서 볼 수 있거니와, 이 신부의 경우는 일개 규중 부녀자로서 그리 많지도 않은 자금으로 능히 이 수법을 구사하여 성공한 점이 특색이라 하겠다. 여자의 처지이기에 사업을 일회로 그쳤을 것이다.

택사澤瀉

이영철李永哲은 여항인[1]으로 집이 찢어지게 가난했다. 그의 아내가 말했다.

"남자가 의당 살아갈 방도를 차려야 할 것이지, 마냥 팔짱만 끼고 앉아 있어서 되겠소?"

"손에 든 게 없는 걸 별수 있소?"

이영철의 대답은 이러했다.

"그럼 손에 돈이 생기면 뭘 해볼래요?"

"아무리 돈이 있다 하더라도 이익을 남길 일이 없는 걸 어찌하겠소?"

"가장이 이러시니 바랄 게 무엇이 있겠어요? 내가 나서서 해보겠어요."

그 부인은 드디어 집을 팔아서 3백냥을 마련한 다음 남편에게 부탁했다.

"요즘 시중 약국의 약재 중에서 가장 헐값인 것이 뭔지 알아오세요."

그때 택사[2]가 지천이라 한근 값이 2푼인데, 그 두근인즉 3푼이요 네

---

1 여항인閭巷人 민간인이라는 뜻인데 18, 9세기 서울에서 여항인이라면 주로 중인·서리를 가리켰다.

근인즉 5푼이어서 돌아와서 이대로 말해주었다.

부인은 10여 명 인부를 모집하여 잘 대접하고 고용하여 이들을 여러 약국으로 나누어 보내 택사를 사들이게 했다. 약국 사람들은 택사가 지천이었던 터라 어렵잖게 있는 대로 털어주었다. 여러날 이렇게 사들이니 장안에 택사가 완전히 동이 났다.

며칠 있다가 짐짓 다른 약국에 가서 택사를 사려는 듯 해보았더니, 재고가 없으므로 값이 풀쩍 뛰어 한근에 8, 9푼을 호가하는 것이었다. 돌아와서 택사 약간을 방출하자 약국들은 2, 3푼의 이문을 탐하여 다투어 사갔다.

며칠이 지나 다시 약국에 가서 사려고 했더니 6, 7푼 값으로 살 수 있었다. 일부러 약간을 내었다가 도로 그 값에 전부 거두어들이니, 여러 약국에 택사는 다시 극귀해져서 후한 값으로도 구입할 수 없는 형편이었다. 5, 6일 사이에 한근 값이 20푼으로 올랐다.

다시 또 근당 10푼에 토가 붙은 값으로 택사 약간을 방출하니 여러 약국들은 다투어 매입을 했고, 이를 또 5, 6일 있다가 전부 사들였다. 매번 3, 4일 혹은 5, 6일 간격을 두고 얼굴을 바꿔서 사람을 보내 많이 사들이고 적게 내놓으니, 값은 날로 뛰어서 한달 사이에 한근 값이 50푼에 이르렀다. 이때에 이르러 여러 약국에 소문을 냈다.

"어느 시골 약국에서 시방 택사가 긴히 필요해져서 값의 고하를 묻지 않고 많이 사들이려 한답디다."

그리고 돈 수십냥을 가지고 일부러 급히 구하려는 모양새를 꾸몄다. 여러 약국은 단 한근의 재고도 없어 돈을 보고 너나없이 군침을 흘리며

---

2 택사澤瀉 늪이나 논에서 자라는 남가새라는 풀의 뿌리로 한약재로 쓰인다.

한숨들을 쉬는 것이었다.

"이런 판국에 택사만 있으면 여러 배 이득을 남기는 건데. 이젠 어쩔 도리가 없는걸."

이에 택사를 3, 40푼 값으로 방출하자, 약국 사람들은 그 약재가 동이 난 판국이라 반가워하고, 게다가 시골 약국에서 급히 구하기 때문에 좋아라고 사들였다.

그후로 택사를 구입하려는 사람이 나타나지 않으므로, 약국 사람들은 그제야 속았음을 알았다. 그러나 어찌할 수가 없었다.

이영철의 아내는 한달 사이에 수십 배의 이득을 취하고 나서 가정으로 돌아와 한평생을 잘 먹고 편안하게 살았다 한다.

이 행적은 화식전[3]에 들어갈 만한 내용이다.

---

3 화식전貨殖傳 경제활동을 하여 큰 부자가 된 사람들의 전기. 사마천司馬遷의 『사기史記』의 「화식열전貨殖列傳」이 유명하다.

『기문습유記聞拾遺』에서 뽑은 것으로, 원출전은 구수훈具樹勳이 지은 『이순록二旬錄』이다. 제목이 없는 것을 여기서 '택사澤瀉'라고 붙였으며, 작자는 구수훈으로 보아야 할 것이다.

앞의 「감초」와 같이 어떤 부인이 특정한 약재를 매매하여 큰돈을 번 이야기다. 그런데 이 부인은 서민의 아내로서 시집 쪽에 아무런 힘입을 곳이 없기 때문에 집 판 돈 3백냥을 가지고 시작할 수밖에 없었고, 그만큼 많은 술수를 사용하지 않을 수 없었다. 많지 않은 자금으로 시중의 택사를 매점하기까지의 수법과 매점 이후 가격 조작의 수법은 얄미울 정도로 계략적이다.

소금鹽

　서울에 김가 성의 가난한 양반이 있었다. 그는 처자식을 이끌고 유리걸식하며 돌아다니다가, 남양[1] 땅에 발길이 닿아 산기슭에 오두막을 치고 살았다. 그의 큰아들은 나이 서른이 넘었는데도 여태 장가를 들지 못하였다. 그가 아우와 함께 매일 나가서 양식을 구걸해오면, 그 노모가 밥을 지어 생계를 이었다.

　그 아랫마을에 장가 성의 풍헌[2]이 살았다. 그 지방의 평민으로 역시 찢어지게 가난했는데, 시집갈 나이가 된 딸이 있었다.

　어느날 김씨의 아들이 자기 아버지에게 말했다.

　"어머니께서 이제 연로하시어 손수 조석을 끓이시기도 어렵고 저는 아직 아내가 없으니, 저 같은 노총각이 장차 어떻게 살아가겠습니까? 불가불 사람을 속히 구해야겠습니다."

　"난들 어찌 네 혼사에 소홀했겠느냐만 대체 누가 우리 같은 비렁뱅이

---

1 남양南陽　지금 경기도 화성시에 속한 지명. 바다를 끼고 있는 지역.
2 풍헌風憲　향촌 행정에서 말단 소임의 하나. 오늘의 면장에 해당하나 신분상 평민들이 하는 구실이어서 사회적인 대우를 받지 못했다.

집에 딸을 보내려 하겠느냐?"

"아랫마을 장풍헌이 당혼當婚한 딸이 있다지요. 제가 대면하여 청혼해볼랍니다."

"우리가 아무리 궁해서 죽을 지경이라도 평민들과 혼인하다니, 그건 차마 못할 일이 아니냐?"

"아버지 말씀은 너무나 실정에 어둡습니다. 우리가 이 마당에 이르렀으니 그야말로 새벽 호랑이 중이건 개건 가릴 겨를 없다는 격이지요."

드디어 김총각은 자기 아버지의 헌 의관을 몸에 걸치고 장풍헌 집으로 갔다.

"내 드릴 말씀이 있어 왔습니다."

장풍헌을 보고 말하자 무슨 일인가고 물었다. 김총각이 말을 꺼냈다.

"어르신도 필시 우리 집 문벌을 들었을 줄 압니다. 이만한 양반으로 이 나이가 되도록 장가를 들지 못했습니다. 어르신 따님을 제 처로 주시면 어떠실는지요? 하늘이 제각기 먹을 것을 점지해주신 바에, 아무리 가난해도 연명할 방도야 없겠습니까?"

"내 딸이 자네 집에 들어가면 영락없이 굶어죽고 말 거라. 자네는 어쩌자고 그런 말도 안 되는 소리를 하는가?"

풍헌은 손을 내젓는 것이었다.

김총각은 멋쩍게 물러나왔다. 풍헌은 집 안으로 들어가면서 혀를 차며 혼자 중얼거렸다.

"원 당치도 않은 소릴……."

그 딸이 마침 아침 부엌에서 쌀을 일다가 나와서 물었다.

"아버지, 무얼 가지고 그렇게 불평하셔요?"

"네가 참견할 일이 아니다."

그래도 딸이 재삼 까닭을 물어서 말해주었다.

"윗동네 김도령이 내 사위가 되기로 청하지 않겠니? 그래 내 이미 거절은 했다만, 원 말이 당치도 않구나."

"우리 집 안방에 맞아들일 사위래야 기껏 하총정병[3]밖에 더 있겠어요? 김도령은 그래도 명색이 양반인데, 아무렴 저들보다야 낫겠지요. 빈부와 사생은 저마다 정해진 복에 달렸는데, 그의 청혼이 무어 해괴하달 것이 있겠나요? 저는 그가 꼭 허락받게 되기를 소원하옵니다."

"네 의향이 정 이러하다면 그냥 굽혀 좋은들 안 될 게 무엇이겠느냐?"

"김도령이 아침을 걸렀기 쉬운데, 우리 집 아침밥을 이미 솥에 안쳤으니 불러다가 요기라도 시키고, 겸하여 허혼許婚을 해서 보내는 것이 좋겠습니다."

풍헌이 바로 울타리 밖으로 나가서 그를 손짓해 불렀다. 김총각이 다시 돌아와서 자리에 앉자 풍헌이 일렀다.

"두 궁한 사람끼리 만나다니 실로 큰 고민이지만, 내 자네 말을 좇아 혼인을 맺으려 하네."

"어르신이 과연 잘 생각하셨소."

김총각은 즉시 다섯 손가락을 꼽아 생기복덕일[4]을 점쳐보더니 모레가 길일이라고 하는 것이었다.

"너무 급하네."

"댁의 적빈赤貧한 형편으로 애당초 금침을 갖춰 시집보낼 가망이 없는 바에, 무엇 때문에 굳이 날짜를 늦춰 잡겠습니까? 남녀가 동침하면

그것이 곧 혼인이지요."

"그도 그렇지."

김총각이 아침을 먹고 돌아가자 그 아버지가 아들에게 물었다.

"장풍헌의 대답이 어떻더냐?"

"모레로 혼인날을 정했습니다."

"너무 급하구나."

그 아버지도 이렇게 말했으나 아들이 대답했다.

"혼인을 미룬다고 어디서 비단에 화려한 의복과 안장마가 갖춰진답디까? 당일에 아버지의 이 헌 의관으로 다시 차리고 나서면 족합니다."

이윽고 초례를 치르고 동침을 하는데 신부가 말했다.

"어머님께서 연로하시어 조석을 차리는 일도 감당키 어려우실 텐데, 이제 며느리가 되었으니 비록 하루 사이라도 일찍 가서 노고를 대신하여 며느리 된 도리를 차리는 게 좋겠습니다. 내일 아침에 같이 가십시다."

날이 새자 신부는 친정아버지에게

"집에서 저를 시집보내심에 어차피 아무 마련도 없지 않아요? 저도 시어머님의 수고로움을 대신하는 일을 조금이나마 늦출 수 없으니, 지금 신랑과 함께 떠나렵니다."

하고 큰 빗 작은 빗 둘을 품속에 간수하고 버들고리 하나를 머리에 이고 신랑을 따라 걸어서 오두막집에 당도했다. 신랑이 먼저 들어가서 부모에게 아뢰었다.

"처를 데리고 돌아왔습니다."

즉시 신부를 불러들이니, 신부는 시부모에게 절하고 그날로 부엌에 들어가 일을 보았다. 신랑 형제가 동냥을 나갔다가 돌아오면 동냥해온 것에 따라 죽밥간에 짓는 것이었다.

어느날 신부가 신랑에게 말했다.

"대장부로 세상에 나와서 밥벌이를 꾀하는데 전혀 깜깜해가지고 한껏 비렁뱅이를 일삼으니, 이를 장차 어찌할 셈이에요?"

"농사일은 못 배웠고, 나무하고 풀베기도 손방인 걸 구걸하는 일 말고 무엇을 하겠소?"

신부는 즉시 버들고리 속에서 영락없이 비단 같은데 비단이 아닌 세목 두필을 꺼내었다. 올이 원체 가늘어 분간조차 안 되었다. 신부가 시집오기 전에 집에서 손수 짠 것이라고 했다.

"이걸 장에 가서 팔면 못 받아도 각기 20냥은 받을 거예요. 10냥으로 면화와 양식을 사고, 나머지 돈은 가지고 오셔요."

남편이 말 그대로 하여 받은 돈이 과연 40냥이어서 장을 보고 남긴 것이 30냥이었다. 온 집에 가득히 기쁨이 넘쳤다. 쌀로 호구를 하며 면화로 베를 짰다. 그 처는 30냥을 남편에게 주며 일렀다.

"염장鹽場에 가서 소금꾼들과 약정을 하되, 이 돈을 염장에 들여놓고 3년 동안 소금을 받아다가 장사를 하고 만 3년이 되어도 본전을 찾아가지 않겠노라고 하면 소금꾼들이 틀림없이 좋아라고 응할 거예요. 그러면 소금을 지고 100리 안쪽을 두루 돌아다니되, 값은 꼭 그 당장 받아낼 일이 아니라 외상을 깔아놓아 인정을 두루 맺어서 단골들을 삼아놓으면 반드시 그 이득이 많으리다."

그는 처의 말대로 소금꾼에게 가서 약정을 했다. 과연 소금꾼들은 목전의 30냥 재물이 적지 않음을 탐내고 3년 동안에 작은 것이 쌓여 큰 것이 됨은 헤아리지 못하여, 3년까지 이자로 소금을 대주고 기한이 차면 다시 본전도 내주겠다고 하는 것이었다. 그는 굳이 본전은 사양하겠노라고 말하였다.

그 이튿날부터 매일 등에 소금짐을 지고 몇 고을을 두루 돌면서 현찰을 받기도 하고 외상을 놓기도 하여 이르는 곳마다 모두 친숙해져서, 혹 다른 소금장수가 오더라도 반드시 김서방의 소금을 기다린다고 하는 것이었다.

그리하여 만 3년이 되었다. 그 처가 남편에게 물었다.

"그동안 장사한 것이 외상까지 합하여 모두 얼마나 되나요?"

"근 3천냥은 되지."

처는 다시 30냥을 내주며 일렀다.

"이걸 가지고 다시 염장에 가서 전과 같이 약속하셔요. 이번엔 형제 두 사람 몫의 소금을 대달라고 요청해도 필시 거절하지 않을 거예요."

그가 소금꾼들에게 가서 이런 뜻을 건넸더니, 그들은 선뜻 나섰다.

"당신이 전에 끝내 본전을 안 찾아간 건 지나친 청렴이라. 이번 두분 몫을 대기가 무엇이 어렵겠소?"

하여 그는 자기 아우와 날마다 소금짐을 지고 먼저처럼 돌아다녔다. 다시 1년이 흘러 그가 아내에게 말했다.

"4년 소금짐을 졌더니 이제 등골이 부러지겠어. 참기 힘들구려. 말에 싣고 다녀봅시다."

"말 등의 이익이 사람 등만이야 못하지만, 등짐이 정 어렵다면 말에 실어도 무방하겠지요."

10냥 정도를 주고 암말을 사서 소금을 실었다. 형은 말에 소금을 싣고 아우는 등에 소금을 지고 나란히 행상을 다녔다.

그 말이 새끼를 배었다. 하루는 장사를 나갈 때 처가 말했다.

"오늘은 소금을 팔고 돌아오는 길에 말은 집으로 들여보내고, 염장에 가서 소금짐을 져야겠어요."

그래서 도중에 말을 집으로 보냈다. 이날 말이 숫망아지를 낳았는데 망아지가 절등한 명마였다.

이러구러 소금꾼과 기약한 만 3년이 되었다. 그 처가 길쌈으로 마련한 돈도 천냥이 넘었다. 소금으로 남긴 이문을 모두 모아 합산을 해보니 거의 만냥에 가까운 것이었다. 이제 엄연히 한 고장의 갑부가 되었다.

망아지는 5, 6년 자라자 비호처럼 뛰고 나는 듯이 달려 이젠 높은 값을 호가하게 되었다. 동네 부자 무변으로 이李선달[5]이 이 말을 몹시 탐냈다. 서울 올라갈 때 타려는 것이었다. 이선달은 김씨 집 문전에 올벼 논 세두락이 있는데 이 말과 바꾸자고 청했다.

그 처는 이 말을 듣고 이선달을 맞아오게 하여 직접 흥정을 하고자 했다. 이선달이 오자 그 처는 사립문을 사이에 두고 말을 건네었다.

"댁에서 꼭 우리 말을 사려 하시나요?"

"그렇소."

"저기 바라보이는 곳의 사흘갈이 묵정밭이 댁의 것이라고 들었는데, 저것과 바꾸면 좋겠습니다."

"그 밭은 내버린 거나 다름없는 물건이오. 어찌 감히 값을 쳐서 남의 좋은 말을 차지하겠소? 청컨대 그 밭까지 이왕 바꾸자고 한 올벼 논 세두락에 끼워 드리리다."

그 처는 굳이 논을 사양하고 밭만 달라고 하여, 이에 문서를 작성하고 명마와 묵정밭을 바꾸었다.

며칠 안에 큰 집을 지을 재목을 구하여 그 묵정밭에다 우뚝이 굉장한 집을 세웠다. 그리고 새집으로 이사하여 자녀를 여럿 두고 수壽와 부富

---

5 선달先達 문무과에 급제하고 아직 벼슬하지 않은 사람. 보통은 무과 급제자를 지칭함.

를 함께 누렸다.

　대개 그 밭이 집터로 명당자리인데, 그녀의 안목이 능히 알아보았던
것이다.

● 작품 해설

노명흠盧命欽이 지은 『동패낙송』에서 뽑았다. 원문에는 제목이 없는 것을 '소금[鹽]'이라 붙였다.

적빈한 양반 아들이 역시 가난한 풍헌의 딸과 결혼하여 그 처의 슬기로운 계획과 남편의 근면 노력으로 부자가 된 이야기. 소금장수는 당시에는 천한 직업임에도, 오직 성실한 마음으로 초지일관한 남편은 아내의 정성과 총명에 힘입어 마침내 여생을 부유하게 보낼 수 있었다. 소금은 부의 축적에서 담배 같은 상품처럼 이득이 크지는 않지만 사람의 생활에 필수적인 것이므로 판로의 끝없는 확대에 따라 치부의 기반을 이룩할 수 있었던 것이다.

이 작품은 대화를 적절히 구사하여 삶의 절실한 현실과 신분변동 등의 문제를 그려낸 수법이 돋보인다.

강경江景

　서울에 선대의 유산으로 거금을 가진 사람이 있었다. 그는 돈을 남에게 빌려주고 그 이자를 챙겼을 뿐, 자신은 한번도 상업이나 교역에 직접 종사한 적이 없었다. 누군가 이 점을 비아냥거려 말했다.

　"사내대장부로서 10만전을 차고 멀리 도회지로 돌아다니며 큰 이득을 취하지 못하다니."

　그가 물었다.

　"도회지라니 어디 말인가?"

　"송도·평양·의주·동래·원산포·함흥·전주·강경 등지가 손꼽히지 않는가?"

　그의 농장이 마침 충청도에 있었기 때문에, 10만전을 말 여섯 바리에 싣고 떠나 강경으로 내려갔다.

　계절이 봄에서 여름으로 바뀌는 즈음이라 해물이 한창이고 선박이 즐비했다. 인마가 구름처럼 몰려들어 안개 속의 집들이 벌집처럼 소란스러웠다. 그는 눈이 어지럽고 마음이 산란한데, 갈 만한 곳을 찾지 못해서 말을 언덕 위 풀밭에 매어놓고 턱을 괴고 앉아 있었다. 이때 해어진 모자에 허름한 옷을 걸친 사내가 절름거리며 다가와 옆에 앉는 것이었다. 그가 말을 걸었다.

"당신 어디 사오?"

"여기 강경 살아유."

"내 강경이 대도회란 말을 듣고 돈을 싣고 막상 와서 보니 누구를 주인으로 삼아야 할지, 어떤 물건을 사들여야 할지 막연하기만 하오. 어떡하면 좋을까?"

절뚝발이는 이렇게 말했다.

"옹색한 대로 제 거처에 처소를 정하시고, 물건을 사들임에 당해서는 의당 사람들이 다투어 사들이는 걸 피해얍쥬."

"그럼 내 당신 집에 묵으리다. 그리고 당신에게 돈을 맡길 터이니, 당신 임의대로 해보시오."

드디어 10만전을 몰고 절뚝발이를 따라 게딱지 같은 집에 당도했다. 집이라고 문도 없고 말을 세울 만한 곳도 없었다. 그는 하룻밤을 묵고 더 견디지 못해 일어서면서 말했다.

"돈은 당신 수중에 있으니, 내 관여할 바 아니오."

"이런 말세에 사람을 어떻게 믿는다고 왜 여기 계시면서 일이 되어가는 것을 보시지 않으려우?"

"당신이 속이지 않는다면 내가 없다고 안 될 일이 무엇이며, 당신이 만약 속이려 든다면 내 여기 있다고 무슨 수가 있겠소?"

그는 말을 채찍질하여 떠나갔다. 절뚝발이가 쫓아가서 말고삐를 붙잡고 물었다.

"언제쯤 다시 내려오실래유?"

"내 평생 서울 도성 밖을 나가보지 않았소. 이번 걸음은 나로서는 특별한 일이라. 내 무엇하러 다시 오겠소?"

"성명은 뉘시며, 서울 어느 방坊 어느 동 어느 골목에 사시는지요?"

그는 자기 집 주소를 일러주고 나서 덧붙였다.

"당신이 찾아오겠소? 그 역시 쉬운 일이 아니리다."

"당신이 비록 안 오신대도 저야 응당 가 뵈얍지유."

그는 한번 떠나간 후 일자무소식이었다.

절뚝발이는 만인이 경쟁하는 바가 해물에 있고 연초는 지천으로 쌓여 통 거래가 없는 것을 보고, 10만전을 전부 풀어 연초를 사들였다. 그 것을 견고하게 포장하여 여기저기 완옥[1]에 보관했는데, 맡긴 처소가 100여 군데나 되었다.

그 이듬해는 연초가 품귀하여 값이 10배로 뛰어, 일약 100만전을 벌어들였다. 20만전을 따로 떼놓고 나머지 80만전을 들여서 논밭을 장만하고 집을 세우고 노비와 마소를 두어, 절뚝발이는 졸지에 큰 부호가 된 것이다. 이에 절뚝발이는 서울로 올라가서 그의 집을 찾아갔다. 그는 깜짝 놀란 표정으로 말했다.

"웬일로 있소?"

"당신의 돈을 이용해 1년 만에 10배의 재화를 모았지유. 당신 앞으로 본전의 두 곱을 정해두고 80만전은 내 몫으로 삼았습니다. 이처럼 졸부가 된 터에 감히 와서 고하지 않을 수 있나유? 저와 동행해 내려가서서 제가 요족하게 잘사는 모습을 보신 후, 당신의 20만전으로 남방의 방물을 사들여서 배로 실어 보내고 당신은 육로로 상경하시지유. 내 필히 화물을 해운海運으로 보내드려서 10배의 이득을 보시도록 해드리리다."

---

1 **완옥完屋** 비가 새지 않을 완전한 집이라는 뜻.

"내 애당초 당신을 신용하여 돈을 맡긴 것이 아니었소. 생소한 상업 도회에 직접 가서 보니 눈이 어지러워 병이 날 듯싶고 10만전을 죄다 날릴 것만 같습디다. 그래 차라리 당신에게 주어 장사를 하여 한 집을 부자로 살려보겠다는 생각이었다오. 본전이 돌아오리라고는 처음부터 기대하지 않았던 걸 어찌 갑절의 이득을 바라겠소? 당신은 돌아가서 꼭 돈을 갚고 싶거들랑 본전만 올려 보내시오."

"지금 저와 동행하시면 도중의 침식이나 제 집의 기거가 전번처럼 고생스럽지 않고 편안하기가 서울 계시기나 다름없을 거유."

"그럼 나서볼까."

여행 중의 숙식이 과연 편하고 즐거웠으니, 이는 절뚝발이가 미리 주선한 때문이었다. 그는 절뚝발이의 거대한 저택과 요족한 살림을 보고서는 놀라고 감탄해 마지않았다. 그리고 기어이 본전만 받아가지고 육로로 돌아오면서 이렇게 말했다.

"본전을 잃지 않고 당신 일가족을 잘살게 했으니 나의 소득 또한 적은 것이 아니라. 하필 분수 밖의 이득을 도모할 것이 있으리오."

●**작품 해설**

안석경의 『삽교별집』에서 뽑았다. 원문에 제목이 없는 것을 여기서 '강경江景'이라고 붙였다.

18세기 이래 상업의 발달과 더불어 지방 도시가 발전하였다. 작품에서 거명한 개성·평양·원산·함흥·전주·강경 등지가 대표적인 곳으로 꼽혔거니와, 그중에도 강경은 충청·전라·경상 3도의 물산이 집중되는 곳으로 당시 전국 제일의 상업도시로서 번창하였다. 이중환李重煥의 『택리지擇里志』가 잘 소개해준 바와 같다.

이 이야기는 서울의 어떤 큰 부자가 많은 돈을 가지고 식리殖利를 일삼고만 있다가, 직접 상업에 투자할 심산으로 강경에 내려간 것으로 시작된다. 그런데 경험도 없고 방법도 몰라 어느 거간꾼에게 돈 10만전을 주어버리고 자기는 그냥 서울로 돌아온다. 거간꾼은 그 돈으로 엽연초葉煙草를 대량으로 사들여 저장해두었다가 이듬해 담배가 품귀할 때를 이용, 한꺼번에 처분함으로써 10배의 이익을 보았다는 것이다.

서울 부자가 강경에 내려와서 눈이 어지러울 정도로 지방 도시가 번창했다는 것과, 거간꾼이 큰 이득을 본 후에 그 돈의 원금과 이자를 어김없이 서울로 가져가서 갚으려고 했다는 것은, 상업의 발달과 아울러 상인들의 신의가 윤리의 한 덕목으로 형성되어가고 있음을 보여준다.

담배炯草

영조 무인(1758) 연간 서울에 담배가 품귀하여 한 줌 값이 3푼이나 나
갔다. 그때 칠원[1] 사람이 논밭을 죄다 팔아가지고 담배를 샀는데 본전
만 5백냥이 들었다. 그가 담배를 신고 상경하여 한강을 건너서 날이 저
물어 석우[2]에 당도했다. 탕건에 창옷[3]을 차려입은 어떤 늙은이가 길에
서 보고 물었다.

"이게 담뱃짐이오?"

"그렇소."

"지금같이 담배가 동이 난 판에, 세 바리면 3천냥은 문제없겠지. 당신
참 때를 잘 맞췄구려."

"내 이번에 서울이 초행이라오. 서울 장안에 사고무친四顧無親인데 객
주를 정하는 등 제반 절차를 좀 가르쳐주시겠소?"

---

1 칠원漆原 경상남도 함안군에 속한 지명.
2 석우石隅 서울 남대문에서 동작나루로 나가는 중간에 있던 지명. 일명 '돌모루'로 이
  태원 근방.
3 창옷氅衣 벼슬아치가 평상시 입는 윗옷. 소매가 넓고 뒤 솔기가 갈라졌음. 대大창옷
  은 도포처럼 생겼으며 소小창옷은 소매가 좁고 저고리가 길다.

"저런! 초행에 이런 중화重貨를 싣고 오다니. 날 만나지 못했던들 아주 낭패 볼 뻔했구려! 꼭 나만 따라오오."

드디어 동행하여 성내로 들어가 배회하다가, 통금이 임박해서 자기 집으로 데리고 가더니 담배까지 잘 간수해주었다. 새벽종이 울린 직후 그 사람이 안에서 나와 하는 말이었다.

"당신 물건이 적지 않아 하루 이틀에 다 팔리지 않겠소. 당신 말들이 일없이 노는데, 마침 용산강⁴에 우리 나뭇짐을 운반해올 것이 있으니 수고스럽지만 일찍 조반을 자시고 말을 끌고 가서 나뭇짐을 싣고 오시면 어떻겠소?"

"그래도 좋겠죠만, 우선 용산길도 모르니 곤란할 것 같소."

"우리 집 종을 안동⁵해 가시오."

담배장수는 드디어 말을 배불리 먹인 후 그 집 하인과 함께 집을 나섰다. 그때가 파루⁶를 갓 넘긴 시각이라 어슴푸레 멀리 있는 사람은 분간이 안 되었다. 청패⁷를 지나자 그 하인놈이 살짝 내빼버린 것이다. 담배장수가 아무리 찾아도 하인은 온데간데없고, 그 집으로 되돌아가자 해도 어두운 밤중에 얼핏 하룻밤 자고 나온 집을 어떻게 기억할 것인가. 해는 떠오르는데 진퇴양난이었다. 말고삐만 쥐고 길거리에서 허둥지둥 통곡할 따름이었다. 오는 사람 가는 손이 너나없이 까닭을 들어보고 사

---

4 용산강龍山江 서울 원효로4가에서 마포 사이 한강을 가리키는 말. 지금의 원효대교가 있는 지역.
5 안동眼同 사람을 따르게 하거나 물건을 지니고 가게 함. 글자의 원뜻은 눈을 함께한다는 말이다.
6 파루罷漏 통금이 해제되는 시간. 새벽 4시 전후로, 이때 큰 종을 33번 쳐서 통금 해제를 알렸다. 원래 글자 뜻은 물시계에 담긴 물이 다 떨어짐을 가리킨다.
7 청패靑淸 지금의 서울 용산구 청파동 근방에 있던 지명.

정을 딱하게 여기지 않는 이가 없었다.

이윽고 벙거지[8]를 쓴 건장한 사나이가 반쯤 취해서 노래를 흥얼거리며 어슬렁어슬렁 걸어오다가 그를 보고 무슨 영문인지를 물었다. 담배장수가 전말을 세세히 이야기하자, 벙거지는 껄껄 웃고 말했다.

"당신 잃어버린 담배를 내 전부 찾아주지. 담뱃값을 반분하겠소?"

담배장수는 뛸 듯이 기뻐 대답했다.

"만약 찾기만 하면 다라도 드리리다."

벙거지는 담배장수에게 이리저리하라고 지시하는 것이었다. 즉시 세 필 말 중에 늙은 말을 골라 고삐를 풀어놓고 앞서가게 한 다음, 담배장수와 벙거지는 그 세필 말을 따라 성내로 들어왔다. 말이 문득 어느 집 문전에서 멈추는 것이었다.

"이게 그 집이오?"

벙거지가 묻는 말에 담배장수는 한참 유심히 살펴보았다.

"과연 맞네요."

그러자 벙거지는 발길로 대문턱을 뻥 지르며 소리쳐 주인을 찾았다. 주인이 안에서 나오자 벙거지는 담배장수를 돌아보고 물었다.

"이 사람이 바로 당신이 숙박한 집 주인이오?"

"맞습니다."

주인은 담배장수를 보더니 얼른 말하는 것이었다.

"어디 갔다 이제 오우? 우리 하인이 아까 먼저 와서 말하길 길이 어두워 서로 잃어버렸다고 합디다. 그래 기다리던 차였소. 어쨌든 돌아왔으니 천만다행이오."

---

8 벙거지[氈笠] 군인이나 천한 사람들이 쓰던 털로 만든 모자. 한자어로는 전립(氈笠/戰笠).

벙거지는 주인을 보고 꾸짖었다.

"네가 어떤 사람이기에 감히 아무 궁宮으로 가는 담배를 중간에서 가로채고 마부를 유인하여 따돌렸느냐? 우선 담뱃동을 전부 내놓아라."

주인은 벙거지의 기세가 워낙 당당하고 언사가 무척 똑똑한지라 반시각이나 멍하게 서 있다가, 단 한마디 핑계도 못 붙이고 담배 여섯동을 고스란히 져 내오는 것이었다.

벙거지가 먼저 묶음을 헤쳐보더니 또 소리쳤다.

"이 중에 있던 돈 3백냥은 어디로 갔나?"

주인이 담배장수를 돌아보며 말했다.

"당신이 애초에 담뱃동을 들여놓을 땐 돈 말이 없었고, 또 애당초 내가 묶음을 풀어보지 않고 지금 비로소 꺼내오는 건데, 돈이 어쨌다니 심히 맹랑하오."

이에 담배장수는 서슴없이 말하는 것이었다.

"어젠 미처 말을 못 했으나, 내가 실은 아무 궁의 마름이라오. 궁토宮土에서 바치는 담배와 함께 3백냥을 가져왔더랬소. 지금 돈이 없다고 하다니 주인의 소행을 알 수가 없소."

벙거지가 나서서 호통을 쳤다.

"나는 아무 궁의 하인이다. 오래 기다려도 담배 바리가 안 오기에 문밖에 나와서 기다리는 참에 마침 이 마름을 만나가지고 찾아왔다. 만일 주인이 돈을 순순히 내놓지 않으면 궁으로부터 별반 조처가 있을 것이다. 한번 버텨볼 테냐?"

벙거지가 팔목을 걷어붙이고 눈을 부라리는데, 그 기세는 겁을 주기에 족했다. 집주인은 시정의 하찮은 상사람이다. 돈 얘기가 터무니없이 허황하게 지어낸 소리인 줄을 저도 뻔히 알지만, 이미 약점이 잡혔으니 발명할 도리도 없고 또 발악해보다가 어떤 풍파가 닥칠지 두렵기도 하여 울며 겨자 먹기로 생돈 3백냥을 물어내고 말았다.

벙거지는 담배장수와 함께 담뱃동을 묶어 싣고 자기 집으로 운반했다. 담뱃값이 오르기를 기다려 모두 내다 팔아서 3천여 냥을 받을 수 있었다. 담배장수가 그 돈의 절반을 내놓았더니, 벙거지는 웃으며 종내 받지를 않았다.

"내 속임수로 3백냥을 벌었으니 이것으로 충분하지, 어찌 당신의 가긍한 물건을 바라겠소? 전부 가져가시오. 다신 그런 말 꺼내지도 마오."

당시에 이 이야기를 듣는 이들 누구나 통쾌하게 여기며 감탄해 마지않았다 한다.

●작품 해설

『청구야담』에 '담배장수를 동정하여 높은 의기로 재물을 빼앗다矜草商高義讓財'
라는 제목으로 실려 있는 것을 뽑았다. 『동야휘집』에는 '호기를 부려 담배장수
로 인연해서 재물을 약탈하다呈豪氣因商掠錢'라는 제목으로 수록되어 있는데, 줄
거리는 대동소이하다. 그 시골 사람의 성명을 손양식孫亮軾이라고 붙여놓은 점
이 특이하다. 여기서는 제목을 '담배[烟草]'로 달았다.

연초는 우리나라에 들어온 이후 얼마 지나지 않아서부터 상품화되어 전국적
으로 수요가 높았으므로, 18세기 이래 연초로 치부한 사람이 많았던 것 같다.
이 이야기는 어느 시골 사람이 논밭을 판 5백냥의 돈으로 죄다 담배를 사서 서
울로 가지고 와 3천여 냥을 벌었다는 것이다. 그런데 그 과정에 서울 시정배들
의 교활한 속임수와 시골 사람의 어리석으면서도 성실한 성질이 대조적으로
묘사되어 있어서 흥미롭다. 벙거지는 제3의 인물로 설정되어 있다. 그는 의협
심을 발휘하여 간교한 술수에 걸려들어 곤경에 처한 시골 사람을 지혜로써 구
해주고, 되치기를 하여 교활한 자로부터 돈을 빼앗아낸다. 이런 줄거리로 보면
사실상 벙거지가 서사의 주역인 셈이다.

거여 객점巨余客店

    김기연金基淵은 경주 사람이다. 집이 썩 부유했으나 일찍 아버지를 잃고 홀어머니 밑에서 자랐다. 장성하여 무예를 닦아 합격을 하고는 공연히 어리석은 마음이 동하여 권세 있는 벼슬아치에게 뇌물을 바치면 벼슬길이 절로 열리리라 생각했다. 그래서 자기 어머니를 속여 천 꿰미의 돈을 꾸려가지고 상경한 것이다.

    여관을 정하고 권세가의 문하를 엿보았으나 발이 막혀 접근하지도 못했다. 매일 대갓집 청지기들과 어울려 술이나 마시고 도박을 하여 1년도 못 되어 돈을 다 탕진해버리고 집으로 내려갔다. 다시 자기 어머니를 속여 말했다.

    "아무 어른, 아무 대감이 다 저와 절친합니다. 이번에 천 꿰미만 가지고 올라가면 지방의 원 한자리는 맡아놓은 거고, 병사·수사도 어렵지 않을 겁니다."

    어머니는 이 말을 그럴듯하게 여겼다. 드디어 논밭이며 세간까지 팔아 그는 다시 재물을 짊어지고 상경하였다. 다시 1년이 못 되어 전과 같이 탈탈 털어버리고 강을 건너갈 면목이 없어졌다. 이제는 서울에 앉아서 사람을 보내어 집에 돈을 독촉하는데, 마치 내일모레면 일산을 받치고 어느 고을에 부임할 것같이 했다. 어머니는 아들이 행여 허비하는 줄은 생각지 않고 요청대로 시행하여, 이렇게 하기를 전후 몇차례가 되었다.

어느날 집에서 기별이 왔는데, 땅과 집과 노비를 전부 내다 팔고도 빚이 산더미같이 쌓여 어머니와 처자식은 이웃집 행랑에 세 들어 산다는 내용이었다. 기연은 이 말을 듣고 기가 막혀 골패짝을 내던지고 탄식했다.

"내 이게 무슨 꼴이람! 서울 와서 놀기 10년에 대감 낯바닥이 어떻게 생긴 줄도 모르고 공연히 늙은 어머니를 속여 우리 집 재산만 탕진하다니……"

행장을 수습하고 보니 남은 돈이 7, 80꿰미가 되었다.

"이 돈이 여기선 며칠거리에 불과하지만, 집에 가지고 내려가면 노친을 몇달 잘 공양할 수 있겠구나."

한숨을 쉬며 탄식하고, 드디어 같이 놀던 노름꾼들과 낱낱이 손을 흔들어 작별하고 하인과 말을 재촉했다.

도성 문을 나와 한강을 건너 정오에 거여[1] 객점에 말을 매었다. 때마침 흉년이 거듭 들었고 날씨도 추웠다. 객점 앞 길가에 부황이 든 어떤 여인이 헐벗은 채 아기를 안고 웅크리고 있는 모양이 곧 죽을 것 같았다.

기연은 식사를 하다가 그 정경을 보고 말했다.

"저기 있는 여자를 잠깐 불러오너라."

여인이 돌아보고 기어서 방 안으로 들어와 쪼그리고 앉았다. 기연은

---

1 거여巨余 지금의 서울 송파구에 있는 지명. 장시가 발달했던 곳이다.

대궁상을 물려주고 돈 두 꿰미를 내어주면서 말했다.

"속담에 입은 거지는 얻어먹어도 벗은 거지는 못 얻어먹는다 했소. 이 돈을 가지고 헌 적삼과 떨어진 치마라도 사 입고 구걸을 해도 하시오."

다시 객점 주인을 돌아보며 말했다.

"사람이 금방 죽어가는 걸 보고도 어찌 모른 척할 수 있겠소?"

그리고 기연은 말에 올라 길을 떠났다. 그 여인은 감읍感泣해서 뒤를 쫓아오면서 소리쳤다.

"나으리, 어디 사십니까?"

"나는 나으리가 아니오. 경주 김선달이지."

"언제 다시 뵐 수 있을는지요?"

"내 이번 걸음에 서울을 영영 떠나가오. 언제 다시 보겠소?"

그러고는 말을 채찍질하여 뒤도 안 돌아보고 가버렸다.

객점 주인은 나그네가 이처럼 사람을 구해주는 것을 보고, 그 여자를 돌아보며 말했다.

"내 너에게 헌 옷을 한벌 줄 테니 이걸 입고 우리 부엌에서 쌀 일구고 불 때는 일이나 거들면서 뜨물이나 남은 밥이라도 먹으며 살아가지 않겠느냐?"

"그러지요."

며칠 지나서 산동山東² 담배장수가 담배 50발³ 한짐을 지고 올라왔다. 객점 주인이 여차로 값을 물었다.

"얼마에 팔 거요?"

"두 꿰미면 놓고 가지요."

---

2 산동山東 강원도 지방을 이르는 말.
3 발[把] 담배 등속을 한발 정도의 길이로 엮은 것을 일컫는 말.

여자가 옆에서 듣고 있다가 청했다.

"전번 선다님[4]이 주신 돈이 꼭 두 꿰미예요. 제게 파세요."

5월 중에 담뱃값이 올라 50발로 거의 20여 꿰미의 돈을 받을 수 있었다. 이에 그 여자는 객점의 빈칸 하나를 세내어 어물·과일·생강·마늘·치자·쪽·지초芝草·백반 등속을 벌여놓고 얼른얼른 사고팔고 하여, 그해 겨울에 가서는 여러 배 이득을 보게 되었다. 돈이 벌림에 따라 전포도 늘려가서 짚신·미투리·종이·명주·비단 등 손쉽게 교역할 수 있는 것들까지 취급했으며, 겸하여 떡이나 청주·탁주 등 음식물까지 팔았다.

10년간 매년 풍년이 들고 세상이 태평하여, 능묘陵墓 행차에 풍류놀이가 거리를 메우고 세도가에 바치는 봉물짐[5]으로 마필이 길을 연이었다. 게다가 봄가을로 과거시험을 보여 선비들이 다투어 올라와서 문물이 성황을 이루는 시절이 되었다. 그 당시 서울 인근의 객점들은 제각기 날마다 열 곱 백 곱의 이득을 보기에 이르렀다.

그 여자 또한 돈이 많이 벌려 수만냥의 부자가 되었고, 어린 아들도 이제 5척 소년으로 자랐다. 그리하여 객점 옆에 큰 집을 사서 발을 내리고 가게에 앉아 흰 물결을 날리며[6] 부족함이 없이 살아가게 되었다.

양주楊州·광주廣州 등지의 술꾼 무리 중에 그 여자가 재산 많은 과부인 줄 알고 탐내서 함께 살려고 노리는 자들이 많았다. 이들이 객점 주인과 모의하고 말을 넣어오자, 그 여자는 말했다.

"내 본래 어느 고을 양민의 딸로 양민에게 출가했다가, 거듭 든 흉년

---

4 선다님 선달을 높여서 이르는 말.
5 봉물封物짐 예전에 지방에서 중앙으로, 아랫사람이 윗사람에게 올리던 물품의 짐바리. 보내는 물건을 봉封하기 때문에 봉물이라 함.
6 흰 물결을 날리며 원문은 '揚波飛白'으로, 술을 많이 판다는 의미.

에 남편은 굶어죽고 요행히 아들 하나를 두어 업고 걸식을 했었지요. 추위와 주림에 다 죽어가는 판에 천만뜻밖에 부처님 같은 선다님을 만나 밥상을 물려주시고 노자를 떼어주신 덕분에 죽은 목숨이 살아났을뿐더러, 그것을 밑천으로 돈을 벌어 우리 모자가 오늘날까지 이만큼 살고 있습니다. 그러니 털끝 하나도 다 선다님이 주심이라. 내 어찌 은인을 두고 딴 사람에게 개가하겠습니까? 선다님이 오시면 나는 응당 그분을 따를 것이요, 오시지 않더라도 죽음으로 지킬 따름입니다."

하여 그들은 모두 혀를 차며 물러갔다. 그 여자가 혼자 생각하기를 '그냥 여기 오래 있다가는 험한 꼴을 당하고 말겠구나.' 하고서 가옥을 처분하고 흩어진 재물을 모두 수습해서 숭례문崇禮門 밖 두번째 집으로 이사를 했다. 그뒤로 날마다 김선달을 고대했음이 물론이다.

3, 4년이 지났다. 병진년(1856) 봄에 송근수[7]라는 양반이 우암의 후손으로 음도[8]로 벼슬을 하여 경주 부윤府尹으로 가게 되었다. 그 신연하인[9]이 올라와서 문안의 몇번째 집에 묵고 있었다.

그 여자는 아들을 신연하인이 들어 있는 객사客舍로 보내어 "경주 수존[10]을 초청한다."는 말을 전했다. 경주 수존이 말했다.

"자네 자당이 누구신가? 내 지금 지장전[11] 2백 꿰미를 빌릴 일이 급하기로, 자네 자당의 청에 응하기 어렵다네."

---

7 송근수宋近洙(1818~1903) 우암尤庵 송시열宋時烈의 8대손. 관직은 좌의정에 이르렀다.

8 음도蔭塗 과거 급제에 의하지 않고 선대의 공이나 천거로 하는 벼슬길. 음직蔭職.

9 신연하인新延下人 새로 부임하는 수령을 맞으러 그 지방에서 파견된 사람. 신연리新延吏.

10 수존首尊 호장戶長·이방吏房·형방刑房을 수리首吏라고 일컫는데, 이 경우 신연리로 올라온 아전 중에 수석 아전에 대한 존칭이다.

11 지장전支仗錢 새로 부임하는 수령을 맞아가는 데 드는 제반 비용.

그러자 아들이 대답했다.

"우선 가시면 2백 꿰미는 이자 없이 빌려드리지요."

수존이 시동을 데리고 아들을 따라 그 집으로 갔다. 집 안팎으로 드리운 주렴이 무척 보기 좋았다. 그 여자는 수존이 오는 것을 보고 나와 맞아들여 술과 안주를 대접한 다음 묻는 것이었다.

"귀부貴府의 김선달이란 분을 혹시 수존께서 알고 계시는지요?"

"성이 김씨로 선달이라 칭하는 사람이 한분만 아니고 서너분이 되니, 부인께서 어느 김선달을 말하시는지 모르겠소."

"저 역시 함자나 자호를 모릅니다만, 얼굴에 표가 있지요. 왼편 볼에 앵두만 한 사마귀가 있습니다."

수존이 시동을 돌아보며 물었다.

"너 혹시 알겠느냐? 객사 동편 골방에서 신을 팔아 살아가는 양반이 바로 그분이로구나."

"그 양반이 무슨 선달입니까?"

"너는 그 선달의 내력을 모를 것이다. 10년 전 일이다. 어떤 지팡이를 짚은 상제喪制가 구걸을 와서 집이 가난하여 친상을 치를 길이 없다기에, 내가 꿰미 돈과 말곡식으로 얼마간 보태주었더니라. 그후 3년이 지나서 상복을 벗고 탕건을 쓰고 후탁[12]을 입고 다시 찾아와 나도 그때 비로소 그가 선달임을 알았더니라. 사람이 맥이 없고 얼이 빠져 걸식하여 살아가니, 의복이 점점 남루해져서 볼 때마다 꼴이 못해가더라. 필경엔 부부가 몸을 거적으로 가리고 다니게 되었단다. 내가 하도 민망해서, '당신 내외 모두 성한 몸에 튼튼한 사지를 붙이고서 하다못해 품팔이나

---

12 후탁後坼 무관이 입던 뒤가 터진 옷.

신 삼기, 베 짜기, 방아질을 못 해 바가지를 차고 이 골목 저 골목으로 걸식을 다닌단 말이오? 한두번이야 부득이하더라도 마냥 구걸을 다니니 나부터도 퍽 밉게 보이오.' 했더니, 그분이 듣고는 뉘우쳐 나에게 짚신이나 삼아보겠노라고 짚 한뭇을 달라고 청하더구나. 나도 그 뜻이 가련하여 응낙했더니라. 며칠 지나지 않아 대여섯푼 받음직한 짚신을 매일 서너켤레씩 삼게 되었고, 그 부인도 이웃집의 바느질이나 절구질 등으로 품을 팔아서 자녀를 데리고 객사 한구석에 붙어서 근근이 살아가고 있느니라. 그런데 부인은 무슨 사정이 있어서 물으시는지요?"

그 여자는 이 이야기를 듣고서 눈물이 글썽글썽해지며 말했다.

"뭐 그럴 일이 있었지요만, 다 지나간 일입니다. 제가 2백 꿰미의 돈을 수준께 드리겠으니, 지장전에 보태 쓰시고 본전만 김선달님께 전해 드리세요."

그리고 문갑에서 한 폭 편지지를 꺼내 언문으로 김선달 앞으로 편지를 썼다. 그 사연은 대개 이러했다.

모년 거여동 객점에서 추위와 주림으로 죽게 되었을 때 음식과 돈으로 구제받은 일, 담배를 사서 전을 벌이고 직접 나서서 큰 이득을 본 일, 10년간 장사를 하여 재산이 수만금에 이른 일, 술꾼들이 객점 주인과 의논하여 통혼을 했으나 은인을 잊고 딴 사람에게 갈 수 없어 거절한 일, 숭례문 밖으로 이사 와서 날마다 선달님이 언제 오실까 기다리고 있는 일들을 세세히 내려쓰는데, 편지 폭에 넘치도록 정을 담았다. 끝에 가서 되풀이해서 말했다.

"사람을 살리실 때는 대체 무슨 어진 마음이셨는데, 사람을 잊으실 때는 그다지 박정하시온지? 지금 듣자옵기 선다님께서 여러해 낭패를 보시고 집도 없이 노숙하신다니, 이 웬 말입니까? 여기 돈 약간을 보내오니 우선 처자를 구급하시고 속히 올라와 선처하시기를 바라옵니다."

운운하였다.

수존 일행은 신관 사또를 모시고 돌아간 즉시 돈을 마련하여 기연에게 전하고 소매 속에서 편지를 내놓았다.

"서울의 당신과 연고 있는 분이 이것을 보냅디다. 받아두시오."

그때 어둑발이 들어 글자를 읽을 수 없기에 기연은 자기 부인에게 맡겨두고 돈 전대를 방에다 옮겨놓고 곰곰이 생각해보는 것이었다.

'내 돈을 먹은 사람이 수두룩한데, 대체 누가 나의 옛날을 기억하고 있을까?'

이웃집에서 기름을 빌려 불을 켜고 편지를 읽어보니 곧 거여동 두 꿰미 돈의 공덕탑功德塔이 아닌가. 편지를 미처 반도 읽어가지 못해 부부가 감격하여 마주 보고 눈물을 흘리고 가슴을 어루만지며 탄식하였다.

"서울서 전후 날려버린 4, 5천 꿰미는 다 아무 자취도 없이 사라졌거늘 오직 두 꿰미가 그 공적을 나타내는구려!"

이어 그는 부인에게 당부했다.

"논 백 꿰미는 그 사이 고생을 생각해서 양식과 고기를 사다가 아이들과 포식하며 지내시오. 남은 돈 백 꿰미는 내 의복과 관망冠網을 마련하고 말을 사서 바로 상경해보리다."

기연이 이내 상경하여 숭례문 밖 두번째 집을 찾아가니, 그녀는 선다님이 오시는 것을 보고 신을 거꾸로 신은 채 나와 맞이하는 것이었다. 기연은 그 여자를 얼른 알아보지 못했으나, 여자는 기연을 첫눈에 알아보았다. 두 사람이 손을 잡고 울었다. 여자는 처음에는 원망하며 은인을 원수 보듯 하다가 이어서 성찬을 올리고 만남을 기뻐했다. 마치 죽었던 사람이 환생한 듯 여겼다. 이윽고 여자가 말을 꺼내는 것이었다.

"두 꿰미 돈이 자라 지금 2만여 꿰미가 되었지요. 1만 꿰미는 당신께 바치겠으니 처자식을 이것으로 살리시고, 1만 꿰미는 첩에게 맡겨두시지요. 저 역시 전남편의 혈육인 자식이 있으니 살아가게 해야겠죠. 그리고 저와 당신은 일실동거一室同居하여 여생을 하루같이 화락하게 지내기로 기약합시다. 벼슬 한자리는 제가 주선해보지요."

기연은 드디어 짐을 챙겨 솔가해 올라와서 숭례문 안의 몇번째 집을 사 짐을 풀고 안정했다. 문밖 집과는 활 몇바탕[13] 거리였다. 새사람을 맞아 크게 아름다우니 묵은 사람 또한 어떻겠는가.[14] 그리고 두루 주선을 하여 마침내 양주학[15]을 이루었다고 한다.

이산자[16] 가로되, 이 전傳에는 두려워할 일과 다행스러운 일이 있다. 홀로된 어미를 속여서 가산을 탕진하고 마침내 그 노친으로 하여금 굶주려 죽음에 이르도록 한 것은 두려워할 일이요, 죽어가는 여자를 살려 약간의 돈을 적선한 것이 마침내 크게 불어 재산을 회복한 것은 다행스러운 일이다.

그 여자로 말하면 한번 은혜를 입으니 끝내 잊지 않고, 강압을 당해서도 개가하지 않았다. 그리하여 이사해서 은혜에 보답할 길을 생각하다가 드디어 원만하게 짝을 이루니, 이 어찌 재혼한 것으로 실절失節을 말

---

13 바탕 길이의 단위. 한 바탕은 활을 쏘아 화살이 미치는 거리 정도의 길이.
14 새사람을 맞아~어떻겠는가 원문은 '其新孔嘉 其舊如何'인데 『시경詩經·빈풍豳風 동산東山』에 나오는 구절이다. 새사람을 만나 더없이 좋으니 옛 사람(본처) 또한 말할 것도 없이 좋을 것이라는 의미.
15 양주학揚州鶴 신선이 되어 학을 타고 양주揚州 자사刺使가 되어 간다는 고사로, 두 개 이상의 욕망을 동시에 달성하는 것. 여기서는 지방관을 하게 되었음을 뜻한다.
16 이산자伊山子 차산此山이라는 작자의 별호. 이伊와 차此는 뜻이 상통한다.

하리오. 전의 자식을 잘 길러 재산을 나눠주고 본부本夫를 위하여 뒤를 잇게 했으니, 쉬운 일 같으나 실상 어려운 바라. 대개 세상에 은혜를 잊고 의리를 배반하는 무리들은 이 전을 읽고 반성해야 할 것이다.

●작품 해설

배전裵㙐의 『차산필담此山筆談』에 '은혜로 받은 돈을 증식하다受恩殖貨'라는 제목으로 실려 있다. 여기서는 '거여 객점巨余客店'으로 바꿔놓았다.

흉년에 헐벗고 굶주린 어느 여인이 당시 경기도 광주 송파 부근 거여 객점 앞에서 때마침 재산을 탕진하고 고향으로 내려가던 경주의 김선달이 적선으로 준 두 꿰미의 돈을 받게 된다. 이 돈을 밑천으로 담배를 사고파는가 하면, 온갖 과일과 잡화 장사를 하여 적지 않은 돈을 벌게 된다. 그런 후에 서울 남대문 밖 두번째 집으로 이사를 가서 살며 경주 김선달을 잊지 않고 오매불망 기다리다가 마침내 소원을 이루게 된다는 이야기다.

삼난三難

　조삼난趙三難은 충청도의 명가댁 아들이었으나, 대대로 가난하고 어려서 부모를 잃어 장가도 들지 못하고 있었다. 그 형 모씨는 글은 잘하지만 세상일에 어두워 살아갈 방도를 차리지 못해 굶기를 부잣집 밥 먹듯 하는 형편이었다.

　삼난은 나이가 서른이 가까워서 그 형과 인연이 있는 집들에 도움을 청해서 채단[1]을 마련하고 서로 비등한 집에 혼처를 구하여 장가라고 들었다. 역시 궁헌 사람이 궁한 사람과 만난 것이다.

　신부가 시집온 첫날에 항아리에 좁쌀 한톨 담긴 게 없고 쓸쓸한 부엌엔 불조차 지피지 못하는 것을 보고 신랑에게 물었다.

　"집안 살림이 이 모양인데 어떻게 살아가지요?"

　신랑이 기다렸다는 듯 말했다.

　"내게 한가지 계책이 있긴 한데, 당신 따르겠소?"

　"죽음도 피하지 않을 텐데 살아갈 길이 있다면 어찌 마다하겠어요?"

---

1 채단采緞　혼인 때에 신랑 집에서 신부 집에 예물로 미리 보내는 푸른색과 붉은색의 비단. 청홍단이라고도 일컬었다. 치마나 저고릿감으로 쓴다.

"굶기를 밥 먹듯 하는 처지에 저 채단은 어디다 쓰겠소? 저걸 내다 팝시다. 돈 수십 꿰미는 받을 테니, 당신과 멀리 도망가서 대로변에 집을 마련해가지고 살아봅시다. 우선 술장사를 하여 그 이문으로 변리를 놓아, 돈이 좀 벌리면 집을 늘려 방을 깨끗이 꾸미고 주기[2]를 걸고 봉놋방[3]을 널리 열어놓고 마구간을 연달아 지어 오고 가는 상인들을 받아들이되, 나는 객주의 심부름꾼이 되고 당신은 술청의 꽃이 되어 두 주먹 불끈 쥐고 10년을 기약해서 수만냥의 재산을 모은 다음, 그때 가서 옛 가문을 회복하면 되지 않겠소?"

"참으로 어려운 일입니다."

"어렵지 않으면 어디 쉬운 일이 있겠소?"

"그럼 해봅시다."

드디어 채단을 팔아, 남편은 지고 아내는 이고 밤이 이슥해 아무도 모르는 사이에 도망을 한 것이다. 그 형은 집이 가난한 때문에 아우가 견디지 못해 가문에 누를 끼치는 짓을 저지른 것이겠거니 생각하여, 책을 읽을 마음도 내키지 않고 남을 대할 면목도 없었다.

그로부터 5, 6년이 지나는 사이에 그의 형은 생계가 더욱 궁핍해져서 굶주린 기색이 얼굴에 나타나고, 땟국이 온몸에 흘러 허름한 갓에 뒤축이 떨어진 신[4]을 끄는 양이 갈데없는 걸인 형상이었다. 이에 처자식에게 형편대로 먹고 마시며 연명해가자고 당부할 수밖에는 다른 도리가

---

2 **주기**酒旗 술집 앞에 세우는 깃발. 술집을 광고하는 뜻이 있다.
3 **봉놋방** 나그네가 자는 허름한 주막집의 방.
4 **허름한 갓에 뒤축이 떨어진 신** 원문은 '華冠縰履'인데, 『장자·양왕讓王』에 나오는 말이다. 화관은 백양나무 껍질로 만든 모자, 혹은 풀로 만든 모자를 가리킨다는 설이 있으며, 쇄리는 뒷굽이 빠진 신발을 가리킨다. 공자孔子의 제자 중 가난하기로 유명한 원헌原憲의 외모를 수식한 말이다.

없었다.

형은 동생의 종적을 찾으려고 팔방으로 떠돌아다니느라 고생을 실컷 하고 전주 만마관[5]에 당도했다. 관내에 큰 객점이 있는데, 한 미인이 술청에 앉아 있었다. 지팡이를 멈추고 눈을 들어 바라보니 다름 아닌 자기 제수 아닌가. 혹시 닮은 사람이 아닐까 싶어 행동거지를 유심히 살펴보았으나 틀림없었다. 그는 크게 한숨을 쉬고 탄식하다가 주기를 걷고 들어갔다.

"제수씨, 이게 어찌 된 영문이오?"

"아주버님, 우리에게 따지려 오셨우?"

"내 먼 길을 오느라 목이 마르오. 우선 목을 축이게 술 한 잔 주시오. 아우는 어디 갔소?"

"장사일로 마침 가까운 장터에 갔네요."

"내 이번 길은 아우 때문이오. 여기서 기다리다가 오거든 만나보고 하룻밤 묵어가겠소."

"그럼 봉놋방으로 들어가세요."

한참 기다리자 아우가 짧은 배자를 걸치고 짐바리 수십여 필을 줄줄이 몰고 들어섰다. 짐을 풀고 말을 매어 꼴을 먹이는데, 먼지를 잔뜩 뒤집어쓴 양이 취한 사람도 같고 미친 사람도 같아 보였다. 형이 방에서 지켜보다가 일손이 끝나기를 기다려 아우를 불렀다.

"아무개야, 네가 이게 웬 꼴이냐?"

동생이 눈을 들어 쳐다보니 자기 형이다. 뜰에서 잠깐 허리를 굽혀 인사라고 한 다음에,

---

5 만마관萬馬關 전주에서 남원 가는 길목에 있던 지명. 지금 상관上關이라고 부르는 곳이다.

"형님, 여길 무슨 일로 오셨소?"

하더니 집의 소식이나 오래 떨어졌던 회포 같은 데 미쳐서는 말을 아예 꺼내는 법도 없이, 밥상을 나르고 손님을 접대하고 다니느라 아무 겨를이 없었다.

"형님도 다른 길손들과 똑같이 주무시려오?"

"그게 무슨 말이니? 되는 대로 먹고 자지."

"길가 계산으로 10푼인데 형님에겐 5푼으로 하지요."

그 형은 극심한 냉대를 받으면서도 꾹 참고 밤을 넘겼다. 아우는 밤에도 딴 방에서 자며 들여다보지도 않는 것이었다.

그 이튿날 길손들은 전부 떠났으나 그 형은 차마 떠나지 못하고 갈까 말까 미적거리는데 아우가 하는 말이다.

"형님, 왜 안 가고 그러시우? 얼른 밥값이나 셈하고 가시오."

"나는 너를 오래 보지 못하여 못내 마음이 울적하다가, 이제 너를 만나니 자연 발걸음이 무거워지는구나. 너는 이 형이 이다지도 미워 내쫓는 거냐? 밥값이라니, 해도 너무 한다."

"내가 형제간의 의리를 생각했다면 이 지경이 되었겠소?"

"대체 값이 얼마냐?"

"내 미리 형님 주머니가 넉넉지 못한 줄 알고 저녁과 아침에 반상을 드렸으니 10푼이오."

"넌 넉넉지 못한 줄만 알았지 주머니가 텅 빈 줄은 몰랐구나."

"그럼 여기 허다한 부잣집들 중에 어디 가서 식객 노릇은 못 하고 하필 이 객주엘 들었소? 어쨌든 돈이 없거든 수중에 든 물건이라도 대신 잡히시오."

"그건 참 어려운 일이다."

"어렵지 않으면 어디 쉬운 일이 있겠소?"

형은 부득이 떨어진 부채와 닳은 수건으로 셈을 했다.

"어제 술 한 잔 값이 있소. 그것도 갚으셔야죠."

제수가 옆에서 말하여, 주머니 속에서 헌 빗을 꺼내 땅에 던지고 눈물을 씻으며 돌아섰다.

그의 형은 이후로 심정이 편치 못하여 혼자 탄식해 마지않았다.

"광동의 탐천[6]과 말릉의 욕정[7]이란 곧 이를 두고 말함이겠지. 우리 집안에 저런 패악한 동생이 나올 줄 생각이나 했으랴!"

이에 아이들을 훈계하여 부지런히 치가해서 이 부끄러움을 씻자고 다짐했다. 그리고 4, 5년 동안을 추우나 더우나 아우를 원망하며 세월을 보냈다.

어느날 어떤 손님이 준마를 타고 좋은 갓옷을 차려입고 찾아왔다. 문전으로 들어오는데 어디서 온 사람인지 몰랐다가, 방 안으로 들어와 공손히 절을 하고 주저주저하는 양을 보니 자기 아우가 아닌가. 형은 성을 내어 꾸짖었다.

"너도 사람 노릇 할 날이 있느냐?"

"죄송합니다. 우선 제 말을 들으십시오. 제가 집을 떠날 때 가난을 이기지 못해 아내와 약속하여 몇년 계획을 세웠지요. 남쪽 수백리 떨어진 곳의 관시[8]로 가서 대로변 요지에 자리를 잡고 이득을 독점하는 일이나

---

6 광동廣東의 탐천貪泉 중국 광주廣州 지방에 있던 어떤 우물의 물을 마시면 청렴한 사람이 탐욕스럽게 변한다 해서 탐천이라고 불렸다 한다.

7 말릉抹陵의 욕정辱井 말릉은 지금의 중국 남경南京의 별칭. 진陳의 후주後主와 비妃 장씨張氏·공씨孔氏가 숨었다가 수隋의 군대에 붙잡혀 욕을 보았다는 곳이다.

8 관시關市 원래는 국경무역을 하는 곳을 뜻하는데, 여기서는 각 지방의 장시를 가리킨다.

거간 노릇 등 닥치는 대로 손을 대어 전을 벌여 장사를 하고 물건을 팔아 이문을 남기기에 골몰한 판에, 어찌 동기간의 정을 염두에 두었겠습니까? 전에 형님이 들르셨을 때 원수처럼 대한 것은 그때 사람의 도리를 마음에 두지 않고 돈벌이를 하였던 고로 인정을 끊어서 그러했던 겁니다. 무슨 다른 뜻이 있었겠습니까? 지금 제가 잘 경영해서 수만금의 재산을 모아 어느 고을 어느 마을에다 집터를 닦고 2천석거리의 논밭을 마련했지요. 그중의 천석은 큰집 논밭이요 나머지 천석은 작은집 논밭으로 몫을 정했고, 언덕을 사이에 두고 동서로 각기 50칸 기와집을 지었는데, 몸채·사랑채·대청·마루·부엌·창고 등 배치한 모양이 다 같고 살림살이 등속이며 의복·서책도 서로 비등한데, 다만 큰댁에 사당 3간이 더 있지요. 지금은 노비들이 지키고 있습니다. 여기 땅문서 두 궤짝에다 저녁과 아침거리로 정백미精白米와 반찬거리 약간을 마련해가지고 왔습니다. 원컨대 형님은 우선 문서궤를 보시고 이 사람 노릇 못 한 아우가 일으켜세운 사업을 용납해주소서. 내일 날이 밝거든 이 낡은 집과 쓸모없는 물건들일랑 전부 버리고 몸만 빠져 저리로 가서 부자로 살아가면 어찌 기쁘지 않겠습니까?"

형은 아우의 말을 듣고 꾸짖음이 웃음으로 바뀌었다. 예전처럼 화락하여 등불을 켜고 마주 앉아 회포를 나누었다.

"집이 가난한데 재물을 모았으니 물론 가상한 일이나, 우리 같은 양반 가문에 흠이 아닐 수 없다. 이를 어쩌면 좋으냐?"

이렇게 한편으로 위로하고 한편으로 마음 아파하기도 했다.

그 이튿날 가마를 세내고 말을 빌려서 낡고 지저분한 물건들은 버리고 온전한 것과 대대로 전하는 장부 등을 수습하여, 아우가 앞서고 형이 뒤따라 일가가 이사를 했다. 집을 지키던 비복들이 날짜를 잡아 기다려서 성대히 음식을 마련하고 맞이하는 것이었다.

그 형이 두 집의 꾸밈을 둘러보고서 규모의 웅대함을 극찬해 마지않았다. 구획한 대로 각기 처소를 정해 들었음이 물론이다. 이후로 다시는 근심걱정 없이 화식火食하는 신선처럼 살았다.

이에 아우가 형과 상의해서 귀한 손님들을 초청하여 큰 잔치를 벌였다. 며칠 즐기며 놀다가 잔치를 파할 즈음에 아우가 탄식하는 말을 꺼냈다.

"내 만약 여기서 그친다면 한갓 이익을 좇은 무리에 지나지 못하지요. 이제부터 살림살이는 일절 불고하고 사서삼경을 읽어 명경과[9]에 급제해서 허물을 씻으려는데, 어떻겠소?"

"이처럼 부를 이루고 또 귀貴까지 누리고자 하다니, 이 계책은 아무래도 쉽지 않을 걸세."

손님들과 여러 벗들은 회의하였으나, 그래도 그는 마음을 접지 않았다.

"어렵지 않으면 어디 쉬운 일이 있겠소?"

그는 일을 잘 보는 영리한 자를 택하여 대소가의 마름을 삼아 제반 출납이며 접대 등 업무를 치리하도록 하고는, 자신은 경서를 싸들고 절간으로 들어가 한적한 상방[10]을 잡아서 주야로 글 읽기에 몰두했다.

5년 사이에 칠서七書를 다 외우고 대의를 파악하는 데도 막힘이 없었다. 식년시[11]를 보아 33인의 방안[12]에 참여하여 이름이 홍패에 오르니

---

9 명경과明經科 유교 경전 외우는 것을 위주로 하는 과거시험의 일종.
10 상방上房 여기서는 절간의 좋은 방을 가리킴. 일반적으로 관장이나 호주의 거실을 지칭하기도 한다.
11 식년시式年試 식년式年에 보이던 과거시험. 식년은 3년마다 돌아오는데, 자子·묘卯·오午·유酉의 해가 해당된다.
12 방안榜眼 갑과甲科에 둘째로 급제한 것을 일컫는 말.

성은聖恩이 황봉[13]에 넘쳤다. 드디어 어사화御賜花를 꽂고 내려오니 가문의 영화로 상서로운 빛이 났다.

그는 바로 6품 관직으로 나아가, 사헌부·사간원을 거쳐 홍문관 교리에 이르렀다 한다.

세상에서 그를 '조삼난'이라 일컬었다. 대개 사대부로서 부인과 함께 술장사로 나선 것이 첫째 어려운 일이요, 오래 헤어졌던 형이 하룻밤 묵어가는데 밥값을 받아낸 것이 둘째 어려운 일이요, 치부를 한 뒤 집안 살림을 돌보지 않고 독서하여 공명을 이룬 것이 셋째 어려운 일이다.

그는 영조 때 사람인데 자손이 지금도 부자로서 벼슬이 떨어지지 않고 있다.

---

13 **황봉黃封** 임금이 특별히 내리는 술. 황색의 비단이나 종이로 봉하기 때문에 황봉이라고 이른다.

● 작품 해설

『차산필담』에 '삼난금옥三難金玉'이라는 제목으로 실려 있다. 여기서는 '삼난三難'이라고 줄였다.

충청도의 어떤 몰락한 양반집의 둘째아들이 가난을 이기고 성공한 이야기다. 신혼의 처와 함께 남모르게 전주로 내려가서 술장사를 시작한 것이 첫째 어려움[難]이요, 오랜만에 찾아온 형에게 밥값을 받아낸 것이 둘째 어려움이요, 부자가 된 뒤에 다시 공부를 해서 과거에 급제한 것이 셋째 어려움이다.

이야기의 전체 구조는 앞의 「광작」과 유사하다. 양반 자제가 곤궁한 처지에서 치부를 하는 과정, 중간에 찾아온 형을 냉대하는 삽화, 형제가 부를 함께 향유하고 벼슬길로 나가는 결말부까지 대략 일치한다. 그럼에도 세부로 들어가면 다른 면이 많은데, 「삼난」은 상업유통이 성행한 지역을 배경으로 삼아 기존의 가치관을 훨씬 적극적으로 탈피한 모습으로 그려진다. 어렵게 찾아온 형에게 밥값, 술값을 기어이 받아내는 희화적인 장면은 달라진 상황을 아주 극적으로 보여준 대목이다. 「광작」은 19세기 전반기에, 「삼난」은 19세기 후반기로 넘어와서 지어진 것으로 추정되는바, 양자의 시대차를 반영한 면을 느끼게 한다.

동도주인東道主人

순조 때 횡성 사람 이李선략[1]은 서울에 와서 놀아 여간 재산을 윗사람 섬기는 데 탕진했으나 벼슬할 가망이 없었다. 관가 앞을 어정대다가 고향 하늘을 바라보며 한숨을 쉴 따름이라. 이젠 돌아가자 해도 돌아가기 어려우니 정히 진퇴양난의 처지가 된 것이다.

이러던 중에 종루 거리를 지나다가 '천냥'이란 고액의 방榜이 붙어 있는 것을 보고, 그는 당장 대문을 박차고 들어갔다. 꽃답게 생긴 두 여자아이가 공손히 맞이하여 물었다.

"어디서 오신 행차신지요?"

그는 속여서 답했다.

"나는 전주 이선략이란 사람이다. 여러해 객지에서 떠도느라 마음이 심히 무료하던 차에, 마침 이 앞을 지나다가 방문을 보고 들어왔다. 이게 웬 누각이며, 주인공은 대관절 어떤 여자냐?"

"하룻밤 숙비로 천금을 내는 분이라야 이 누각의 주인공을 만날 수

---

1 **선략宣略** 무관 종4품 벼슬. 작중 주인공의 호칭으로 쓰이고 있는데 벼슬로서의 의미는 별로 없는 직함이었다.

있습니다."

"천금 까짓거야……. 우선 주인공이나 구경하자."

여자아이가 그를 누각 위로 안내하는데, 밖으로 주렴에 안으로 수막 繡幕이요 회칠한 벽, 금박한 병풍, 생동하는 그림이 영롱한 가운데 한 미인이 앉아 있다. 미인은 보기에 벌써 황홀하여 실로 막고야산 선녀[2]의 후신 같았다.

미인이 손님을 보고 일어나 영접하며 다정하게 인사를 하는 것이었다. 그리고 술이 몇순배 도는데, 술은 계당주[3], 감로주[4]다.

"이 집 주인이 누군가? 누가 그대를 위해서 이 누각을 꾸며주었느냐?"

미인이 대답하였다.

"저는 본디 평양 교방[5]의 일등 기생이었지요. 개성의 대상大商인 백유성白惟星이 만금을 출자하여 이 누각을 꾸미고 저를 여기에 앉혀두었답니다. 그런데 오늘까지 열흘이 지나도록 호탕하게 천금을 쓰는 분이 하나도 나타나지 않더니, 지금 귀객이 첫 손님으로 들어오셨습니다. 참으로 대장부시네요."

"내 명색 전주의 부호로 돈을 써서 무과를 하고, 돈을 써서 선전관[6] 천거를 받았다네. 서울 와 머문 지 3, 4년에 날마다 돈 천 꿰미를 소비하는데 이쯤이야 구우일모九牛一毛에 지나지 않지."

---

2 막고야산藐姑射山 선녀仙女 『장자·소요유逍遙遊』에 나오는 신선.
3 계당주桂糖酒 계피와 당귀를 넣어 만든 좋은 소주.
4 감로주甘露酒 소주에 용안육·대추·포도·살구씨·구기자·두충杜冲·숙지황 등을 넣어 만든 좋은 술.
5 교방敎坊 고려시대의 기생 학교. 그것이 있던 지역 혹은 기생을 가리키기도 한다. 조선시대 장악원掌樂院의 좌우방左右坊을 교방이라고도 한다.
6 선전관宣傳官 선전관청宣傳官廳에 소속된 관직. 정3품부터 종9품까지 있었음.

미인은 그의 말에 크게 기뻐했고 저녁상이 성대하게 나왔다. 밤이 되자 촛불을 켜고 향긋한 술로 즐겨, 취해서 시를 짓고 얼큰해 노래를 부르는데 장구를 쳐서 장단을 맞추었다.

이미 야심하여 두 여자아이를 딴 방으로 보낸 다음 다시 정다운 술잔을 교환한 뒤에, 수놓은 베개에 비단 이불을 폈다. 서로 옷 벗기를 사양하다가 여자가 먼저 이부자리 속으로 들어갔다.

이에 이씨는 대소 창옷을 벗어던지고 도사리더니, 손에 침을 탁 뱉고서 차고 있던 보검을 뽑아 들었다. 정녕 합환合歡할 뜻이 아니요 찔러죽이려는 기세다. 대뜸 여자의 배에 걸터앉아 목에 칼을 겨누어 당장 찌르려 들었다. 미인은 경악하여 꼼짝달싹 못 하고 기어드는 소리로 말했다.

"이게 웬일이에요? 제발 살려주세요. 제발 살려주세요."

"너 같은 년은 죽여야 한다. 조선 천지에 어디 천냥 방榜이 있다더냐? 옛날 효종·숙종 연간에 청루[7]를 설치하여 오고 가는 사람들의 재주와 기상을 탐지했다 하나, 이는 북벌계획이 있었던 까닭이었다. 그러나 풍류 속에 빠져들어 권세 있는 귀한 집 자제들을 많이 그르친 고로 결국 폐지했거니와, 지금 네년이 개성의 백상인과 공모하여 만금을 들이고 저 따위 방을 붙여 장안의 수만금 재물을 낚시질하려 하다니, 참으로 큰 도둑이다. 네년은 장차 들인 비용을 뽑지 못하고 포도청의 낙화落花가 되리라. 지금 내가 당장 네년을 죽여 서울을 구하고, 내일 고발을 하여 좋은 벼슬 한자리를 얻어 하리라. 조용히 내 칼을 받아라."

"제발 적선해주셔요, 적선해주셔요. 무슨 명이든 따를게요."

이씨는 또 거친 소리로 다짐한다.

---

7 청루靑樓 기생이 있던 집을 가리키는 말.

"내 말을 어기지 않고 따르겠느냐?"

"죽음으로 맹세합니다."

"이 방 안에 있는 재물이 다해서 얼마나 되느냐?"

"농에 든 것으로 비단·모시·명주에 금은보배가 거의 3, 4천금이 넘고, 제 사철 의복에 산호·호박琥珀·사향이며, 늘 손에 닿는 물건으로 아침마다 대하는 화장대와 능화경[8]에 황금소黃金梳·유리·수정·명월주明月珠가 각기 서너개나 되지요."

"그럼 통금 해제가 되기 전까지 가벼운 것들로 골라서 내 등에 지고 갈 만큼 한짐 단단히 묶고, 또 네 힘을 헤아려 한 보따리 만들어라. 남몰래 지고 이고 동대문 밖으로 나가는 것이 어떻겠느냐?"

"명하시는 대로 하지요."

이씨는 그제야 미인의 배 위에서 내려와 앉았다.

미인은 물건을 꺼내어 가볍고 값진 것들로 골라 이씨가 시키는 대로 크고 작은 꾸러미 둘을 만들었다. 대충 4, 5천금이 나가는 재물이었다.

그러고 나서 술잔을 들어 한판 걸게 먹었다. 새벽종이 울리기를 기다려 대문을 띠고 나가 남부여대男負女戴하고 수십리를 가자 동이 터왔다. 미인이 묻는다.

"어디를 향해 가나요?"

"금강산 입구로 갈 것이다. 금강산 만이천봉은 우리나라 제일 명산이 아니냐. 권세와 부귀를 누리는 자들의 발걸음이 사철 끊이지 않는데 유점사楡岾寺·장안사長安寺·정양사正陽寺 같은 세 대찰은 서울 대갓집에서 복을 빌고 지방의 수령들이 시주를 바치기 때문에 건물들이 굉장하고

---

8 능화경菱花鏡 여자들이 화장하는 데 쓰는 화려한 장식의 경대.

중들도 큰 재물을 가지고 있다더라. 우리가 지금 그리로 가서 근사한 주점 하나를 사가지고 병풍을 치고 술청에 나가 앉으면 7, 8년 내에 서울의 먹을 만한 물건들은 다 삼킬 것이요, 중들의 재산 또한 다 거둬들일 것이다. 종루의 열흘과 비교해볼 때 그 이익이 몇곱에 그치겠느냐?"

미인은 눈썹을 펴고 웃으며 응답했다.

"바로 제 소원입니다."

남녀가 손을 잡고 걸어서 며칠 만에 금강산 동구에 당도했다. 이씨는 보물을 일부 내다 팔아 천냥으로 집을 사고 술청을 극히 화려하게 꾸몄다. 각종 좋은 술을 많이 빚어두고 사마상여와 탁문군의 고사[9]처럼 술장사를 시작했다.

말과 학의 울음이 연락부절이요, 갠 날이나 흐린 날이나 손이 끊어질 새가 없었다. 이씨는 술청 탁자 옆의 의자에 전방석을 깔고 앉아 종이를 잘라서 치부책을 만들고 술이 나가는 대로 기재하는 것이었다. 이씨가 미인에게 하는 말이 이러했다.

"경향의 부호 귀객들에게는 그쪽에서 나오는 정도를 보아가며 요량해서 술이나 꽃을 주고, 절간의 부유한 중들에게는 마땅히 술잔을 날리되 꽃은 인색해야 하느니. 한번 오면 자주 들르는 것들은 중들이라. 재물을 모으는 법은 인색한 중에게 묘리가 있고, 손이 큰 가운데 묘리가 있다네. 어쨌든 네게 일임하니 수단을 한번 보여보게."

이선략은 본가가 횡성인데, 미인과 동거하여 정분이 깊어졌음에도 본가를 굳이 숨겨 전처럼 전주 이선략으로 행세했다.

시간이 흐름에 따라 돈이 계획한 대로 착착 불어났다. 그는 매번 결산

---

9 사마상여司馬相如와 탁문군卓文君의 고사 중국 한나라 때에 문인 사마상여가 대부호의 딸 탁문군을 꾀어내어 술집을 낸 일이 있음. 당로當墟란 말은 여기서 유래했다.

하여 돈 3천관이 차면 곧장 싣고 횡성으로 가면서 말은 '볼일로 전주에 다녀오겠다.' 하고 3, 4개월을 걸려 돌아오는 것이었다. 대개 연중에 3분의 2의 날수를 금강산에서 머물고, 3분의 1의 날수는 횡성서 보냈다. 처음 고향에 가서는 전에 팔았던 가옥을 팔 때 값으로 되찾고, 전에 팔았던 토지를 본값에 돌리고, 전에 팔았던 살림살이 등속도 일일이 회수했다. 그리고 양전미답을 되는 대로 사들였다. 나중에는 목수를 부르고 재목을 내려 집을 크게 확장하니, 내외 저택이 극도로 웅장했다. 세 겹 대문에 앞이 트여 큰길을 마주하고 있는데, 금강산에서 남쪽으로 수백리 지점이요 울진蔚珍과 평해平海로 통하는 대로상이었다. 미인이 술청에 나앉은 이후 7, 8년 동안에 벌어 모은 수천만냥의 돈을 몽땅 이씨가 소관한 일에 집어넣은 것이다.

유점사·장안사·정양사 세 절의 중들은 오면가면 술을 사먹었다. 한 잔 기울이면 돈이 한푼이라 진기를 쏙 빨려 그들은 재물을 탕진하고 말았다. 너나없이 울분을 품었는데, 그중에도 가장 심한 자는 법명이 인정印正이란 중이었다.

인정은 금강산의 여러 사찰 중들 가운데서 가진 재산이 첫째로 꼽히는 자였다. 미인에게 재산을 다 털어바치고 더러 한두번 재미를 보긴 했으되, 마음에 영 미흡하여 항상 원한을 품고 있었다. 미인 역시 이선략이 나중에 어떻게 될지 모호해서 원망하는 마음이 생겼다. 이에 인정이 그녀를 유혹하는 말을 하였다.

"소위 전주 이선략이란 자는 도둑놈이다. 너와 여기 와서 몇년 사이에 여러 절간의 재물을 다 쓸어 전부 제놈이 가져가고 이제는 너까지 팽개치고서 오래도록 오지 않으니, 세상에 그런 도둑놈이 어디 있느냐? 나야 이왕 재물을 몽땅 날리고 다시 찾을 길도 없으니, 아무려나 하산하여 속세로 돌아가 너와 함께 살아보면 다른 여한이 없겠다."

그때 이씨는 집 공사 때문에 1년 만에 금강산으로 돌아왔다. 미인이 성을 내 불평하는 말을 늘어놓았다.

"나를 유혹해다 이곳에 놓고 이미 여러 만냥을 벌었는데 전부 앗아가고, 마침내 마음까지 멀어가는군요. 이제는 나를 버릴 작정 아니에요? 아무리 신의가 없기로 이럴 수 있어요?"

"내가 왜 너를 버린단 말이냐? 너를 데려갈 길이 없어서란다."

"그게 무슨 말이에요? 돈은 번번이 잘도 가져갑디다. 나를 데려갈 길이 없다니."

"돈을 가져갈 때는 네가 인질로 있어 다른 근심이 없었거니와, 지금 세 사찰의 중들이 모두 너로 인해서 망했으니 만약 네가 떠나는 줄 알면 필시 붙잡아둘 것이다."

미인이 화를 버럭 내고 울며 소리쳤다.

"그럼 날 버릴 셈이에요?"

"왜 버리겠니? 딱 한가지 방법이 있는데, 잘 들어라. 내 인정이란 자의 거동을 보니까 결코 절에 있을 사람이 아니고 환속하겠더라. 네가 짐짓 인정을 따라가 같이 살겠다고 나서거라. 내 벌써 그자가 관동팔경 어간에 마음을 두고 있는 줄로 안다. 우선 그자를 따라나섰다가, 횡성 어디에 당도하면 대로변 요지에 우리 집이 있단다. 일정을 헤아려서 아무날 여기를 떠나면 아무 날 우리 집 앞을 지나갈 테니, 그때 내가 기다리고 있다가 인정을 남의 여자를 훔쳐 도주한 죄목으로 붙잡은 연후에 너를 되찾으면 후환이 없을 것이다. 나의 계책은 이것이 전부다. 너도 깊이 생각해보아라."

이선략은 만이천봉을 일일이 손을 저어 길이 작별하고, 홀연히 금강산을 떠났다. 그는 자기 본집으로 돌아와서 살림을 정돈하고 사랑을 열어 영웅호걸을 접대하여 엄연히 동도주인[10]이 된 것이다.

어느날 날이 저문데 말·교자·짐바리 등속이 줄줄이 와서 동구 앞에 멈추었다. 곧 인정과 미인이 절을 떠나 도주하는 행색이다. 노속이 나와서 이들을 안내했다.

"이 근방엔 객점이 없다오. 행차를 이 댁에 머무르시지요."

드디어 짐을 뜰에 내리고 교자는 안으로 인도하고 바깥손님을 사랑으로 맞아들였다. 이씨는 자기 꾀에 말려든 인정인 줄 알면서도 짐짓 모른 척하고 물었다.

"손님은 어디서 오시며 어디로 가시오?"

"회양淮陽서 평해平海로 가는 길이올시다."

촛불을 밝히자 비로소 알아본 듯 말했다.

"인정 스님 아니오? 내 이미 스님이 환속할 줄 짐작은 했소. 나도 금강산 동구 밖에 사는 내 식구를 데려온다면서 틈이 없구려. 그사이 잘 있는지 모르겠소?"

인정은 딩황하여 어쩔 줄을 몰라 얼굴이 붉어지고 등에 땀이 배어 말이 막혔다. 전에 더러 금강산을 왕래하던 하인이 나와서 귀띔을 한다.

"가마에 탄 이는 다른 누가 아니고 우리 금강산 아씨이십디다."

이씨가 발끈하여 호통을 쳤다.

"웬 말이냐? 네 명색 불제자로서 이런 무엄한 짓을 한단 말이냐?"

뜰아래 꿇리고 죄를 물어 결박을 지우게 했다. 이어서 하인들에게 명했다.

---

10 동도주인東道主人 손님을 잘 대접하는 사람이라는 의미.

"밀실에 가둬두어라. 내일 아침을 기다려 죄상을 밝히리라."

한편으로 묶는 것을 느긋이 하도록 하인들에게 눈짓을 했다.

인정은 잔뜩 겁을 집어먹고 야반도주해버렸다. 이른바 '길에 나선 사람 어디선들 못 만나겠느냐'[11]는 속담이 영락없던 것이었다.

그뒤로 이씨는 거부로 살면서 다시는 벼슬에 뜻을 두지 않고 자식을 가르치며 농사에 힘썼다. 그야말로 복을 구비한 신선이었다.

---

11 길에 나선 사람 어디선들 못 만나겠느냐 원문은 '路見何處不相逢'인데 '人生何處不相逢(인생에 어디선들 만나지 못하겠는가)'과 비슷한 뜻이다. 이 말은 『명심보감明心寶鑑·계선繼善』에 나오는데 사람이 세상을 살아가자면 만나기 쉬우므로 남에게 척을 지지 말라는 뜻이다.

『차산필담』에 있는 것을 옮겼다. 원제목 '혁미감승嚇美酣僧'은 미녀를 꾸짖고 중을 살살 녹여낸다는 뜻으로 풀이할 수 있는 말인데 '동도주인東道主人'으로 바꾸었다.

벼슬을 구하려다가 뜻을 이루지 못하고 가산을 탕진한 횡성 이선략이 술수를 써서 치부를 하게 된 이야기다. 그는 서울에서 어떤 미모의 기생을 한편 협박하고 다른 한편 유혹해서 금강산으로 데리고 가 술집을 차린다. 그리하여 사찰의 중들과 수많은 유람객들을 상대로 술장사를 하여 큰돈을 모아, 고향의 가산을 복구하고 윤택한 생활을 누리면서 호기롭게 살아 '동도주인'이 되었다는 것이다. 엽기적인 내용을 흥미롭게 끌고 가는 특징이 있다.

남문 안 주점 南門內酒店

남문 안 어느 탁주장수가 개점한 첫날 해장국을 끓여서 파루 즉시 가게 문을 열고 등불을 걸었다. 한 상주가 혼자 들어와서 청했다.

"해장국에 술 한 잔 주오."

바로 내가니 홀쩍 마시고는 또 청했다.

"여기 국하고 술 한 잔 더 따르오."

또 얼른 내가니 쭉 들이켜고는 말했다.

"내 돈이 없소. 이담에 갚으리다."

탁주장수는

"아무렴 으떻겠우?"

했다. 그 상주가 나간 후에 술꾼들이 구름처럼 몰려들어서 진종일 밥 먹을 겨를도 없이 술을 팔았다.

이튿날도 새벽에 가게 문을 열고 등불을 내걸자 그 상주가 또 들어와서 어제와 똑같이 행동했으나, 탁주장수는

"아무렴 으떻겠우?"

하였다. 상주가 나간 후로 역시 술꾼들이 어제처럼 밀렸다. 탁주장수

는 그가 도깨비거니 생각하고, 이후로 더욱 각별히 대접했다.

그 상주가 어느날 밤에 돈 2백냥을 들고 와서 하는 말이었다.

"이게 외상술값이오."

종종 이렇게 했고, 술도 한결같이 잘 팔려서 1년 미만에 돈이 여러 만 금이나 벌렸다.

술장수가 상주에게 물었다.

"내 술장사는 치우고 달리 계획을 세워보려는데 으떻겠우?"

"좋지."

가게를 내놓으니 어느 선혜청[1] 사령 한놈이 집 판다는 말을 듣고 그 술집 술이 잘 나가는 데에 잔뜩 눈독을 들였다. 사령이 집값을 두둑하게 지불하고 부엌살림이며 그릇 등속까지 후한 값으로 사들였다.

사령놈은 술을 수십 항아리 빚은 연후에 해장국을 끓이고 파루 즉시 가게 문을 열고 등불을 달았다. 한 상주가 혼자 들어오더니 청했다.

"해장국에 술 한 잔 주오."

바로 내가니 훌쩍 마시고는 또 청했다.

"여기 국하고 술 한 잔 디 따르오."

또 얼른 내가니 쭉 들이켜고는 말했다.

"돈이 없으니 내일 갚으리다."

술장수는 잔뜩 골이 나 소리쳤다.

"새로 연 가게에 무슨 말이오? 얼른 돈을 내시오!"

"돈이 없는 걸 어떻게 하겠소?"

"남의 새로 낸 가게에 외상술이 어디 있어? 빨리 돈을 내시오. 돈이

---

1 선혜청宣惠廳 조선시대에 대동법大同法에 의해 대동미大同米와 포布·전錢의 출납을 맡아보던 관청.

없으면 상복이라도 잡히시오."

상주는 욕을 하며

"상복을 네푼 술값에 잡힌단 말이냐?"

하였다. 술장수가 욕설에 바짝 약이 올라 맨발로 술청으로 뛰어내려
와서 상주의 볼따귀를 갈겨주려 했더니, 상주는 욕을 연발하며 달아나
는 것이었다. 술장수는 상주를 붙잡아서 때려주려고 뒤쫓았으나 잡히
진 않고 오히려 거리가 점점 멀어졌다.

한 모퉁이를 돌아섰을 때 상주가 붙들렸다. 다짜고짜로 방립[2]을 벗기
고 왼손 오른손 번갈아 따귀를 갈기며 욕지거리를 해붙였다.

"남의 마수에 와서 돈도 안 내고 술을 마시고는 게다가 욕까지 하다
니 이 무슨 버릇이야? 이런 자는 심상하게 다뤄선 안 되지."

그리고 나서 상복을 벗겨가지고 방립과 함께 옆에 끼고 돌아섰다.

그 상주는 엉뚱하게도 벼슬아치 양반이었다. 큰집 제사에 참례하고
파제[3] 후에 단신으로 귀가하다가 뜻하지 않게 망측한 변을 당한 것이
다. 뺨이 얼얼할 뿐 아니라 분기가 탱천하여 큰집으로 되돌아갔다. 온
집안이 크게 놀라 어찌 된 영문인가를 물었다.

"엉겁결에 어떤 놈이 달려들어 이러저러합디다."

"술장수놈 소행이 틀림없다."

모두들 이렇게 말하고 하인을 다수 동원하여 방립과 상복을 찾아오
고 술장수도 잡아왔다. 우선 단단히 분풀이를 한 다음 날이 밝자 형조刑
曹로 이송했다. 형조에서는 그자를 법에 의거해 귀양을 보냈음이 물론
이다.

---

2 **방립**方笠 상제가 쓰던 대나무로 만든 갓. 방갓.

3 **파제**罷祭 제사 지내는 날을 입제일, 지나고 난 날을 파제일이라고 한다.

그런 동안에 든 비용이 적지 않고, 술 역시 한 잔 마시는 이가 없어 술 장수는 이로 말미암아 가산을 탕진하고 말았다.

『성수패설醒睡稗說』에 '매사에 관대함을 좇다每事從寬'라는 제목으로 실려 있던 것을 여기서는 '남문 안 주점南門內酒店'으로 제목을 바꿨다.

남문 밖의 주점이 소설의 무대이다. 장사도 마음을 너그럽게 쓰면 잘되고 각박하게 쓰면 망한다는 단순한 줄거리를 도깨비 장난 같은 이야기로 꾸며놓았다. 경묘한 필치의 꽁뜨이다.

주판舟販

원주 법천[1]에 이가 성의 양민이 있었다. 그는 동쪽으로 장작이나 숯을 사러 가고 서쪽으로 어물이며 소금을 받으러 가는 등 배를 부려 장사하기 10년에 많은 돈을 벌었다.

숙종 을해·병자(1695~96) 연간의 대흉년에 이가는 쌀 3백 곡[2]을 선적하고 한강을 따라 서울로 와서 10년 동안의 단골집인 객주에 정박했다. 주인은 입에 곡기를 대지 못한 지 사흘이나 되어서 이가를 보고 몹시 반겼다.

"이젠 살았구나! 우리 열 식구가 살게 되었어. 당신은 이번에 무엇을 싣고 왔소?"

"쌀을 싣고 왔소."

주인은 뛸 듯 기뻐했다.

"먼저 내게 10곡만 주면 우리 식구가 살아날 것이고, 내 당신을 위해

---

1 **법천法泉** 강원도 원주 근교에 있는 지명. 원래 법천사라는 큰 사찰이 있었는데 사찰은 터만 남았고 사찰 입구에 형성된 큰 마을을 법천이라고 부른다.
2 **곡斛** 곡물의 양을 헤아리는 도구로 15말들이와 20말들이가 있었다.

쌀 파는 것을 도와 배에 가득 돈을 싣고 돌아가게 해주리다."

이가는 아무 대꾸도 않고, 배를 옮겨 다른 곳에 정박하려 했다. 주인은 그를 급히 붙잡았다.

"5곡만 주오."

이가는 역시 들은 척 않고 닻줄을 풀었다.

"10년 동안 맺어온 주객의 정이 이처럼 야박할 수 있소? 단 한말이라도 적선해서 오늘 하루 연명이나 하게 해주오."

주인은 울면서 사정했으나 이가는 돌아보지도 않고 배를 삿대질해 떠나 30리를 더 가서 어느 부잣집에 정박했다.

이가는 미곡 판 돈을 배에 가득 싣고 돌아가서 논밭을 사고 영업을 하느라 3년 동안 서울로 내려가지 못했다. 3년이 지나 산에서 나는 물화를 배에 싣고 한강을 따라 내려왔다. 그는 전에 10년 이용했던 객줏집이 병자년 흉년에 온 가족이 굶어죽었으려니 하면서 그 나루에 배를 대었다.

그런데 웬걸, 옛 주인이 사립[3]을 쓰고 돈피 배자[4]를 입고 사람들과 이야기하고 있지 않는가. 그는 의아하여 옆의 사람에게 가만히 물었다.

"저 사람 성명이 무엇이오?"

누구라고 대답하는데, 곧 옛 객줏집 주인이다.

"저 사람이 병자년 흉년에 죽지 않았단 말이오?"

그가 깜짝 놀라 묻자, 그 사람은 허허 웃으며 말하는 것이었다.

"저이가 과연 병자년에 굶주려 사경이 되었을 적에 마침 그의 고객 이가놈이 쌀을 선적하고 왔더랬지요. 그것을 보고 이제 살아나려니 하

---

3 사립絲笠 명주실로 싸개를 해서 만든 갓.
4 돈피 배자 돈피로 만든 배자. 돈피는 담비 종류의 모피이고, 배자는 저고리 위에 덧입는 옷.

고 반가워했으나, 이가놈은 단 한말도 주지 않고 배를 옮겨 다른 곳으로 갔더라오. 저이 일가족이 그날 해가 지도록 슬피 울고 있는 판에, 어디서 홀연히 약간의 곡식으로 구제하는 사람이 나타나 용케 죽음을 면했더라오. 그로부터 돈놀이며 장사에 하는 일마다 순조롭게 되어 불과 3년에 100만 전을 모았답니다. 이가놈이 비록 병자년에 배에 실은 쌀을 잘 팔아 돈을 가득 싣고 돌아갔더라도 필시 저이만큼 돈이 많지는 못하리다."

이가는 그 이야기를 듣고 부끄러운 마음이 들어 배를 얼른 옮겨 다른 데로 갔다. 그는 죽을 때까지 한강으로 배를 띄워 내려오지 못했다 한다.

● **작품 해설**

『삽교별집』에서 뽑았다. 원문에 제목이 없는 것을 그 내용으로 보아 '주판舟
販'이라 붙였다.

원주에서 강원도 물산을 배에 싣고 한강을 따라 서울로 오르내리며 장사를
하던 자가, 흉년에 양식을 한 배 가득 싣고 서울로 와서 10년 동안 관계를 가졌
던 객줏집의 굶주린 형편을 외면해버리고 이익을 취해 다른 곳으로 갔다는 줄
거리다. 상인의 각박한 심사를 비웃는 이야기로, 소박하게 엮어졌지만 한강을
이용해서 배로 장사하는 사람들의 생활모습의 일면을 잘 드러냈다.

개성상인開城商人

　　개성 조趙동지[1]는 본관이 배천[白川]이다. 재산이 여러 만금이라 차인[2]이 팔도에 깔려서 안 가 있는 곳이 없었다.

　　그는 본디 고단한 집안인데다 아들도 두지 못하여 양자를 세우려야 데려올 만한 자리가 없었다. 늙은 양주는 이 때문에 노상 근심하던 차였다. 어느날 조동지가 마루에 앉아 있는데, 마침 대문 밖에서 구걸하는 소리가 들려 바라보니 열살 남짓 된 아이였다. 때는 엄동설한이다.

　　조동지는 그 아이의 용모와 골격이 제법 눈에 들어서 방 안으로 불러들였다. 성과 본관을 물어보니 바로 배천 조씨다. 조동지는 반가워서 아이의 부모에 대해 물어보니, 어머니만 계시는데 성안에서 걸식을 하고 다닌다는 것이었다.

　　조동지는 안으로 데리고 들어가서 아이의 내력을 식구들에게 이야기한 다음, 밥을 먹이고 새 옷으로 갈아입혔다. 아이를 그냥 집에 두고 하

---

1 **동지同知**　동지중추부사同知中樞府事의 준말. 품계는 종2품이지만 명목상으로 주는 것에 불과하여 남자에 대한 일반적인 호칭이 되었다.
2 **차인差人**　남의 장사하는 일에 시중드는 사람. 차인꾼.

인을 시켜서 그 어미를 찾아다가 수숙嫂叔 간의 예로 대하고 가까운 마을의 조그만 집에서 살아가도록 마련해주었다. 그 아이를 자기의 양자로 삼은 것이다.

그 아이가 성장해가면서 양부모에게 정을 붙이니 자기가 낳은 자식과 다름이 없었다. 15, 6세에 관례를 치르고 며느리도 보았다. 그 집 재산 출납을 양자의 손에 맡겼는데, 부지런하고 꼼꼼해서 조동지의 뜻에 맞았다. 하루는 조생이 하는 말이었다.

"저도 이제 장성했습니다. 허구한 날 집에서 놀고만 있을 수 있겠어요? 수천냥을 가지고 한번 평안도 도회지로 장사를 나가보았으면 합니다."

이에 조동지는 5천냥을 선뜻 내주었다.

"우리 송도 사람은 소싯적부터 돈벌이로 나서는 게 관례라. 네 말이 옳고말고."

조생은 그 돈을 가지고 평양으로 가서는 어느 기생에게 혹해 2, 3년 사이에 5천냥의 돈이 구름처럼 흩어지고 눈처럼 녹아버렸다. 그러고 나서는 집에 돌아갈 면목이 없어 기생집에 붙어서 사환 노릇을 하게 되었다.

조동지는 이 기별을 듣고 조생을 다시는 자기 자식으로 안 보겠다고 작심하여 그의 생모와 며느리도 집에서 쫓아냈다. 이들 고부는 성문 밖 움막집에 거주하며 예전같이 걸식해서 살아갈 수밖에 도리가 없었다.

조생은 해진 옷에 부서진 갓을 쓰고 기생집에 얹혀 있으면서 종내 돌아갈 기약이 없었다. 어느날 기생이 관가 잔치에 불려가서 조생 혼자 집을 지키고 있었다. 그날 마침 큰비가 내렸다. 조생이 집 안에서 어정대다가 마당에 금가루가 흘러나온 것을 발견했다. 어디서 나왔는지 근원을 찾아가보니 뒷마당으로 쭉 이어져서 바로 방문 앞 섬돌로부터 흘러나온 것이었다. 그 자리에서 금가루를 쓸어 모으니 착실히 몇근이 됨직

했다. 그리고 섬돌을 살펴보니, 얼핏 보기는 다듬잇돌 같으나 통째로 생금덩이가 아닌가.

조생은 기생이 돌아오는 것을 보고 말을 꺼냈다.

"내가 나이 젊은 때문에 약간의 돈을 자네에게 탕진했네만, 자네가 그동안 나를 대접한 은공은 실로 잊기 어려운 일일세. 내가 다년간 부모의 슬하를 떠나 있었으니, 인정으로 보나 도리로 보나 부득불 돌아가야 하겠네."

기생은 그 말을 듣고 가장 서운한 듯한 표정을 지으며 말했다.

"조서방이 오랫동안 우리 집에 머무셨는데, 형편이 넉넉하지 못한 탓으로 뜻대로 대접을 못 해드렸어요. 제가 부끄럽습니다. 여러해 주인과 손으로 지내던 끝에 지금 떠나시는 길을 주인 된 도리로 차마 걸어서 가시게 할 수야 있습니까?"

그리고 그 자리에서 견마牽馬 잡힌 말[3]을 세내주는 것이었다.

"고맙네, 고마워. 단 한가지 소원이 있네. 뒷문 앞 섬돌을 날 주게나. 그 섬돌이 하찮은 물건이나 자네가 조석으로 밟던 돌이 아닌가. 내 이번에 돌아가는 길에 이 섬돌을 가져가서 자네 얼굴을 보는 듯 나의 마음을 위로하겠네."

"조서방이 다정한 분인 줄 알겠어요. 제가 어찌 돌 한 덩이를 아끼겠나요? 가져가세요."

조생은 당장 그것을 말 등에 싣고 개성으로 돌아갔다.

그때가 마침 연말이었다. 대개 이때가 되면 개성의 외지로 장사 나갔던 사람들이 많이 귀가하는데, 저마다 가족들이 성찬을 차려가지고 오

---

3 원문에 '六足'으로 되어 있는데, 말과 마부를 포함해서 이르는 말.

리정[4]으로 마중을 나왔다. 조동지도 이때 마침 귀환하는 차인들을 만나기 위해 오리정에 나와 있었다.

조생이 해진 두루마기에 짚신을 끌고 그곳에 나타나서 마주치게 되었다. 조생은 아버지에게 나아가 내로라 인사를 드리지 못하고 한편 구석에서 웅크리고 있었다. 모처럼 만나는 허다한 차인과 주인들 사이에 다들 희색이 감돌았으나, 조생에게 이르러는 아비는 보고도 못 본 척, 자식은 뵙고도 감히 나서지 못했다. 간혹 아는 얼굴들로부터 조생은 빈정거림과 비웃음을 받을 뿐이었다.

조생이 날이 저물어서 성문 밖 움막집을 찾아가니, 그의 어머니와 아내가 원망하고 탓하는 소리가 귀에 따가웠다. 조생은 입을 봉하고 일언반구 대꾸도 없이 바로 드러누워 코를 드르렁드르렁하며 잠이 들었다. 이튿날 일어나서 편지와 함께 금가루를 겹겹으로 싸가지고 아내를 주어 아버지께 가져다드리라고 했다.

조동지는 이른 아침부터 여러 차인들과 한창 회계를 하느라 방 안에 있었다. 조생의 아내는 감히 방 안으로 들어가지 못하고 상노아이를 불러 조동지에게 통지하고, 먼저 편지와 함께 금봉지를 들여보냈다. 조동지가 받아서 편지를 뜯어보니 사연이 이러했다.

소자의 다년간 소득은 비록 이것만으로도 지난날 제가 가져간 5천 금에 거의 값할 듯하온데, 또 이보다 큰 것이 있기로 우선 이것으로 아뢰옵니다.

---

4 오리정五里程 읍에서 5리 정도의 거리. 여기서 사람을 배웅하고 마중하였다. 오리정
　五里亭.

봉지를 열어보니 그게 전부 생금가루다. 그 가격을 따지자면 6, 7천냥이 착실히 되는 것이었다. 조동지는 크게 기뻐서 여러 차인들과 나누던 말을 끝내지도 않고 곧장 일어나서 안으로 들어가 며느리를 불러오도록 했다. 며느리가 안으로 들어오자, 조동지의 처가 역정을 내어 욕설을 하며 내쫓았다. 조동지는 처에게

"그럴 일이 아닐세. 잠깐 기다리게."

하고 며느리에게 물었다.

"네 남편이 어데 아픈 데는 없다던? 탈 없이 잠은 잘 잤으며, 밥이나 잘 먹더냐? 너는 가지 말고 여기서 기다리고 있거라. 내 가서 그애를 보고 오마."

조동지는 성문을 나가 움막으로 가서 조생을 만났다. 조생이 절하고 뵙자, 조동지가 묻는 말이다.

"네가 보낸 적잖은 금가루는 어떻게 얻은 것이냐?"

"그걸 가지고 무어 많다고 하겠습니까. 커다란 순금덩어리가 있는데요."

"어데 두있니?"

조생이 행장을 풀어 보였다. 조동지는 첫눈에 눈이 둥그레지고 입이 딱 벌어져서 그만 졸도하는 것이었다. 이윽고 일어나서 조생의 등을 쓰다듬었다.

"관상이 틀릴 리 없지. 네 관상을 보니 만석꾼이 될 상이더구나. 그래서 양자를 삼았더니, 오늘 과연 금덩이를 가지고 돌아왔구나. 이걸 녹여서 팔면 우리 집 재산의 열 배는 되겠다. 이밖에 더 무엇을 바라겠니? 지난날 한때의 외도는 젊은이에게 항용 있을 수 있는 일이니라. 다시 입에 올릴 것도 없다. 어서 집으로 돌아가자."

그리고 머리를 돌려 그의 생모에게 일렀다.

"아주머니, 요즘 추운 날씨에 고생이 오죽하셨소? 곧 교자를 보낼 테니 전에 사시던 집으로 돌아가십시다."

조동지는 그길로 식솔들을 모두 데려갔다. 그리고 다시 부자간이 처음처럼 결합이 되었다.

슬프다, 아비와 아들 사이가 금방 떨어졌다가 다시 합해지다니! 재물상의 이해가 개재되는 곳을 조심하지 않아서 되겠는가. 하나 시정의 부류이고 양부자의 관계이니 구태여 심하게 책망할 것은 없겠다.

●작품 해설

『청구야담』에서 뽑았다. 원제는 '생금을 얻어 부자가 다시 합해지다獲生金父子同宮'이다.『동야휘집』에도 '돌덩이 하나를 가져와서 부자의 윤기가 이루어지다輸一石父子叙倫'라는 제목으로 수록되어 있는데, 줄거리는 비슷하다.

이야기의 내용은 어느 개성상인이 양자로 데려온 아들에게 5천냥을 주어 평양으로 보내 장사를 시켰다가, 그 아들이 기생에게 혹해서 돈을 다 없애버리자 파양罷養 절연絶緣을 선언했고, 뒤에 그 아들이 생금덩이를 입수하여 갖다 바치자 부자의 의를 되찾아 화합했다는 이야기다. 양부자의 관계도 윤리적으로 결합된 종래의 관계에서 이익사회의 현실적 관계로 바뀌어 철저한 실리주의적 사고를 보여주는 점이 이색적인데다가 서술과정에 개성상인들의 생활 및 활동상이 재미있게 그려져서 자못 눈길을 끈다.

평양으로 장사를 간 남자가 기생에게 혹해서 재물을 탕진하고 영락했다가 기생집에서 보물을 취득하는 기본 골격은 유몽인柳夢寅의 「올공금팔자兀孔金八字」에서 유래한 것이다. 이 구조가 개성상인의 특성을 그리는 데 차용된 점이 또한 흥미롭다.

독역讀易

선비 이모李某는 남산 밑에 살고 있었다. 그는 가난을 이기며 오직 글 읽기에 힘썼다. 아내에게 이르기를

"내 10년 동안 『주역周易』을 읽고 싶은데, 나물밥이나마 나의 조석을 대주겠소?"

하니 아내도 동의했다.

이생은 방에 들어앉아서 단단히 문을 걸어잠그고 겨우 밥 한 그릇이 들어올 수 있게 창문에 구멍을 뚫었다. 그래서 아침저녁으로 끼니를 이어가며 『주역』 읽기를 밤낮으로 계속하였다.

7년에 이르러 어느날 창틈으로 내다보니, 한 대머리 중이 창문 밖에 쓰러져 있지 않은가. 깜짝 놀라 문을 열고 나가보니 다름 아닌 자기 아내였다.

"이게 웬 꼴이오?"

"밥을 못 먹은 지 닷새째입니다. 7년 뒷바라지를 하다보니 머리털이 남지 못했어요. 지금 사세가 막다른 데 이르러 도리가 없습니다."

이생은 탄식하며 문을 나서서 바로 국부國富 홍洪동지 집을 찾아갔다.

"당신이 나와 비록 안면은 없으나, 내게 긴히 쓸 곳이 있으니 3만냥을 빌려주겠소?"

홍동지를 보고 묻자, 홍동지는 그를 한참 뚫어지게 보다가 허락하는 것이었다.

"100여 바리의 돈을 어떻게 처리하시렵니까?"

"오늘 중에 우리 집으로 실어 보내주시오."

하고 이생은 집으로 돌아갔다. 이윽고 수레에 싣고 말에 실은 돈이 그날 해가 저물기 전에 모두 다 운반되었다. 이생은 아내에게 말했다.

"여기 돈이 있소. 나는 다시 『주역』을 읽어 10년 기한을 채우려고 하니, 당신은 이 돈으로 이익을 남겨 조석을 이어가겠소?"

"이제는 무엇이 어렵겠어요?"

이생은 다시 방에 들어앉아 그전처럼 책을 펴고 흥얼거렸다. 아내는 그 돈으로 물건을 흔할 때 사들이고 귀할 때 팔아서 치산한 지 3년 사이에 불어난 돈이 여러 만냥에 이르렀다.

이생은 『주역』 읽기를 마치자 비로소 책을 덮고 나왔다. 그사이에 증식된 돈까지 모두 싣고 홍동지 집으로 가서 내놓았다.

"내 돈은 3만냥이오. 그밖의 돈은 받을 수 없소."

"내가 당신 돈을 이용해서 번 것이니, 이것 역시 당신 돈이오. 왜 내가 취하겠소?"

"이건 빌려드린 것이지 빚을 놓았던 것은 아닙니다. 어찌 이자를 받겠소?"

홍동지는 끝내 본자 3만냥만을 받았다. 이생은 부득이 남은 돈을 가지고 돌아왔다.

이생은 아내와 함께 이사를 하여 강원도의 깊은 산중으로 들어갔다.

그곳에 넓게 터를 닦아 웅장한 집을 새로 짓고 거기에 딸린 집들을 지어 농민들을 모아 거처케 했다. 어느덧 한 큰 촌락이 이루어졌다. 그 주변을 잡초와 잡목을 제거하고 개간하니 한결같이 기름진 땅이었다. 해마다 수천석을 수확하여 의식 걱정이 없이 편히 지낼 수 있었다.

임진란에 백성들이 큰 화를 입었으나 이생의 마을만은 까딱없이 병화를 입지 않았다고 한다. 그래서 그곳이 무릉도원武陵桃源인 줄 알게 되었다.

●작품 해설

『청구야담』과『파수편破睡篇』에 '빈궁함에도 안정하여 10년 동안 주역을 읽다安貧窮十年讀易'라는 제목으로 실려 있다. 여기서는 끝의 '독역讀易' 두 자를 취하여 제목을 삼았다.

이 작품은 남산골 샌님의 생활의 면모를 그린 것으로, 짧고 단순하지만 연암의「옥갑야화」중의 허생과 기본 골격은 유사하다. 허생 이야기의 유화들이 다양하게 변형되면서 유전한 사실을 여러 자료를 통해 확인할 수 있는바「독역」은 그중의 하나다. 이 작품에서는 남산골 샌님이 그토록 인고하며 10년『주역』을 읽어 과연 무엇을 하려고 했던가라는 물음에 합리적인 답이 나오지 않는다. 임진왜란을 예견하고 무릉도원을 미리 찾아갔다는 결말은 그의 10년 공부의 성과라고 붙여볼 수 있는데, 현실도피적인 사고방식을 표출한 것이라고 하겠다.

허생별전許生別傳

허생은 방외인方外人이다. 그는 형편이 몹시 가난하여 영락한 처지임에도 글 읽기를 좋아하고 집안 살림은 돌보지 않았다. 책상 위에 오직 『주역』 한부가 놓여 있을 따름이요, 끼니가 떨어져도 염두에 두지 않았던 것이다. 그의 아내가 길쌈을 하여 근근이 살아가는 형편이었다.

어느날 허생이 안에 들어갔다가 부인이 머리를 끊어 팔아 수건을 쓰고 밥상을 차리는 것을 목격했다. 허생은 길게 한숨을 쉬며 말했다.

"내 10년을 한정하여 『주역』을 읽는 건 뜻한 바 있어서이지만, 까까중머리를 한 아내를 옆에 두고 계속할 수 있으랴!"

그리고 부인에게 약속을 하였다.

"내 어디 나갔다가 1년 후면 돌아올 터이니, 당신은 어떻게든 연명이나 하며 다시 머리를 기르시오."

의관을 갖추고 일어선 그는 곧바로 개성의 갑부 백白부자를 찾아가 만나서 대뜸 천냥을 빌리자고 말했다. 백부자는 한눈에 그가 비상한 인물임을 알아보고 선선히 허락하는 것이었다.

허생은 천금을 싣고 서쪽으로 평양길을 떠났다. 평양의 명기 초운楚

雲의 집을 찾아가 날마다 술판을 벌이고 젊은 한량패들과 진탕 놀다가, 돈이 떨어지자 다시 돌아와서 백부자를 만났다.

"내 큰 장사거리를 만났으니 3천냥을 더 빌려주오."

백부자는 그의 요청을 즉시 들어주었다. 허생은 다시 초운에게 가서 이번에는 그녀의 집을 녹창綠窓에 단청한 다락, 구슬발, 비단 방석을 까는 등 호사스럽게 단장해주고 나서 매일 술에 풍악으로 즐겼다. 돈이 다 떨어지자 또다시 백부자를 찾아가서 만났다.

"한번 더 3천냥을 취해주겠소?"

백부자는 두말이 없었다.

허생은 역시 초운의 집으로 가서 또 연시燕市[1]의 명주名珠 보패寶珮와 각색 비단 등속을 사다 바쳐 초운의 마음을 기쁘게 하고 나자 남는 돈이 없었다. 다시 또 백부자에게 갔다.

"이제 3천냥이면 일을 이룰 수 있소. 당신이 믿어주실지 의문이외다."

"그 무슨 말씀을……. 비록 만냥을 더 달라고 하신대도 아끼지 않으리다."

백부자는 이렇게 말하고 선선히 내주었다.

다시 또 초운의 집으로 가서 이번에는 한필 준마를 구해 마구간에 매어두고, 전대를 하나 지어 벽상에 걸어놓았다. 드디어 기생들을 크게 모아 대판 잔치를 벌이고 전두[2] 비용으로 돈을 뿌려 초운의 비위를 맞추었다. 돈이 바닥나자 허생은 가장 허탈하고 서글픈 표정을 짓고서 초운의 마음을 떠보는 것이었다. 초운은 본디 물성질[3]이라 벌써 허생에게

---

1 연시燕市 연경 곧 북경北京의 시장.
2 전두纏頭 비단을 머리에 감아준다는 뜻으로 여자에게 주는 화대花代를 가리킨다.
3 물성질 원문은 '水性'인데, 물이 한군데 집착하지 않고 어디든지 낮은 곳으로 흘러가

염증을 내서 매일 젊은 패들과 어울리며 허생을 밀어낼 궁리를 하는 판이었다. 허생이 이 낌새를 알아채고 하루는 초운에게 말했다.

"내 이 고장에 오기야 장사일로였네. 이제 만금을 죄다 날리고 빈주먹만 남았구면. 그만 돌아가야겠어. 어찌 자네를 그리는 마음이 생기지 않겠나?"

"오이가 익으면 꼭지가 떨어지고, 꽃이 시들면 나비가 날아오지 않는 법이지요. 그렇게 그리워할 것까지 있겠나요?"

"나의 재물을 전부 소금항⁴에 털어버리고 이제 영영 작별하는 마당에, 자네는 나에게 무엇을 선물로 주겠는가?"

"서방님이 원하시는 대로 드립지요."

허생은 자리 위에 놓여 있는 오동화로烏銅火爐를 가리켰다.

"이게 갖고 싶네."

그러자 초운은 웃으면서 말했다.

"뭣이 아깝겠어요?"

허생은 그 자리에서 오동화로를 깨뜨려 산산조각을 내서 전대에 담아가지고 준마를 달려 하루에 개성으로 돌아왔다. 백부자를 보고

"일이 드디어 성공하였소."

하고 전대에 담긴 물건을 꺼내 보였다. 백부자는 턱을 끄덕이는 것이었다.

허생은 곧 전대를 싣고 말을 몰아 함경도 회령으로 갔다. 개시⁵하는

듯 기생도 누구든 돈 있는 사람을 따른다는 의미다.

4 소금항銷金巷 금을 녹이는 골목, 즉 돈을 소비하도록 만드는 유흥가를 가리킨다. 소금와銷金窩.

5 개시開市 교역이 이루어진다는 의미. 대외무역을 하던 곳을 가리키는데 의주, 동래, 회령 등지에 있었다.

날 전을 벌이고 앉아 있자, 어떤 장사하는 호인胡人이 와서 물건을 유심히 살펴보더니 혀를 차는 것이었다.

"바로 이것이야, 이것!"

호인이 값이 얼마나 되겠냐고 묻자 그의 대답이 이러했다.

"이 물건은 값으로 칠 수 없는 보물이올시다. 10만냥이 비록 약소하오나 바꾸어주십시오."

허생은 그를 흘겨보다가 한참 후에 승낙했다.

거래를 마치고 개성으로 돌아와서 10만냥을 백부자 앞에 내놓았다. 백부자는 깜짝 놀라 어찌 된 영문인가를 물었다.

"지난번 보신바 부서진 동銅은 그냥 동이 아니고 오금[6]이었지요. 옛날 진시황이 서불[7]을 시켜 동해로 선약을 구하러 보낼 때 내탕고[8]에서 오금 화로를 내주어 보낸 일이 있었습니다. 대개 이 화로에다 약을 달이면 백병에 신효하지요. 서불이 해상에서 잃어버린 것을 왜놈들이 얻어서 국보로 삼았는데, 임진란 당시 왜장 평행장[9]이 가지고 와서 평양성을 점거하고 있다가 밤중에 도망치면서 어지러운 가운데 그만 잃어버렸던 겁니다. 그리하여 이 물건이 어쩌다가 멍기 초윤의 집에 있게 된 것이죠. 저는 서기瑞氣를 바라보고 찾아가서 만금으로 바꾼 셈이고, 장사하는 호인은 서역西域 사람인데 역시 서기를 좇아 온 것이랍니다. 그의 값으로 칠 수 없는 보물이란 평가는 실로 정확한 것이지요."

---

6 오금烏金 구리와 금의 합금.

7 서불[徐市] 진시황秦始皇 때의 방사方士인데, 황제의 명으로 선약仙藥을 구하러 동쪽 바다로 갔다고 한다.

8 내탕고內帑庫 임금이 사용하는 재물을 넣어두는 곳간.

9 평행장平行長 임진왜란 때 평양으로 진군했던 코니시 유끼나가小西行長. 일본 사람의 이름을 세 글자로 표현하는 것이 관행이었다.

"그 화로 하나를 얻기 위해서는 꼭 만냥을 들이지 않더라도 가능한 일인 걸, 어찌 그렇게 두번 세번이나 수고를 하셨소?"

"그것은 천하의 보배입니다. 신령이 돕는 것이어서 중가重價가 아니면 얻을 수 없지요."

"선생은 정말 신인이십니다."

백부자는 허생에게 10만냥을 전부 내주는 것이었다. 허생은 껄껄 웃으며 말했다.

"어찌 나를 작게 보시오? 내 집이 비록 서발막대 거칠 것 없지만, 독서를 즐기다가 이번 일은 특별히 한번 시험해본 데 지나지 않소."

그러고는 받지 않고 가버렸다. 백부자가 더욱 놀랍게 여겨 그 뒤를 밟아가 살피도록 했더니, 그의 집은 자각봉[10] 아래 초옥인데 낭랑하게 글 읽는 소리가 들릴 뿐이었다.

백부자는 그가 비상한 인물인 줄로 알고 매월 초하루 꼭두새벽에 쌀자루와 돈꿰미를 대문 안에 들여놓았다. 한달 소용이 근근이 될 만한 것이었다. 허생은 웃으며 그것을 받곤 했다.

당시 이완李浣이 대장으로 있으면서 임금으로부터 중임을 부탁받아 북벌北伐을 계획하여 두루 인재를 구하던 중이었다. 이대장은 허생이 대단한 인재라는 말을 듣고 어느날 저녁 미복[11]으로 찾아가서 만나게 되었다. 천하사를 논하던 끝에 이대장이 가르침을 청하자 허생이 말했다.

"내 공이 오실 줄 알았소이다. 공이 대사를 일으키려 하시니, 나의 세가지 계책을 쓰시겠소?"

"선생의 말씀을 듣고자 합니다."

---

10 자각봉紫閣峰 서울의 남산을 가리킴.
11 미복微服 지위가 높은 사람이 은밀히 민정을 시찰하기 위해 입는 사복.

"지금 조정은 당인이 용사[12]하여 만사가 여의치 못한데, 공이 돌아가 어전에 아뢰어 당론黨論을 파하고 널리 인재를 등용하도록 하시겠소?"

"어렵소이다."

"군인으로 뽑힌 사람에게 또 군포[13]까지 거둬들이니, 실로 일국 인민의 근심과 고통이올시다. 공이 호포법[14]을 시행하여 비록 지체 높은 벼슬아치 자제라도 빠지지 못하도록 하실 수 있겠소?"

"이 일 역시 어렵소이다."

"우리 동국東國은 바다를 끼고 있어 비록 어염魚鹽의 이로움은 있으되 축적이 풍족치 못해 1년 지탱하기도 어려운데다, 삼천리도 못 되는 땅덩이에 예법에 구애되어 오로지 겉치레만 힘쓰는 실정이올시다. 일국 백성에게 모두 호복胡服을 입도록 할 수 있겠소?"

"그 또한 더욱 지난하오이다."

허생은 소리를 버럭 질렀다.

"네가 시의[15]를 모르고 망령스레 대사를 도모한다고 떠벌리니 도대체 무슨 일을 한단 말이냐? 얼른 물러가라."

이완은 등에 땀을 쭉 흘리고 나시 오겠노라 하고 무색해서 물러나왔다.

이튿날 아침 다시 찾아갔을 때는 집이 텅 비어 있었다.

---

12 당인黨人이 용사用事하여 당인은 특정 당파에 속한 사람이겠는데, 이 경우는 당시의 집권한 권력층을 가리키며, 용사는 권세를 부린다는 뜻.

13 군포軍布 원래 군역軍役을 대신하여 받는 삼베나 무명. 당시 군역을 진 사람에게 다시 포布를 징수해 원성이 높았다.

14 호포법戶布法 신분의 귀천을 가리지 않고 호戶마다 일률적으로 포를 거두는 법.

15 시의時宜 시대에 적합한 방침.

●작품 해설

『해동야서』에 '허생이 보물을 기운으로 알아보아 오동화로를 얻다識寶氣許
生取銅爐'라는 제목으로 실려 있는 것을 대본으로 삼았으며, 『청구야담』에도 같
은 제목으로 수록되어 있다. 『동야휘집』에 비슷한 내용이 수록되어 있으며, 그
밖에 『아동기문我東奇聞』『청야담수』 등의 책에 대동소이한 내용이 전재되어 있
다. 「옥갑야화」의 허생 이야기와는 비슷한 유형이면서 내용을 달리한 것이기에
여기서는 '허생별전'이라는 제목을 부여했다.

원래 허생은 실재 인물로서 남다른 행적이 있었기 때문에 한때 서울에서 화
제가 되었던바, 전승과정에서 온갖 변형이 일어나 허생을 주인공으로 하는 여
러 갈래의 이야기들이 나오게 된 것으로 추정된다. 이 「허생별전」의 전체 구조
는 연암의 그것과 다르지 않지만, 평양 기생집에서 재물을 탕진한 끝에 횡재를
하는 치부담이 차용된 점이 크게 다르다. 그리고 이완 대장에게 국사에 관해 세
가지 계책을 제시한 것은 동일한데 구체적인 내용은 전혀 다르다. 이 「허생별
전」은 서울 거리의 전기수傳奇叟와 유사한 서민층 이야기꾼들의 입에서 형성된
것으로 볼 수 있다.

여생呂生

여생 아무는 남산 밑의 궁한 선비다. 집은 가난하나 글 읽기를 좋아하였고, 경국제세經國濟世할 재주가 있었지만 쓰임을 얻지 못하였다. 집을 팔아서 호구하고 사랑채 단칸방에서 부부가 거처하는데, 추위와 배고픔을 이기지 못하여 여생이 아내에게 말하였다.

"여보, 내 외출할 일이 있는데 걸칠 만한 옷이 없소?"

"참 딱하기도 하시구려. 의복을 잡혀먹은 지 옛날 아니우? 남은 것이라고는 지금 몸에 걸친 누더기뿐입니다."

"가만히 앉아서 죽을 날만 기다릴 수야 없는데 그럼 어떡한다지?"

"다 해진 도포 한벌이 사당 참배할 적에 입으신 것인데, 어떻게 입고 나갈 수 있겠어요?"

"그거면 됐소."

여생이 길에 나서자 거리의 아이들이 그의 누덕누덕 기운 남루한 옷을 보고 손가락질하며 웃어댔다.

종루 거리에서 시전 상인들이 길을 막고 무슨 물건을 사려느냐고 묻는다. 여생은 살 물건이 있는 것처럼 점방으로 따라 들어가서 시전 상인에게 물었다.

"아니, 내 꼬락서니가 무엇을 거래하러 온 사람 같아 보이우? 지금 서울에서 누가 제일 부자요? 그 이름을 알고 싶소."

시전 상인은 다방골 김金동지라고 일러주는 것이었다.

여생은 곧 김동지의 집을 찾아갔다. 주인은 얼굴이 윤택하고 의복이 화려했다.

"주인이 근래 시정에서 부자로 이름난 김동지요?"

"그렇소."

"내 소청이 있소. 들어주시려우?"

김동지는 양식이나 구걸하려는 것이겠거니 하고 말했다.

"무슨 어려운 일이 있소? 우선 말해보오."

"내 곤궁한 형편에 경륜을 좀 펴볼까 싶은데, 주인이 만 꿰미의 돈을 빌려주시겠소? 만 꿰미가 못 되면 곤란하오."

김동지는 여생을 뚫어지게 바라보더니, 한참을 생각한 끝에 마침내 응낙하는 것이었다.

"먼저 천 꿰미는 우리 집으로 실어 보내주오. 내 집에 가서 이것을 조처하고 곧 돌아와서 오늘 중으로 떠나리다."

여생은 집으로 돌아가서 천 꿰미를 아내에게 맡기며,

"이것으로 10년 동안의 생계를 삼으시오. 내 오늘 집을 떠나면 10년 뒤에나 돌아올 것이오."

하고 당부한 다음, 김동지 집으로 다시 갔다. 김동지는 식사를 준비해 놓고 기다리고 있었다.

"어디로 가시려오?"

"영남이오."

"나의 수하에 일을 맡겨온 사람이 있는데, 근면하고 민첩하니 데리고 가보겠소?"

"그야 물론 좋지요."

"영남의 연해 지방에 내 물건을 매매하는 돈을 실은 배 몇척이 있소. 나의 어음을 보면 즉시 환전해줄 것이오. 이렇게 하면 운송하는 비용이 절감될 것이오."

"더욱 좋다뿐이오?"

김동지가 의복 일습을 내다가 여생에게 갈아입도록 하니 사양하지 않았다. 여생은 떨어진 옷가지는 싸서 행장 속에 간직하는 것이었다.

하동·곤양[1] 등지가 영호남의 물산이 모이는 곳이기에 여생은 이 지역으로 내려갔다. 거기서 장날을 따라 돌아다니며 매양 물가를 후하게 쳐서 사들이니 장터에 나온 물건이 죄다 그의 수중으로 들어왔다. 내일도 모레도 연일 이같이 하여 9천 꿰미의 돈이 거의 다 나갔을 즈음에는 영호남의 쌓인 물화가 거의 동이 날 지경에 이르렀다. 물건이 고갈되어 나오지 않게 되자, 사들인 물화를 내다 팔아 몇배의 이득을 보았다.

여생의 장사 수법은 별다른 묘수가 아니고 그지 헐할 때 매입했다가 귀할 때 방출하는 것이었다. 돈이 자꾸 불어날수록 매매하는 범위도 넓어져서 몇년 사이에 벌어들인 돈이 이루 다 계산할 수 없는 정도가 되었다.

하루는 대로변에 부잣집이 있는 것을 보고 여생이 객주客主를 삼자고 청했더니 주인이 난색을 표하는 것이었다.

"우리 집이 이 고장에서 가장 크기 때문에 종전까진 부상대고富商大賈

---

1 곤양昆陽 지금의 경상남도 사천시에 속한 지명.

들이 연락부절이었죠만, 몇년 내로 무뢰한 도적들이 작당을 해가지고 인근에서 출몰하니 부상대고들이 모두 발길을 끊고 아예 이곳으로는 왕래하지 못한답니다.”

“도적들이 얼마나 되며, 놈들 소굴이 어디랍디까?”

“도적들이 수백명이나 된다는데, 여기서 서쪽으로 10리를 가면 지세가 험준하고 숲이 울창한 산이 나서지요. 그 산을 따라 북쪽으로 들어가면 골짜기가 툭 트인 데에 저들 소굴이 보인답디다. 그곳이 바로 도적들이 웅거한 곳이랍니다.”

여생은 하인에게 명하여 돈을 가지고 연해의 배가 닿아 있는 곳으로 가서 있으라 하고 다음과 같이 약조하였다.

“내 어음을 보거든 돈을 보내라. 기간이 오래거나 얼마 걸리지 않거나 오직 나를 기다리면서 함부로 그곳을 떠나지 마라.”

하인이 명을 받아 떠나고, 여생은 단신으로 입산하여 골짜기 상하 10리를 들어가 도적의 처소를 찾았다. 산허리에 토굴이 있어 굴 밖으로 돌문이 달렸고, 수십보 들어가니 굴이 점점 넓어졌다. 이우명[2]의 거리에 당도하니 초가 4, 50간이 나오는데, 쑥대머리에 밤송이 수염들이 그곳에 우글거리고 있다가 여생을 보고 놀라서 몽둥이를 들고 나서는 것이었다.

“놀랄 것 없네. 나는 포도군관이 아닐세. 내가 자네들을 잡으러 왔다면 왜 단신으로 이 소굴에 들어오겠나? 못 믿겠으면 돌문 밖에 나가서 나를 따라온 자들이 있나 보라구.”

도적들이 나가보니 과연 아무도 없는지라, 비로소 마음을 놓고 물었다.

---

2 이우명二牛鳴 우명은 소의 울음소리가 들릴 만한 거리. 그것의 두 배 정도의 거리를 이우명이라 한다.

"당신이 우리를 잡으러 온 것이 아니라면 무슨 일로 이곳까지 들어왔소?"

"내 자네들을 위해 할 일이 있네. 나를 받아들이겠나?"

뭇 도적들이 크게 기뻐하며 줄지어 절하였다.

"우리들이 시방 대장을 잃고 통솔할 사람이 없어 모두 흩어질 판이었는데, 마침 대장님이 오셨으니 천만다행이올시다."

여생을 상석에 앉히고 수령으로 추대하는 것이었다. 사흘이 지나자 여러 도적이 아뢰는 말이다.

"군중에 식량이 떨어진 지 오랩니다. 무슨 대책이 없겠습니까?"

여생이 20꿰미 어음을 배가 있는 곳으로 보내자 돈이 즉시 올라왔다. 도적들은 크게 기뻐했음이 물론이다. 또 돈이 떨어졌음을 보고하자 다시 30꿰미 어음을 내려보냈다. 이렇게 하기 여러번이었다.

어느날 여생이 도적들에게 물었다.

"너희들 중에 부모처자가 있는 사람은 몇이냐?"

"있는 사람이 과반수입죠."

"그럼 어떻게 살아가느냐?"

모두들 눈물을 흘리며 대답하는 것이었다.

"저희들이 춥고 배고픔을 이기지 못해 집을 버리고 이곳에 들어와서 지금 여러해 지나도록 가족들의 생사를 막연히 모르고 있습니다. 문득 생각할 적마다 가슴이 미어집니다."

여생은 돈 만 꿰미를 가져오게 하여 1인당 100꿰미씩을 나누어주었다.

"이것을 가지고 너희들 집에 가서 부모처자를 구원하고, 각기 곡식 종자와 농기구를 구해지는 대로 짊어지고 이곳으로 돌아오너라."

여러 도적들은 감동하여 눈물을 흘리고 흩어졌다.

정한 기한이 되자 여러 도적들이 돌아와서 각종 곡식과 농기구 등속을 두루 갖출 수 있었다. 이에 여러 도적들과 배가 닿아 있는 곳에서 만나 그곳에 있는 돈을 선적하고 농우 4, 50두[3]를 사서 함께 실었다. 배를 띄워 서남 대해로 나가서 폭이 10리에 초목이 무성한 섬을 발견하여 배를 그 섬에 대었다.

초가를 세워 거처를 만들고 불을 놓아 태운 다음, 힘을 합쳐 황무지를 개척했다. 농사를 지었더니 곡식의 소출이 본토에서보다 10배나 되어 노적이 동산만큼 쌓였다.

몇년을 이같이 농사를 지었다. 관북 지방에 큰 흉년이 들었기로, 벌목을 해서 배를 제작하고 그 배에 곡식을 실어가서 팔았다. 그리고 몇년 후에는 서도西道가 대기근이라 다시 곡식을 싣고 가서 교역했다. 드디어 쌓인 돈이 배로 계산해야 할 지경이 되었다.

소들은 들에 놓아먹여서 저절로 새끼를 쳐 수백두를 헤아렸다. 이에 돈과 곡식과 소를 선적하고 경기도 해안에 정박했다. 여생이 뭇 도적들에게 일렀다.

"너희들은 모두 본디 양민인데 어찌 괴롭게 도적질을 일삼겠느냐? 오늘부터 각기 너희들 고향으로 돌아가 다시 양민이 되어라."

그리고는 1인당 돈 5백 꿰미에 곡식과 소를 나눠주었다. 여러 도적들이 크게 감격하여 절을 하고 눈물을 흘리며 흩어졌다.

여생이 하인과 함께 나머지 돈을 셈해보니 아직도 100여 만냥이 되는 것이었다. 다시 배를 띄워 경강[4]에 닻을 내렸다. 그 하인에게 배를 지키

---

3 원문은 '農牛四五隻'으로 되어 있는데, 뒤에 소가 수백두가 되었다는 점으로 미루어 탈자脫字가 있는 것으로 보아 '4, 50두'로 했다.
4 경강京江 뚝섬부터 양화나루에 이르는 한강을 가리키는 말.

라 이르고, 여생은 행장 속에서 옛날에 입던 해진 옷을 꺼내 입고 곧장 김동지 집으로 갔다. 여생이 서울을 떠난 뒤 10년 만이었다. 김동지가 깜짝 놀라 물었다.

"어찌하여 이 꼴이오?"

"내 행장이 다소 여유가 있어 옷 한벌이야 충분히 마련할 수 있겠지만, 옛날을 잊지 않는다는 뜻으로 갈 때 싸둔 옷을 다시 꺼내 입은 것이라오."

주인이 여생에게 성찬을 대접했다. 여생은 10년 동안에 겪은 일들을 대강 이야기했다. 김동지는 더욱 크게 놀랐다.

"당신은 실로 일세를 경륜할 인물이구려. 기껏 농사와 장사에 조금 시험해보고 말았으니 참으로 애석합니다."

김동지는 돈을 반으로 가르자고 하였다. 여생이 사양하여 말했다.

"그럴 것 없소. 나도 이제 늙었소. 매일 한 꿰미의 돈을 보내주어 여생을 마칠 때까지 의식 걱정을 하지 않도록 해주면 족하겠소."

"그야 물론 명대로 거행하다뿐입니까."

여생이 자기 집으로 가보니, 단칸짜리 행랑은 온데간데없고 웬 솟을대문이 서 있는 것이 아닌가. 문밖에서 안을 기웃거려보니 안팎 저택이 굉장했다. 하인이 나와서 어디서 온 손인가 물었다.

"이게 누구 댁인가?"

"양반댁입죠."

"주인이 계시는가?"

"바깥어른은 집을 나가신 지 10년이 지났는데 아직 돌아오시지 않고 안방마님뿐입죠."

"그래, 내가 이 집 주인이다."

하고 안으로 들어갔다. 여생 부처는 손을 마주 잡고 눈물을 흘렸다.

"여보, 어떻게 이런 굉장한 집을 지었소?"

"제가 천 꿰미 중에서 다섯 꿰미로 노복을 사고, 4백 꿰미로 집을 지어 가업을 일으켰지요. 나머지로 먹고살면서 지금 가산이 수십만냥으로 늘어났답니다."

여생은 웃으며 말하였다.

"부인은 가진 것이 적었는데, 여기 앉아서 치부를 나보다 더 잘한 셈이구려."

『동야휘집』에 '만금의 이득을 남겨 부부가 치부를 하다贏萬金夫妻致富'라는 제목으로 수록되어 있는데, '여생呂生'으로 바꾼 것이다.

이「여생」은 앞의「허생별전」「독역」과 함께 연암의「옥갑야화」와 같은 유형의 작품이다. 독서하던 선비가 나가서 치부하여 돌아오는 과정은「옥갑야화」와 유사하며, 부인이 치산하여 부자가 된 것은「독역」과 상통한다. 그런데 이 작품에서는 후반의 북벌책에 대한 비판이 없이 치부의 과정을 묘사하는 것만으로 끝나는 점이 특징이다.

당시 서울의 갑부인 김동지에게 영남의 연해 지방에 그의 사업자금을 실은 배 수척이 있다고 한 점으로 미루어, 그의 상업조직이 지방의 시장에 뻗쳤음을 알게 한다. 작중 주인공 여생은 이 김동지의 상업자본을 이용하여 전라도와 경상도의 물화가 집중된 하동·곤양 지방을 거점으로 장사를 했던 것이다. 이때 김동지의 수표를 가지고 현지에서 환전하는 방법이 눈길을 끄는 대목이다.

여생은 상업활동을 통해서 큰돈을 벌자 농업 부문에 새로운 시도를 하였다.「옥갑야화」에서 보듯 도적들을 거느리고 무인도로 들어간 것이다. 이들 도적은 물론 농토를 상실한 유랑농민들이다. 그는 이러한 유휴 노동력을 생산적인 방향으로 전환시켰다. 많은 노동력을 집중하여 황무지를 개간해서 농사를 짓고 축산을 하는데, 이것은 어디까지나 상품 생산을 목적으로 한 것이었다. 곧 상업적인 농업으로서 기업적인 영농방식을 취하여 크게 치부한 것이다.「옥갑야화」에서 허생이 무인도에 이상국을 건설하려 했던 데 비해, 여기 여생은 새로운 생산방식으로 부를 획득하는 것이 목적이었다. 이리하여 생산력을 증대시켰을 뿐 아니라 유랑농민들을 취업시킬 수 있어, 당시의 사회문제에 해결책을 제시한 셈이다. 여기서 우리는 여생이 나름으로 경세의 역량을 갖춘 인물임을 보게 된다.

남경 장사 南京行貨

광해군 시절 서울에 한 대상이 있었다. 그는 북경을 왕래하며 교역을 했는데, 호탕하게 노닐어 낭비한 때문에 관서關西 감영에 은 7만냥의 부채를 지게 되었다. 그래서 영문에 갇혔다가 풀려났다가를 반복하였다. 백방으로 주선하여 5만냥은 간신히 갚았지만 2만냥은 갚을 길이 없어 풀려나지 못하고 있었다. 그래서 감사는 그를 엄히 구금해두고 상환하기를 독촉했다. 하지만 이미 가산이 바닥이 난 터라 다시 힘을 쓸 도리가 없었다. 그는 옥중에서 감사에게 다음과 같이 진정을 하였다.

"제 몸이 옥에 갇혀 있으니 부질없이 죽을 뿐입니다. 공사公私 간에 유익할 것이 없사오니 바라옵건대 다시 한번 은 2만냥을 대출해주옵시면 2년 내에 기필코 4만냥으로 상환하겠나이다. 추호라도 속이거나 배반하는 일이 없을 것입니다."

감사는 그 뜻이 장하고 말이 기특하기에 요구대로 은을 대출해주었다.

이에 그는 평안도 연해의 고을로 가서 의주에서부터 부잣집을 알아두고 그 인근에 집을 마련했다. 그리고 좋은 옷을 차려입고 준마를 타고 오가며 머물기도 하면서 그네들과 친근하게 사귀었다. 종종 아름다운 안주와 좋은 술로 자리를 벌이니, 부자들은 모두 그에게 마음이 기울고 정의도 두터워진 것이다. 그럴듯한 언변으로 은전을 빌리는데, 많은 경우 1백냥에서 적은 경우 수십냥을 약조를 맺어 돌려줄 날을 정해두고, 정한 그날에는 어김없이 갚아서 조금도 지체하는 법이 없었다. 대개 관서에는 전은자모가[1]들이 백을 헤아리는데, 그가 돈을 거래하기 거의 1년이 지나도록 한번도 속이거나 어기지 않아서 여러 부자들은 그를 단단히 신용하게 되었다.

그래서 한몫에 두루 큰돈을 빌려 6, 7만냥으로 인삼과 초피[2]를 구입했다. 그리고 나머지 돈으로 건장한 말을 사서 모두 싣고 다시 북경으로 떠났다. 이번에 객주로 정한 사람 또한 옛날 거래하던 대상으로 의리가 있었다. 그가 주인을 설득하였다.

"만약 이 물화를 가지고 남경으로 가면 틀림없이 100배의 이문을 볼 거요. 남아가 일을 도모하매 성공한즉 하늘로 오를 것이요, 실패한즉 땅으로 꺼질 따름이외다. 당신과 내가 마음으로 깊이 믿는 터에 나와 함께 남경으로 가지 않으려오?"

주인도 그럴듯이 여겨 흔쾌히 허락하였다. 느니어 객주 주인과 디불어 견고한 배 한 척을 전세내어 화물을 선적하고, 통주[3]에서 배가 출발해 순풍에 돛을 달아 열흘도 못 걸려서 양주揚州에 당도했다. 이때 한 당인[4]이 작은 배를 저어 그의 배를 공격하고 달아났다. 그는 즉시 건장한 곁꾼[5] 몇

---

1 전은자모가錢銀子母家 돈놀이하는 집을 가리키는 말. 모는 본전, 자는 이자를 뜻한다.
2 초피貂皮 담비 종류 모피의 일종.
3 통주通州 북경 근방에 있는 지명. 북경으로 통하는 대운하의 출발점이자 종착점.
4 당인唐人 우리나라에서 중국인 일반을 당인이라고 불렀다. 이 경우는 그 지역의 특정한 주민을 지칭하는 말로 생각되는데 확실치 않다.
5 곁꾼 곁에서 남의 일을 도와주는 사람.

사람과 함께 이선[6]을 타고 재빨리 추격해서 그 작은 배에 올라가 당인을 묶어가지고 돌아왔다. 결박을 풀어주고 나서 그에게 갈 곳의 물길 및 물화의 귀하고 천함과 인심이 어떠한지, 금령禁令의 경하고 중함과 도적의 있고 없음 등등 각 지방 사정을 상세히 물어보고 물건을 후히 주어 그의 마음을 사로잡았다. 이에 당인은 크게 감사히 여기는 것이었다. 그가 또 일을 성취한 후에 귀한 보배로 보답하겠노라고 약속하자, 당인은 하늘을 가리켜 맹세하되 그를 위해서라면 목숨이라도 바치겠다는 뜻을 보였다.

양주에서 물길을 따라 올라가서 석두성[7]에 당도하였다. 당인은 집이 마침 강변에 있어서 강안에 배를 대었다.

이튿날 그는 선원 중에서 셈이 빠른 사람 몇과 모두 중국식 복장을 하고 당인을 따라 남경 성내로 들어갔다. 10리에 뻗어 있는 고루거각高樓巨閣에 주렴과 장막이 드리워 눈이 부신데 모두 상점으로 물화가 산적해 있었다. 당인은 그를 어떤 약방으로 안내한 다음, 이분은 조선 사람으로 귀중한 물화를 가져왔으니 소문내지 말고 비밀히 거래하자고 하는 것이었다. 약방 주인은 크게 기뻐하여 동업인 부자들을 불러 거래를 하기로 언약하였다. 그가 돌아가 인삼과 초피를 운반해와서 가게에 벌여놓으니 물건이 하나같이 정결하고 신선했다. 남경의 약방들은 본래 나삼[8]을 중히 치는 터라 약방 주인이 결제한 대금은 우리나라에 비해 열 곱도 넘는 것이었다. 그는 드디어 큰돈을 손에 쥐었다.

---

6 이선耳船 본선에 달고 다니는 작은 배.
7 석두성石頭城 남경성의 옛 이름.
8 나삼羅蔘 우리나라 인삼을 가리키는 말. 경주의 산삼이 최상품이어서 유래한 말이라
   한다.

그는 당인에게 약속대로 후히 보상하고 북경으로 돌아와서 그 객주 주인에게는 수천냥을 주었으며, 10여 명 선원에게도 각기 천냥씩을 나누어주었다.

그는 곧 귀국하였다. 북경으로 떠난 지 몇달 걸리지 않아서 감영 빚 4만냥을 갚고 관서 연해의 부잣집에도 빌린 돈을 갚는데, 이자까지 쳐서 서운함이 없도록 하였다. 그러고도 수만냥의 재물이 남았다.

그는 감사에게 나아가 그간의 일들을 아뢰고 강남의 진기한 물산 다섯 바리를 선사했다. 감사는 크게 기특히 여기고 찬탄해 마지않았다.

"자네야말로 참으로 대단한 영웅일세. 내가 사람을 잃지 않았구먼."

그리고 당로當路의 재상에게 추천하여 그는 여러 차례 진장[9]을 역임하게 되었다.

논평: 이 상인은 참으로 훌륭하다. 화원노졸[10]의 부류라 하겠다. 그가 천만냥의 빚을 지게 되었던 사실로 보면 아주 허랑한 자이나, 병법은 죽을 땅에 빠진 연후에 살길이 있다고 하였다. 그의 지혜와 용기를 보건대 족히 대장이 될 만한 인물이다. 한데 그가 죽을 땅을 밟지 않았던들 어찌 이처럼 크게 치부를 할 수 있었겠는가.

---

9 **진장鎭將**　변방에 있는 진영의 장.
10 **화원노졸花園老卒**　장순왕張循王이라는 사람이 자기 형에게 거금을 주면서 장사를 해보도록 했는데, 그 형이 못한다고 하여 후원에 있는 늙은 병사에게 그 돈을 주었다. 그가 장사를 잘하여 돈을 굉장히 벌었다 한다(『학림옥로鶴林玉露·내편內編』권3).

●작품 해설

신돈복辛敦復이 지은 『학산한언鶴山閑言』에서 뽑았다. 『청구야담』에는 '정상이 남경에 가서 장사를 하다往南京鄭商行貨'라는 제목으로 수록되어 있는데 주인공을 정생으로 설정하고 시대는 언제로 밝히지 않은 점만 다르고 거의 유사하다. 제목은 『청구야담』에서 절취하여 '남경 장사[南京行貨]'라고 붙였다. 『동야휘집』에 실린 「인삼 상인이 남방으로 가서 큰 이익을 남기다涉南國蔘商獲利」도 줄거리는 비슷한데 내용은 많이 다르다. 『동야휘집』의 것은 북경에서 장사를 하는 변씨卞氏 역관이 주인공인데, 내용의 일부는 당唐의 전기傳奇 『이왜전李娃傳』을 본떠서 꾸며낸 것이다.

이 「남경 장사」는 주인공이 원격지 교역을 통해서 돈을 버는 과정을 묘사한 작품이다. 상업이 발달하여 상업자본이 성장하자 멀리 해외시장에까지 상인들이 진출하였다. 중국무역에 종사한 주인공은 인삼과 초피를 가지고 보다 좋은 시장을 찾아 남경까지 가는 모험을 감행해서 크게 이득을 보았던 것이다. 그가 과감하게 이익을 추구하여 해외로 진출하는 상업활동에서 진취적인 상인정신을 볼 수 있다. 이러한 정상을 평양 감사의 입을 빌려 '영웅'이라 칭하는데, 말하자면 그는 상업자본주의 시대의 영웅이라 할 것이다.

그런데 정상은 의주를 중심으로 관서 연해의 여러 고을에 집중적으로 발달해 있던 전은자모가(금융업을 하는 집)에 신용을 얻어 많은 돈을 차용할 수 있었다. 그는 신용을 잘 지켜 빌린 돈을 제때 상환하였음은 물론, 자기에게 도움을 준 수다한 사람들의 은혜에 충실히 보답하였다. 그의 신의를 잃지 않는 태도는 상인적인 윤리이다. 주인공은 이처럼 상인적인 윤리를 잃지 않았기에 성공하였으며 또한 영웅으로 호칭될 수 있었다.

북경 거지北京丐者

　　우리나라 역관이 사신 행차를 따라 북경에 갈 때 으레 호조의 은을 빌려서 당화[1]를 무역해가지고 돌아와서 팔아 호조에 2할을 가산하여 갚는데, 그러고 남는 이익이 적은 것이 아니어서 치부를 할 수 있었다.

　　한 역관이 재물을 가벼이 보고 베풀기를 좋아한 때문에 매번 다녀올 적마다 자기 토지를 팔아서 호조에 갚았으며, 그래도 부족하여 일가들이 채워주는 형편이었다. 마침내 일가들은 상사[2]에게 청하여 매번 그를 녕난에서 빼도록 하였다. 그 역관은 늙고 곤궁하여 살아가기 어렵게 되자 일가들에게 사정하였다.

　　"지금 와서는 내 전에 한 일들이 뉘우쳐지네. 한푼이라도 아껴 낭비하지 않겠네."

　　그리고 상사에게 자청하여 호조 은 5천냥을 빌려서 다시 북경길을 떠나게 되었다.

　　북경에 당도하자 동료들과 같이 은화를 가지고 약재며 비단 등등 각

---

1 당화唐貨 중국 상품을 이르는 말.
2 상사上使 사절단에서 우두머리. 정사正使라고도 한다.

종 물화를 무역하려고 번화가로 나갔다. 그곳에서 벌거벗은 몸에 반자 남짓의 베로 겨우 사타구니를 가린 거지를 만났다. 그 거지가 여러 역관들을 보고 호소하는 것이었다.

"내게 만냥을 빌려주시면 강남 지역으로 무역을 하여 여러분에게 필요한 물화를 사와서 이 시장에서 얻는 이익보다도 배나 더 남길 수 있고, 나 또한 여분을 챙겨서 요족해질 것입니다. 이는 실로 일거양득一擧兩得이올시다. 의향이 어떠신지요?"

역관들은 아무도 대꾸하지 않고 본 척도 안 했다.

"조선은 소국이네. 게다가 무례하구먼. 내가 아무리 거지라도 말을 하는데 대답을 하지 않다니, 대화하는 법도 모르는구먼. 만냥이 얼마나 대단한 물건이라고 엄청난 보배로 여겨 성패이둔지간[3]에 시험해보려 들지 못하다니 실로 소국인이로다."

거지가 이렇게 비아냥거리자 노역관이 나섰다.

"네가 만냥을 구하는데, 나는 늙은이라 많이 가져오지 못하고 겨우 5천냥뿐이어서 대답을 얼른 못 하고 생각 중이었다. 너는 어찌 성급히 우리들을 조롱하고 우리나라까지 욕한단 말이냐?"

마침내 노역관은 은화를 꿰미째로 거지에게 던졌다. 그것은 호조에서 빌려온 전부였다.

"5천냥뿐이다. 그래도 쓰겠으면 네 마음대로 해보아라."

거지가 절을 하며 말했다.

"소인이 경솔히 실언을 했음에도 대인께서 심히 책망하지 않으시고, 또 길거리에 버려진 인간에게 일을 맡겨 저로 하여금 한번 역량을 펴서

---

3 성패이둔지간成敗利鈍之間 일의 성공과 실패, 유리와 불리가 엇갈리는 사이.

춥고 배고픔을 면할 수 있게 하시니, 세상에 이보다 더한 다행이 있겠으며 이보다 더한 은혜가 있겠소이까?"

시중 사람들은 모두 노역관이 너무 허랑한 데 놀라면서 한편으로 장하게도 여겼다. 상사와 부사는 동료 역관들이 돌아와서 아뢰는 말을 듣고 깜짝 놀라 질책하는 것이었다.

"자네는 전에 포흠⁴을 지면서까지 남에게 베풀기를 좋아한다는 이름이 있었으나 이번 길에는 썩 인색하여 베풀기를 좋아한다는 이름을 취소하게 된 터에, 도리어 송두리째 한 거지에게 주어버리다니, 나는 도대체 자네의 속셈을 모르겠네. 자네 일가들이 자네 때문에 몰락한 처지에 앞으로 어떻게 호조 은 6천냥을 갚을 텐가?"

노역관이 아뢰었다.

"하찮은 돈 때문에 우리나라가 욕을 들어서야 되겠습니까? 잃은 것은 5천냥에 불과하지만, 이로부터 중국인들이 우리 조선을 함부로 깔보지 못할 터이니 우리나라가 얻은 바 또한 적지 않다고 할 수 있겠지요. 설사 제가 거지에게 사기를 당해서 5천냥을 전부 날린다손 치더라도 호조에서 제게 갚기를 독책하는 건 부당한 줄 압니다. 모름지기 임금께 아뢰어 이 일을 선처케 해야 하지 않겠습니까? 비록 사람이 하찮고 물건이 사소한 것이라도 국가의 체면에 관계가 된다면 큰일이지요."

한 이틀 지나 거지가 산뜻한 옷에 날씬한 말을 타고서 노역관을 찾아와서 인사를 드리는 것이었다. 그리고 경치 좋은 명원名園에 연회석을 마련하고 노역관을 초대하면서 여러 역관들도 함께 가자고 청하였다. 여러 역관들은 생각하기를 '이 연회에 끼어들었다가 호조 돈을 별수 없

---

4 포흠逋欠 관의 재물을 유용하여 결손을 내는 행위.

이 같이 상환해야 될지도 모르겠으나, 저 사람이 명원의 연회에 우리를 초대하는데 참석하지 않으면 필시 우리를 쩨쩨한 사람으로 치부하겠지.' 하여 마지못해 따라나섰다. 음식이며 기악妓樂이 대단히 성대해서 한 차례 연회비용이 수백냥은 될 것 같았다. 역관들은 서로 돌아보며 수군거렸다.

"저 거지가 영리한 사람일세. 노역관으로 하여금 우리들 돈을 보태서 포흠을 갚게 하려는 수작인 게야."

이같이 네댓번 잔치를 베풀고 거지가 강남으로 떠나면서 노역관에게 물었다.

"대인께서 필요로 하시는 물건이 무엇이며, 돌아가실 날짜는 언제이온지?"

노역관은 일일이 대답했다. 그러고서 거지가 남방으로 가서 소식이 끊어진 지 60여 일이 되었다. 돌아갈 날이 임박하니 노역관 혼자 남아서 기다릴 수도 없는 일이었다.

일행이 봉황성[5]에 당도했다. 이곳은 조선과의 경계로부터 거리가 백 리 미만이고, 한번 책문柵門을 벗어나면 중국인과 서로 만나는 것이 불가능했다. 책문에 다다라서 노역관이 뒤를 돌아보니, 먼지가 자욱이 일어나며 이쪽으로 쏜살같이 움직이고 있지 않는가.

"행차를 잠깐 지체하여 성급히 책문을 나가지 말아주소서. 저 먼지는 필시 거지가 달려오는 겁니다."

노역관의 간청에 상사는 웃으며 말했다.

"잠깐 기다린들 어떻겠는가마는 거지가 안 온다고 하여 더 기다릴 생

---

5 봉황성鳳凰城 의주로부터 중국에 들어가는 지점에 있는 중국의 관문關門. 지금의 요녕성遼寧省 봉성현鳳城縣.

각일랑 말게."

누군가 수레 위에서 부채를 흔들며 외치는 것이었다. 그러나 무슨 소리인지 알아들을 수 없었고 부채 흔드는 것만 보였다. 노역관은 저건 틀림없이 거지일 것이라고 말했다. 당도하는데 과연 북경 거지였다. 거지는 노역관의 옷자락을 붙들고 머리를 부딪치며 눈물을 그치지 못했다. 한참 만에 눈물을 거두고 흐느끼며 말했다.

"하마터면 대인을 못 뵐 뻔했소이다."

그리고 자기의 행장을 전부 풀어헤치는 것이었다. 상사로부터 여러 역관에 이르기까지 일행 모두에게 선물을 증정하는데, 강남의 좋은 술이며 특이한 음식 등속에 계두[6]까지 포함돼 있었다. 그리고 노역관에게는 먼저 폐백 명목으로 향료·차 등 각종 진기한 물건으로 수천냥 어치가 되는 것을 바치더니, 약재며 각종 비단 등 만냥어치가 되는 물화를 내놓는 것이었다. 노역관은 그 반을 받지 않고 돌려주려 했다.

"이건 내 분수에 넘치는 물건일세."

거지가 눈물을 흘리며 간절히 말했다.

"대인의 은혜에 힘입어 계획한 대로 장사를 하여 열 곱의 이득을 보았습니다. 제 몫은 이보다 세 곱이나 됩니다. 저도 이제 부자가 되었답니다. 이익을 저 혼자 차지해서 되나요? 이건 사양하실 것이 아닙니다."

거지는 끝내 뿌리치고 가버렸다. 노역관은 부득이 물화를 전부 싣고 귀국했다. 호조 은을 상환하고도 나머지가 동료 역관들에 비해 배나 되는 양이었다. 자기 때문에 낭패를 보았던 여러 친족에게 나누어주었고 그 자신 또한 부자가 되었다.

---

6 계두桂蠹 계수나무에 사는 벌레로 음식이나 약재에 쓰이며 매우 진귀한 것이었다.

상사 이하 모두들 책문에서 달려온 북경 거지를 대면했을 때 그에 대해 경솔히 불신하는 말을 했던 것을 후회하며 부끄럽게 여겼다고 한다.

　이 작품은 『삽교별집』에 수록된 것이다. 원래 제목이 없는데 '북경 거지北京丐者'라 붙였으며, 작자는 『삽교별집』을 지은 안석경으로 보아야 할 것이다.

　17~18세기 우리나라는 중국에 보내는 외교사절단의 왕래를 통해서 중국과의 무역이 활발하게 진행되고 있었다. 당시 중국무역의 주역을 담당한 것은 사신을 수행했던 역관들이다. 이 역관무역은 국가가 공인하였을뿐더러 자본을 대주기까지 했던 것이다. 그리하여 「옥갑야화」에 나오는 변승업卞承業처럼 역관들은 국제무역을 통해서 부를 크게 축적할 수 있었다. 이 작품은 이러한 역사적인 현상을 보여주고 있다.

　주인공 노역관이 북경에서 만난 생면부지의 거지에게 장사 밑천을 대주었는데, 그 거지가 강남 무역에 성공하고 은혜에 보답하더라는 이야기다. 노역관은 단순히 그 거지를 동정하거나 커다란 이익을 기대해서 5천냥을 던져준 것이 아니었다. 일개 거지로부터 "조선은 소국"이며 "소국인"이라고 멸시하는 말을 자기 일행뿐 아니라 자기 나라까지 듣게 된 데 분개한 때문이었다. 그는 나라의 체면을 살리기 위해서 자기의 사업자금을 전부 주어버린 것이었다. 그래서 당당히 상사에게 "하찮은 돈 때문에 우리나라가 욕을 들어서야 되겠습니까?" 하고 말할 수 있었던 것이다. 외국인과 접촉하는 과정에서 국가를 인식하게 된 행동으로 볼 수 있다.

　그 북경 거지는 탁월한 상업적 능력을 갖추었으나 밑천이 없어 거지로 전전한 인물이었다. 곧 북경 거지는 「강경」의 절름발이와 비슷한 인물 유형이다. 이 북경 거지가 국가의 체면을 잃지 않으려는 노역관의 훌륭한 태도에 의해서 활로를 얻은 셈이다.

환희幻戲

    현씨玄氏는 역관 집안 사람이다. 매년 북경을 내왕하며 무역으로 업을 삼고 있었는데, 한번은 금주위[1]에 당도하여 객점에 투숙했다. 밖에서 떠들썩하는 소리가 들려서 무슨 영문인지 물었다.

    "어떤 과객이 오악자五嶽子라고 자칭하며 환희[2]를 잘한다고 하여 동네 호사가들이 초청해서 놀이판을 벌인다네요."

    현씨는 옷을 걸치고 어슬렁어슬렁 구경을 나갔다. 마침 눈이 개어서 달빛이 환하다. 그 술객의 행색을 살펴보니 말씨는 연조간[3] 사람이다. 거리에 구경꾼이 몰려 담을 쌓고서 재주를 한번 보여달라고 조르는 것이었다.

    술객은 "좋소." 하더니 소매 속에서 사계절의 꽃씨를 꺼내 눈 위에 뿌렸다. 그러자 금방 싹이 돋아 자라서 꽃봉오리가 맺히고, 눈 깜짝할 사

---

1 금주위錦州衛 심양瀋陽에서 산해관山海關으로 가는 도중에 있는 지명. 곧 금주. 군사적 요충지여서 금주위로 일컬어지기도 했다.
2 환희幻戲 환술. 마술과 같은 말. 박지원의 『열하일기熱河日記』에는 「환희기幻戲記」라는 글이 있다.
3 연조간燕趙間 하북성河北省·산서성山西省 일대를 가리키는 말.

이에 봉오리가 벌어져 큰길에 울긋불긋 백화가 가득 찬 광경이 눈앞에 펼쳐졌다. 관중들이 그 신기함에 탄성을 터뜨렸음은 물론이다. 조금 있다가 술객이 부채를 들어 부치니 꽃이 분분히 땅에 떨어지고 온통 눈빛으로 바뀌었다.

관중들이 재주 하나를 더 보여달라고 재촉을 하였다. 그가 주머니에서 청전[4] 한닢을 꺼내 길옆에 꽂아놓고 두 손가락을 나란히 펴 부적을 그리는 형상을 짓자, 그 돈이 금방 수레바퀴만큼 커졌다. 관중들은 더욱 놀라워했다. 술객이 말했다.

"성련자[5]가 마침 나를 해상에서 기다리고 있다오. 내 잠깐 갔다가 내일 아침에 다시 오리다."

그리고 그 돈을 가리키고 웃으며 덧붙이는 것이었다.

"이 물건은 복 있는 자 복을 누릴 수 있고 복 없는 자 재앙을 받을 것이라. 여러분들 함부로 들여다보지 마오."

그가 떠나자 관객들도 차츰 다 흩어졌다. 현씨는 혼자 남아서 서성댔다. 밤이 이슥해서 한동안 망설이던 끝에 살그머니 돈구멍을 들여다보았다.

화려한 누각에 무늬를 아로새긴 문과 창살, 유리 병풍, 산호 의자, 주옥, 노리개 등등 그 속에는 없는 것이 없었다. 이윽고 여러명 미인들이 오수의[6]를 입고 비단 치맛자락을 끌며 명당明璫·패옥佩玉을 차고 사뿐사뿐 걸어나오는데, 손에는 저마다 악기 하나씩을 들었다. 세간에서 흔

---

4 청전靑錢 동전을 지칭하는 말.
5 성련자成連子 중국 춘추시대의 음악가. 백아伯牙의 스승인데, 백아를 바닷가로 데리고 가 음악의 높은 경지인 이정移情을 스스로 깨닫게 했다고 한다.
6 오수의五銖衣 선인들이 입는 아주 가벼운 옷.

히 보는 관악기, 현악기며 박판拍板 같은 악기와는 달라 보이는 것이었다. 잠시 뒤에 한 미인이 말했다.

"「자운회악부」[7]는 양귀비가 훔쳐간 이후 오래도록 연주하지 못했는데, 어찌 한번 타보지 않으려오?"

모두들 좋다고 하며 양탄자를 깔고서 연주를 시작하는 것이었다. 연주가 끝날 즈음 말이 나왔다.

"아만[8]의 어여쁜 춤이 한 세상을 독보했으니, 우리도 다시 절요무[9]로 놀아봅시다."

한 미인이 멍청히 서 있는 것을 보고 모두 손가락질을 하며 웃었다.

"저 얼간이가 백가랑[10]에게 시달림을 받아서 허리가 줄어들었구면."

미인은 낯을 붉히고 마지못해 소매를 떨치며 춤을 추는 것이었다.

뜰아래 복숭아 꽃잎이 붉은 비가 쏟아지듯 떨어졌다. 현씨가 처음에는 돈구멍에 머리만 디밀고 구경하다가 차츰차츰 걸음을 옮겨 들어가니 그야말로 점입가경漸入佳境이어서, 자기도 모르게 춤추는 뜰의 화려한 누각 앞에 가 있었다. 이때 문득 당상에서 호통치는 소리가 울렸다.

"어디서 들어온 쥐새끼 같은 놈이 남의 내실을 엿보는 거냐?"

와글와글하는 소리와 함께 일시에 모든 것이 사라지고 누각은 흔적도 없지 않은가. 돈구멍이 차츰 줄어들고 사면이 막혀서 흰씨는 몸이 그 속에 끼이고 말았다. 빠져나가려야 나갈 수도 없고 물러서려야 물러설 수도 없게 된 것이다. 끼인 몸이 몹시 아파 참기 어려운 지경이어서 사

---

7 「자운회악부紫雲廻樂府」 당나라 태종이 꿈속에서 신선에게 얻었다는 곡.
8 아만阿蠻 시인 백거이白居易의 첩의 이름.
9 절요무折腰舞 한나라 양기梁冀의 처 손수孫壽가 추었다는 춤.
10 백가랑白家郞 백거이를 지칭하는 듯하다.

람 살리라고 소리를 질렀다. 동네 사람들이 일어나서 모여들었으나 구해낼 방도가 없었다. 날이 새자 술객이 돌아와서 보고는 꾸짖었다.

"네가 한낱 미천한 인간으로 감히 궁실의 아름다움이며 여인들과 누리는 호사스런 생활을 엿보다가 돈구멍에 꼼짝없이 갇히게 되었구나. 움직이면 움직일수록 조여드는데 네 스스로 지은 죄라 살려낼 길이 없다."

동네 사람들이 현씨를 대신해서 살려달라고 빌었더니, 술객이 말했다.

"천지 사이에 예의염치禮儀廉恥와 주색재화는 제갈공명諸葛孔明의 팔진도八陣圖 같다오. 청렴은 생문生門이요, 물욕은 사문死門이라. 이 사람은 이미 사문으로 들어갔으니 어떻게 생문으로 나오기를 바라겠소?"

이 말에 현씨는 통곡해 마지않았다.

"네가 뉘우치는 마음이 있으니 구원을 얻을 수 있겠다."

술객이 웃으며 큰 붓에 먹물을 묻혀 돈구멍에 칠하자 구멍이 점점 커져서 현씨가 빠져나올 수 있었다. 돈은 다시 줄어들어 원상태로 돌아갔다. 술객은 그 돈을 주머니에 집어넣고 나서 현씨에게 이르는 것이었다.

"잠깐 붓끝으로 생명을 건져주었거니와, 이 뒤부터는 그런 짓을 하지 마라. 한푼 돈에 목숨을 바꿀 것이냐?"

현씨는 머리 숙여 인사를 하고 그 자리를 떠났다.

지금까지도 금주에서는 이 이야기를 하는 사람이 있다.

● 작품 해설

이 작품은 『동야휘집』에 '환희에서 돈구멍을 엿보아 재물의 욕망을 경계하다場戱窺錢警財欲'라는 제목으로 수록된 것인데, 여기서 '환희幻戱'로 바꾸었다.

앞의 「북경 거지」와 마찬가지로 역관들에 의한 중국무역이 발달하는 가운데 꾸며진 이야기다. 주인공 현씨는 물욕에 눈이 어두워진 인물이었다. 현씨가 엿본바 작중의 술객이 요술을 부려 수레바퀴 만하게 키워놓은 돈구멍 속의 사치와 향락은 인간의 물질적 욕망이 희구하는 세계를 의미하는 것으로 보인다. 따라서 현씨가 이 돈구멍 속의 세계에 발을 들여놓은 행동은 무한히 발동하는 욕망을 가시적으로 드러낸 것이다. 작중에서 이러한 욕망은 기실 '죽음의 문'이라는 점을 강조한다. 인간은 허다히 돈의 노예가 된다. 대개 상업이 성행한 시기에 특히 상인들에게 그러한 사고방식이 더욱 두드러지게 나타난다. 돈의 노예로 타락해가는 인간을 이 작품에서 깨우쳐주고 있다고 하겠다.

박포장朴砲匠

　박 화포장[1]은 훈련도감[2]의 군졸로 사람됨은 성실하지만 얼굴이 심히
못생겨서 모두들 궁상이라고 조롱했다.

　그는 술 마시기를 무척 즐겼으나 가난하여 마음껏 취할 도리가 없었
다. 언제나 군영에서 요미[3]를 타면 곧장 술집으로 달려가 술 한 동이를
사가지고 집으로 가서 혼자 골방으로 들어가 문을 굳게 잠그고 몇날 며
칠을 나오지 않았다.

　그의 아내가 이상하게 여겨 하루는 문구멍으로 들여다보았다. 처음
엔 두 손을 모으고 엄숙히 앉아 술을 앞에 놓고 한참이나 음미하며 차마
들고 마시지 못하는 것이 몹시 아까운 물건을 대하는 모양이었다. 그러
다가 문득 껄껄 웃고는 풀쩍풀쩍 뛰어가서 두 손으로 술동이를 받쳐 들
고 쭉 들이켜는 것이었다. 안주도 먹지 않고 흥이 나자 일어나 무릎을

1　화포장火砲匠　군인으로 화포를 다루는 사람. 즉 포병에 해당한다.
2　훈련도감訓鍊都監　수도의 경비를 맡던 군영. 포수砲手·사수射手·살수殺手의 세가지
　특기자를 양성했다.
3　요미料米　급료로 받는 쌀.

치고 노래를 부르며 방 안을 빙빙 돌다가 돌아와서 몸을 구부리고 동이에다 병에 물을 기울여 쏟듯 가는 물결을 일으키며 마신 술을 토해내는데, 먼저만큼 동이에 차서 술이 조금도 축나지 않았다. 이윽고 다시 아까처럼 마시고 토하기를 수십번이나 반복했다. 해가 저물고 밤이 어느덧 새벽이 되었다.

이튿날 아내가 곡절을 묻자 대답하는 말이 이러하였다.

"내가 주량이 워낙 커서 졸지에 배를 채우기 어렵다네. 한번에 꿀꺽 꿀꺽 해버리면 술 갈증을 충족시킬 수 없기에, 부득이 그렇게 마셨다가 토해냈다가 하여 아쉬운 대로 목을 축이고 흥을 돋우는 것이지."

중국으로 가는 사신이 해로를 이용해야 하는 때[4]가 있었는데 박씨는 포장으로 그 사행에 참여하게 되었다.

사행이 해로로 가게 되면 상사·부사·서장관[5]이 각기 딴 배를 타고 표자문서[6]도 각기 한부씩 소지하여 불의의 사고에 대비했다. 고려 때 상사 홍사범洪師範이 물에 빠져죽고 서장관 정몽주鄭夢周는 살아서 돌아온 사례가 있었다.[7]

사행선이 장연·풍주[8] 등지에서 출발하여 적해赤海와 백해白海를 건너는데, 그사이 수천리에 수많은 섬을 통과하게 된다. 바람과 조수를 보아

---

4 조선조에서는 중국 사행이 육로로 오갔는데, 1620~35년 사이에 후금이 요동 지역을 점거했기 때문에 일시적으로 해로 사행이 있었다.

5 서장관書狀官 중국 사절단에서 정사·부사 다음의 지위.

6 표자문서表咨文書 중국에 보내는 공식 외교문서.

7 1372년 사행선이 돌아오는 길에 허산許山 앞바다에서 조난당한 일이다. 당시 명나라의 수도가 남경에 있었기 때문에 해로로 가게 되었다.

8 풍주豊州 현재 황해도 송화군의 옛 지명.

항로를 택하기 때문에 항해 중에 필요한 물건과 중국 가서 무역해올 밑천에 예인과 공인 등을 두루 구비하여 배에 싣게 된다.

사행선이 떠날 때는 지방관이 풍악을 크게 잡혀 전송하고 친척들이 뱃전을 잡고 울음으로 송별을 했다. 지금 음악에 「타루악」[9]·「선리곡」[10]이 있는데, 그때부터 전해오는 곡이다.

박포장은 상사의 배에 타게 되었다. 동승한 수행원들은 저마다 재산을 기울여서 중국 물화를 사서 장사할 셈이어서 다들 소지한 짐이 풍성했다. 박포장은 당초에 가난한 사람이라 홀로 지닌 것 없이 맨몸이어서 동행하는 사람들의 비웃음을 샀다.

배가 넓은 바다로 나가자 갑자기 파도가 크게 일어 바야흐로 위험이 눈앞에 있었다. 도사공이 말했다.

"우리 일행 중에 불길한 사람이 있기 때문이오. 이런 위기에 당해서는 상하를 물론하고 각기 입은 옷 한가지씩을 벗어 내야 합니다."

모두들 그 말을 좇았다. 사공이 그 옷가지를 차례로 물속에 던지니, 박포장의 옷만 물에 잠기는 것이었다.

"한 사람 때문에 배에 탄 수많은 사람들이 모두 다 물에 빠져죽는 액운을 당할 수야 있겠소? 원하옵건대 속히 이 사람을 물속에 던져서 온 배의 생명들을 구해야 할 것이오."

이러한 사공의 말에 상사는 박포장이 아무 죄도 없이 죽음으로 나아가는 것을 안타깝게 여겼다. 한참 동안 묵묵히 생각하다가 말했다.

"이곳 가까이에 섬이 있느냐?"

"멀지 않은 곳에 조그만 섬이 있습지요."

9 「타루악拖樓樂」 국악의 악곡樂曲 이름이겠으나 미상이다.
10 「선리곡船離曲」 배따라기를 가리킴.

상사가 뱃머리를 돌리라 명하여 조그만 섬에 배를 대었다. 박포장을 섬에 내려놓으려는데, 그도 차마 못할 노릇이었다.

"어찌 사람을 죽을 땅에다 내버릴 수 있겠느냐? 바람이 잠잠해지니 굳이 안 그래도 되겠다."

상사가 닻을 들라고 명하자 배가 빙빙 돌면서 가지 못했다. 배에 탄 사람들이 너나없이 말했다.

"지금 이 배 안에 틀림없이 액을 당할 사람이 있소. 누군지 알아봅시다."

이에 한 사람씩 배에서 내려보도록 하는데, 배는 여전히 맴을 돌았다. 그러다가 박포장에 이르러 매였던 배가 풀려난 듯 앞으로 나갔다. 그래서 어쩔 수 없이 박포장을 식량·의복·솥·도끼·칼 등속과 함께 그 섬에 남겨놓고 떠났다. 돌아오는 길에 다시 꼭 들러 함께 돌아가겠다고 굳게 약속하고 눈물로 헤어졌다.

박포장은 고도에서 혼자 풀로 움막을 얽어 비바람을 막고 추위와 더위를 피하면서, 조개나 소라를 줍고 개구리·메뚜기 등속을 잡아서 배를 채우며 지냈다. 내가 아무리 염라대왕 외손자라도 꼼짝없이 절해고도에서 마른 뼈다귀가 되겠구나 싶었다.

밤에는 항시 잠을 못 이루고 귀를 기울여서 들으니, 새벽이면 늘 바람 소리가 섬에서 산을 흔들며 언덕을 스쳐 바다로 나갔다가 해가 지면 소리가 바다에서 물결을 일으키며 섬으로 들어오는 것이었다. 심히 이상하여 그때를 기다려서 숲 속에 몸을 숨기고 엿보았더니, 한마리 엄청나게 큰 구렁이였다. 대들보만 한 몸체에 길이가 몇백자나 될지 꿈틀꿈틀하는 괴물이 눈알을 이글이글 번득이며 굴속에서 기어나와 곰·사슴·멧돼지 따위를 잡아 삼키고 바다로 나가서는 물고기와 거북 등속을 닥치는 대로 먹어치우는 것이 아닌가. 괴물이 늘 같은 길로 다녀서 도랑이 파여 조그만 배가 다닐 지경이었다.

박포장은 칼을 예리하게 갈아서 괴물이 다니는 길목 곳곳에 날을 위로 하여 매설해두고, 주변의 대숲을 온통 베어서 밑둥을 뾰쪽하게 깎아놓았다.

황혼에 괴물이 바다에서 올라와 그곳을 통과하다가 주둥이에서 꼬리까지 칼날에 찢어지고 대 끝에 몸이 찔려서 주기[11]·낭간[12]·화제[13] 등속이 쏟아져나와 골짜기에 흩어졌다. 며칠이 지나자 비린내가 진동하고 썩는 냄새가 코를 찔렀다. 가보니 커다란 구렁이가 숲 속에 죽어 있었다.

괴물의 내장을 들어내자 한치 넘는 크기의 보물들이 쏟아져나오는데 몇천개나 될지 몰랐다. 풀을 엮어 싸서 한말 부피로 포대 대여섯개를 만들어 그것들을 담아놓고 헌 옷가지로 덮어두었다.

배가 돌아오기를 기다린 지 어느덧 반년이 흘렀다. 문득 큰 배가 돛을 달고 넓은 바다에서 섬으로 다가서며 소리쳐 부르는 것이었다.

"박포장! 박포장!"

곧 중국을 다녀서 돌아가는 사행선이었다. 서로 손을 잡고 위로하며, 그를 배에 태웠다.

동행한 사람들은 중국의 남금南金·화패火貝 같은 보배 종류나 문단文緞·채금彩錦 같은 고급 비단 등속을 무역해서 배에 가득 싣고 돌아오는 중이었다. 박포장은 그네들에게 말했다.

"여러분은 모두 중국에서 값진 물화를 사가지고 오는데 나 홀로 고도

---

11 주기珠璣 둥근 구슬과 둥글지 않은 구슬을 일컫는 말.
12 낭간琅玕 암녹색 내지 청벽색을 발하는 반투명의 아름다운 돌. 옥의 일종.
13 화제火齊 화제주火齊珠의 준말. 남방에서 나는 붉은 구슬.

에 떨어져 눈이 빠지게 기다리다 말았으니, 이게 다 운수지. 무슨 면목으로 돌아가 처자식을 대할지……. 섬에서 일없이 바닷가의 둥글둥글한 자갈을 주워 모았는데, 혹시 아내가 상을 고이고 베틀을 받치며 길쌈하는 데 쓰일까 싶소."

그러고서 대여섯 포대의 꾸러미를 들어 올렸다. 동행한 사람들은 속으로 웃음이 나왔으나, 한편 불쌍하게 여기기도 했다.

박포장이 돌아와서 그것들을 시장에 팔았더니 수백만냥이나 되었다. 그는 드디어 동방의 갑부가 되었다고 한다.

『동야휘집』에서 뽑았다. 원제는 '포장이 작은 섬에 낙오되어 재화를 얻다落小島砲匠獲貨'인데 여기서는 '박포장朴砲匠'으로 바꾸었다.『청구야담』의「사행을 따라가다가 나쁜 상을 지닌 사람이 재화를 얻다隨使行薄相得貨」도 이것과 비슷한 내용이다.

『삼국유사』권2「거타지조居陀知條」의 괴물 퇴치 설화에서 기원한 것으로 볼 수 있다. 사행선을 따라가던 한 사람이 무인고도에 홀로 떨어져서 괴물을 퇴치하고 의외의 행운을 얻었다는 기본 줄거리는「거타지조」와 일치한다.

그런데「거타지조」에 비해「박포장」은 사물에 대한 인식이 보다 구체화, 현실화된 점이 특징이다. 가령 인물 묘사에서 거타지는 막연히 궁사弓士일 뿐이나, 박포장은 훈련도감의 가난한 군졸로서 그 사람의 성격이 묘사되었으며 감정이 드러나 있다. 그리고 빈천한 박포장과 사행선에 동승한 부유한 수행원들이 대조되는 관계로 설정, 빈부의 문제가 제기되었다. 또 전자는 여우가 여승으로 둔갑한다거나 꽃으로 변한 용녀龍女를 품속에 넣고 용의 호위를 받아 바다를 건너는 등 시종 신비로 가득 차 있다. 후자는 전승적인 요소로서 비합리성을 내포하고는 있으나, 빈천하던 박포장이 치부하게 되는 내용은 작품에 제기된 문제의 해결로서 현실성을 띠는 것이다.

대인도大人島

청주 상인이 연전에 미역을 사려고 제주도에 갔을 때 어떤 사람이 몸을 땅에 붙이고 굴러와서 손으로 뱃전을 붙잡는데, 백발동안白髮童顔의 두 다리가 없는 남자였다.

"영감님, 어찌하여 두 다리가 없소?"

상인이 물었다.

"내 소싯적에 바다에서 풍랑을 만나 표류했다가 두 다리를 고기에게 잃었다오."

그래서 자세한 경위를 물었더니 다음과 같은 이야기를 들려주었다.

우리가 표류하여 어느 섬에 닿아 바라보니 해안 위쪽으로 높다란 대문의 큰 집이 있습니다. 동승한 20여 인이 여러날을 바다에 표류한 끝에 기갈을 견디지 못해 일제히 하선하여 모두 그 집으로 몰려갔더랬소. 그 집에 사람이 하나 있는데 신장이 수십여 길이요, 허리통은 열아름이 넘고 낯바닥은 숯검정에 쑥 들어간 고리눈, 말소리가 당나귀가 우는 것 같아 도통 알아들을 수 없습니다.

우리가 입을 가리키고 마실 것을 청하자, 그 거인은 아무 말도 없이 바로 대문간으로 가더니 문을 굳게 닫습디다. 그리고 뒤꼍으로 돌아가서 나무 한짐을 가져다가 마당 가운데 쌓아놓고 불을 피워 불길이 오르자, 우리들 가운데로 돌입하여 키 큰 총각 하나를 붙잡아 불 속에 던져 구워먹지 않겠습니까? 우리들은 이 광경을 목격하고 놀라움을 이기지 못해 혼비백산하고 모골이 송연하여, 서로들 얼굴을 쳐다보며 죽기만 기다릴 따름이었습니다.

거인은 사람 하나를 다 먹어치우고 나서 마루 위로 올라가 독을 열고 무엇을 고래처럼 마시는데 술인갑디다. 그걸 양껏 퍼마시고는 요란한 소리를 지르다가, 이윽고 시꺼먼 낯바닥이 뻘겋게 달아올라가지고 마루에 쓰러져 우뢰같이 코를 고는 것이었소.

우리는 이때다 싶어 탈출하려고 대문을 열고 뛰쳐나가려 했으나, 문 한짝 크기가 거의 3칸이 되는데다가 높고 무거워 아무리 힘을 모아 밀어보았자 꿈쩍도 하지 않습디다. 담장 높이 또한 30길이나 되어 뛰어넘기도 불가능했습니다. 그때 우리의 신세는 그야말로 가마솥에 든 생선이요 도마 위의 고기라. 서로 붙들고 통곡하는데 한 사람이 꾀를 냈지요.

"우리 일행 중에 칼을 가진 분이 있으니, 저놈이 곯아떨어진 틈을 타서 칼로 두 눈을 찌른 연후에 목통을 따는 것이 어떻겠소?"

"그럽시다. 죽기야 일반이니 실패해도 상관없소."

일제히 마루로 뛰어올라 먼저 두 눈을 찌르자 거인은 벼락같이 소리를 지르고 일어납디다. 그리고 두 손을 더듬어 우리를 잡으려 했지만, 놈은 이미 실명을 했고 우리가 요리조리 피하니 잡을 재간이 있나요? 우리들이 다 흩어져 뒤꼍으로 가보니 우리 속에 양과 돼지 5,

60두가 있습디다. 양과 돼지를 우리에서 전부 풀어놓았지요. 양과 돼지가 온 집안에 뿔뿔이 흩어져 돌아다니니, 거인은 마당으로 내려와서 손을 휘저어 사방으로 우리들을 붙잡으려 드는 것이었습니다. 거인의 손에 사람은 하나도 걸리지를 않고 잡히는 건 돼지 아니면 양입니다. 이에 거인은 대문을 열어놓고 돼지와 양을 하나하나 더듬어 확인해서 내보내는 것이었습니다. 우리들은 양이나 돼지 한마리씩을 등에 지고 빠져나간즉, 거인이 손으로 더듬어보고 양과 돼지인 줄로만 여기고 내보냈습니다. 전부 무사히 빠져나와서 황급히 배에 올랐지요.

이윽고 거인이 해안에 서서 홀연 크게 울부짖자, 금방 다른 거인 셋이 어디선가 나타났습니다. 놈들이 한발짝에 5, 6칸씩 성큼성큼 뛰어 삽시간에 뱃머리로 가까이 닿는 것이었습니다. 뱃전에 손가락이 닿자 우리는 사력을 다해 놈들의 손가락을 도끼로 찍고 정신없이 노질을 하여 벗어날 수 있었습니다.

중간에 또 험악한 바람을 만나서 배가 바위에 부딪쳐 산산조각이 나고, 배에 탄 사람도 모두 빠져죽었어요. 오직 나 하나만 요행으로 뱃조각을 붙잡아 타고 목숨을 구했지요. 망망대해에서 천신만고 끝에 또 두 다리를 사나운 고기에게 잃고 용케 목숨은 부지해서 집으로 돌아오게 되었답니다.

그때 정경은 지금 생각해도 두려운 기가 남아 아직도 몸서리가 쳐지고 치가 떨리고 뼈가 오슬오슬합니다. 이게 다 내 팔자가 기구한 때문이지요.

이러면서 노인은 긴 한숨을 내쉬며 탄식하는 것이었다.

『해동야서』에서 뽑은 것으로『청구야담』에도 수록되어 있다. 원제는 '대인도에서 상인들이 겨우 도망쳐 살아오다大人島商客逃殘命'인데, 여기서는 '대인도大人島'만으로 제목을 삼았다.

이 작품은 청주의 미역장수가 연전에 제주도에 갔을 때 두 다리가 없는 어떤 노인으로부터 들은 경험담이다. 작중에서 노인은 이야기의 주인공이면서 실제 화자요, 미역장수는 이야기의 전달자이다. 기록자(작자)가 작품의 표면에 나서지는 않았으나 "청주 상인이 연전에……"하고 시작하는 것으로 보아 전달자(미역장수)에게 들은 이야기를 서술한 형식이다.

그 노인이 대인도에서 식인食人하는 대인으로부터 탈출하는 이야기는 호메로스의『오디세이아Odysseia』에 나오는 것과 유사하다. 이 대인도 이야기가 어떤 과정을 통해서 서양으로부터 들어온 것인지, 아니면 동양인이 상상해낸 대인국 전설이 결부된 것인지 단언할 수 없으니 매우 기이한 내용이다.

이「대인도」나「박포장」및 제2부의「표류기」처럼 바다에서의 모험을 소재로 한 작품들은 해상활동이 활발하게 일어나던 시대를 반영한 것으로 해설할 수 있다.

자원비장自願裨將

옛적에 어떤 사람이 집에서 노상 일없이 빈둥빈둥 놀면서 술 마시기를 좋아하여 살림이 점차 어려워가므로, 그 아내가 남편에게 내색을 했다.

"옛사람이 이르기를 남자는 본디 동물[1]이라 했어요. 어쨌든 움직여야 이익을 보거나 손해를 보거나 하지 않나요? 당신은 허구한 날 방구석만 지키고 있으니, 정말 딱도 하십니다. 들으니 우리 집 근방에 김판서 대감이 당대 세도가라 합디다. 우선 찾아가 뵙고 그 댁 문하에 출입해보심이 어떨까요?"

그는 회피할 말이 없어서 옷을 주워 입고 문밖으로 나섰다. 하지만 아무데도 갈 곳이 없었다. 어느 약국에 들러서 주인에게 물었다.

"내 소일할 곳이 없던 차에, 마침 댁에서 빈객을 잘 대접하신다는 소문을 들었는데 종종 와서 놀아도 좋겠소?"

주인이 허락하여, 그날부터 그는 매일 약국에 나가서 한담이나 하며 세월을 보냈다. 아내의 물음에는 적당히 얼버무렸다.

---

1 동물動物 음양陰陽사상에서 여성이 정물靜物인 데 대해 남성은 동물이라 하였다. 이때 동물은 활동적인 존재라는 뜻이다.

"과연 당신 말처럼 김판서 대감을 뵈었더니, 첫 대면에 총애하심이 비할 바 없데. 대감께서 평양 감사 하시는 날 나를 비장[2]으로 삼겠다고 하시니 얼마나 친근하게 생각하시는가."

아내는 못내 기뻐 남편의 의관을 아무쪼록 깨끗하게 꾸며서 나가도록 하고, 자신은 무명베 치마도 옳게 두르지 못했다. 이러구러 몇 년이 흘렀다. 그는 판판이 약국에 가서 놀며 정작 판서댁 대문이 어느 곳에 있는지조차 모르던 것이었다.

하루는 아내가 집에 있는데 이웃 마을 표모[3]가 우연히 들렀기에 "요즘 지내시기 어떤가?" 하고 말을 붙였더니 표모의 대답이 이러했다.

"제 아들이 김판서댁 대솔하인[4]인데, 어제 대감께서 평양 감사가 되셨으니 또한 제 자식도 희망이 있네요."

할멈의 말에 그의 아내는 놀라 물었다.

"아니 김판서댁이라니, 아무 동네 모 좌향 대문에 금년 나이가 육순이요 함자가 모모인 대감 말이오?"

"바로 그 대감입죠. 아씨는 어떻게 그리도 자세히 아시나요?"

"내가 어찌 그 대감을 모르겠소? 바로 우리 나리께서 진숙히 지내는 양반이시라오."

그때 마침 남편이 집에 들어와서 아내가 축하의 말을 했다.

"대감이 평양 감사로 나가신다니, 당신도 비장으로 가시겠구려."

그는 평양 감사로 누가 나가는지 까맣게 모르는 판에 졸지에 물음을

---

2 비장裨將 감사監司나 병사·수사·사신 등을 수행하는 관원의 일종. 대개 서얼이나 한족寒族들이 맡는 직책이었다.
3 표모漂母 빨래하는 아주머니.
4 대솔하인帶率下人 높은 사람을 모시고 다니는 하인.

받고는 우물쭈물 대답했다.

"당신 말같이 될 터이지."

아내는 무척 기뻐 말했다.

"그럼 여장은 제각기 마련한답디까?"

"그건 뭐 그래야겠지."

그러고는 한탄조로 덧붙였다.

"떠날 날이 촉급한데 어떻게 마련한다?"

"당신은 걱정 마셔요. 우리 친정이 비장으로 여러해 범절을 해온 터라, 당신 수행할 차비는 이미 다 마련이 있답니다."

그는 건성으로 응응 해두었다. 며칠 후에 아내가 물었다.

"사또가 어느 날 부임하신답디까?"

"아직 택일 안 했어."

뒤에 또 물었다.

"날을 받았나요?"

"모레 떠난다네."

아내가 함을 열고 보자기를 끌러 보이는데, 입을 의복가지가 두루 구비되어 있었다.

그는 평양 감사가 길을 떠나는 날에 복장을 맵시 있게 차리고 대감댁으로 가는데, 마침 대감은 입궐했고 문 앞은 인마로 복작거렸다. 한 역졸이 말을 끌고 와서 대령하였다.

"이 말 성질이 온순하오니 나리께서 탑쇼."

그는 그 말에 올라타고 앞장서 홍제원[5]에 이르렀다. 감사 일행이 뒤

---

5 홍제원弘濟院 서울에서 서쪽으로 나가는 첫번째 길목에 있던 역원驛院. 지금도 홍제동이란 지명이 있다. 이곳에서 오는 손님을 마중 가거나 나가는 사람을 배웅했다.

미처 당도하자, 그는 또 앞서가면서 전도비장前導裨將을 자처했다.

고양에 당도했을 때 이내 감사 일행이 당도하여, 이곳에 숙소가 잡혔다. 숙소에서 불을 밝히고 여덟 비장이 감사를 모시고 있었다. 그 사람도 이 사이에 끼여서 비로소 감사의 눈에 뜨이게 되었다. 감사는 그의 복색을 처음 대하고 의아하여 여러 비장들을 돌아보고 물었다.

"저게 누군가?"

"모르는 자이옵니다."

감사가 그에게 물었다.

"자넨 어느 대감 청탁인가?"

"소인은 청탁비장이 아니올시다."

"그럼 웬 사람인고?"

이에 그는 무릎을 꿇고 아뢰었다.

"소인은 명색이 자원비장이옵니다."

감사는 한참을 묵묵히 있다가 다시 물었다.

"바라는 건 뭔고?"

"사또님 수행을 원하옵고, 달리 바라는 바는 없소이다."

감사는 속으로 생각했다. '저자가 자청해 따라오니 내게는 해될 것이 없겠지. 뿌리칠 말도 없는걸……'

"자네가 이처럼 정성이 지극하니 나를 따라와보게."

자원비장은 더없이 기뻐 물러나왔다. 그로부터 모두들 그를 자원비장으로 부르게 되었다.

평양에 도착하여 여러 비장들이 조석 문안을 드릴 때에 자원비장도 반열에 끼긴 하였으나, 감사가 따로 찾는 일은 없었다. 어느덧 감사는 그에게 염증을 느끼기 시작했다.

"네가 본시 자원비장으로 소관이 없는데, 구태여 사관[6]에 괴로이 참여할 것이 있겠느냐? 마침 대동감관[7]의 자리가 비었는데, 매년 받는 것이 50냥이란다. 너를 이 자리에 임명하니, 앞으로는 부르기 전에 함부로 출입하지 마라."

자원비장은 명을 받고 나와서는 이후로 동원東院 뒤에 있는 소옥小屋에 거처하며 마음대로 감사 앞에 나가지 못했다.

이러구러 감사는 임기를 서너달 남겨두었다. 이방吏房이 하기[8]를 올려서 살펴보니, 가외지출 3만여 냥이 채워지지 못한 상태였다. 심중에 근심이 되어 이리저리 궁리를 해보았으나 빠져나갈 구멍이 보이지를 않았다. 하루는 별일이 없어 혼자 앉아 있는데 문득 자원비장이 떠올랐다.

'소위 자원비장을 한번 쫓아낸 후로 3년토록 한번도 부르질 않았으니 상하 모두 만만히 깔보았을 테고, 그 곤궁함이야 알아볼 조지. 이 혹시 내가 적악을 한 소치로 가외지출 3, 4만냥이 났을지도 모를 일이다.'

오랜만에 비로소 자원비장을 불렀다. 자원비장이 부름을 받고 대령하자, 감사는 먼저 위로의 말을 꺼냈다.

"너를 내보낸 지 3년에 공무가 번다하여 한번도 불러볼 겨를이 없었구나. 네 수입이 50냥에 불과하였으니, 그간 곤란한 사정이야 묻지 않아도 짐작이 간다. 내 허물이 크다. 용서해다오."

자원비장은 두 손을 마주 잡고 공손히 "황공하옵니다."라고 아뢴 다음 묻는 것이었다.

"대감 안색이 초췌하신데 혹시 무슨 근심하시는 일이 계신지요?"

6 사관司管 소임을 맡은 것. 특히 회계會計를 지칭한다.
7 대동감관大同監官 평양의 대동문 안에 있던 대동역에 딸린 직책.
8 하기下記 지출장부.

감사는 눈썹을 찡그리며 말했다.

"가외지출 3만냥을 변통할 길이 없어 고민 중이다."

"그러시면 왜 비장들과 상의하지 않으십니까?"

"비장들이 제각기 제 잇속만 도모하지, 어느 겨를에 감사의 결손 난 돈까지 걱정해준다더냐?"

"사또님 그 어인 말씀이시온지? 비장의 소임은 모름지기 계획을 짜서 사또의 정사를 돕는 것이지요. 예로부터 주우신사[9]라 했으니, 그렇지 못한즉 이른바 시위[10]비장이라 하겠지요. 소인이 계책을 하나 내어 사또의 근심을 덜어드릴까 합니다."

감사는 반가워 물었다.

"어떤 계책인고?"

"사또께서 칙고전[11] 3만냥을 지급해주옵시면 제게 좋은 계책이 나올 겁니다."

감사는 그의 말을 좇아 내주긴 하면서도 속으로 적잖이 주저되었다.

'자원비장은 본래부터 알던 사람도 아닌 걸 막중한 칙고전을 지망지망 지급했다가, 의외의 불측한 변이라도 당하고 보면 이 어찌 불난 네 기름을 붓는 격이 아니랴!'

이런 생각이 들기도 했으나, 사세가 부득이했다.

자원비장은 전주에 가서 환전[12]을 하기로 작정하고 여러 비장과 작별

---

9 주우신사主憂臣死 주군主君을 위해 신하가 몸을 바친다는 의미.

10 시위尸位 『시경』의 '시위소찬尸位素餐'에서 나온 말로, 맡은 책임을 다하지 않고 자리만 지키고 있다는 의미.

11 칙고전勅庫錢 중국 칙사를 대접하기 위해 마련해둔 기금.

12 환전換錢 어음을 현금으로 바꾼다는 의미이니, 여기서는 평양 감영의 어음을 가지고 전주에서 돈으로 바꾼 것이다.

하고 떠났다. 곧 담양으로 내려가 그곳에서 대[竹]를 구입하여 배에 싣고 평양으로 돌아왔다. 그 기간이 한달 정도 걸렸다. 감사는 눈이 빠지도록 기다리다가 자원비장이 돌아오자 급히 입을 열었다.

"왜 이처럼 더디게 돌아오느냐? 애간장이 끊어질 뻔하였다."

"사또, 염려마옵소서. 내일 연광정練光亭에서 여러 고을 수령을 모아 큰 잔치를 베푸시되, 여차여차하시면 저절로 그 가운데 묘수가 있습니다."

감사는 크게 기뻐하며 이튿날 각 읍 수령들을 연광정으로 초청해서 연회를 벌였다. 술이 반쯤 거나해졌을 무렵 감사가 문득 말을 꺼냈다.

"평양은 본래 부요한 고장인데다가 금년에 풍년이 들었소. 민간에 영을 내려 가가호호 장대를 세우고 등을 달아 태평성대를 기리도록 하는 것이 좋겠소. 여러분도 각기 본읍에 영을 발하고, 각 병영兵營도 이와 같이 거행하도록 하시요."

수령들이 모두 영을 받고 돌아갔다.

영이 한번 나가자 성 내외 인민들이 기뻐 칭송했다. 그런데 평안도에서 나는 목재는 모두 짧고 휘어서 등을 달기에는 쓸모가 없었다. 정히 곤란하던 참에, 푸른 대를 실은 배 몇척이 대동강변으로 올라와서 정박하는 것이 아닌가. 모두 입을 모아 칭송했다.

"이건 하늘이 내려주신 것이지. 그러게 저 배들이 대를 싣고 왔지."

너나없이 다투어 대를 사가는데, 값의 고하를 불문하고 오직 천행으로 대를 얻었다고 여기는 것이었다. 그러니 대가 불이 나게 팔려 3만냥 본전이 거의 10만냥으로 불어났다.

감사는 아직 이 일을 모르고 칙고전을 지급한 이후로 아무 소식도 들리지 않는 까닭으로 근심에 의심이 더해갔다. 어느날 자원비장이 들어와서 대를 무역해온 일부터 세 배 이득을 남긴 전말을 자세히 보고했다. 그리고 가외지출을 상환하고 남은 돈 6, 7만냥을 내놓는 것이었다. 감사는 크게 기뻐 칭찬해 마지않았다.

"자네의 신기묘산神機妙算은 옛사람도 미치지 못하겠네."

"남은 돈은 본댁으로 송부하오리까?"

감사는 깜짝 놀라서 말했다.

"그게 무슨 말인고? 자네 계책으로 내가 빚을 벗어났으니 이 은혜도 갚기 어렵거든, 하물며 나머지 돈을 취하다니……. 아예 그런 말 말고 자네가 다 가져가게."

자원비장은 거듭 고사하다가, 마침내 감사와 반으로 나누어 가졌다.

●작품 해설

이 작품은 『기문奇聞』에서 뽑은 것이다. 『청구야담』의 「시골 무변이 자원해서 통제사의 뒤를 따르다鄕弁自隨統使後」도 같은 유형이나 내용은 상당히 다르다. 이 작품은 서울에서 무위도식하던 사람이 자원해서 평양 감사를 따라가 지혜로 돈을 벌었다는 내용이다.

주인공 자원비장은 가계가 서울의 서얼 내지 한족이었을 것으로 보인다. 대개 이러한 계층의 활로는 여기 자원비장 아내의 말과 같이 세도가, 곧 집권층에 접근하여 비장 등의 소임을 얻는 데 있었다. 그러나 집권층에 접근하는 것은 용이한 일이 아니었고, 그 자리도 한정되어 있었다. 따라서 작중에서 보는 자원비장 같은 룸펜들이 허다히 발생하였다. 이 작품은 이러한 세태를 대변하고 있다.

당시에 돈벌이의 길은 여러가지가 있었다. 관료와 결탁하여 이권을 얻는 것도 한 방법이었다. 후반부에 자원비장이 칙고전 3만냥을 자본금으로 삼아 담양에서 대를 무역, 3배의 이익을 얻었다는 것이 하나의 사례다. 대는 죽제품 등 용도가 많은 요긴한 산물로서, 특히 대가 산출되지 않는 평안도에서는 원산지와의 가격차가 컸기 때문에 큰 이익을 남길 수 있었다.

원문에는 뒤에 자원비장이 실세한 감사와 함께 난리를 피할 수 있는 곳으로 은거하여 임진왜란을 무사히 넘겼다는 후일담이 부연되어 있다. 이는 「이동고가 겸인을 위해 좋은 신랑을 택해주다李東皐爲傔擇佳郞」 등 다른 작품에서도 볼 수 있는 에피소드이다. 이 에피소드의 부연이 작품에 사족이 될 뿐이며, 자원비장이 치부하는 데서 이야기가 종결되는 것으로 보아 여기서는 생략하였다.

영남 선비嶺南士

영남의 한 가난한 선비가 날마다 이리저리 변통을 해서 근근이 처자식을 먹여 살리는 형편이었다. 어느날 선비는 아내에게 약속하는 말을 했다.

"인생이 백년이라지만 잠깐이오. 그러니 모름지기 일생 동안의 계책이 있어야 하는데, 5, 6년 힘써 도모한 연후라야 죽을 때까지 얼굴의 눈썹을 펴고 몸을 편히 지낼 수 있지 않겠소? 우리는 지금 매양 당일 벌어서 겨우 당일 끼니를 때워가고 있으니, 어느 겨를에 영구히 살아갈 방도를 차리겠소? 이렁저렁하다가 늘그막에 혹시 병으로 몸져눕게 되면 꼼짝없이 죽음을 기다릴 수밖에 도리가 없겠지요. 내가 한번 떨치고 멀리 나가서 영구히 살아갈 방도를 강구해보려 하오. 당신은 5, 6년 동안 남의 길쌈이나 바느질을 해주고 아이들에게는 나무를 해오도록 하여, 어쨌거나 죽지 않고 버틸 수 있겠소?"

아내는 그저 "예." 할 뿐이었다.

영남 선비는 집을 떠나 서울로 올라왔다. 서울에서 벼슬아치들을 두루 살피고 공론을 들어보아 결백하고 명망이 높고도 뛰어난 재주에 도량이 넓은 어떤 대감[1]에게 귀의하기로 내심으로 작정하였다. 그리하여 그 댁에 용모가 추하여 축에 끼지 못하는데다가 시집을 가려야 누가 데려가지도 않을 여종 하나를 골라, 그 비부쟁이로 현신하였다. 그리고 그 문하에서 청소나 하고 지냈다.

그는 안팎의 심부름으로 장보기나 곡수[2] 받아오기 등의 일을 모두 깔끔하고 능란하게 해치워 사람들의 칭찬을 들었다. 얼마 후에는 안팎의 일을 그가 도맡아서 어느덧 가사를 전부 그와 상의하게끔 되었다.

어느날 주인 대감이 퇴조退朝하여 조용히 묻는 말이었다.

"너는 어떤 사람이며, 성명이 무엇이고, 전에 어디서 살았더냐?"

"소인은 북관北關 백성으로 성명이 아무이고, 어렸을 적에 명색 글을 읽어 약간 문리를 통했으나, 가진 것이 없어 곤란한 처지에 떠돌다가 여기에 이르렀사옵니다."

"네가 글을 읽어 문리를 통한 터에 뜰이나 쓸고 있다니 억울하겠구나. 오늘부터 위로 올라와서 서기의 일을 맡아보아라."

서기 일을 맡고부터 그는 민첩함이 드러나서 크게 사랑을 받았다. 이윽고 대감이 평양 감사가 되어 그는 금전 출납의 소임을 맡게 되었다. 임기가 다해 돌아갈 무렵에 그는 조용히 감사에게 아뢰었다.

"사또께서 청렴하고 검박함이 남다르셔서 한푼도 사적으로 쓰지 않으신 터에, 장부에 기재된 외에 남은 돈이 은 10만냥입니다. 어떻게 처분하실는지요?"

"나 역시 어떻게 조처할까 생각 중인데, 아직 방도를 정하지 못했다."

---

1 원문에 '大夫'라고 되어 있는데, 편의상 '대감'으로 번역했다.
2 곡수穀數 논밭의 소출을 뜻하는 말인데 남에게 빌려준 땅에서 받는 곡식을 가리키기도 한다.

"평안도의 사민土民·군졸·이속들이 무슨 폐해로 들어간 돈이 얼마이고 무슨 폐해로 들어간 돈이 얼마입니다. 만약 5만냥을 이쪽에 돌린다면 그 폐해를 막게 될 것이요, 그래서 끼친 은혜는 무궁할 것입니다. 그리고 나머지 5만냥은 소인에게 주시면 소인이 여기서 당화唐貨를 무역해가지고 삼남으로 내려가 두루 판매하면 족히 곱절의 이득을 취할 수 있습니다. 그 돈으로 통제영統制營의 활·화살·칼·창·대포 등속을 구입해다 대동강의 방비를 보강하면 어찌 훌륭한 일이 아니겠습니까?"

대감은 그의 말을 매우 합당하게 여겨 10만냥을 고스란히 그에게 일임했다. 그는 5만냥으로 평안도의 각종 폐단을 정리한 다음, 5만냥으로 당화를 배에 싣고 남쪽으로 떠났다. 이후 오래도록 소식이 없었다.

대감은 이내 임기가 끝나 서울로 돌아왔다. 대감은 그에게 속은 것으로 여겨 아무개는 큰 도둑놈이라느니 죽일 놈이라고 탄식해 말하곤 했다.

3년이 지나 그 사람이 허름한 옷을 걸치고 나타났다. 여종을 시켜 마님에게 "비부 아무개가 돌아왔습니다."라고 아뢰게 했다. 마님의 말이 이러했다.

"대감께서 항상 5만냥을 도둑질해갔다고 하여 죽이려 하신다. 그런데 평양 감사로 계실 적에 대감 당신은 가사를 돌보지 않으시고, 또 데리고 간 비장들도 모두 이름난 무인이라지만 역시 우리 집 처지를 돌보지 않았다. 만약 아무개가 사람이 민첩하고 충후하여 공사公事에 그르침이 없이 집에 도움이 되도록 힘껏 주선해서 소용되는 것들을 계속 보내지 않았던들 우리 가정사를 어디에다 의지했겠느냐? 아무개의 공로를 내가 어찌 잊으랴? 네가 이 연유를 상세히 이르고 머뭇거리지 말고 얼른 피하라고 일러라."

이 말을 여종이 전하자, 그는 픽 웃으며 떠나지 않았다. 그가 그 댁에 계속 머물러 있다가 어느날 대감의 눈에 띄었다. 대감은 즉시 수죄[3]하고 명하여 곤장을 칠 기세인데 당장 때려죽일 모양이었다. 그가 당돌히 말하였다.

"은 5만냥이라면 얼마나 큰 재물입니까! 정말로 소인이 도둑질했다면 감히 다시 와서 뵙겠습니까? 대감은 어찌 불문곡직하고 죽이려 드십니까?"

대감은 즉시 멈추게 하고 그사이 무슨 곡절이 있었는지 아뢰라고 했다. 이에 그는 물러가 선비의 의관으로 정제하고 섬돌을 밟고 올라와서 객의 자리에 앉는 것이었다.

"저는 본디 북관의 백성이 아니고 영남의 선비올시다. 대감의 비부가 되었던 것은 대감께서 필시 평양 감사를 하시리라 믿었기 때문이었습니다. 우리나라에서 관서가 가장 물화가 풍부한 지역인 고로 일시 몸을 굽히고 들어가 대감을 섬겨서 관서의 물화를 이용하여 치부하고자 한 것이었습니다. 그런데 자기 이익을 취하려는 자는 먼저 남을 이롭게 해야 하며, 위를 이롭게 하려면 먼저 아래를 이롭게 해야 합니다. 이는 사리에 온당하고 귀신의 도에도 합하는 바입니다. 그래서 먼저 은 5만냥으로 관서의 사민과 군졸·이속들을 두루 이롭게 한 연후에 5만냥으로 무역을 하여 다시 10만냥을 만들었답니다. 그 반은 대감댁을 이롭게 하고, 나머지 반은 소생의 집을 이롭게 했소이다. 3년 동안에 대감께서는 원금을 잃지 않으신 터에 어찌 소생을 미워하여 기어이 죽이려 드십니까?"

---

3 수죄數罪 죄를 조목조목 따지는 것.

"나는 나를 속인 자를 미워한다. 나에게 이롭고 이롭지 않고는 논할 바가 아니다."

대감이 이렇게 말하자 선비는 물러갔다.

"내일 다시 뵙겠습니다."

그리고 문서 한아름을 안고 가서 대감의 자제들을 만났다.

"내 오늘 주객지례主客之禮로 대감을 뵈었소. 여러분도 나를 비부로 대하지 마시기 바라오."

그리고 전후의 경위를 전부 이야기한 다음 덧붙여 말했다.

"여러분, 생각해보십시오. 내가 만약 대감을 속이지 않았던들 대감의 청백한 성품에 무슨 도리로 5만냥의 전답을 마련할 수 있겠습니까? 내가 5만냥으로 당화를 무역하여 배에 싣고 동래로 가서 왜화倭貨를 바꾸어 다시 서울로 올라와 판매하여 3, 4배의 이득을 얻었지요. 한데 큰 재물로 큰 이익을 꾀하는 자로서 인색하면 이치에 어긋나는 고로, 왕래하는 길에 소비하고 가난한 사람들에게 흩어주고 잔치에 축내고 한 것이 또한 적지 않아 수입 중에서 논밭과 집과 노비를 마련하는 비용에는 10만냥을 쓰기로 정했지요. 먼저 좋은 논밭과 십에 실한 노비를 택히어 5만냥을 들인바, 이는 대감께 바치려는 것으로 이것이 그 문서올시다. 여러분이 받아두기 바랍니다. 그다음 등급을 택하여 역시 5만냥을 들인바 나의 몫이오. 내일 댁의 시골 하인들이 쌀 천섬을 싣고 용산에 정박할 겁니다. 이것은 5만냥으로 사들인 바의 소출입니다. 하인을 보내어 이 좌계[4]를 맞춰보신 다음, 댁으로 인도해 들이십시오."

그는 자루 속에서 증서를 꺼내 건네주는 것이었다.

---

4 좌계左契 둘로 나눈 증서의 한쪽. 한쪽은 자기가 가져 좌계로 하고, 한쪽은 상대방에게 주어 우계右契로 한다.

이튿날 과연 시골 하인 수십명이 천섬의 쌀을 수레에 싣고 와서 대감의 집 안으로 들여놓는 것이었다. 대감은 길게 탄식하며 그를 경솔히 꾸짖은 일을 후회했다.

　대감은 청빈한 가문으로 맑은 이름을 더럽히지 않고도 거부가 된 것이다.

● **작품 해설**

『삽교별집』에서 뽑았다. 원래 제목 없이 수록된 것을 원문에서 취하여 '영남 선비[嶺南士]'라 제목을 붙였다.

이 작품은 영남의 가난한 선비가 부를 획득한 과정을 묘사하고 있다. 몰락한 양반이 실생활에 눈을 돌려 자신의 상행위로 치부를 한 점에서는 「귀향」 「허생별전」 「여생」 등과 유사한 내용이다. 돈을 벌기 위해서는 무엇보다 자본이 있어야 했고, 이 자본을 마련하기 위해서 주인공은 비부를 자원했다. 비부로 들어간 집의 대감이 평양 감사로 나갈 것이며, 나가면 이용 가능한 재원이 많을 것을 예상했기 때문이었다. 과연 그는 5만냥이라는 거대한 자금을 손에 넣었고, 비로소 자신의 수완을 발휘할 수 있게 되었다. 그는 그 5만냥으로 중국 물화를 사서 배에 싣고 동래로 가서 일본 상품과 교역하고, 다시 이 물화를 서울에서 판매하여 3, 4배의 이득을 보았다는 것이다.

당시 조선의 역관에게는 대중국무역의 특권이 주어졌던바 한때 일본과의 중개무역까지 하여 크게 치부할 수 있었다. 이 작품은 한반도를 매개지로 해서 청조의 중국과 에도 막부의 일본 사이에 국제교역이 이루어졌던 상황을 배경으로 만들어진 것이다.

음덕陰德

김공金公 번璠은 본관이 안동인데,[1] 서울의 종남산[2] 아래 살았으며, 문
학과 덕행으로 서울서도 이름이 있었다. 그의 부인 역시 현숙한 사람이
었다.

김공은 고전의 정수를 가슴속에 가득히 담고 항시 책상 앞에 앉았을
따름이요, 생업에는 관심이 없었다. 선대부터 물려받은 토지며 집안의
기물·노비 등속을 차례로 팔아서 생계를 이어온 나머지에, 부인이 삯바
느질로 업을 삼아 손이 놀 새 없이 골몰하여 근근이 입에 풀칠하는 형편
이었다.

어느날 평소에 가까이 지내는 친구가 식전 아침에 김공의 집을 찾아
오다가 집 앞에서 마침 종이 쇠고기를 덩어리로 등에 지고 들어가는 것
을 보았다. 친구는 그 뒤를 따라서 들어왔던 것이다. 손님과 주인이 인

---

1 '선원仙源·청음淸陰의 4, 5대 조상'이라는 원주가 여기에 달려 있다. 선원은 김상용
金尙容, 청음은 김상헌金尙憲으로, 명망이 높은 인물들이며 이들 자손이 크게 번창하
였다.
2 종남산終南山 서울 남산의 별칭.

사를 나누고 얼마 지나지 않아 주객의 아침상이 나왔다. 그런데 상에는 고기라곤 한점도 보이지 않고 채소만 놓여 있었다. 손님이 의아해서 물었다.

"자네 댁에 무슨 연고가 있는가? 황육黃肉을 사오더니 상에는 보이지 않네그려."

주인은 눈이 둥그레가지고 "나는 모르는 일일세." 하고 안쪽 창문을 열고 방금 손님에게 들은 말대로 여종에게 물었다. 여종이 아뢰는 말이 이러했다.

"마나님께서 오늘이 대주[3]의 생신이시라고 살코기를 사다가, 바야흐로 회 치고 굽고 하려고 부뚜막에 놓아둔 걸 집의 개가 훔쳐먹고는 곧 즉사합디다. 마나님께서 보시고 놀라 '이 고기는 독이 있다.' 하고 종에게, '네가 이걸 사올 때 혹시 너보다 먼저 사간 사람이 있었느냐?' 하고 묻습디다. '없었지요.'라고 대답하자 '그 고기를 모두 다 사면 값이 얼마냐? 내가 사람들이 이 고기를 먹고 죽는 것을 구해야 되겠다.' 하시고 바느질로 모아둔 돈 30꿰미를 내어 그 집 쇠고기를 전부 사다가 방금 뒤꼍의 연못에 묻었습니다. 개 때문에 진짓상에 그 고기가 오르지 않게 된 것이 오히려 다행인가 합니다."

주인이 이 말을 듣고는 일어나 안으로 들어가서 아내에게 두번 절을 하고 말했다.

"부인, 참으로 어진 일을 하셨소! 이런 음덕을 행했으니, 우리 집은 뒤에 번창하리다."

주인이 나오자 손님 역시 두번 절하고 말했다.

3 대주大主 바깥주인을 일컫는 말.

"이런 음덕은 고금에 드문 일이오. 옛날 손숙오[4]가 머리 둘 달린 뱀을 죽이고 음덕을 받았다 하거니와, 지금 이 일은 많은 돈을 들여서 행한 것이니 어찌 쉬운 일이겠소? 주인의 복록은 손숙오보다 백배나 더할 것이오."

그후로 김공의 집은 더욱 곤궁해졌다. 흉년을 만나 단표[5]가 종종 비었으나 김공은 배고픔을 잊고 항상 고고하게 책상을 대하고 있었다. 하루는 부인이 사랑으로 나와서 말했다.

"큰애가 여러날 굶주리다가 필경 살릴 길이 없이 되었습니다."

부인은 눈물이 글썽글썽하여 말을 맺지 못했다.

"죽었으면 염殮을 하여 갖다 묻을 수밖에 없지."

하고 김공은 곧 늙은 하인을 불러 함께 안으로 들어갔다.

몸에는 옷 한벌 제대로 걸치지 못했고, 방바닥에는 자리 한닢 깔리지 않았다. 책고리짝에서 묵은 두루마리를 꺼내 싸서 염을 하여, 밤을 틈타 늙은 하인과 떠메고 나가 산기슭에 묻은 다음 돌아왔다. 그리고 다시 조용히 책상을 대하고 앉았다. 부인이 하소연하는 것이었다.

"눈앞에서 다 굶어죽는 판인데 독서는 해서 무엇하겠소? 세 아이 중에 하나는 벌써 죽었고 남은 것들도 언제 죽을지 모르는 판에, 그야 독서를 하시고 수신修身을 하심이 훌륭한 일이긴 하지만, 앉아서 아이들이 죽는 것을 보고 우리도 따라 죽으면 대체 무슨 좋은 일이 있어 후손에게 전할 수 있겠습니까? 비옵건대 잠깐 책을 놓아두시고 살아갈 방도

---

4 손숙오孫叔敖 중국 춘추시대 초나라 사람. 소년 시절에 머리 둘 달린 뱀[兩頭蛇]을 보았는데, 이런 뱀을 보면 사람이 죽는다는 말이 있었으므로 다른 사람들이 희생당하지 않도록 그 뱀을 잡아 죽여 묻었다. 그는 후에 초나라의 재상에 이르렀다 한다.
5 단표簞瓢 단사표음簞食瓢飮의 준말. 대로 엮어 만든 그릇에 담은 밥과 표주박에 담긴 국물. 청빈하고 소박한 생활을 비유한 말.

를 차려서 여망이 생기게 해봅시다."

"아무 계책이 없는 걸 어찌하겠소?"

"듣기로 아무 정승, 아무 재상과 사이가 자별하시다니 가서서 급한 사정을 말하면 도움을 주지 않겠습니까?"

"내가 만약 남을 향해서 아쉬운 소리를 하면 누가 나를 지기知己로 허락하겠소?"

"또 들으니, 아무 대감이 평양 감사로 계시는데 막역한 사이라지요. 왜 행장을 차리고 가서 만나려고 하지 않습니까?"

"그 또한 심히 난처한 일이오만, 부인이 이같이 참기 어려워하니 우선 가보기나 하겠소."

김공은 전부터 안면이 있던 시정 상인에게 노자로 40꿰미를 빌려달라는 편지를 써서 늙은 하인을 시켜 시방⁶으로 보냈다.

시방에는 주객 서넛이 앉아, 주인은 문서를 정리하고 객들은 한창 내기바둑을 두고 있었다. 바둑 두던 사람이 편지를 먼저 집어 보았다.

"이건 김공께서 평양 가시려고 돈을 취해달라는 기별일세. 김공이 평양 감사와 절친하시다던데……. 집이 가난하지만 성품이 고결하여 찾아가려고 하시지 않던 터에 이번 행차를 하시려는 걸 보면 필시 급한 일이 있는 모양일세."

그가 즉시 자기의 노름 밑천에서 내주려고 하자 주인이 말했다.

"김공께서 기왕 나에게 취해달라고 하셨으니, 의당 내가 드려야 할 것 아닌가?"

즉시 40꿰미를 꺼내 빌려주었다.

---

6 시방市房 시전 상인의 점포를 가리키는 말

김공은 10꿰미를 남겨 가족의 생계를 차리게 하고, 30꿰미로 말을 세내어 타고 서쪽으로 길을 떠났다. 평양 감영에 50리 못 미쳐서 사람이 음식을 가지고 마중을 나와 있었다. 평양 감사를 만나니 환대가 한량없었다.

"자네가 오신다는 말은 내 이미 시정 사람들을 통해서 들었네. 자네 같은 몸가짐으로 이렇게 왕림하시니, 나에게 얼마나 영광인가. 그런데 자네의 간난고해艱難苦海를 생각해보니 일없이 한가하게 내려오진 않으신 듯싶네."

이에 김공은 자기 형편을 털어놓았다. 평양 감사는 숙연한 기색으로 듣더니 말했다.

"내 당초엔 집구투할[7]을 하고 기생들을 불러 풍악을 벌이며 한 열흘 성대하게 놀 계획이었네. 지금 자네의 말씀을 들으니 오래 만류하지는 못하겠군."

그리하여 닷새 동안의 맑은 향연으로 정성껏 대접했다. 작별함에 다다라서 노자 50꿰미에다 따로 7천관 어음을 주면서 당부했다.

"이걸 가지고 시정 아무개 집에 들러 찾아서 생계를 도모하게."

김공이 돌아오는 길에 임진강가에서 어떤 남자가 물에 빠져죽으려 하는데, 한 부인이 통곡하며 만류하는 정경을 목도했다. 몇번 그러더니 문득 두 사람이 얼싸안고 함께 물속으로 뛰어들려 하는 것이었다. 김공이 급히 만류하고 연유를 물었다.

"무슨 살기 어려운 일이 있기에 이처럼 죽으려 하시오?"

그 사람의 대답이 이러했다.

---

7 집구투할繫駒投轄 손님의 말을 잡아매고 수레의 굴레빗장[轄]을 빼어 감춘다는 말, 즉 손님이 떠나지 못하게 만류하는 뜻이다.

"제가 아우를 가르치지 못한 탓입니다. 아우가 제딴엔 소금을 무역하여 돈을 벌겠다고 작년에 개성 상납전[8] 몇천관을 끌어다 쓰더니 몽땅 날리고, 또다시 몇천관을 갖다가 날리고, 저는 이미 죽고 전후로 진 빚 7천관이 남았지요. 이런 큰돈을 천지에 마련할 길이 없거늘, 저 혼자 갚아야 합니다. 저의 집 재산이랬자 죄 내다가 팔아도 일부도 감당하기 어렵습니다. 그러니 어떻게 온전히 살아가길 바라겠습니까? 제 몸이 내일 붙잡혀가면 이내 칼머리의 혼이 될 테지요. 모진 형벌을 받다가 죽는 것이 스스로 물에 빠져죽느니만 하겠습니까? 제 안사람은 아무것도 모르고 붙들고 만류하다가 부득이 같이 죽으려는 지경에 이르렀습니다."

김공은 마침내 평양 감영에서 받아온 어음을 그에게 주었다.

"이걸 가지고 상경하여 시정에 가서 찾아 당신 아우의 빚을 청산하시오."

하고 김공은 유유히 집으로 돌아왔다. 부인은 샌님이 먼 길을 다녀왔다 하여 음식을 잘 장만해 위로하고, 이어서 이번에 가고 오는데 여정이 어떠했으며 받은 대접은 얼마나 대단했고 노자는 얼마나 주더냐는 등의 말을 물었다.

이에 김공은 그사이의 경과와 후하게 받았던 대접을 하나하나 자세히 들려주었다. 임진강에서 구제하기 위해 어음을 내준 사실에 이르러서는 숨기고, 다만 사람이 물에 빠져죽으려 하는 것을 보고도 "집의 형편이 워낙 급하기 때문에 재물을 가지고 언덕에서 바라보다가 돌아서려니 마음에 심히 걸립디다."라고 말했다.

---

8 상납전上納錢 공물貢物·세포稅布·군포軍布 등을 돈으로 납부하는 것.

사랑으로 나와서 그는 피곤하여 곧 잠이 들었다. 문득 안에서 어린애가 나와 다급히 아버지를 부르는 것이었다.

"어머니가 돌아가셔요! 어머니가 돌아가셔요!"

깜짝 놀라 들어가보니 부인이 방금 시렁에 목을 매달아 입에서 거품을 뿜고 있었다. 얼른 목맨 끈을 자르고 편히 뉘었더니 다시 살아났다. 몹시 안타까운 마음이 들어 물었다.

"부인이 죽으려 하다니, 무슨 까닭이오?"

"장부께서 이처럼 부덕하신 줄 뜻밖이옵니다. 넉넉히 사람을 구할 재물을 갖고서 마침 사람을 구해야 할 때에 구하지 않고 돌아오시다니요? 집안사람이 죽을 지경에 있는 까닭으로 마음이 타인에게 미치지 못한 줄 알겠으나, 이같이 마음을 쓰신다면 아무리 7천관 재물이라도 길이 먹고살 물건은 못 됩니다. 환난으로 달아나지 않으면 필시 도적에게 잃게 될 것입니다. 우리 부부가 장차 늙어 더욱 궁해져서 자손의 경사를 볼 희망이 없게 될 터인데, 제가 살아서 무엇하겠습니까? 차라리 스스로 눈을 감는 편이 좋지요."

김공은 껄껄 웃으며 말했다.

"장하오, 부인의 말씀이여! 내 벌써 어음을 주어서 사람을 살렸다오. 부인을 대해서 짐짓 숨겼던 것은 부인이 혹시 낙심할까 염려했기 때문이었소."

부인이 처음에는 믿기지 않는 듯했다. 이때 따라갔던 종의 어미가 들어와서 말했다.

"이번에 서방님께서 평양 갔다가 오시는 길에 이러이러한 일이 있었다구요. 사람을 구하심이 실로 좋은 일입죠만, 재물을 얻기는 어디 쉽습니까? 그렇게 셈이 없구서야 어떻게 살아가실지요?"

부인이 그제야 곧이들었다.

김공은 노자로 받은 50꿰미로 시전 상인에게 진 빚을 갚고 나니 살아갈 계책이 막연했다. 다시 팔짱을 끼고 책상만 대하고 있을 따름이었다.

그리고 몇달 후에 어떤 벙거지를 쓴 관노가 돈을 지고 와서 토방에 내려놓는 것이었다.

"이게 웬 물건이냐?"

김공이 물었다.

"평양 지장전[9]입지요. 이번 산정[10]에 평양 서윤[11]이 되셨습니다."

그는 이렇게 아뢰고 특지[12]를 바치는 것이었다.

대개 임진강에서 물에 빠져죽으려던 그 사람이 어음을 가지고 시전에 찾으러 가자, 시전 상인이 바로 내주지 않고 평양 감영으로 급히 통지했던 것이다. 그래서 남산 아래 김공이 어음을 남에게 베풀어 사람을 구제한 사실을 알게 되었다.

평양 감사는 '내 7천관으로 정다운 벗을 도왔는데, 이 벗이 자신이 살아갈 도리는 생각지 않고 죽을 사람을 구제하다니. 그의 덕은 실로 조정에 천거할 만하구나.'라고 생각하여 곧 전관[13]에게 천거하는 편지를 썼다.

"김모는 몸을 닦고 행실과 품행을 깨끗이 하며 독서하고 덕을 기른지

---

9 지장전支仗錢 새로 임명받은 지방관에게 부임과정에서 소요되는 경비로 미리 지급하는 돈.

10 산정散政 임시로 벼슬을 임명하는 것. 매년 주기적으로 시행하는 인사발령은 도목都目이라 함.

11 서윤庶尹 한성부와 평양부에 두었던 종4품의 벼슬.

12 특지特旨 특별한 왕지王旨. 특명.

13 전관銓官 문무관을 선발하는 직위에 있던 이조吏曹 당상관堂上官과 병조판서를 가리킴. 정관政官.

라, 가히 원헌·안연[14]과 짝할 만한 인물입니다. 그의 적선누인積善累仁
은 누구도 따르기 어려운 바라. 이 사람을 굶어죽게 한다면 이 어찌 성
대의 큰 흠이 아니리오."

　이에 전관은 임금께 아뢰어 이같이 초야의 인물을 뽑아 쓰는 특전이
있었던 것이다. 이야말로 큰 덕을 쌓으면 반드시 얻음이 있다는 그런 뜻
이 아니겠는가.

---

14 원헌原憲·안연顔淵 청빈하고 학문이 높은 공자의 두 제자.

●작품 해설

『차산필담』에 '영가 김씨 부부가 음덕을 쌓다永嘉金氏夫婦積陰德'라는 제목으로 수록된 것이다. 이 작품은 가난한 양반 김씨 내외가 행실을 깨끗이 하고 덕을 쌓아 응보를 받았다는 내용이다. 이에 제목을 '음덕陰德'이라 했다.

작중의 김공은 양반으로서 고답적인 자세를 고수하였다. 그는 굶어죽은 자식을 땅에 묻고 돌아와서도 다시 조용히 책만 읽는 사람이었다. 그렇다고 무슨 경국의 능력이나 굉장한 포부가 있는 것도 아니고 한갓 독서를 위한 독서일 뿐이었다. 그의 부인이 생계의 위협에 견디다 못해 살아갈 방도를 차려보자고 강요하였을 때 그는 "아무 계책이 없는 걸 어찌하겠소?" 하면서 자신의 무능력을 자인하지 않을 수 없었다. 마지못해 친구인 평양 감사에게 구걸하러 가는 것이 고작이었는데, 그는 평양 감사에게서 7천관의 어음을 받아가지고 오다가 몽땅 적선하고 빈손으로 유유히 돌아온다. 물론 매우 어려운 일이요, 인도적으로 훌륭한 정신이다. 그러나 앞서 본 허생이나 여생이 돈을 빌려서 사업을 벌인 것과는 전혀 다른 태도이다. 김공은 7천관이라는 적지 않은 돈의 경제적 가치를 개발할 능력이 전혀 없음을 보여주었다. 현실의 난관을 타개할 아무런 대책이나 재능도 갖지 못한 그들 부부는 막연히 음덕이나 기대할 수밖에는 다른 도리가 없었던 것이다.

작중 인물의 고답적이고 비현실적인 태도는 서사 진행상 무리를 범하게 만든다. 예컨대 부인이 남편이 "사람을 구해야 할 때에 구하지 않고 돌아"왔다고 하자 스스로 목을 매 죽음을 결행하는 장면을 들 수 있다. 부인은 생활고를 견디다 못해 남편을 평양 감영으로 돈을 얻어오도록 보낸 터였다. 그렇게 얻은 어음으로 남을 돕지 않았다고 해서 자살이라는 극단적인 행동을 하는 것은 아무래도 납득이 가지 않는다. 인과응보를 절대적으로 믿는, 즉 음덕의 논리라면 이해할 수 있을 것 같다.

주인공 김번이 선원·청음의 4, 5세조라고 주註에 적혀 있는데, 이는 물론 실제 사실과는 무관하고 끌어다붙인 데 불과하다. 이 작품이 지어진 19세기 후반의 현실을 반영한 것으로 보아야 할 것이다. 여기서 특히 당시 최대의 세도가인 안동 김씨 가계에 결부시킨 점은 여러가지로 음미해볼 만하다.

원문 끝에 평어에 해당하는 말이 붙어 있는데, 내용의 이해에 별 도움이 되지 않고 지루하여 생략하였다.

세 딸女三

    서울에 부자 정씨鄭氏가 있었다. 그는 글솜씨는 어느정도 있지만 성격이 소탈하여 작은 행실까지 조심하는 사람이 아니었다. 나이 쉰이 넘어서 아내를 잃고 크게 한숨을 내쉬며 혼자 말했다.

    "딸 셋이 있고 또 부모 없는 조카가 있는데, 내가 나이 50줄에 들어서 백발을 날리며 신랑 노릇을 하여 남의 비웃음을 살 수도 없는 노릇이고 그렇다고 첩을 거느려 가정을 어지럽혀도 안 되겠으니, 조카가 성장하기를 기다려 가사를 맡기는 것이 좋겠다."

    세 딸이 아버지의 뜻을 눈치채고 서로 의논하였다.

    "인仁이만 없으면 우리 집 허다한 재산이 저절로 우리 세 자매에게 굴러들 판인데, 공연히 남의 손에 넘어가고 보면 우리는 국외 사람이 되고 말겠지? 이 얼마나 억울한 노릇이야?"

    인이란 그들의 사촌 남동생 이름이다.

    이런 말이 오고 간 뒤로 세 딸이 번갈아 입방아를 찧어 인이를 헐뜯으니, 정씨가 인이를 대하는 품이 완연히 달라졌다. 인이는 혼자 생각하였다.

'나는 불행히 조실부모하였지만 숙부께서 잘 보살펴주시므로 아버지가 계시나 다름이 없었다. 그런데 숙부가 지금 날 사랑하시는 것이 도리어 여러 누이들의 시기를 더하게 만들 뿐이다. 누이들이 날 헐뜯는 건 재물이 내게 돌아갈까 두려워서겠지. 내가 만일 미련을 두고 훌쩍 떠나지 못하다간 필시 뜻밖에 생각지 못한 우환을 만날 것이라. 재산이 아무리 귀중하다 해도 목숨만 하겠는가. 내 아무래도 피신해 있으면서 동정을 살펴야겠다.'

하여 숙부에게도 고하지 않고 몰래 도망을 하였다.

정씨는 이미 세 딸의 혓바닥에 말려들었기 때문에 연유도 알아보려 않고 '인이가 도망갔으니 내 재산을 맡길 사람이 없구나. 차라리 딸 셋에게 고루 나누어주고 몸을 의탁하여 한가로이 여생을 마치는 편이 좋겠다.'고 마음을 정했다. 이에 딸 셋을 시집보내고 집과 토지를 전부 딸들 앞으로 나눠주었다.

정씨는 먼저 큰딸의 집에 가 있었다. 몇달이 지나자 큰딸이 조용히 말했다.

"아버지, 제게 와 계심이 좋지 않은 것은 아니오나, 위로 시부모가 계시고 밑으로 동서들 눈이 있어서 저 역시 자유롭지 못합니다. 실로 불편이 많으니 잠깐 동생 집에 가 계시면 어떻겠습니까?"

정씨는 큰딸의 마음을 짐작하고 풀이 죽어 대답했다.

"네 말이 그러하니 안 갈 수 있겠니?"

두 딸네 집을 가서도 역시 얼마 지내지 못해 두 딸 입에서 판에 박은 듯한 말이 나왔다.

이후로 정씨는 동서남북으로 전전하여 의관이 남루해지고 입에 풀칠조차 하기 어려웠다. 마음속에 절망감과 함께 분통이 터졌다.

"내가 워낙 세상일에 얼뜬 탓으로 이같이 궁지에 몰려서 정처 없이 떠도는구나. 살아서 무엇하랴. 차라리 한번 죽음이 시원하리라."

이렇게 생각하고 몸에 비상砒霜을 감추고 창의문¹ 밖으로 나갔다. 길에서 어떤 나무꾼이 반갑게 인사를 드리는 것이었다. 누군가 보니 인이가 아닌가. 정씨는 전혀 뜻밖이었다.

"아니, 네가 웬일이냐? 어떻게 여기서 이런 고생을 하고 있니?"

인이는 눈물을 흘리며 말했다.

"제가 비록 막돼먹은 놈이오나, 어찌 숙부님의 자식처럼 사랑하시는 은혜를 몰랐겠습니까? 전날 제가 집을 나갔던 것은 누이들로부터 화를 입을까 두려워서였습니다."

그리고 사촌누이들이 고자질했던 옛일들을 이야기하고 나서 자기의 근황을 덧붙이는 것이었다.

"요사이 아무 재상댁 청의²에게 장가들어 그 댁에서 행랑살이를 하면서 땔나무를 팔아 살아가고 있습지요. 아내의 사람됨이 아주 양순하기로 제 몸은 비록 고되나 마음만은 편안합니다."

정씨는 조카의 말을 들으면서 눈물을 줄줄 흘렸다.

"네가 집을 나간 뒤로 나의 고생이 너보다 열 곱은 더했구나."

그리고 자신이 자결할 마음을 먹게 되기까지 전말을 이야기했다. 조카는 눈물을 씻으며 숙부를 꼭 붙잡고 자기 거처로 모시고 와서 아내에게 절하고 뵙게 하였다. 그날부터 숙부를 그 내외가 모셨다. 조카는 땔나무를 팔고 질부는 조석 시중을 들어 여러해 지나도록 조금도 싫어하는 내색이 없었다.

---

1 창의문彰義門 서울 도성의 북문. 현재 종로구 청운동에 있다.
2 청의靑衣 하인의 별칭.

정씨는 세월이 지남에 따라 차차 주인 재상과도 친분이 생겨 그 집안 일을 보살피게 되었다. 얼마 후 재상이 평양 감사로 나가자, 정씨를 데리고 가서 사무를 맡겼다. 정씨는 소임을 다하면서 막부[3]에서 생긴 것들을 꼼꼼히 모아서 조카에게 올려 보냈다. 조카는 그때마다 하나도 축내지 않고 치부책에 적어서 간수해두고 숙부가 돌아오시기를 기다렸다.

이때 세 딸이 아버지가 평양 감영에 내려가 있다는 말을 어디서 듣고 편지를 보내 각기 그곳 토산물을 요구하였으나, 정씨는 웃으며 회답도 하지 않았다.

정씨가 서울로 돌아오는 날, 세 딸은 저마다 맛있는 음식을 마련해가지고 교외로 아버지를 마중 나왔다. 인이도 탁주를 받고 달걀을 안주로 싸들고 숙부를 맞으러 나와서, 패랭이에 소장의[4]를 걸친 모습으로 사촌 누이들과 만나게 되었다. 여러 누이들이 인이를 책망했다.

"너는 무단히 도망쳤다가 이 꼴을 하고 무슨 면목으로 나타났니? 어서 한쪽 구석으로 가서 남부끄럽지 않게 하여라."

이윽고 정씨 행차가 당도했다. 세 딸은 아버지를 10년 만에 보는 터라 그사이 헤어져 있었던 정회를 늘어놓으며 아버지께 객지의 노고도 위로하였다. 그리고 술과 안주를 권하였으나, 정씨는 속이 거북하다는 핑계로 젓가락도 대지 않았다. 이야기가 오고 가는 중에 인이가 와서 인사를 드렸다.

"넌 무얼 가지고 왔니?"

정씨는 묻고 그가 가져온 탁주와 달걀을 내놓게 하여 드는 것이었다.

"아버지, 왜 좋은 술을 마다하셔요?"

---

3 막부幕府 감영이나 군영을 지칭한다.
4 소장의小長衣 짤막한 두루마기. 서민의 복장이다.

"막걸리가 입에 맞는구나."

그리고 종을 시켜 세 딸에게 고리짝 한짐씩을 주면서 말했다.

"너희들을 위해 구한 토산물이 이 안에 가득 들었다. 너희 친척에게 자랑하고 두고 써라."

딸들이 좋아라 받아들고 돌아가서 열어보니 담긴 물건은 전부 겨였다. 책자 하나가 위에 놓여 있는데, 자식을 키운 수고로움을 적고 끝에 가서 "너희들은 진짜 돼지이니 모름지기 겨를 먹음이 마땅하니라."라고 적혀 있었다.

그후 세 딸이 자기들의 허물을 뉘우치고 사죄했으나, 정씨는 더욱 미워하여 끝내 만나보지 않았다. 오직 조카와 질부와 더불어 다시 가업을 일으켜 여생을 잘 마쳤다고 한다.

부묵자[5] 가로되, 슬프다! 사람의 선악은 천성에 달렸지 귀천과는 무관한 것이다. 그렇기에 자고로 현부와 효녀가 미천한 데서 많이 나왔다. 이로써 인간의 본성이 선함을 알겠다. 정씨의 세 딸은 무슨 심사인가. 비록 그러하나 『예기』에 이르되 "불쌍타 할 때는 떠나는 것이 옳거니와 사과한즉 먹는 것이 옳다."[6] 했거늘, 딸들이 잘못을 뉘우쳤으면 보는 것이 마땅하지, 끝까지 교단양장[7]하여 천륜을 끊을 것까지야 있겠는가.

---

5 부묵자副墨子 이 글의 출전인 『파수록破睡錄』을 지은 작자의 호.

6 불쌍타 할 때는~옳다 어떤 몹시 굶주린 사람에게 "불쌍하다!" 하고 먹을 것을 주니, 그는 인격을 무시하고 동정조로 주는 음식을 받아먹지 않아 굶어죽을 지경이 되었다고 말했다. 이에 사과했으나, 그는 끝내 받아먹지 않고 마침내 굶어죽었다고 한다 (『예기禮記·단궁檀弓』). '차래지식嗟來之食'이란 말이 숙어로 쓰인다.

7 교단양장較短量長 길고 짧은 것을 비교해 따진다는 말로 사람의 잘잘못을 가려낸다는 의미.

●작품 해설

『파수록破睡錄』에 제목 없이 수록된 것으로, 새로 '세 딸女三'이라 제목을 붙였다.

작품의 주인공 정씨는 서울 시정의 부자였다. 이 정씨 가족 간의 갈등을 통해서 인정세태를 묘사한 작품이다. 특히 그 갈등이 처첩 간이나 고부간, 또는 계모와 아들 사이 등의 관계에서 빚어진 것이 아니고, 시정의 부잣집에서 재산 문제를 둘러싸고 아버지와 그의 세 딸과 조카 사이에 벌어진 일이라는 점에서 일단 우리의 흥미를 끈다. 그리고 아버지가 세 딸을 믿고 재산을 모두 나누어주었다가 딸들에게 버림받고 후회하는 설정은 셰익스피어의 『리어 왕King Lear』을 연상케 한다.

한편, 작품은 딸들을 통해서 인간 심리의 부정적인 면을 노출시킨 반면 조카 내외의 착실한 행실을 묘사하여 인간의 선한 면을 보여주었고, 여기서 인정의 따뜻함을 느끼게 한다. 이때 그 질부가 비록 종살이를 하는 천민이나 착한 성품을 지닌 여자로 표현되어 인간의 품성이 신분에 의해 결정되지 않음을 드러낸 것이다. 본래 인간은 평등하다는 생각이라고 하겠다.

이 작품이 시정인의 모습을 묘사한 점에서 제2권 제3부 '세태'에 포함시키는 것이 타당하겠으나, 「영남 선비」나 뒤에 나오는 「안동 도서원安東都書員」 등과 같이 작중 정씨가 벼슬아치와 일정한 관계를 맺어 재물을 모은 점을 고려해서 여기 제1부 '부富'에 속하도록 했다.

김대갑金大甲

위장[1]을 지낸 김대갑은 여산[2] 사람이다. 나이 10세에 부모가 다 돌아가시고 집에 고변[3]이 생겨 일족이 멸망할 지경이 되었다. 이에 대갑은 화를 피해서 서울로 올라갔다. 그는 고단한 신세로 의지할 데 없이 걸식하며 거리를 돌아다니다가, 혼자 속으로 생각했다.

'어느 대가댁에 이 몸뚱이나마 의탁해야겠다.'

그리하여 민백상[4] 정승을 안국동 댁으로 찾아가, 자기 신세가 곤궁함을 아뢴 다음 거두어주실 것을 간곡히 청했다. 민공은 그가 외양은 초췌하지만 언사가 영민함을 보고 측은히 여겨서 허락했다.

대갑은 온갖 천한 일을 마다하지 않고 비로 쓸고 물 뿌리는 일에 게을리하지 않았다. 그런 틈틈이 민공댁 자질들이 글 읽는 옆에서 열심히 귀

---

1 위장衛將 오위五衛의 군사를 거느리던 장교. 오위장五衛將.
2 여산礪山 현재 전라북도 익산시에 속한 지명.
3 고변蠱變 저주로 인해서 변고를 당하는 것.
4 민백상閔百祥(1711~61) 민유중閔維重의 증손으로 귀족 가문이었다. 영조 때 우의정까지 지냈으나 사도세자思悼世子의 평양 원유遠遊로 입장이 난처해져서 자살하였다.

동냥을 했다. 그는 사람이 영리해서 한번 보면 곧 기억하여 외울 수 있었으며, 글씨를 연습하되 묘법까지 익혔다. 민공이 그 재주를 기특히 여겨서 문객을 시켜 가르치게 했더니, 어린 나이에도 제법 조숙하여 척척 받아들였다.

한번은 어떤 관상쟁이가 대갑을 보고 혀를 차며 민공에게 이 아이를 내보내는 것이 좋겠다고 말했다.

"무슨 뜻이지?"

"고변으로 받은 독이 들었던 아이라 오래지 않아 불길한 징조가 생겨 그 해가 주인댁에까지 미칠 것이외다."

"저 아이가 사고무친으로 내게 의지하고 있거늘 어찌 차마 쫓을 수 있겠나?"

얼마 후 관상쟁이가 찾아와서 다시 강권했으나 민공은 끝내 듣지 않았다. 관상쟁이가 말했다.

"공의 후덕으로 족히 재앙을 덜어서 보호할 만한 사람이 되었사오니, 한번 저의 술법을 써보시지요. 황촉 30쌍과 백지 10권, 향 10봉, 백미 10말을 마련하여 저 아이에게 주어 깊은 산중의 외진 절에 가 분향하고 게송[5]을 외며 지성으로 빌면 후환이 영구히 없어지리다."

이에 민공은 그대로 마련해주었다. 대갑은 산중으로 들어가 30일간 정좌하여 눈을 붙이지 않고 빌기를 마치고 나서 돌아와 민공을 뵈었다. 민공이 다시 관상쟁이를 불러 보이니, "이젠 염려 없습니다."라고 대답하는 것이었다. 그리하여 대갑은 민공댁에서 20년 동안을 지냈다.

민공이 평양 감사로 나갈 때, 대갑은 막객[6]으로 따라갔다. 임기를 마

5 게송偈誦 부처의 공덕이나 교리를 찬미하는 노래. 가타加陀.
6 막객幕客 비장, 즉 지방관이 데리고 다니는 막료幕僚.

치고 돌아올 즈음에 보니 감영의 창고에는 남는 돈이 만여 냥이나 있었다. 대갑이 민공에게 어떻게 처분할지 묻자 민공의 대답은 이러했다.

"나의 돌아가는 행장이 씻은 듯함은 너도 아는 바이다. 어찌 이 물건으로 허물이 되게 하겠느냐? 네가 알아서 처분하여라."

굳이 사양해도 받아들여지지 않자 대갑은 물러나서 혼자 생각했다.

'나의 머리에서 발끝까지 터럭 한 올도 모두 공이 주신 것이다. 지금 또 큰돈을 주시는구나. 내 장차 도모할 일이 있다.'

민공이 떠날 때에 이르자 대갑은 병을 핑계하여 함께 떠나지 않고 강머리에서 하직을 고하였다. 민공은 턱을 끄덕일 따름이었다.

대갑은 곧 연시燕市의 물화를 무역하여 배에 가득 싣고 바다에 떠서 남쪽으로 내려갔다. 강경 장터로 가서 그 물화를 전부 팔아 수만금의 돈을 벌었다.

드디어 석천[7] 옛집을 찾아가니, 쑥대만 눈에 가득했다. 개간을 하여 집을 짓고, 나무를 심고, 못을 파고, 앞들에 좋은 땅 수천경[8]을 장만하여 도주·의돈의 법술[9]로 농사를 지어 천석을 채운 후에야 부를 더 늘리는 것을 그만두었다. 사람들이 그를 천석꾼으로 부르게 되었다. 이에 한숨을 쉬며 탄식하였다.

"나같이 고단한 사람이 화禍의 구렁을 벗어나 천석꾼이 되었으니, 이 모두 누가 주신 것이냐?"

하고 상경하여 민공댁을 찾아가보니 이미 몰락한 상태였다. 대갑은

---

7 석천石泉 현재 전북 익산시 낭산면에 석천리가 있다.

8 경頃 농지의 넓이를 셈하는 단위로 100묘畝가 1경임. 오늘날 약 3천평(9,917.4㎡)에 해당하나 시대마다 그 넓이가 달랐다.

9 도주·의돈의 법술 도주陶朱와 의돈猗頓은 옛날 중국의 부자여서 곧 치부하는 법을 뜻한다.

슬피 통곡하고, 민공댁의 혼사 때나 상사 때 범절, 귀양살이하는 비용 등 크고 작은 제반 가정사를 돌보아주었다. 그 자신 나이 여든다섯으로 죽을 때까지 이 일을 그만두지 않았다.

민공의 지감知鑑이나 대갑의 국량은 고금에 드물다고 하겠다. 민공이 있었기에 대갑이 있을 수 있었다.

●작품 해설

　『해동야서』에 '김위장이 정성을 다해 옛 주인을 돕다金衛將恤舊主盡誠'라는 제목으로 수록된 것이다. 『청구야담』『기문총화記聞叢話』『계서야담』에도 실려 있고, 『동야휘집』의 「옛 막료가 치부하여 은혜를 갚다舊幕殖貨酬恩義」도 같은 내용이다. 제목은 주인공의 이름을 따서 '김대갑金大甲'으로 하였다.

　이 작품의 주인공 김대갑은 원래 고아였는데 민정승의 두터운 은혜를 입어 천석꾼 부자가 되어, 후일 몰락한 민정승 집을 구제하였다는 줄거리이다. 김대갑은 큰 은혜에 보답하였으며, 민정승은 지인지감知人之鑑이 있었다는 점이 작품의 주제로 되어 있다. 그런데 우리가 이 작품에서 흥미롭게 여기는 면은 김대갑이 천석꾼으로 되는 과정이다. 앞의 「영남 선비」와 마찬가지로 중국 상품을 사서 배에 싣고 상업도시 강경으로 가서 팔아 수만냥을 벌었고, 그 돈으로 수천 경의 넓은 농지를 사들여서 천석꾼이 된 것이다. 결국 김대갑이 천석꾼이 되었기에 국량이 큰 인물이고, 은혜를 갚을 수도 있었다. 이 점이 작품의 요지에 해당하는 셈이다.

안동 도서원安東 都書員

옛적에 어떤 재상과 동문수학하던 사람이 문장이 넉넉하고 민첩했으나, 여러번 과거에 낙방하고 보니 집이 빈한하여 살아가기 어렵게 되었다. 재상이 마침 안동 원으로 나가게 되었는데, 그 친구가 찾아와서 조용한 틈을 보아 말을 꺼냈다.

"영감이 이번에 안동 부사를 하시니, 내가 얼마간 힘을 볼 수 있을 뿐더러 족히 평생 편히 살 길이 트이겠소."

"아니, 내가 안동 원을 하면 자네의 의식쯤은 일시 돌본다 하더라도 어떻게 평생 살길을 마련해준단 말인가? 그건 자네 망상일세."

"영감이 내게 많은 돈과 재물을 주시라는 뜻으로 말한 게 아니외다. 안동 도서원[1]은 생기는 것이 많다고 하니, 이 자리를 내게 주시면 좋을 듯합니다."

"안동은 향리鄕吏가 드센 고을일세. 도서원은 이속들의 노른자위 같은 자리인데, 어찌 서울 유생에게 양보할 것인가? 그 일은 관장의 위엄

---

1 도서원都書員 지방 고을의 조세 업무를 맡은 아전 중의 우두머리.

으로도 될 수 없는 일일세."

"영감께 빼앗아주시라고 여쭙는 게 아닙니다. 내가 미리 내려가 살면서 나를 이안[2]에 올릴 수 있도록 해야지요. 이안에만 오르면 안 될 까닭이 있겠습니까?"

"내가 내려간들 그리 용이하게 이안에 올릴 수 있을까?"

"영감이 도임하신 후 백성들의 송사訟事에 판결문을 불러주실 때 형리刑吏가 미처 받아쓰지 못하거든 죄를 주거나 도태시키시고, 또 그런 무능한 자를 형리로 불러 썼다는 이유를 들어 수리首吏에게 죄를 물으십시오. 매번 이렇게 하시면 자연 도리가 생길 듯하외다. 그리고 올라오는 공문서가 제 손에서 나온 것이면 잘 썼다고 칭찬해주시지요. 이러기를 며칠 하고 나서 명을 내려 형리를 뽑되, 시임[3]과 한산[4]을 불문하고 문필이 감당할 만한 자는 모두 취재[5]에 들게 하시면 내가 자연 으뜸으로 뽑혀 형리를 하게 되지 않겠소이까. 형리가 된 뒤 도서원 자리를 분부하시는 건 무난할 듯하외다. 그리고 바깥의 실정을 내가 들은 족족 기록해 올릴 터이니 영감은 자연 신이하다는 이름을 얻게 되실 것입니다."

"아무렇거나 그럼 해보게."

그는 먼저 안동으로 내려가서 다른 고을에서 도망해온 아전이라 자칭하고 조석을 주막에 부쳐 먹으면서 길청[6]에 다니며 문서를 대신 써주기도 하고 더러 문서를 보아주기도 했다. 그가 원래 사람이 영민하고 문자와 계산에 능통하니, 여러 이속들이 그를 대접하여 길청 창고지기에

---

2 이안吏案 아전의 명부.
3 시임時任 시사時仕. 현직現職이라는 의미.
4 한산閑散 일없이 한가히 있는 것. 즉 관직에서 물러나 있는 경우.
5 취재取材 주로 하급 관리의 경우에 능력을 시험하여 뽑는 일.
6 길청 질청. 군현의 아전 서리들이 사무를 보는 곳. 이청吏廳 혹은 작청作廳, 연청椽廳.

게 기식하며 길청에서 잠을 자도록 하고 제반 문서를 그와 상의하는 것이었다.

신관이 도임해서 관정에 잔뜩 밀린 민간의 송사에 제사[7]를 부르는데, 형리가 미처 받아쓰지 못하면 반드시 잡아내어 곤장을 엄히 쳐서 하루 사이에 벌을 받게 되는 일이 부지기수였다. 보장[8]과 전령[9]에서도 번번이 트집을 잡아 엄히 다스리고, 또 수리를 잡아들여 형리를 잘못 택했다는 이유로 매일 치죄하는 것이었다. 이런 때문에 길청이 난리가 났고 누구도 감히 형리를 하려는 자가 없었다.

한편 문서가 올라가고 내려오는데 그가 작성한 것이면 으레 무사하였다. 이 때문에 길청의 여러 이속들은 그가 혹시 떠날까 염려하게 되었다. 하루는 원님이 수리에게 분부하였다.

"내 서울서 들으니 너희 고을이 원래 문향文鄕이라 하더니, 지금 와서 보니 참으로 한심하구나. 형리에 적합한 자가 단 하나도 없다니. 길청에서 시사時仕하는 아전과 읍민들 중에 문필이 쓸 만한 자들을 모두 시험을 보게 하여 뽑아 올려라."

수리가 명을 받고 나가서 여러 이속들 중에 문필이 있는 사람을 시험 보이니, 그 사람이 단연 으뜸으로 뽑혔다.

"이 사람은 어떤 이속인가?"

"본읍 아전이 아니고 다른 고을의 퇴임 아전인데, 저희 길청에 임시로 몸을 부치고 있는 자올시다."

"이 사람 문필이 제일 출중한데 다른 고을에서 이속의 일을 보았다니 이

---

7 제사題辭 관부에서 소장 또는 원서願書에 쓰는 판결이나 지시사항을 가리키는 말.
8 보장報狀 상급 기관에 보고하는 문서.
9 전령傳令 전하여 보내는 훈령訓令이나 고시.

역吏役을 맡겨도 무방하겠구먼. 그를 이안에 올리고 형리로 임명하여라."

수리가 이 명을 따라 거행했다. 이로부터 그는 일을 독자적으로 보게 되었다. 그가 형방이 된 이후로 책망이 내리거나 벌을 받는 일이 없었다. 이에 비로소 수리 이하 관속들이 마음을 놓았고 길청이 무사했던 것이다. 관속을 새로 임명할 때에 형방에게 도서원을 특별히 겸임으로 거행케 하니 어느 누구도 감히 입을 떼지 못했다.

그는 기생 하나를 첩으로 들이고, 집을 사서 살림을 차렸다. 매양 문서를 들이고 내는 때에 바깥소문을 기록하여 방석 밑에 슬그머니 놓고 나왔다. 사또가 그것을 살펴보기 때문에 백성의 숨은 사정이나 아전들의 간교한 짓을 귀신처럼 파악해서 백성과 아전들이 모두 사또를 두려워하고 복종했던 것이다.

이듬해에도 그가 도서원을 겸임하여 두해 사이에 소득이 거의 만여 냥에 이르렀다. 이것을 모두 서울 본가로 은밀히 올려 보냈다.

사또의 임기가 끝나기 얼마 전에, 그는 어느날 밤 아무도 모르게 집을 버리고 도주했다. 길청이 몹시 당황하여 수리가 사또에게 보고했다.

"첩과 함께 도주했던가?"

"집도 버리고 첩도 버리고 단신으로 도주했사옵니다."

"혹 포흠진 건 없는가?

"없습니다."

"그것 참 괴이한 일이로군. 뜬구름 같은 종적이니 그냥 내버려두어야겠구먼."

그는 서울 본가로 돌아와서 집을 사고 땅을 장만하여 형편이 부유하게 되었음이 물론이다. 후일에 그는 과거시험에 합격하여 여러 고을의 관장을 역임했다고 한다.

●작품 해설

『청구야담』에 '가난한 선비가 아전으로 입적하여 가업을 이루다入吏籍窮儒成家業'라는 제목으로 수록된 것인데, 여기서 '안동 도서원安東 都書員'으로 제목을 삼았다.

이 작품은 「영남 선비」와 마찬가지로 곤궁한 선비가 권모술수를 써서 큰돈을 벌었다는 내용이다. 주인공이 생계를 타개하기 위해서 무엇보다 절실히 필요한 것은 돈이었다. 그는 돈을 벌기 위해서 안동 도서원을 자원했다. 자신의 재능과 문필로 실무 행정을 능숙하게 처리할 수 있을뿐더러 생기는 것이 많으리라고 판단했기 때문이었다. 그러나 도서원이 비록 군현의 세무를 담당하는 향리직이지만, 서울의 글 잘하는 양반이 하고 싶다고 하여 할 수 있는 자리가 아니었다. 그 고을의 아전 출신이 아니고는 제도적으로나 관습적으로 불가능했다. 그래서 술수를 쓰지 않을 수 없었던 것이다.

이 작품은 주인공이 안동에서 향리로 활동하는 것을 통해 지방 관아의 생태를 묘사하고 있다. 이방이나 도서원 같은 요직에 있던 자들은 수입이 많았다. 그들은 지방 행정의 실무 요직을 담당하여 이런저런 이권에 관여할 수 있었고, 때에 따라 농민이나 상인을 수탈하기도 했다. 도필리刀筆吏가 치부의 한 방편이기도 했던 것이다.

한편 선비가 아전 노릇을 하기 위해서 술수를 쓰지 않을 수 없었던 것은 아직 신분제 체계가 지속되고 있음을 의미하는 깃이기는 헤도, 선비가 아전 구실을 자청해 담당했다는 설정은 분명히 신분질서의 동요를 반영하는 일면이기도 하다.

원주 아전原州吏

원주 아전 신천희申天希가 가지고 온 돈 10만전은 경사[1]에 납부할 것이었다. 천희는 손이 커서 낭비가 많았던데다가 돈을 도둑을 맞아서 약 5만전의 결손이 생겼다.

경사에서는 신천희를 곧 잡아 가둘 판이었다. 그는 본디 가세가 넉넉하지 못하여 돈을 마련할 길이 없었으며, 서울에 돈을 빌릴 만한 알음도 없었다. 아무리 생각해도 빠져나갈 구멍이 없자 신천희는 혼자 고민하던 끝에 외진 숲 속으로 가서 엉엉 울며 스스로 목을 맬 참이었다.

그때 어떤 사람이 울음소리를 따라와 보니 바야흐로 신천희가 나무에 목을 매달고 있었다. 그 사람이 무슨 까닭인가 물었고, 신천희는 자초지종을 이야기했다. 그 사람은 웃으며 말했다.

"남자가 5만전 때문에 목을 매달아 생명을 끊는단 말이오? 참으로 가련하군. 나를 따라와서 5만전을 가져다가 상사上司에게 바치시오."

그 사람은 신천희를 데리고 가서 5만전을 내주고 증서도 만들지 않는

---

1 경사京司 중앙의 관청.

것이었다.

"원주는 큰 고을이올시다. 주리[2]는 1년에 10만전이 생깁니다. 제가 만약 다시 주리가 되면 이 돈을 넉넉히 갚으리다. 그때 당신은 원주에 오셔서 노시다 가심이 어떠실지요?"

신천희가 이렇게 말하자 그는 "좋소." 하고 응답하였다.

2년이 지나 신천희는 주리가 되었고 편지를 보내 그를 초청했다. 그가 원주에 와서 10여 일 놀다가 그만 돌아가겠다고 말했다. 신천희는 그에게 돈 5만전과 함께 산해진물과 가는 베·순면 등속으로 감사의 뜻을 표했다. 그는 정으로 주는 선물만 받고 5만전은 한사코 받지 않았다.

"내 애당초 당신에게 돈을 줄 때 다시 받을 생각이 없었소. 5만전으로 한 사람이 목숨을 건졌으니 나의 일은 끝난 것이오. 다시 더 무슨 보상을 받으려 하겠소?"

---

2 **주리主吏** 육방 관속의 우두머리인 이방. 수리 또는 두리頭吏라고도 한다.

『삽교별집』에서 뽑은 것이다. 원래 제목이 없는 것을 여기서 '원주 아전[原州吏]'이라고 붙였다.

이 작품은 원주의 주리 신천희가 서울에서 공금을 축내고 자살하려고 하는데 어떤 사람이 돈을 주어 목숨을 구해준 데서 발단한다. 뒤에 신천희가 다시 주리가 되어 그 서울 사람을 초청하여 돈을 갚으려 하자, 그 사람이 "한 사람 목숨을 건졌으니, 돈을 충분히 가치 있게 썼으므로 달리 보상을 받을 필요가 없다."고 대답하면서 끝난다. 이 소박한 이야기는 지방 관리들의 생리를 보여주고 있음은 물론, 화폐경제가 발흥함에 따라 돈이 무엇보다 중요하게 여겨지던 시대에 돈에 집착하는 관념을 일깨우는 의미가 포함되어 있다. 이 또한 소박한 대로 화폐시대의 사상이라 하겠다.

선혜청 서리 처宣惠廳胥吏妻

어느 재상가의 한 겸인[1]이 수십년간 일을 부지런히 잘 보아서 비로소 선혜청 서리 임명을 받으니, 급료가 후한 자리였다. 그의 아내가 남편에게 다짐을 두었다.

"우리가 그간 여러해를 굶주리고 추위에 떨었던 고생은 바로 오늘을 위한 게 아니겠어요? 지금 만약 절약하지 않고 흥청망청 탕진하게 되면 다시는 희망이 없으리다. 의복과 음식 및 일용범절을 아무쪼록 절약하여 가산을 넉넉하게 해야겠어요."

남편 또한 "아무렴!" 하고 대답했다.

그로부터 급료를 꼬박꼬박 아내에게 맡겼다. 이처럼 7, 8년을 계속하며 허름한 옷과 나물반찬으로 살았으나, 종내 살림이 피는 기색이 보이지 않았다. 선혜청의 다른 서리들을 보면 호의호식하며 화려한 집에 기생첩을 두고 날마다 향락을 일삼는데 가세는 더욱 부유해가는 모양이었다. 남편은 자기 아내가 살림을 못한다고 책망했으나, 아내는 그의 말

---

1 겸인傔人 청지기.

에 아무런 대꾸가 없었다. 집안 형세가 기우는 것이 날이 갈수록 더했다. 하루는 크게 근심한 나머지 아내를 모질게 책망했다.

"내가 좋은 자리에 오래 있으면서 근검하게 살아 함부로 낭비하는 일이 없거늘, 부자가 되기는커녕 도리어 빚에 곤란을 당하다니……. 이게 도대체 누구 잘못이오?"

"빚진 돈이 얼마죠?"

아내가 묻는 것이었다.

"수천냥이라야 빚을 다 갚을 수 있겠소."

"걱정 마셔요. 가구와 비녀 등 패물 따위를 모두 팔면 갚을 수 있어요. 그리고 오늘로 서리직을 그만두셔요."

"그나마 관두고 무엇으로 살아가게?"

"걱정 마시라니까요. 제게 묘책이 있습니다."

그는 아내의 말과 같이 선혜청 구실을 사임했다.

하루는 아내가 남편에게 삯꾼을 모아오게 했다. 그리고 대청 앞에 앉아서 마루 밑을 가리키는데, 엽전 수만냥이 쌓여 있지 않은가.

"이게 우리가 7, 8년 고생하여 모은 것입니다."

이에 꿰미를 지어 저장하고, 남편에게 교외의 농장을 알아보도록 했다.

서울 도성의 동쪽 밖으로 양전미답을 구입하고 배산임수背山臨水의 지형에 집을 지어서 집 뒤로는 과실수를 심고 집 앞으로 농장을 펼쳐놓았다. 이야말로 완연히 「낙지론」[2]을 이루었으니, 이 모두 그의 아내가 경영한 것이었다.

남편은 농사에 힘쓰고 아내는 길쌈을 부지런히 하여 즐거움이 더할

---

2 「낙지론樂志論」 중국 후한시대 중장통仲長統이 지은 글로 이상적인 전원생활을 그린 내용이다.

나위 없었다. 아내는 남편에게 다시는 서울 성중에 발을 디디지 말도록 당부했다.

몇년 후에 선혜청 당상관이 서리 10여 명이 공금을 횡령한 죄를 임금께 아뢰어 다들 형벌을 받고 가산도 적몰이 되었다. 이들은 전날에 호사스런 주택에서 향락을 일삼던 바로 그 무리들이었다.

아, 이 선혜청 서리의 아내는 한 평범한 여자로서 지혜롭게 가업을 이루고 검소한 덕을 숭상하여 남편의 명예를 끝내 유지하도록 했다. 만약에 이 여자가 사대부가의 남아로 태어났다면 급류용퇴[3]를 무난히 해낼 것이라. 저 벼슬아치들이 절용애민節用愛民하는 도리는 생각지 않고 오로지 사치와 방탕한 풍조를 숭상하다가, 종이 울리고 누수가 다하여[4] 필경 몸을 망치고 집에 재앙을 끼칠 때까지 자중할 줄 모르는 것에 비해 보면, 그 슬기로움과 어리석음의 거리가 어찌 30리만 되겠는가.[5]

---

3 급류용퇴急流勇退 벼슬아치가 한창 잘나갈 때 관직에서 과감하게 물러나는 것.
4 종이 울리고 누수漏水가 다하여 원문은 '鐘鳴漏盡'인데, 권세를 잡은 자가 운이 다하고 세상이 바뀌어 사태가 크게 달라지게 된다는 뜻.
5 '슬기로움과~되겠는가' 재주를 서로 비교하여 크게 미치지 못함을 뜻하는 말. 조조曹操가 양수楊修에 대해 "재주가 30리에 못 미친다才不及三十里"라고 말한 데서 유래한 것이다.

●**작품 해설**

　『청구야담』에서 뽑은 것으로『해동야서』에도 실려 있다. 원제는 '어진 아내의 말을 들어 선혜청 서리가 좋은 이름을 보존하다聽良妻惠吏保令名'인데, 여기서는 '선혜청 서리 처宣惠聽胥吏妻'로 바꾸었다. 선혜청은 이조 후기 대동법에 의해 대동미米와 포布·전錢의 출납을 맡아보던 관청이었다. 곧 호조와 함께 국가의 재정을 관장하였던 것이다. 그래서 선혜청의 서리직은 소득이 많아 좋은 자리로 치고 있었다.

　작품은 이 선혜청에 다니던 한 서리의 처의 인생에 대한 현명한 자세를 표현한 것이다. 작중의 선혜청 서리 부부는 생활에 검소하고 절약하여 수천냥을 저축해서 서울 동쪽 성 밖에 농장을 마련하여 농사짓고 길쌈하여 행복하게 살았다는 것이다. 이는 모두 그 처가 주장해서 한 일이었다. 이에 사치와 향락만 일삼다가 끝내 공금을 횡령해서 형벌을 받게 된 다른 선혜청 서리들의 생활방식이 대조된다. 곧 사회의 부정에 가담하지 말고 건실하고 합리적으로 살아갈 것을 강조한 내용이다.

은항아리銀甕

옛날 한 여염의 과부가 젊은 나이에 홀로되었을 때, 젖이 갓 떨어진 두 아들이 있을 뿐이었다. 집은 가난해서 아침저녁 끼니를 걱정해야 하는 형편이었다.

집이 육각재[1] 밑이었다. 뒤꼍에 빈 땅이 있어서 하루는 채소나 갈아 생계를 삼을까 싶어 호미를 들고 나갔다. 호미질을 하는데 쨍그렁하고 무엇에 부딪히는 소리가 나서 보니 네모반듯한 덮개 모양의 돌이었다. 삽 같은 연장을 써서 옆의 흙을 헤치고 돌을 드러내 본즉 밑에서 큼직한 단지 하나가 나오는데, 그 안에 은화가 가득 들어 있었다. 부인은 얼른 덮개돌을 덮고 도로 흙을 채우고 밟아서 평평히 해두었다. 그리고 집안 사람 누구에게도 이 사실을 입 밖에 내지 않아 아는 이가 없었다.

집이 아무리 찢어지게 가난해도 두 아들을 지극정성으로 가르쳐서 차례로 성취시키니, 문필이 제법인데다가 도리를 알고 경위에 밝아서 형제가 나란히 이서배吏胥輩의 아름다운 자제가 되었다.

---

1 육각재 서울 인왕산 기슭으로 현재 종로구 필운동에 있던 고개. 이 지역에 서울의 서리층이 많이 거주했다. 지금은 이곳에 배화여자대학교가 들어서 있다.

두 아들은 각기 재상가의 겸인이 되었고, 사람이 매사에 영민하고 문필이 능한데다가 마음이 한결같이 결백하므로 재상의 총애를 받았다. 이윽고 형은 선혜청 서리[2]로, 아우는 호조의 서리로 진출하였다.

가세가 쭉 피게 되자 그 부인은 늘그막에 무병하여 자식들의 봉양을 받으며 호강을 누렸다. 손자도 7, 8명을 두었는데, 장성해서 겸인이 되기도 하고 시전 상인이 되기도 했다.

어느날 부인은 자손들과 며느리들까지 데리고 후원의 은이 묻혔던 곳으로 가서 지시하여 흙을 파내고 덮개를 열게 했다. 모두들 깜짝 놀라서 물었다.

"은이 여기 묻힌 걸 어떻게 아셨나요?"

"내가 30년 전에 채소밭을 만들려고 땅을 파다가 호미가 이 돌에 부딪쳤더란다. 그래서 흙을 헤치고 들여다보니 은이 가득 차 있지 않겠니? 그땐 생계가 몹시 군색했더니라. 저걸 파내어 팔면 부자가 될 수 있을 줄을 왜 몰랐겠느냐? 하나 우선 너희 형제를 생각해보니, 아직 철도 들지 않았고 뜻이 굳지 못했는데 집이 부자인 것만 익숙히 보게 되면 세상의 어려운 일을 알지 못할 것이라. 호의호식하며 춥고 배고픔을 모르고 사치에 젖어 교만한 습성을 기르게 될 터이니, 즐겨 스승에게 나아가 머리 숙여 공부하려 들겠느냐? 주색과 오입 잡기에 빠질 건 빤히 눈앞에 닥칠 일이라. 그래 보고도 못 본 척하고 곧 묻어버렸더니라. 너희들로 하여금 춥고 배고픈 고통과 재물의 아까움을 체험하도록 하여, 잡기를 가까이할 겨를이 없고 주색은 감히 생각도 못 하고 오직 글공부를 열심히 하고 생업에 부지런하도록 했던 것이다. 너희가 다행히 모두 성취

---

2 서리書吏 각 관청의 서기書記. 경아전의 직책.

했고 나이도 이제 들 만큼 들었으며, 각기 구실이 있고 집안 형편도 자못 요족한데다 심지가 이미 단단한지라, 은을 파내어 쓰더라도 함부로 낭비할 염려나 밖으로 쏘다닐 걱정은 없을 듯싶구나. 그래서 너희에게 알려주어 저것을 팔아 유용하게 쓰도록 하자는 것이다."

그후로 차차 은을 내다 팔아 돈 수만냥을 얻어 드디어 거부가 되었다. 노부인은 착한 일 하기를 좋아하였다. 굶주린 사람은 먹여주고, 추위에 떠는 사람은 입혀주고, 친척 중 가난하여 혼사와 장례를 치르기 어려운 사람들은 후히 도와주었다. 그리고 겨울에는 버선 수십켤레를 지어서 가마를 타고 다니며 걸인들에게 나눠주었다. 대개 추위에는 발 시린 것이 가장 견디기 어렵기 때문이었다. 또 매양 친지의 집으로 찾아다니면서 빈궁한 자를 도와주는데, 초가집의 이엉을 못 하고 있으면 이게 하고, 기와지붕이 퇴락했으면 손보게 한 다음 값을 계산해주는 것이었다.

이 노부인은 나이 여든까지 건강하게 살다가 세상을 떠났다. 두 아들은 각기 70세에 이르러 서리직에서 은퇴하니, 관직이 동지에 이르러 3대 추증[3]을 받았다. 이후 대대로 자손이 번창하여 혹 무과에 올라 주부[4]·찰방[5]을 하고, 혹 군문軍門에 오래 근무하여 첨사[6]·만호[7]를 지내기도 했다고 한다.

---

3 추증追贈 사후에 직을 받는 것. 대개 부·조·증조의 3대에 걸쳐 명목상의 벼슬을 내렸다.
4 주부主簿 돈녕부敦寧府·봉상시奉常寺 등에 소속된 종6품 관직.
5 찰방察訪 각 지방 역참驛站의 일을 맡아보는 관직.
6 첨사僉使 각 지방 병사나 수사 밑에 소속된 무관의 관직.
7 만호萬戶 각 도의 여러 진鎭에 배치한 종4품의 무관. 진장鎭將.

『청구야담』에 수록된 것으로, 원제는 '늙은 과부가 은항아리를 발굴하고 가업을 이루다掘銀甕老寡成家'인데 '은항아리銀甕'로 줄였다.

한 훌륭한 어머니를 표현한 내용이다. 주인공인 서울의 여염집 과부는 두 아들을 데리고 끼니를 걱정하는 형편이었다. 이 과부가 채소밭에서 우연히 캐낸 은항아리를 도로 묻어둔다. 자식들이 아직 심지가 굳지 못하여 방탕해질까 두려웠기 때문이다. 그리고 부지런히 힘써 살아가며 두 아들을 잘 가르쳐서 선혜청과 호조의 서리로 출세시켰다는 것이다. 이처럼 은항아리를 통해서 한 어머니가 성실하게 인생을 살아가는 자세를 보여주었다.

한편으로 주목할 점은 서울의 서리 가문을 배경으로 한 점이다. 작중에서 서리 가문의 자제들이 재상가의 겸인을 거쳐 중앙 관청의 서리로 나가거나 혹은 시전 상인으로 활동하고 더러는 무관으로 진출하기도 하는 생활실태가 그려지는데, 이들 서리층에서 훌륭한 인간상을 발견하고 있다.

대용수표貸用手票

　서울 모화관[1] 뒤편에 사는 한 양민 소년이 나이는 스무살 가까이 되었는데, 편모를 모시고 가난하여 엿장수로 생업을 삼았다.

　마침 무과 시험날을 맞아 흰 엿을 엿목판에 담아가지고 시험장에 갔더니 너무 일러서, 엿목판을 과녁 뒤에 바치고서 등을 기대어 얼핏 잠이 들었다. 꿈에 한 노인이 나타나서 소년에게 이르는 말이었다.

　"얘야, 몇번째 과녁 뒤에 은 3천냥이 묻혔는데, 임자는 남산골 이씨 양반이란다. 그 집 대문 밖에 시방 앵두꽃이 만발해 있으니, 그 댁을 찾아가서 은돈을 주인에게 셈해주고, 빌린다는 대용수표[2]를 받아다가 꼭 그 자리에 묻어놓아라. 그러면 너도 자연 가난을 면할 도리가 생길 것이다. 시간을 지체하지 말고 얼른 가서 파보아라!"

　소년이 잠을 깨보니 꿈이다. 꿈이 하도 신기해서 믿어야 할지 말아야 할지 긴가민가하고 있다가 다시 꿈을 꾸었다. 노인이 또 와서는 소년을

---

1 모화관慕華館　서대문 밖에 있던 중국 사신을 영접하던 곳. 그 자리에 독립문을 세운 것이다.
2 대용수표貸用手票　차용증서借用證書.

재촉하는 것이었다.

소년은 벌떡 일어나 자기 집으로 달려가 괭이를 들고 왔다. 불과 세 치쯤 파들어갔을 때 과연 궤짝이 하나 나오는데, 열어보니 은돈이 가득 들어 상당한 무게였다.

소년은 은궤를 짊어지고 남산골로 찾아갔다. 과연 이씨 집이 있고 문 앞에 앵두꽃이 활짝 피어 있었다. 그 집으로 들어가니 담장은 헐고 벽도 퇴락하여 풍우를 가릴 수 없는 형편이었다. 주인 이생이 나오는데 의복 역시 남루하고 형용이 초췌했다.

소년은 은궤를 내려놓고 꿈을 꾼 이야기를 한 다음, 이 은돈을 받은 증서를 써달라고 말했다. 이생이 은을 계산해보니 과연 3천냥이 되었다. 이생은 사연을 자세히 듣고서 말했다.

"일인즉 허황하나, 기왕 신인神人의 부탁이 있다 하니 받아두는 것이 옳겠다."

그리고 은을 받은 수표를 써주어 도로 가서 묻고 돌아오라고 했다. 소년은 꿈에 지시받은 그대로 대용수표를 궤 속에 넣어 파낸 그 자리에 묻고서 다시 이생의 집으로 돌아왔다. 이생이 소년에게 말했다.

"내가 너를 위해서 생계를 마련해줄 터이니, 어머님을 모시고 와서 같이 살도록 하자."

이생은 그 은을 팔아서 집과 농장을 마련하고 따로 집 한채를 구입하여 소년을 살게 하였다. 일용의 필요한 물건들을 다 마련해주고 장가를 들어 가정을 이루도록 하니, 그들 모자는 안온하게 지낼 수 있었다.

얼마 지나지 않아 이생은 과거에 급제하여 화직·현직[3]을 두루 거치

---

3 화직華職·현직顯職 조선조 관료제도에서 임금 가까이에서 글 짓는 일을 담당하는 벼슬자리를 화직이라 일컫고, 현달한 자리를 현직이라 일컬었다.

게 되었다. 여러 고을의 원을 역임하는데, 그때마다 소년을 데리고 가서 관의 안락을 함께 누렸다.

몇년 후에 이생은 평양 감사로 나가게 되었다. 어느날 은고銀庫를 점검해보니 맨 구석의 궤짝 하나가 텅 비어 있는데 대신 그 자리에 자기가 써준 대용수표가 놓여 있었다. 감사는 이를 보고 크게 놀랐다.

"신령님이 내가 몹시 곤궁한 것을 아시고 아이에게 지시하여 은을 빌려주셨던 것이로군. 신령의 도움이 없었던들 내 지금 이 자리에 이를 수 있었으랴!"

그리고 자기의 녹봉에서 그만큼의 은을 내어 충당해놓았다. 소년에게도 후히 보상해서 역시 부자가 되었다고 한다.

●작품 해설

『청구야담』에서 뽑았다. 원제는 '가난한 선비를 동정하여 신인이 은궤를 빌려주다憐窮儒神人貸櫃銀'인데, 여기서는 본문에 나오는 '대용수표貸用手票'로 바꾸었다.

이 작품에 등장하는 보물상자는 앞의 「은항아리」의 경우와 같이 민담에 모티프를 두고 있다. 이 보물상자로 남산골 선비가 빈곤을 면하고 관료로서 출세할 수 있었으며, 엿목판을 지고 엿장수를 하던 소년은 그 선비에게 의지하여 잘살게 되었다는 것이다. 우리는 이처럼 소박한 이야기에서 서울의 몰락 양반층과 서민층의 생활의 한 단면을 보게 된다.

보물상자를 남산골 선비에게 전하면서 굳이 대용수표를 쓰도록 하고, 뒤에 그것이 회수될 때 대용수표를 돌려주는 것은 금융 개념이 성립된 현상을 단적으로 보여주는 것이라 하겠다.

송유원宋有元

송유원은 서리의 아들이다. 어려서 부모를 잃고 친척인 이씨 집에 얹혀서 성장하였다. 이씨는 형편이 부유하면서도 유원을 심히 박대했다. 그 집 아이들은 모두 비단옷을 입고 쌀밥에 고기반찬이 물릴 지경이었으나, 유원은 겨울에 솜옷을 못 입고 여름에 삼베옷이 아니었으며, 잠자리는 멍석이고 먹는 것은 남이 먹다 남은 찌꺼기였다. 7, 8세 이후로 14세에 이르도록 이런 신세를 면치 못했다. 15세가 되어서 유원은 이씨에게 아뢰었다.

"제가 아저씨의 두터운 은혜를 입어 목숨을 보전하여 오늘에 이르렀습니다. 이제 저도 자랄 만큼 자랐으니 제 밥벌이는 할 성싶습니다. 그만 다른 곳으로 가볼까 합니다."

이씨는 기다렸다는 듯이 승낙했다.

유원은 떠돌아다니다가 마침내 어느 절간으로 들어가 스님에게 얻어먹으며 꼭두서니 캐기로 업을 삼고 있었다.

어느날 절에 들른 어떤 노승이 유원을 보고 말을 붙여보더니, 으슥한 곳으로 데리고 가서 이르는 것이었다.

"너의 관상을 보니 실로 복이 많은 사람이구나. 하느님이 지극한 보물을 아껴 복 많은 사람을 기다렸단다. 저 바위 아래 몇번째 소나무 밑에 감추어진 물건이 있으니, 그것은 너의 재물이다. 너는 모름지기 7일 동안 깨끗이 목욕재계하고 캐어보아라. 그런데 네가 본래 가난한 아이라 캐내어도 돈으로 바꾸기 어려울 것이다. 캐낸 다음에 내 편지를 가지고 개성으로 가서 아무개를 만나면 반드시 너를 위해서 재화로 잘 만들어줄 것이다."

유원이 그 말대로 7일 밤낮을 목욕재계하고 지시받은 곳으로 가서 땅을 한자쯤 팠을 때 과연 큰 단지가 나오는데, 그 안에 은돈이 가득하지 않은가. 다시 잔디로 덮어 먼저처럼 해두고 노승의 편지를 들고 개성으로 갔다. 그 사람을 찾아가서 편지를 전했는데, 개성의 대부호였다. 그는 편지를 뜯어보고 매우 신기하게 여겼다.

"이분은 바로 나의 종조부시다. 출가하신 지 이미 70년이 지났으니 도가 매우 높으시리라. 매양 소식을 알고자 하였으나 길이 없더니, 오늘 편지를 받게 되는구나. 내 어찌 명하시는 바에 따르지 않겠느냐."

즉시 사람과 말을 동원하여 유원과 같이 바위 밑으로 가서 그 은단지를 꺼내가지고 돌아왔다. 그리고 유원을 자기 딸과 결혼시켰다. 이어서 은을 돈으로 바꾸니 여러 만냥이었다. 유원은 이후로 행복하게 살았다.

그로부터 10여 년이 흘렀다. 유원이 마침 충청도로 갔다가 길에서 한 거지를 만났다. 다름 아닌 전의 이씨 집 아들이었다. 유원은 그 거지의 손을 잡고 탄식하며 어쩌다가 이 지경이 되었느냐고 물었다. 그 사람은 부끄러워 얼굴을 붉히며 말을 못 하다가 한참 만에 대답하는 것이었다.

"자네가 떠난 뒤로 살림이 날로 기울어져서 이 모양이 되었다네."

유원은 즉시 자기 옷을 벗어서 그에게 입히고 함께 객점에 들었다. 그리고 행장에 지닌 것을 꺼내어 그의 의관을 새로 갖추도록 했다. 그를 데리고 자기 집으로 돌아와 거의 반년 동안 같이 지내다가, 5백냥을 주어 보냈다. 그후 6, 7년 소식이 끊어졌다. 유원이 금강산을 가는 길에 철원을 지나다가 우연히 이씨를 만났는데, 역시 누더기를 입고 있었다. 유원은 한편으로 반갑고 한편으로 놀랐다.

"처음에 내가 살림살이를 하도록 돌보며 함께 살지 않은 것이 잘못이다."

하고 그와 같이 돌아와서 천금의 논밭을 마련해주고 종신토록 가까이 살았다.

후일에 송유원의 자손들이 충청도에 살며 크게 번창하였다고 한다.

●작품 해설

우하영禹夏永(1741~1812)의 『천일록千一錄』에서 뽑았다. 원문은 제목이 없다. 주인공의 이름인 '송유원宋有元'으로 제목을 삼는다.

앞의 「은항아리」나 「대용수표」와 내용이 비슷하다. 여기서는 주인공인 서리의 아들 송유원이 은단지를 얻자마자 개성의 대부호를 찾아간 점이 특이하다. 송유원은 고아로서 갑자기 얻게 된 큰 재화를 운용할 방도가 전혀 없었을 터이다. 그래서 그 재물을 개성의 대부호에게 위탁하는 방식의 설정을 하게 된 것으로 해석할 수 있겠다. 물론 개성상인의 활동이 활발하였기 때문에 이처럼 결부를 시켰을 것이다.

장교의 모임長橋之會

한 가난뱅이가 친구를 좋아하여 새벽에 일어나기가 바쁘게 세수를 하고 머리를 빗고 곧장 장교[1]에 사는 부잣집으로 달려가서 어정거리는 것이었다. 그 부잣집은 8, 9인이 노상 모여 노는 곳이 되어서 가객歌客과 기생에 술과 안주며 음식이 떨어질 날이 없었다. 가난뱅이가 불청객으로 날마다 자리에 끼여 음식을 축내니 모두들 얕잡아보고 틈만 나면 그를 조롱해도, 가난뱅이는 꾹 참고 놀림을 받는 것이었다. 저들은 그를 놀리는 것으로 소일거리를 삼았다. 그래서 혹시 가난뱅이가 일이 있어 나타나지 않으면 오히려 '이 사람이 왜 안 오지?' 하고 기다리게 되었다.

어느날 비가 오는데, 이날도 여러 친구들이 흩어지지 않고 한담을 하는 중에 가난뱅이도 끼여 있었다.

"자네는 집도 곤란한 사람이 나이가 50줄이니 돌아갈 날이 멀지 않은 터이네. 우리가 지금 이렇게 자별히 지내는 정의로 보건대 부음을 듣고 누군들 곧장 달려가서 문상하고 장례 치르는 일을 돕지 않겠는가? 그런

---

1 **장교長橋** 서울 청계천에 있던 다리. 수표교의 위쪽에 있었다. 일명 장통교長通橋.

데 그때 당해서 누구 집에 우환이나 어떤 연고가 생길지 모를 일이거든. 가령 며느리가 아기를 낳는다거나 손자애들이 홍역을 치른다거나 하면 세속이 꺼리는 바라. 우리라고 그때 부득불 가서 시신을 어루만질 수 있겠어? 아예 시방 우리 여럿이 이 자리서 자네와 약조하여 아무개는 초종범절[2]의 비용을 대고, 아무개는 입관할 물건을 감당하고, 아무개는 산역[3]의 경비를 부담하기로 하고, 이로써 약정하여 문서로 만들어두세. 한데 다만 관의 치수는 미리 견양[4] 할 수 없으니 어찌한다?"

"나중 일이긴 하지만 어쨌건 자네들 뜻이 이러하니 감사할 따름일세."

가난뱅이가 말했다.

한 사람이 나서서 의견을 내놓았다.

"대개 관목은 단 몇치 차이로도 값이 아주 다르더군. 지금 견양해보지 않고 그냥 긴 판목을 마련해둘 일이 아니야. 또 만약 값이 덜한 것으로 준비해놓았다가 뜻밖에 송장이 길면 그때 어떡할 거야? 지금 대강대강 염을 해가지고 견양을 해두는 것이 옳지 않겠어?"

모두들 그도 그렇겠다 하고 달려들어 가난뱅이를 붙잡아 억지로 눕히는 것이었다. 가난뱅이는 짐짓 가만히 있었다.

모두 다 둘러서서 수건과 끈 등속을 마루에다 늘어놓고 홑이불을 편 뒤 가난뱅이를 들어다가 그 위에 눕혔다. 그리고 밑에서부터 염을 하여 위까지 올라오자 그는 그만 숨이 막혔다. 저마다 입을 가리고 손가락질을 하며 낄낄거리느라 풀어줄 것을 잊어서 그만 숨이 넘어간 것이다. 저들이 그가 아무런 움직임이 없는 것을 수상히 여겨 염을 풀고 들여다보

---

2 초종범절初終凡節 초상이 난 뒤부터 졸곡까지 치르는 모든 절차.
3 산역山役 무덤을 만드는 역사役事.
4 견양見樣 어떤 물건에 맞게 치수를 재는 것. 옷을 짓는 데 이 말이 흔히 쓰였다.

앉을 때는 벌써 죽어 있었다. 아홉 사람이 기겁하여 수족을 주무르기도 하고 입에다 약물을 떠넣기도 하며, 각기 발뺌을 하는 것이었다.

"아무개가 목을 매는 것이 지나친 것 같더라니."

"애초에 아무개의 발의가 해괴했지."

이처럼 와자지껄하는 판에 가난뱅이는 정신이 조금 돌아왔으나 꼼짝달싹 않고 죽은 척해보았다. 여러 집 하인들이 저희 주인집에 알리니, 아홉 집 부녀자들은 안절부절못하며 뻔질나게 사람을 보내 동정을 살펴 오게 하는 것이었다.

"이 사람이 노모와 처자가 있으니 아무래도 기별을 해야겠지."

한 사람이 의견을 내어 말하자, 가난뱅이는 겉으로는 죽은 척하고 있으면서도 마음속으로 '늙으신 모친이 놀라 애통하실 터이니, 그 아니 딱한 일인가.' 하고 드디어 숨을 들이켜며 딸싹거려보았다. 비로소 살아날 기미가 보이자 아홉 사람이 일제히 달려들어 저마다 가난뱅이의 손발을 붙들고 물었다.

"자네 나를 알아보겠어?"

"금방 잠을 잤댔어?"

한마디씩 위로를 하며 방 안에 희색이 가득해졌다. 가난뱅이는 아홉 사람을 둘러보고 목을 놓아 통곡을 하여, 이들도 영문을 모른 채 덩달아 울었다.

"나 같은 빈털터리 신세가 오늘날까지 연명해온 건 전부 자네들 은덕일세. 매양 자네들의 수고로움을 대신하여 언젠가 결초보은結草報恩하겠다는 마음이 있었네. 오늘 도리어 자네들에게 재앙을 끼쳤으니, 차라리 영영 죽었더니만 못하네."

그러면서 가난뱅이는 흐느끼며 금방 숨이 넘어간다. 저들이 다시 술이며 물을 떠넣어 정신을 차리도록 했다. 이에 가난뱅이는 훌쩍거리며 다시 말을 이어갔다.

"풍도[5]의 일을 내 믿었던 바 아니나, 아까 순식간에 염라국閻羅國에 들어가지 않았겠어? 귀두[6]·나찰[7]이 좌우에 늘어서고 쇠갈고리와 끓는 솥이 뜰에 벌여 있는 곳에, 차꼬[8]나 칼 같은 형구는 의금부[9]나 형조와 다르지 않더군. 집사[10] 같은 자도 있고, 나졸 같은 자도 있던걸. 높은 전각 안에 화려한 일산을 받고 임금처럼 보이는 분이 자리에 앉아서 나를 불러들여 '너는 무슨 죄목으로 들어왔느냐?' 하고 묻기에, 내가 우러러보고 '잡혀온 죄인이 잡혀온 까닭을 알겠소이까?' 하고 아뢰었더니, 옆에서 노랑 수건의 야차[11]가 나와서 고하더군. '소인 등이 다른 일로 출장을 나갔다가 마침 귀문관[12]에서 우왕좌왕하는 자가 있기에 데리고 들어왔을 뿐이옵니다. 그 연유는 모르옵니다.' 이렇게 아뢰자 전 위에 있던 어떤 분이 불쑥 나와서 아뢰는데, 아마도 이분이 판관[13]인 모양이야. 이분이 아뢰는 말이 '요새 부자들이 교만스러이 뽐냄이 갈수록 더욱 심하옵니다. 살리고 죽이는 걸 저희들 마음대로 하지요. 아무개 아무개 등 아홉놈이 강제로 이 사람을 묶어 치사시켰소이다.'라고 하데. 염라대왕이

---

5 풍도酆都 사람이 죽어서 간다는 지옥. 명부冥府.
6 귀두鬼頭 도깨비의 일종.
7 나찰羅刹 지옥에서 사람을 못살게 군다는 귀신.
8 차꼬[著錮] 발목에 채워 행동을 구속하는 형구의 한가지.
9 의금부義禁府 왕명을 받아 죄인을 추국醜鞫하는 일을 맡아보는 관청. 금오金吾·왕부王府.
10 집사執事 여러가지로 쓰이는 말인데, 여기서는 의금부 장교將校를 뜻한다.
11 야차夜叉 염라국의 졸개. 혹은 사람을 해친다는 괴물, 험악한 귀신.
12 귀문관鬼門關 저승에 들어가는 문.
13 판관判官 여기서는 염라국 재판관.

진노하여 귀졸 27명을 특별히 뽑아 '저들을 잡아다가 풍도 여설옥[14]으로 집어넣어 쇠칼·돌차꼬를 채운 뒤, 철옹성[15]장군으로 하여금 삼라문[16]에 보고하라.'라는 뜻으로 분부하고 누누이 다짐하시는 거야. 그래서 내가 통곡을 하며 '저 아홉 부자는 본디 인간 세상에서 마음씨 착하고 자비로운 사람입니다. 소인은 지금까지 전부 저 아홉 사람의 도움으로 살아왔소이다. 이번에 우연히 장난을 치다가 소인의 숨이 막힌 것이옵고, 저들에게 죽임을 당한 것이 아닙니다. 삼가 관대히 처분해주옵소서.'라고 애걸하였지. 염라대왕이 좌우를 돌아보며 하시는 말씀이 이러했다네. '아홉 부자가 만약 평상시 가난한 벗과 곤궁한 친지들에게 못할 노릇만 일삼고 한번도 측은한 마음으로 구휼한 바 없다면 저 사람 말이 저러하겠는가? 아직 잡아들이지 말고 두고 보는 것이 좋겠다.' 좌우에서 아뢰기를 '저들 아홉 놈이 자기들 재산을 균분하여 이 사람에게 주어도 저들이 지은 죄를 만에 하나라도 갚겠습니까?'라 하더군. 염라대왕이 '그렇다면 역사·야차 등에게 내린 명을 아직 거두지 말고 기다리다가, 결과를 보고 며칠 후에 보내도록 하겠노라.'라고 하시자, 옆에 있던 집사가 내 등을 떠밀어 공중으로 떨어졌지. 그제 내가 바람을 타고 표표히

---

14 여설옥犁舌獄 혀를 빼서 밭 가는 따비로 쓴다는 감옥. 이승에서 말을 함부로 한 사람이 간다고 한다.
15 철옹성鐵瓮城 지옥에 있다는 쇠로 둘러싸인 성.
16 삼라문森羅門 지옥을 지칭함.

내려와서 방금 여기 당도한즉, 자네들이 내 곁에서 지켜보고 있지 않겠어? 반갑기도 하고 슬프기도 하네. 나의 죽음이 장난치다가 일어난 사고인데 내 무슨 면목으로 여러 친구들을 대면할지……."

가난뱅이는 눈물을 줄줄 흘리며 말을 맺지 못하는 것이었다. 이러는 동안에 아홉 집 하인들이 득달같이 저희들 주인집에 이 사실을 알리니, 여러 집 부녀자들도 놀라 기절할 지경이었다.

근래 부잣집 부녀자들이 일쑤 무당을 불러 굿을 하거나 맹인을 청해 독경하는 것으로 공연히 재물을 축내어 파산 지경에 이른 일이 허다했다. 이 아홉 사람은 본래 지식이 적고 소견이 얕으니 이같이 그럴싸한 지옥 이야기를 듣고서 태연히 마음이 안 흔들릴 재간이 있겠는가? 드디어 서로 다투어 돈자루를 모아 보내는데, 혹은 3백냥 혹은 4백냥을 내놓아 며칠 사이에 가난뱅이 집 뜰에 쌓인 돈이 3천냥이나 되었다. 가난뱅이는 여덟 사람 집의 것만 받고 그중 한 사람이 보내온 것은 돌려보내서, 그 집에서는 의아하게 여기었다. 며칠 후 가난뱅이는 장교의 모임에 작별을 고하고 교외로 이사하여 그들과 다시 상종하지 않았다.

여러 부자들은 여전히 뻔질나게 행락만을 일삼고 눈곱만큼도 남에게 베풀 줄 모르면서도 무당이나 판수에게 현혹되어 도무지 절약하고 아끼는 법이 없었다. 재물이 샘솟듯 나오지 않는 바에 물처럼 쓰고야 오래 갈 수 있겠는가. 3년이나 5년이 지나지 못해 기와집이 초가로 바뀌고 옷은 변변히 몸을 못 가리고 음식은 배를 못 채울 지경에 이르러, 지난날 좀먹었다고 내버린 비단옷과 쓰다고 뱉어낸 간장인들 어디서 다시 얻으랴!

아홉 부자는 각기 흩어져 다시는 모이지 못했고, 더러 길에서 만나더라도 서로 부끄러워 낯을 돌려 피해 갔다. 그중의 한 사람은 먼저 파산하고 부처 모두 죽어 자손이 끊겼으니, 다름 아닌 지난번 가난뱅이가 돈을 돌려보낸 바로 그 집이었다.

10년이 지나서 가난뱅이는 많은 금은을 가지고 서울로 와서 동네방네 수소문하여 여덟 집 사람들을 만나가지고 본전을 갚고, 거기에 다시 곱절을 더해주고 돌아갔다.

가난뱅이가 한 집의 돈을 받지 않았던 것은 대체 무슨 까닭이었을까? 필시 그 사람이 먼저 죽어서 보상할 곳이 없으리라는 것을 내다보고 그러했던 것이리라. 고대광실에서 고기반찬에 비단옷으로 호사하는 자들이 제멋대로 장난치던 사이에 가짜 시체가 그와 같은 신통한 꾀를 낼 줄 어찌 짐작이나 했겠는가.

●작품 해설

장한종張漢宗의 『어수신화禦睡新話』에서 뽑은 것으로, 원제는 '산 사람을 억지로 염을 하다勒生小斂'인데, '장교의 모임長橋之會'으로 바꾸었다. 빈부의 문제를 그린 작품이다.

장교의 부잣집에서 매일 가객과 기생을 불러 술자리를 벌이는 아홉 사람은 곧 서울의 서민부자들이다. 그들은 상품의 유통이 활발하던 시대의 추세에 따라 급격히 부를 축적한 신흥 서민부자에 속했을 것이다. 이러한 현상은 한편에서 사치와 향락으로 흐르는 풍조를 불러일으키기도 했다. 또한 빈부갈등이 상대적으로 심화되지 않을 수 없었다. 작중 주인공인 가난뱅이는 일정한 직업을 얻지 못하고 부자들이 모여 노는 자리(장교의 모임)에 끼여 어정거리며 조롱거리가 되면서 음식을 얻어먹으며 살아가는 실업자였다.

이 가난뱅이를 골리는 것으로 서민부자들은 낙을 삼았다. 부자들로부터 골림을 당하는 가난뱅이는 실은 무능하지 않고 매우 영리한 인간이었다. 그리하여 아홉 부자들은 가난뱅이를 골려먹다가 도리어 그에게 놀림을 당하고, 많은 돈까지 갖다 바치게 된다. 가난뱅이와 부자의 대결에서 가난뱅이가 승리한 셈이다.

광통교변廣通橋邊

　한 부자가 북산[1] 밑에 사는데, 여러 차례 관아에서 소임을 맡았던 사람이다. 그는 재산이 넉넉하여 소득이 많았고 스스로 풍류객으로 자처하였다. 매일 친구들을 불러모아 노래와 춤으로 소일하는데, 의녀[2]며 침선비[3]며 유명짜한 기생치고 한번이라도 건드리지 않은 여자가 없었다.

　한 가난뱅이가 날마다 이 집에 와서 편지를 대필하기도 하고 여러가지 일들을 봐주었다.

　어느날 부자가 병세가 위중하여 여러 아들들이 시립해 있었다. 부자가 아들들을 자리에 앉으라면서 말을 꺼내는 것이었다.

　"내가 학행은 부족하나 살림이 넉넉하기로 젊어서부터 지금까지 매양 호객이나 탕자들과 어울려 기생방 출입을 일삼고 가무와 풍악이 일과였으니, 너희들도 조금씩 물든 폐단이 어찌 없었겠느냐? 내 나이 이미 일흔이다. 병세가 위중한데 회생하기를 바라겠느냐? 아직도 가산이

1　북산北山　북악산을 가리킴. 백악白岳이라고도 한다.
2　의녀醫女　의술을 배워 내의원內醫院·혜민서惠民署에서 심부름하던 여자. 의기醫妓.
3　침선비針線婢　상의원尙衣院에 속해 바느질을 맡은 여자.

넉넉하구나. 내 삼년상을 지낸 다음 너희들이 하고 싶은 대로 행락을 누린들 꼭 옳지 않다고 할 수야 없다. 하나 반드시 몰라서는 안 될 일이 있느니라. 지금 너희들에게 이르겠으니 종이와 붓을 가지고 오너라."

아들들이 눈물을 흘리며 나가서 호남 간지[4] 수십장 삼절연폭三折連幅과 강진향[5] 벼룻집을 들고 들어왔다. 아비의 병석 곁에 엎드려서 백옥섬여 연적[6]을 기울여 팔신공묵[7]을 쓱쓱 갈아 대상호 진당소해필[8]에 먹물을 묻히고 대령했다.

아비가 부른다.

"큰 글자로 내의원[9]을 써서 제목을 삼고, 작은 글자로 여러 의녀들 이름 아무개 아무개 아무개를 쭉 받아써라."

아들들이 부르는 대로 받아써서 근 4, 50명에 가까워가자 그 아비는 다시 부른다.

"큰 글자로 상의원[10]을 써서 제목을 삼고 작은 글자로 침선비 이름 아무개 아무개……."

해서 근 7, 80명을 헤아렸다. 그러자 또 부른다.

"큰 글자로 써서 제목을 삼되 공조와 혜민서,[11] 다시 작은 글자로 아무개 아무개를 써라."

---

4 호남湖南 간지簡紙　전라도 특산의 편지지. 전주가 종이의 명산지였다. 편지 용도로 만든 종이를 간지, 혹은 간폭이라 일렀음.
5 강진향絳眞香　좋은 향香의 일종. 이 향나무로 만든 벼룻집은 특품으로 쳤다.
6 백옥섬여白玉蟾蜍 연적硯滴　백옥으로 만든 두꺼비 모양의 연적.
7 팔신공묵八神貢墨　중국에서 수입한 진상품 먹으로 추정됨.
8 대상호大霜毫 진당소해필晋唐小楷筆　토끼털로 만든 진당晋唐 해서체를 쓰는 붓.
9 내의원內醫院　대궐 내의 의약을 맡은 관청.
10 상의원尚衣院　왕의 의복 및 대궐 안의 재물과 보물 등을 맡아보던 관청.
11 혜민서惠民署　의약과 일반 서민에 대한 치료를 맡아보던 관청.

이렇게 수백명을 넘어섰다. 다음으로

"큰 글자로 중부·서부 등 오부[12]를 써서 제목을 삼고 다시 각기 그 지역의 주탕,[13] 은창[14]의 이름 아무개 아무개를 내리써라."

하는데 역시 기백명이다.

다시 크게 형부와 경조부[15]를 쓰고 작게 여종의 이름 기백명을 받아쓰게 한 연후에, 한동안 묵묵히 있다가 또 불렀다.

"이번에는 큰 글자로 미고거주질[16]이라 쓴 다음에, 중간 해서체로 지시인指示人 성명을 기록하고 그 밑에 작은 글자로 이름을 써라."

해서 전과 마찬가지로 수백명이 되었다.

또다시 큰 글자로 팔도의 이름을 써서 제목을 삼은 다음, 중간 해서체로 고을 이름을 쓰고 그 아래 작은 글자로 쓰인 수가 또 얼마나 될지 모를 지경이었다.

가난뱅이는 말없이 보고 있다가 속으로 탄식하였다.

'주인 양반의 호의호식을 누군들 부러워하지 않으리오. 그야 부자가 되고 보면 예삿일이라. 몇천명의 여자를 오라 가라 하며 마음대로 주물렀으니 이야말로 왕장군 곳간귀신[17]들의 행락이 아니겠는가. 나야 이 세상에서는 이미 별 도리 없고, 후생에 가서 다시 인간으로 태어난다면 비단 호의호식만을 원할 것이 아니요 저분같이 꽃밭에서 행락을 누리

---

12 오부五部 서울을 동부·서부·중부·남부·북부의 다섯개 행정구역으로 나누었다.
13 주탕酒蕩 관가의 여종으로 얼굴이 고운 여자를 이르던 말.
14 은창隱娼 은근짜. 이조 말기에 구분지어 부르던 기생의 등급 중의 중간급.
15 경조부京兆府 한성부. 서울의 행정을 맡은 관청.
16 미고거주질未考居住秩 거주지를 상고할 수 없는 부분을 가리키는 말.
17 원문은 '王將軍庫子輩'로 재물을 탐내 나쁜 짓을 일삼다가 왕장군에게 죽고 제물도 빼앗긴 이야기(『전등신화剪燈新話·삼산복지지三山福地志』).

면 얼마나 좋을까.'

부자가 세상을 떠난 5, 6년 후에 가난뱅이도 병을 얻어 신음하다가 죽음에 다다랐다. 자기 아들을 불러 종이와 붓을 가지고 와서 옆에 앉게 하고 이르는 것이었다.

"내가 상관한 여자들의 이름을 네가 마땅히 적어둘 일이다."

한참 만에 비로소 불렀다.

"광통교변에서 나를 돌아본 여자라."

그 아들이 받아쓴 다음 한 식경이 지나서 또 부르는데

"네 어미를 써라. 이뿐이다."

했다.

이 말을 들은 사람들 누구나 허리를 꺾어 쥐었다.

이 작품은 『어수신화』에서 뽑았다. 원제는 '네 어미를 써라乃寫汝母'인데, 다시 원문에서 취하여 '광통교변廣通橋邊'으로 제목을 삼았다.

여기서는 세태를 그리면서 빈부의 격차를 희화적으로 표현한 점이 흥미롭다. 서리 출신으로 북산 밑에 살았던 부자가 내의원·상의원·혜민서·형조·한성부 등 관청에 소속되어 있던 의녀·침비針婢·관비 및 기녀 등 수백명의 여자를 건드렸다는 것은 물론 과장된 이야기다. 그 부자가 죽으면서 아들들에게 자기가 관계한 여자들의 명단을 작성케 했다는 것부터 실제로 있을 수 없는 일이다. 더구나 그 부잣집에 다니며 일을 보던 가난뱅이가 임종에 자기도 아들에게 자신이 상관한 여자를 적어두도록 하며, "광통교변에서 나를 돌아본 여자라." 하고, 급기야 "네 어미를 써라."라고 부르는 것은 너무도 어처구니없는 일이다. 여기서 웃음을 폭발시킨다. 이러한 작품의 구도는 현실 모순의 희화적인 변용이다. 작중의 과장된 표현이 현실성을 상실하지 않고 오히려 고조시키는 것이다.

지옥 순례地獄巡禮

옛날 한 상놈이 동네 샌님댁에 빚을 졌는데, 생원은 몹시 어리석은 사람이지만 재물에는 지독히 인색했다. 걸핏하면 하인을 보내 빚 독촉을 하다가 간혹 상투꼭지를 잡고 끌어가기도 하니, 그 괴로움은 실로 견디기 어려운 것이었다.

상놈은 가난이 심하여 졸지에 빚을 갚아낼 힘이 없었다. 이에 꾀를 한 가지 생각해내서 아내에게 말했다.

"저 댁 샌님이 또 하인을 보내 독촉을 할 텐데, 빚 갚기를 면할 뿐 아니라 묘수가 생길 것이니 내 말대로만 하소."

아내도 그러겠다고 했다.

이튿날 아침 상놈은 홑이불을 머리에서 발끝까지 뒤집어쓰고 방 안에 드러누웠고, 아내는 머리를 풀고 문밖에 앉아서 자식을 안고 아이고 아이고 대며 통곡을 하고 있었다. 이윽고 샌님댁 하인이 와서는 여인을 보고 어리둥절하여 웬일이냐고 물었다.

"애아버지가 간밤에 늦게 들어와서 주린 속에 찬밥 한 덩이를 자시더니 밤중에 홍복통을 일으켜 돌연히 돌아가셨소. 이제부턴 이 어린것을 데리고 혼자 살아가야 하다니, 천지가 캄캄하네요."

샌님댁 하인이 깜짝 놀라 방문을 열고 들여다보니 과연 시체가 홑이불에 덮여 있었다. 그래서 여인에게 위로하는 말 몇 마디를 던지고 돌아와서 생원에게 아뢰었다.

"아무개가 간밤에 찬밥을 먹고 급사했습니다. 그 처자가 머리를 풀고 통곡하는데 도리어 불쌍해서 못 보겠습니다."

샌님도 혀만 차고 말았다.

5, 6일이 지나서 상놈이 홀연히 찾아와 문안을 드리는 것이었다. 샌님이 한편 놀라고 한편 괴이하여 급히 물었다.

"아니 네가 죽었다더니, 어떻게 살아왔느냐?"

"소인이 과연 저번 밤중에 죽었다가 3일 후에 다시 살아났기에 지금 뵈러 왔습지요."

"죽었다가 다시 살아나는 일이 있다고 듣기는 했지만 정작 다시 살아온 사람은 아직 보지 못했더니, 오늘 과연 보는구나. 그것 참 크게 기이한 일이로다. 네 과연 풍도를 구경했더냐?"

"물론입죠. 똑똑히 기억하다뿐입니까? 이승과 별로 다르지 않습니다."

"그래, 자세히 이야기해보아라. 내 한번 들어보자."

"소인이 죽자마자 얼굴이 흉악하게 생긴 귀졸이 소인을 붙잡아서 등을 밀어 몰고 가는데, 이승의 법사¹ 같은 겁니다. 차사²와 함께 귀부³에 당도한즉 길거리며 산천·인물·주택이 이 세상과 매한가지더군요. 차사가 소인을 압송하여 법정으로 들어간즉, 궁전이 정말 굉장하고 좌우

---

1 법사法司 형조와 한성부. 여기서는 죄인을 잡아가는 그 기관의 관원을 일컫는다.
2 차사差使 죄인을 잡으러 가는 하인.
3 귀부鬼府 명부冥府, 즉 지옥.

로 귀졸들이 쭉 늘어섰고 전 위에 법관이 홍의를 입고 앉아 있으니 염라대왕 같습디다. 소인이 관정에 부복해 있었더니 염라대왕이 명부를 살펴보시고는 하명하기를 '너는 지금 죽을 차례가 아니다. 잘못 잡혀왔구나. 바로 돌아가거라.' 하십디다. 소인이 '돌아가는 길을 잘 모르오니, 저를 잡아온 졸개로 하여금 데려가게 해주십사.' 하고 아뢰었더니 염라대왕이 허락하십디다. 소인이 귀졸과 동행하여 나오는데, 대로변에서 문득 어떤 사람이 소인의 손을 잡고 깜짝 반가워하길래 머리를 들어보니 돌아가신 생원 어른이 아니시겠습니까?"

샌님이 다급히 물었다.

"네가 내 선친을 뵈었단 말이냐? 대체 형편이 어떠시더냐?"

"돌아가신 생원님께선 굶주린 기색이 안면에 역연하시고 의복이 남루하여 몸을 변변히 가리지 못하신데다 패랭이를 쓰셨기 때문에, 소인이 처음 뵙고는 얼른 알아보지 못하다가 자세히 살펴보고서야 비로소 깨달았습죠. 소인이 놀라움을 이기지 못해 왜 이렇게 되셨느냐고 여쭈어보았더니, '집 없고 밥 없이 유리걸식하는 신세를 못 면하고 이 지경에 이르렀노라.' 하시고, 소인에게 댁내 소식을 물으시기에 상세히 말씀드리고 피차간에 눈물을 흘렸습니다. 소인이 주머니에 마침 돈 1전이 들어 있기에 술값이나 하시라고 드렸습죠. 소인의 심정도 매우 참담했습니다."

생원이 얼굴에 잔뜩 수심과 부끄러움을 띠고 물었다.

"네가 내 선친을 뵙다니…… 혹시 대부인 마님은 못 뵈었더냐?"

"대부인 마님도 역시 뵈었소이다만, 천만 황송한 일이 있삽기 감히 아뢸 수 없소이다."

상놈이 주저주저하면서 하는 말이었다.

"지금 너와 내가 단둘이고 타인은 하나도 없으니 말이 네 입에서 나와가지고 내 귀로 들어갈 뿐이라. 무어 말하기 어렵겠느냐?"

라고 샌님이 종용을 해도 상놈은 황송하다는 말만 연발하며 끝내 말을 하지 못하는 것이었다. 샌님이 몸이 달아 재촉하니, 상놈은 못 이기는 체하다가 비로소 말을 꺼내는 것이었다.

"샌님께서 이토록 간곡히 물으시니 부득불 사실대로 고합지요. 소인이 귀졸과 같이 어떤 색주가에 들어갔더니, 집이 굉장히 넓고 으리으리한데 술꾼들이 안에 가득합디다. 술 파는 분이 바로 대부인 마나님이신데, 신수가 전보다 훨씬 좋으시고 의복·집물의 호사스런 모양은 이루다 형언키 어렵더이다. 소인이 놀랍고 기뻐서 나아가 뵈니, 대부인 마님께서도 역시 반기시며 댁내 소식을 물으시기에 상세히 말씀드리고 나서 좋은 술에 성찬을 잘 얻어먹고 왔소이다."

"그렇다면 선친께서는 무슨 까닭으로 그렇게 곤궁하시며, 대부인께서는 누구와 같이 사시던가?"

생원의 물음에 상놈은 더욱 황송하여 감히 입을 열지 못하다가, 다시 누차 독촉을 받고서야 이뢰었다.

"대부인 마님은 돌아가신 생원님과는 정의情誼가 불합하여 남남처럼 되었고 지금 소인의 아비와 같이 사시는데, 부부의 정이 가장 돈독하시니 이 어찌 의외의 일이 아닙니까? 이 때문에 소인이 황송하여 감히 바로 아뢰지 못했소이다."

생원은 얼굴이 흙빛으로 변하여 한참이나 말을 못 하고 눈물만 흘리다가, 상놈에게 조용히 이르는 것이었다.

"이 일은 네가 결코 입 밖에 내서는 안 된다. 비록 네 처자라도 모르도록 하는 것이 좋겠다. 만약 누설이 된다면 내가 어떻게 세상에 얼굴을 들고 다닐 것이냐?"

"비록 말씀이 안 계시더라도 소인이 어찌 감히 입을 놀리겠습니까? 염려 놓으십시오."

"네가 진 빚은 특별히 탕감해주겠다. 차후로는 종종 왕래하여 피차간에 잊지 말기로 함이 어떻겠느냐?"

"감히 명령대로 거행하지 않사오리까?"

그로부터 상놈은 샌님댁을 들락날락했는데, 그때마다 샌님은 술과 음식으로 대접하고 때로는 어려움을 돕기도 하였다.

이 이야기를 들은 사람들 누구나 그 샌님의 어리석음과 상놈의 능청스러움에 배꼽을 잡았다.

●작품 해설

『교수잡사攪睡襍史』에서 뽑았다. 원제는 '빚을 독촉하다가 욕을 당하다督債見辱'인데, 여기서 '지옥 순례地獄巡禮'로 바꾸었다.

앞의 「장교의 모임」이 도시를 배경으로 빈부의 격차를 그려 보인 데 비해, 이 작품은 농촌이 배경이다. 작중의 생원은 지방에 토착한 지주이다. 그는 양반의 권위로 농민을 못살게 굴었던 것이다. 이조 후기에 벼슬길이 막힌 양반들은 흔히 향리에서 지주로 안주하여 농민들에게 도조賭租를 받아들이고 빚을 놓아 살아가고 있었다. 따라서 소농민은 이들 양반에게 여러가지로 시달림을 받았다. 작중 생원이 곧 그러한 양반이다. 이 생원의 빚 독촉에 견디다 못한 한 상민이 꾀를 내어 양반을 욕보이고 빚까지 갚지 않게 되었다는 줄거리이다.

작중 상민은 자신이 일시 지옥에 가보았더니 생원의 아비는 거지 노릇을 하고 있으며 어미는 상민인 자기 아비와 부부가 되어 술장사를 하더라고 거짓말을 꾸며서 하였는데, 어리석은 생원은 이 말을 곧이듣고 얼굴이 흙빛으로 변하였다. 양반들이 흔히 가졌던 사고의 약점을 잡은 것이다. 그 생원이 돈에는 구두쇠나 사리에 어둡고 현실을 바로 인식하지 못했음을 보여주고 있다. 상민의 지옥 이야기를 곧이듣고 당황하는 생원의 태도는 「음덕」에서의 고답적·비현실적인 자세와 다른, 양반층의 정신적으로 허약한 일면을 보여주는 것이다. 이처럼 이 작품은 생원으로 대변된 부자를 통해 농민을 위협하는 양반을 풍자하였다. 이 양반에 대한 풍자는 양반층의 억압에 대항하는 민중의식이 표출이라 할 것이다. 이는 가면극의 양반에 대한 풍자와 상통하는데, 여기서는 주제가 단순히 신분적인 대립에 그치지 않고 빈부의 갈등으로 발전하였다.

강담사講談師

서울에 오가 성을 가진 사람이 있었다. 그는 고담을 잘하기로 유명하여 재상가에 두루 드나들었다. 그는 식성이 오이 익힌 나물을 즐겨서 사람들이 그를 '오물음[吳物音]'이라 불렀다. 대개 '무름'이란 익힌 나물을 이름이요, '오'와 오이가 음이 비슷하기 때문이다.

그때 한 종실[1]이 아들 넷을 두었는데 연로하였다. 젊어서 무척 고생을 해서 큰 부자가 되어서도 천성이 인색하여 추호도 남 주기를 싫어하였고, 여러 아들에게조차 아까워 재산을 나눠주지 않고 있었다. 더러 친한 벗이 권하면, "내게도 생각이 있네."라고 대답하고 뭉그적거리면서 세월을 끌며 차마 나누어주지 못하였다.

하루는 그가 오물음을 집으로 불렀다. 오물음은 마음속에 꾀를 내어 고담 하나를 지어 이야기했다.

장안 갑부에 이동지란 이가 있지요. 이분이 부귀를 누리고 장수한

---

1 종실宗室 임금의 친족.

데다 아들을 많이 두어서 사람들이 다 좋은 팔자라고 칭합지요. 그런데 이동지가 가난해서 어지간히 고생하다가 자수성가하여 부가옹 소리를 듣게 된 고로, 성질이 인색하고 괴팍해서 자식 형제에게도 닳아진 부채 한 자루 주는 법이 없더랍니다. 죽을 날이 가까워져서 자신을 돌이켜보니, 세상만사가 모두 허사로되 자기는 오직 재물 재財 자 한 자에 일평생 종이 되어서 얽매인 셈이었습니다. 병석에서 생각해보고 또 생각해볼수록 이제는 어쩔 도리가 없는 일입니다. 그래 여러 자제들을 불러 유언을 합니다.

"내 일평생을 고생고생하여 재물을 모아서 이제는 큰 부자가 되었구나. 그런데 지금 황천길을 떠나는 마당에 백가지로 궁리해본들 물건 한개도 가져갈 도리가 없구나. 지난날 재물에 인색했던 일이 후회막급이다. 명정[2]이 앞을 서니 상엿소리가 구슬프고, 공산公山에 낙엽지고 밤비 내리는 쓸쓸한 무덤 속에서 비록 한푼 돈인들 어떻게 쓸 수 있으랴! 내 죽어 염하여 입관할 제 두 손에 악수[3]를 끼우지 말고, 관 양편에 구멍을 뚫어 오른손 왼손을 그 구멍 밖으로 내어놓아 길거리 행인들로 하여금 내가 재물을 산같이 쌓아놓고 빈손으로 돌아가는 것을 역력히 보도록 하여라."

그러고 이내 숨을 거두었다지요.

이동지 사후에 자제들이 감히 유언을 어기지 못하여 그대로 시행했습니다.

소인이 아까 길에서 우연히 상여가 나가는 것을 보았는데, 두 손이 관 밖으로 나와 있었습니다. 너무나 괴이하여 물어보았더니 곧 이동

---

2 명정銘旌 다홍 바탕에 흰 글씨로 죽은 사람의 품계品階·관직官職·성명을 쓴 조기弔旗.
3 악수握手 염을 할 때 사체의 손을 싸는 헝겊.

지의 유언을 따른 것이었지요.

'인지장사에 기언야선이라'[4] 하더니, 과연 옳은 말입지요.

종실 노인이 오물음의 이야기를 들어보니 은연중 자기를 두고 한 말이 아닌가. 조롱하는 뜻이 담겼지만 말인즉 이치에 타당하였다. 즉석에서 깨닫는 바가 있어 오물음에게 상을 후하게 주어 보냈다.

그 이튿날 아침에 드디어 여러 자식 앞으로 재산을 나누어주고, 일가, 친구에게도 재물을 흩어주었다. 그러고는 경치 좋은 정자에 들어앉아 풍악과 술을 즐기며 종신토록 재물에 관한 말은 입에 올리지 않았다 한다.

대체로 종실 노인이 이야기 한번 듣고 돌연히 깨달은 것도 쉽지 않겠으나, 오물음 같은 사람은 골계류[5]에 들어갈 만하다. 그가 순우곤[6]·우맹[7]과 한 세상에 태어났더라면 어찌 그만 못했겠는가.

---

4 인지장사人之將死에 기언야선其言也善이라 증자曾子가 한 말로, 출전은 『논어論語·태백편泰伯篇』. 사람이 죽으려 할 때는 그 말이 착하다는 의미.
5 골계류滑稽類 익살꾼 부류. 『사기史記』에 골계가들의 전기인 「골계전滑稽傳」이 있다.
6 순우곤淳于髡 중국 전국시대 제나라의 골계를 잘하던 인물.
7 우맹優孟 중국 춘추시대 초나라의 골계를 잘하던 인물.

●작품 해설

『청구야담』에서 뽑은 것으로『해동야서』에도 수록되어 있다. 원제는 '오물음이 해학을 잘하여 인색한 사람을 깨우치다諷吝客吳物音善諧'이다.

작중의 오물음이란 인물은 이야기꾼으로 강담사에 속한다. 그는 옛이야기를 잘하기로 이름이 나 있어 두루 재상가에서 놀았다고 하였다. 그는 재상가뿐만 아니라 작품 중에서 보는바 부잣집에도 출입하였을 것이다. 청자들에게 이야기를 재미있게 들려주는 것은 일종의 연예에 속하며, 그 시대 사람들에게는 그것이 긴요한 오락적 기능을 담당하였다. 그리고 그렇게 이야기를 재미있게 들려주는 이야기꾼은 청자인 재상가와 부잣집 사람들로부터 다소간의 도움을 받았을 것이다. 말하자면 이야기꾼 오물음은 한 사람의 예능인이었고, 재상가나 부잣집이 그의 고객이 되며 그중에는 일종의 패트런도 있었다고 하겠다.

이 작품은 오물음이라는 강담사가 얼마나 이야기를 잘하는가 하는 실례를 들어 보이는 형식의 작품이다. 여기 한 구두쇠 이야기는 그의 레퍼토리의 하나, 곧 오물음의 작품인 셈이다. 그리고 부자를 풍자한 그 내용은 현실을 소재로 한 것이며, 그 현실이 제기한 문제, 부에 관한 문제를 주제로 하고 있는 점이 특징이다.

배신背信

서울의 한 부자에게 절친한 친구가 있었다. 이 친구는 가난하여 연명하기조차 어려운 형편이었으므로 부자가 그의 생계를 위해 돈을 넉넉히 대주어 돈놀이를 하여 살아가도록 했다.

한번은 부자가 친구에게 조용히 말했다.

"나도 이젠 늙었네. 여생이 얼마나 되겠는가? 그런데 자식놈이 아직 장성하지 못했으니 저 녀석이 가업을 이어가는 것도 못 볼 듯한데, 나만큼 규모가 있을까 싶지 않네. 10만냥을 자네에게 맡기겠으니, 한평생 재물을 불리다가 내 자식의 살림이 옹색해지거들랑 본전만 돌려주기 바라네."

그 친구는

"말씀을 따르다뿐인가. 이자까지 쳐서 갚으라 하더라도 감사할 일인데."

하고 대답하는 것이었다.

몇년이 지나지 않아 과연 부자는 병이 들어 세상을 떠났다. 그 아들은 변변히 가업을 잇지 못해 몇년 이내에 가산을 탕진하고 말았다. 이에 부친의 유언을 따라 아버지 친구에게 찾아가서 10만냥을 받아내려 하였는데, 그 사람은 대번에 납박[1]을 주는 것이었다.

"원래 갚을 것이 없는 걸 도대체 무얼 내놓으라는 건가?"

여러 차례 받으러 갔으나 그때마다 납박만 당하고 돌아왔다. 아들은 절반이라도 달라고 간청해보았지만, 역시 들은 척도 하지 않았다. 분통이 나서 누차 형조와 한성부[2] 두 관청에 소송을 걸었지만 그때마다 지고 말았다. 그 사람이 돈과 권세로 힘을 써서 탈을 면하기 때문이었다.

당시에 정만석[3] 대감이 경상도 감사로 있었는데, 명판관으로 알려져 있었다. 아들은 경상 감영으로 가서 진정을 했다. 정감사가 그를 불러 물었다.

"너는 서울 사람인데 무슨 까닭에 다른 도로 넘어와서 송사를 하는가?"

"저 피고가 권세를 가지고 뇌물을 써서 탈을 벗어나니, 저같이 힘없는 사람이 무슨 수로 이기겠습니까? 사또께서 처결이 공명하시다는 명성을 듣고 불원천리 찾아왔습니다. 바라옵건대 사또께서 이 일을 공정히 판결하셔서, 저같이 의지 없는 외로운 신세를 돌보아주소서."

"물러가서 다시 부를 때까지 기다리고 있거라."

그리고 정감사는 영장營將과 비밀히 의논하여 수감되어 있는 한 도적과 짜고 이리저리할 것을 약속하였다. 즉시 서울로 통첩을 띄워 그자를

---

1 납박納朴 대놓고 무색을 준다는 뜻. 면박面駁과 같은 뜻으로 이두어.

2 한성부漢城府 서울의 행정을 맡은 관청. 경조부京兆部. 서울 관내의 재판 업무도 맡았다.

3 정만석鄭晩錫(1758~1834) 자 성보成甫, 호 과제過齋, 정조 7년 문과에 급제하여 우의정까지 지낸 인물. 훌륭한 공적을 지닌 인물로서『목민심서牧民心書』에도 그의 이름이 자주 보인다.

체포해 와서는 형구를 잔뜩 벌이고 호령했다.

"이놈! 네가 팔도 대적당의 와주[4]가 되어 몇십만냥의 장물贓物을 취하고도 무사할 줄 알았느냐? 조금도 기만하지 말고 낱낱이 이실직고以實直告하렷다."

그자는 이 말에 억울함을 호소했다.

"소인은 젊어서부터 늘그막에 이르기까지 돈놀이로 살아왔소이다. 지금 의식 걱정이 없는 터에 남의 재물을 탈취할 까닭이 있겠습니까? 제가 와주 노릇 한다는 말은 천만부당하옵니다."

정감사가 수감된 큰 도적을 불러 대질을 시키자, 도적의 말이 이러했다.

"당신 아무개 아니오? 내 모월 모일에 몇만냥을 맡겼고, 또 모월 모일 밤에 몇냥을 맡겨 모두 합해서 전후 당신에게 수십만냥이 가 있지 않소? 주고받은 것이 명명백백한데 이 자리서 무얼 가지고 억울하다는 거요? 도무지 염치없는 사람이오."

"소인은 이 도적과 본디 일면식도 없거늘 턱없이 무근한 말을 지어가지고 사람을 불측한 지경에 빠뜨리려는 것이옵니다. 밝은 대낮에 어찌 이런 맹랑한 일이 있사오리까?"

그자의 변명에 도적이 또 발끈해서 말했다.

"엄하고 밝으신 사또 아래서 대질하는 마당에 거짓을 꾸며대기를 식은 죽 먹듯 하다니, 큰 도적놈이 아니고야 이럴 수 있나요? 별반 거조를 내기 전에는 자백을 받기 어렵습니다."

감사가 대로하여 당장 주리를 틀라는 엄명이 떨어지니, 그자는 고통

---

4 와주窩主 도둑이나 노름꾼의 접주接主 또는 우두머리.

을 참지 못해 자백했다.

"소인이 지금 무단한 죄목으로 이런 죽을 형벌을 받고 있으니 죽어도 눈을 감지 못하겠습니다. 제가 어찌 도적의 와주 노릇을 했사오리까? 소인이 일찍이 아무개의 돈 10만냥을 빌려 지금까지 돈놀이를 하여 생계를 유지하고 있지만, 남의 것은 털끝도 취한 일이 없소이다."

"과연 와주를 한 일은 없고 남의 돈을 빌려서 돈놀이를 했다면 그 빌린 돈을 전부 갚았느냐?"

"여태 갚질 못해 그것으로 죄가 되었다면 백번 감수하옵지요. 그밖에 다른 죄목은 없사옵니다."

정감사가 아들을 불러서 대질시키고 물었다.

"저 피고를 네가 아느냐?"

"이 사람이 바로 소인이 송사를 건 자입니다."

그자가 아들을 보더니 머리를 숙이고 기가 죽어 한마디 말도 못 하는 것이었다.

"네가 갚을 돈을 두고도 없다고 잡아떼니 바로 큰 도적놈이 아니냐?"

그자는 황공하여 연방 죽을죄를 졌다고 자복하는 것이었다.

"너는 감영 감옥에 있으면서 3개월 이내에 어김없이 다 갚도록 하여라."

이렇게 다짐을 받고 칼을 씌워 감옥에 가두었다.

그자는 경향의 대상大商들에게 연락을 취해 돈을 추심해서 전부 바쳤다. 정감사는 아들을 불러서 받은 돈을 그대로 내어주었다. 그는 상경해서 다시 가업을 일으켜 잘살게 되었다.

정감사가 낸 계교는 참으로 기발하다고 하지 않을 수 없다.

●**작품 해설**

『계압만록鷄鴨漫錄』에서 뽑았다. 원래 제목이 없는 것을 여기서 '배신背信'이라 붙였다.

한 부자가 친구에게 10만냥을 빌려주며 돈놀이 자금으로 운용하다가 나중에 자기 아들에게 갚아달라고 부탁한다. 뒤에 그 사람이 배신하여 10만냥을 떼먹으려는 것을, 정만석이 지혜로 흑백을 가려내어 그 돈을 찾아주는 것으로 끝나는 이야기다. 이는 해결하기 어려운 송사를 지혜로 판결하였다는 내용의 지혜담에서 발전된 형태일 것이다.

이 작품은 특히 금융자본이 발달한 현상을 보여주는 점이 흥미롭다. 끝에서 작중 배신자가 돈 10만냥을 각처의 상인들에게 연락해서 찾아 갚는 데서 그 자본이 상업자본으로 이용되었음을 알게 되는 것이다.

제 2 부

•

성 性 과 정 情

신윤복申潤福「월야밀회月夜密會」(간송미술문화재단 소장)

의환義宦

한 환관이 나이는 젊은데 지위가 높고 집이 부유했다. 그는 과천 대로 변에 살고 있었다. 과거시험 보일 때를 당해서, 어느 이른 아침에 세 명의 하인에게 명하였다.

"나가서 길옆에 기다리고 섰다가 과거 보러 상경하는 사람으로 누구건 상관하지 말고 맨 처음 만나는 분을 기어이 모시고 오너라."

한편으로 술과 안주를 잘 마련하도록 분부했다.

이윽고 영남의 한 선비가 조랑말을 타고 오는데, 초라한 행장에 피로한 기색이었다. 세 하인이 대들어서 말을 가로막고 인사를 하며 잠깐 들어가기를 청했다.

"내 일면식도 없고, 지금 갈 길이 바쁘다."

선비는 거절했으나, 세 하인이 앞에서 인도하고 뒤에서 가로막고 말을 채찍질했다. 마치 죄인을 잡아가듯 억지로 끌고 간 것이다. 선비는 말에서 뛰어내리려 해도 내리지 못하고 꼼짝없이 동구 안으로 끌려가게 되었다. 저택은 굉장하여 엄연히 벼슬 높은 대갓집 같았다.

세 하인이 선비를 말에서 끌어내려 붙잡고 마루에 오르도록 했다. 선비는 주인을 향해 분통을 터뜨렸다.

"왜 행인을 붙잡아다 이런 곤욕을 보이오?"

"차차 알 만한 일이 있으리다. 오늘은 여기서 주무시지요."

주인은 이렇게 대답하고 다시 하인들에게 명했다.

"짐을 풀어 내리고 망아지는 마름 집에서 잘 먹이라고 해라."

하인들은 "예이." 하고 물러나 그대로 거행하는 것이었다.

"사람을 끌어다 욕보임이 심히 괴이하거늘, 게다가 아무 이유도 말하지 않고 마음대로 잡아두다니 이게 무슨 행사요?"

주인은 빙긋이 미소를 지으며 타일렀다.

"가만 기다려보오. 그저 기다려만 보오."

선비는 말을 찾으려야 찾을 길이 없고 짐을 달래야 주지도 않으므로 혀를 끌끌 차기만 할 따름이었다. 이러는 동안에 해가 져서 형편이 떠나기도 어렵게 되었다.

손님과 주인의 저녁상이 잇달아 나오는데, 반찬이며 그릇이 찬란과 호사를 극한 것이었다. 선비는 분을 이기지 못해 상을 밀어놓고 들지 않았다. 주인이 풀어 일렀다.

"내 손님을 욕보이자는 것이 결코 아니오. 장차 좋은 일이 생길 터인데 객지에서 끼니를 거르다 생병이 날까 두렵소. 마음 푹 놓으시고 우선 식사를 드시지요."

선비는 차츰 분이 가라앉아서 비로소 숟갈을 들었다.

밤이 들어 어두워지자 등불로 길을 밝히게 하고 나서며 주인이 말했다.

"손님이 주무실 곳은 따로 있소."

그리고 별당으로 인도하는데, 금화로에 향 연기가 오르고 원앙금침이 사치스럽기가 신방과 다름없었다. 이내 술상이 나왔다. 선비는 더욱 의아한 마음이 들었으나, 주인은 다만 "좀 드시지요." 하고 술잔을 들어 굳이 권하는 것이었다.

상이 나가자 이윽고 한 아름다운 여인이 화사하게 단장을 하고 시녀 몇명의 부축을 받으며 열린 문으로 들어오지 않는가. 선비는 놀라고 당황하여 어찌할 줄 모르고 얼른 일어나 피하려고 했다. 주인이 그를 붙들어 앉히며

"만나볼 만한 사람이라 이러는 것이오."

하더니, 자신은 즉시 문을 열고 나가 밖에서 자물쇠를 채우는 것이었다.

"오늘밤 잘 지내시오."

선비는 영문을 몰라 도사리고 앉아 있는데, 촛불이 다하고 밤이 깊어 사방이 교교했다. 구름 같은 머리에 옥 같은 살결, 살짝 부끄러움을 띤 자태로 앉아 있는 여인이 정말 아리따웠다. 선비는 분심이 서서히 가라앉고 색심이 은근히 고개를 들었다. 눈길이 자기도 모르게 자주 여인 쪽으로 돌아긴다. 비단 치마에 얼굴이 취하고 촛불의 그림자에 눈이 어지러워서 마음을 걷잡을 수 없는 지경이 되었다. 이때 여인이 말을 건넸다.

"제가 하는 말대로 하셔야만 원하시는 대로 따를 것입니다."

선비가 물었다.

"무슨 말이오?"

"제 배 위를 넘어가면서 소 울음소리를 크게 내셔야 합니다."

"그런 해괴한 짓을 하라니, 난 못 하겠소."

선비는 베갯머리에서 물러나 앉았는데, 다시 색심이 동했다. 여인이 또 말했다.

"제 말대로 하시지 않으면 몸이 부서져도 운우지몽을 이룰 수 없습니다."

드디어 선비는 지시한 대로 모기만 한 소리로 소 울음을 냈다.

"비록 밤중이라서 아무도 모른다 하나, 그대가 알고 내가 아니 부끄럽소, 부끄러워."

"소 울음이 너무 작아서 명을 거행하지 못하겠네요. 다시 목소리를 높여 소 울음을 내세요."

선비는 불끈 화가 치밀었다.

"한번도 못 할 짓을 두번이야! 뜻하지 않게 밖에서 곤욕을 당하고 또 안에서 이런 해괴한 짓을 하게 하다니…… 이 무슨 액운인고?"

말을 입속으로 중얼거리며 날이 새기만 하면 방문을 박차고 뛰어나가리라 다짐하고 있었다. 그런데 이 마음도 점점 해이해지면서 정욕이 다시 발동하여 이번에는 소 울음을 좀더 크게 냈다.

"에이, 이런 부끄러운 일이라니!"

"소 울음이 아직도 시원스럽고 크지 못하네요. 훨씬 크게 소리를 내어 창밖까지 들려야지요."

선비는 애걸조로 말했다.

"두번 울음으로 이미 부끄럽기 짝이 없소."

"이왕에 한번 소리 지른 걸 두번이고 세번이고 상관있나요? 그리고 닭 울음, 개 짖는 소리보다야 낫지 않아요? 구태여 간을 태우고 창자를 녹여 천금 같은 몸을 상하실 게 있나요?"

선비는 이 말에 더욱 욕망을 이기지 못해 또다시 소 울음을 내며 배를 넘어갔다. 때마침 늙은 여종이 소변을 보러 마당으로 나왔다가 아닌 밤중에 소 울음을 들었다.

"오밤중에 이 웬 소 울음소리일까?"

이에 선비는 놀라서 자기도 모르게 넘어졌다.

남녀의 정이 무르녹아 이 밤이 길어지기를 바랄 뿐이었다. 이윽고 닭이 울고 샛별이 숨기 시작하는데, 두 사람은 오직 이 밤이 다시 와서 아름다운 인연이 이어지기를 생각할 뿐이었다. 정답게 말을 주고받는 즈음에 동창이 밝아왔다.

주인이 나타나서 방문 열쇠를 따고 "좋은 밤을 잘 지냈소?"하고 웃었다. 그녀는 이마를 숙이고 부끄럼을 머금은 채 얼른 일어나 총총히 안으로 들어갔다.

주인은 선비를 '우리 새신랑'이라고 부르는 것이었다. 시녀를 시켜 상을 내오는데, 신랑의 아침상처럼 수륙진미로 난생처음 대하는 것들이었다. 선비는 분한 마음이 싹 가시고 기쁜 마음이 솟아났으나 의아함은 남아서 사연을 캐물었다. 주인은 빙그레 웃을 따름이었다.

"좋은 일이 있으리다."

그리고 끝내 자세한 이야기는 없었다. 선비는 마음이 답답하기 그지없었으나, 역시 알아낼 도리도 없었다. 은배 옥잔으로 손님과 주인이 권커니 잣거니 하다가, 선비는 자기도 모르게 대취하여 쓰러졌다. 깨어났을 때는 이미 해가 석양에 가까웠다. 그제야 후회하며 급히 서둘러 길을 떠나려 했다. 주인이 또 은근히 붙잡았다.

"석양이라 서울에 대어가기 어렵겠소. 오늘밤 더 묵어가시지요."

선비는 우선 새로 맺은 정이 미흡하고 주인의 만류도 정중하기에 하룻밤 더 유숙하기로 하였다.

다음날 아침에 선비가 떠나겠다고 나서자, 주인은 여전히 놓아주지를 않았다. 선비가 사정하고 애원했다.

"이틀 밤 양대의 꿈[1]이 행복하나, 천리 괴황지행[2]도 역시 중요합니다. 먼 시골 사람이 앞당겨 서울에 들어가야 동접[3]들을 만나고 과구科具를 준비해야 가까스로 백지를 면하겠지요. 한만히 지체하다가는 그야말로 좋은 인연이 악연으로 되고 말리다."

"다 과거를 보는 방도가 있다오. 우선 기다려보오."

이때는 과거날이 이틀밖에 남아 있지 않았다. 선비는 한편으로 의심도 나고 한편으로 근심스럽기도 하여 도망칠까 궁리를 했지만, 마필이 어느 구석에 있는지 모르겠고 사집[4] 등 책자와 시험장에 소용될 물건들이 모두 짐바리 속에 들어 꺼낼 길이 없다. 한갓 심중에 이런저런 생각만 오락가락하여 이러지도 저러지도 못하는 사이에 날이 또 저물었다.

여러 동접들은 벌써 상경해서 그가 오지 않으므로, 이 친구가 붙잡혀 있는 줄은 까맣게 모르고 중도에서 병으로 몸져누운 것으로 생각하여 동정도 하고 걱정도 하는 것이었다.

그는 이날 밤은 만부득이 유숙하였지만 밤새도록 잠을 못 이루었다. 새벽같이 일어나서 길게 탄식했다.

"떠나올 때 부모님께서 계수나무를 꺾으리라는 소망이 간절하셨거늘, 헛되이 중도에서 조롱에 갇힌 새와 같은 신세가 되었으니 이 무슨

---

1 양대陽臺의 꿈 남녀의 즐김. 앞의 운우지몽과 유래가 같다. 양대는 지명인데 송옥의 「고당부서」에 "아침마다 저녁마다, 양대의 아래에서朝朝暮暮, 陽臺之下"라는 구절이 있다.

2 괴황지행槐黃之行 과거를 보러 가는 것. 음력 7월에 회화나무가 꽃이 피는데 이때 과거시험을 보인 데서 유래한 말이다.

3 동접同接 함께 공부하는 집단 혹은 그런 팀을 이룬 것을 가리키는 말. 여기서는 후자의 뜻으로 쓰였는데 글을 잘 짓는 사람, 글씨를 잘 쓰는 사람들과 팀을 이루어 과거시험을 보러 가는 것이 사실상 관행을 이루었다.

4 사집私集 과거 응시에 필요한 문구들을 잘게 초하여 모아둔 수고手稿.

일이람?"

"글쎄 걱정 마시라니까. 걱정 말아요."

그러면서 주인은 아침에 시지試紙와 필묵을 내주는데, 모두 극상품이
었다. 또 시장試場에서 먹을 음식을 마련해주면서

"과연 어떻소?"

하고 묻는 것이었다. 선비는 자못 기뻐 사례하였다.

"이렇게 다 챙겨주시니 실로 감사하오나, 동접들을 놓치고 서수[5]가
없어 급제는 단망斷望이오. 눈물로 청패를 향할 수밖에."[6]

"그 역시 걱정 마오. 이번 과거를 보이는 곳이 춘당대[7] 아니오? 거기
는 궁정 안이라 우리들이 자못 힘을 쓰는 곳이라오. 내 말만 들으면 필
시 급제하리다."

그러더니 영리한 하인 둘을 딸려 보내는 것이었다. 아울러 액예[8] 및
시부[9]에 패지[10]를 보내 필히 글씨 잘 쓰는 자를 골라서 시지를 쓰도록
하고 정권[11]하는 즈음에 잘 주선해달라는 뜻으로 신신당부하는 것이었
다. 그리고 다시 선비에게 일렀다.

"다른 곳으로 가지 말고 바로 내 서울 집으로 가시오. 이같이만 하면

---

5 서수書手 글씨에 능숙한 사람. 사수寫手.
6 눈물로 청패淸灞를 향할 수밖에 청패는 장안長安 근방에 있는 강 이름인데, 당나라 때
　과거에 낙방한 사람이 눈물을 흘리며 이 강을 건너갔다는 데서 유래하여 과거에 떨
　어짐을 뜻하는 말.
7 춘당대春塘臺 창경궁 안에 있는 누대. 여기서 보는 과거를 춘당대시春塘臺試라 했다.
8 액예掖隷 궁정의 액정서掖庭署에 소속된 이원吏員이나 관노. 액정서에는 환관들이
　근무했다.
9 시부寺府 내시부內寺府. 궁중에서 환관들이 일 보는 관부官府.
10 패지牌旨 지위가 높은 사람이 낮은 사람에게 공식적으로 주는 글발.
11 정권呈券 과거시험에서 답안지를 제출하는 것.

이번 과거에 틀림없이 장원하리다. 신은新恩으로 내려가는 길에 꼭 들러 나의 뜻을 저버리지 말아주오."

선비는 하나같이 그의 말대로 거행하였다. 시장에 들어가자 술과 안주가 좌우에 벌여 있었다. 거벽[12]의 경쾌한 솜씨로 대신 지어 액예에게 주어 정권한 것이다. 따라왔던 두 하인은 이때 온다 간다 말도 없이 사라져버려서, 선비는 동접을 찾지도 못하고 하릴없이 홀로 돌아다녔다.

방이 붙는데 과연 높이 합격했다. 삼일유가[13]를 하고 바로 귀로에 올랐다.

주인은 미리 주안을 성대히 차려놓고 높이 차일을 치고서 기다렸다. 그가 들어오자 은화[14]를 잡고 반겨 맞이했다. 이어 창방연唱榜筵을 훌륭하게 벌이고 하룻밤을 묵었다. 이때 비로소 주인은 선비에게 사연을 들려주는 것이었다.

"저 여자는 본래 양가의 딸로 가난하고 의지 없어 내가 키웠더라오. 자색이 저만하고 재주도 있는데 속절없이 규중에서 늙어감을 항상 애련히 여기었소. 저번 어느날 꿈에 황소 한마리가 여자의 배에 걸터앉았다가 용으로 변하여 하늘로 날아오르더라지요. 내 몸이 병신이 아니면 족히 아들을 낳고 등과할 수 있을 텐데, 이승에서는 희망이 없어 그 길조에 응할 길이 없구려. 그래서 존객을 맞아 이런 좋은 일을 꾸몄던 거라오. 저 사람이 이왕 당신을 모셨으니 데려가시는 것이 옳겠소."

---

12 거벽巨擘 원래 큰 선비라는 뜻인데, 여기서는 과거시험장에서 글을 대작하는 일을 전문적으로 하는 사람을 말한다.
13 삼일유가三日游街 과거에 급제한 사람이 풍악을 잡히고 사흘 동안 좌주座主와 선진자先進者와 친척을 방문하는 일.
14 은화恩花 과거에 합격한 사람이 모자에 꽂는 꽃. 임금이 내려주는 꽃이라는 뜻으로 어사화御賜花라고도 한다.

"성의는 감사하오나 이번 걸음에 어떻게 데려갈 수 있겠소?"

"내 벌써 교자에 태워가도록 다 준비해놓았다오."

그 집 문전에서 작별하는데 새살림의 도구까지 일체를 구비해서 함께 딸려 보내는 것이었다. 선비는 과거에 급제하고 아름다운 여자까지 얻어서 영남 고향길을 기쁨으로 돌아갔다. 다들 축하했음이 물론이다.

후에 선비가 과천의 그 집에 들러보았다. 주인이 처연한 기색으로 하는 말이다.

"전날의 정의가 있다지만, 나는 환관이요 존객은 명관命官이니 이로부터 내왕을 끊고 오직 먼 뒷날 지하에서 상봉하기로 기약합시다."

그로부터 서로 소식이 영영 막히고 말았다.

선비의 성명은 밝힐 것이 없겠고, 환관은 김창의金昌義란 사람이다. 김창의는 시와 술과 글씨·거문고·그림·바둑을 잘하여 풍류남아로 이름이 있었다. 일찍이 귀향해서 산수 간에 은거하여 자호를 어초자魚樵子라 했다. 그가 송별에 즈음해서 지은 시는 이러하다.

만물이 음양을 갖추었거늘

나 유독 그렇지 못하다니.

열여섯 춘규春閨의 여자가

석양에 꽃을 대해 눈물을 흘리놋다.

이 한편의 시를 보아도 그의 솜씨를 알겠다. 그는 실로 의환이라 할 것이다.

●작품 해설

『기문습유』에서 뽑았다. 구수훈이 지은『이순록』이 원출전인 점으로 미루어 이 작품의 작자는 구수훈으로 보아야 할 것이다.

『이순록』이나『기문습유』에 모두 제목이 달려 있지 않다. 원문에서 '의환義宦' 두 자를 뽑아 제목을 삼았다. 환관의 처지에 있는 사람이 데리고 살던 여인을 해방시킨 그 행동을 의롭게 여겨서 '의환'이라 칭한 작자의 의식이 이러한 작품을 낳았다고 보아야 할 것이다.

이 작품의 줄거리는 환관이 여자에게 새 인생을 찾게 하였다는 것이다. 그런데 사건의 전개에서 허다한 수수께끼를 던져놓고 독자를 계속 의문 속으로 끌고 간다. 서사를 흥미롭게 엮어내는 장치인 셈이다. 우선 환관이 길 가는 선비를 왜 납치해다가 융숭한 환대를 베푸는가? 선비가 정을 통하게 되는 그 여인은 웬 여자인가? 이러한 의문들이 나중에 주인 환관의 입을 통해서 일단 풀리기는 한다. 그러나 어째서 그 여인에게 선비를 따라가 살게 했는가 하는 의문점은 뒤에까지 남는다. 이 의문점은 맨 끝에 나오는 주인 환관의 송별시에서 밝혀진다. 인간성을 긍정할 때 성불구자인 자기로서는 젊은 여성에게 새 인생을 열어주지 않을 수 없었다. 이것이 앞에서 던져진 의문들에 대한 궁극적인 해답이 되는 것이다.

선비는 작중 여인과 밤을 보낼 때에 성적 욕망과 규범 내지 체면 사이에서 무한한 갈등 끝에 성적 욕망이 우위에 놓여서 성관계를 맺는 것으로 묘사되고 있다. 그때 선비에게 황소 울음을 내게 한 것은 이러한 갈등을 표출하기 위한 수단이었다. 여기서 규범이나 체면에 대해 인간 본성의 우위를 강조하여 작품의 주제를 암시한다.

피우避雨

남대문 밖 도저동[1]에 사는 권權사문[2]은 태학에 다니고 있었다. 어느 날 승보시[3]를 보려고 새벽에 나서서 반촌[4]으로 가던 길에 소나기를 만났다. 마른 신에 갈모도 없이 위로 비를 맞고 밑으로 물에 젖어 길을 가지 못하고 노변의 어느 초가집 추녀 밑에서 비를 피하고 있었다. 비는 오래 그치지 않아 진퇴양난이었다.

"불이 있으면 담배나 한대 피울걸!"

혼잣말로 숭얼거리는데, 머리 위에서 들창 여는 소리가 들렸다. 쳐다보니 한 젊은 부인이 불을 내주며 말하는 것이었다.

"어느 양반이 담뱃불 근심을 하셨나요? 여기 불을 내보내니 담배를 피세요."

---

1 도저동桃楮洞 지금의 서울역 부근에 있던 지명. 현재의 용산구 동자동 지역.
2 사문斯文 선비를 이르는 말.
3 승보시陞補試 음력 10월에 성균관에서 사학四學의 유생을 모아 12일 동안 매일 시부詩賦를 시험 보이던 것. 여기 합격자는 생원生員·진사進士의 복시覆試에 응시할 자격이 인정되었다.
4 반촌泮村 성균관이 있는 현재의 명륜동 일대를 가리킨다.

권생은 불을 받아 담배를 피웠다. 잠시 후 아까의 부인이 창문 안에서 건네는 말이 들려왔다.

"비 오시는 게 언제 그칠지 모르겠네요. 축축한 데 오래 서 계실 것 없이 주저 마시고 잠깐 안으로 들어오세요."

권생은 적잖이 심란해 있던 판에 그 또한 무방하다 싶어, 문을 밀고 안으로 들어갔다. 부인은 나이 24, 5세쯤으로 소복이 정결하고 용모가 단아하며 언사나 품행이 얌전하고 민첩했다. 말을 주고받는데 별로 부끄러워하는 기색이 없었다.

이윽고 날이 개어서 권생은 그만 자리에서 일어났다. 문을 나설 때 그 여자가 권생에게 하는 말이었다.

"이제 응시장을 다녀오시자면 아무래도 날이 저물어 남대문이 닫혀 집에 가기 어려우실 텐데요. 귀로에 들르시는 것이 어떠하올지?"

"그럴까요?"

권생이 응시장을 다녀서 돌아오는 길에 다시 그 집을 들렀더니, 과연 저녁상을 준비해놓고 기다리고 있었다. 그는 식사를 하고 유숙하게 되었다.

권생은 한참 젊은이다. 밤에 젊은 미녀와 한방에서 마주 앉았는데, 주위엔 사람도 없고 풍정風情이 동하는 바에 어찌 헛되이 보내겠는가. 자연히 동침을 하게 되었다. 여자는 별로 기쁜 기색도 없이 그저 쓸쓸히 한숨을 지을 뿐이었다.

"무슨 연고로 그러오?"

권생은 의아해서 물었으나, 여자는 종내 속마음을 털어놓지 않았다.

권생은 이후로 종종 그 집을 내왕하며 그렁저렁 여러달이 지났다. 어느날 권생이 그 집에 들어서는데 마침 어떤 노인이 금관자[5]를 달고 창의를 입고 문턱에 걸터앉아 있었다. 권생은 부쩍 의심이 나서 문밖에서 주저주저하고 있었다. 그 노인이 보고는 몸을 굽혀 인사를 하였다.

"행차는 도저동 권서방 아니시오니까? 왜 들어오지 않고 계십니까?"

하고 권생을 데리고 들어가는 것이었다.

"서방님이 우리 집에 왕래하시는 줄 알고도 시전 장사치라 생계에 골몰하다보니 집에 붙어 있을 날이 없어 오늘에야 문안을 드리니 결례가 큽니다."

"그러면 이 집 부인과는 어떤 관계신지?"

"내 며느리올시다. 내 자식이 열다섯에 혼인해서 미처 합궁合宮도 못 하고 죽었습지요. 저 애가 금년 나이 스물넷으로 명색 성혼은 했다지만 아직 음양의 이치도 모르는지라, 항상 제 심중에 측은한 생각이 떠나지 않았습니다. 무릇 천지간에 사는 만물이 아무리 미물일지라도 모두 음양의 이치를 알고 있거늘, 저 애만 유독 모르는 까닭에 내 매양 개가하라고 권했습죠. 하나 저 애 말이 제가 만약 딴 데로 가게 되면 늙은 이 몸이 의지가 없다고 끝내 듣지 않는군요. 지금 8, 9년이 되도록 한결같이 수절해왔답니다. 그리고 서방님이 왕래하시는 일은 서 애가 벌써 말을 해서, 나 역시 소원을 이룬 것이 무척 반가워 한번 뵙고 싶어 한 지 오래였습니다. 오늘에야 상봉하니 만남이 퍽 늦었습니다."

이로부터 권생은 아무 거리낌 없이 그 집을 내왕했다.

권생은 그의 본부인이 죽어서 초상 지를 물건들을 각전各廛에서 외상으로 가져다 쓰고 미처 못 갚고 있다가, 오랜 뒤에 돈이 마련되어 직접 셈을 하려고 찾아갔다. 각전 상인들이 하는 말이었다.

---

5 금관자金貫子 금으로 만든 관자. 정·종2품 벼슬아치가 붙임. 여기서는 실제 벼슬을 한 것이 아니고, 동지 등 명목상으로만 품계를 받아 금관자나 옥관자를 붙인 것이다.

"일전에 모 동洞의 모 동지가 돈을 들고 와서 댁의 외상을 전부 갚았습죠."

모 동지란 다름 아닌 그 노인이었다.

그로부터 3년이 지나 그 노인은 병으로 죽었다. 습렴[6] 등 초종범절을 권생이 몸소 주관하여 유감없이 마쳤다. 교외에 감장[7]하고 겨우 졸곡[8]이 지났을 즈음, 문득 그 여자의 안색이 처참해 보였다. 권생은 적잖이 수상쩍게 생각되어 조용히 캐물었다.

"제가 이 세상에 태어나서 음양의 이치를 모르고 있다고 하여 시부께서 항상 권하셨기 때문에 서방님을 모신 것이었습니다. 음양의 이치를 안 다음에야 그날로 죽어 없어져도 만만 무한無恨이옵지만, 시부께서 아들이건 딸이건 간에 아무도 없이 오직 제 한 몸을 의지하고 계시는데, 만약 제가 한번 죽고 보면 시부님의 신세가 이를 데 없이 곤란하시겠기에 그냥 그대로 오늘에 이르렀지요. 이제 시부께서 천수를 다하시고 장례도 마쳤으니 제가 더이상 무슨 소망이 있길래 세상에 머무르겠습니까? 이제 서방님과 영영 작별입니다."

권생은 놀람을 이기지 못해 곡진히 달래고 타일렀으나 여자는 끝끝내 마음을 돌리지 않고 마침내 권생이 없는 틈에 자결해 죽었다.

---

6 습렴襲斂 장례 절차로 죽은 사람의 몸을 씻기고 옷을 입히는 일. 염습斂襲.

7 감장勘葬 장사 치르기를 끝냄.

8 졸곡卒哭 삼우제三虞祭를 지낸 뒤에 지내는 제사. 죽은 지 석달 만의 정일丁日이나 해일亥日을 택하여 지낸다.

● 작품 해설

『해동야서』에서 뽑은 것으로『청구야담』에도 실려 있다. 원제목은 '권사문이 비를 피하다가 기이한 인연을 만나다權斯文避雨逢奇綠'인데 '피우避雨'만으로 제목을 삼았다.

작중 여주인공의 시아버지는 서울의 시전 상인이었다. 이 시전 상인은 천지간에 사는 만물은 아무리 미물일지라도 저마다 음양의 이치를 알고 있는데 인간으로서 음양의 이치를 몰라서는 안 된다는 이유로 처녀 과부가 된 며느리에게 개가를 권한다. 음양의 이치를 반드시 알아야 한다는 그의 사상은 곧 남녀 간의 성적 결합은 인간으로서 당위이며 수절을 강요하는 윤리에 희생되어서는 안 된다는 인간성에 대한 새로운 인식이었다. 여주인공은 이 말에 공감하면서도 늙어 의지 없는 시부를 생각하여 차마 개가를 못 하였던 것이다. 시부와 며느리 간의 따뜻한 인정이었다. 그래서 권생과 성관계를 맺게 된 것이다. 이러한 남녀관계는 전통적인 윤리로 볼 때는 불륜이요 음란한 행위이다. 그런데 이 작품은 이를 인간으로서 자연스럽고 진실한 일로 묘사하였다. 이는 물론 인간성을 긍정하는 새로운 인간관에 기초를 두고 있기 때문이다.

시아버지가 돌아가셨고 권생도 홀아비로 있었으니, 두 남녀가 떳떳이 부부로 살아가는 해피엔드가 당연한 귀결처로 보인다. 그런데 작품은 여주인공을 자살시킴으로써 독자에게 무한한 여운과 함께 의문을 남기고 있다.

심심당한화 深深堂閑話

손곡[1]의 심심당에서 주인 신사겸申士謙과 청주 황성약黃聖若 등과 함께 한담을 나누었다. 문문산文文山·조정암趙靜菴·김하서金河西·권석주權石洲·민노봉閔老峯·김문곡金文谷·이자의李諮議의 일로 이야기가 이어졌는데, 모두 여색에 관계된 내용이었다.

제1화

황黃조대[2]의 이야기.

잡서를 보니, 문산[3]이 과거 보러 가는 길에 날이 저물어 어느 마을에 당도했다. 그 마을에 전염병이 돌아 사람이 무수히 죽어 객점마다 시체가 서너구씩 쓰러져 있었다. 잘 만한 곳을 찾지 못해 방황하던 끝에 어

---

1 손곡蓀谷 강원도 원주 인근의 지명. 시인으로 유명한 이달李達이 이곳에 살아서 손곡이란 호를 쓴 것이다.
2 조대措大 선비를 이르는 말. 황성약이 벼슬하지 못한 선비이기 때문에 이 칭호를 쓴 것이다.
3 문산文山 문천상文天祥의 호. 남송의 충신으로 원과 끝까지 싸우다가 비장하게 죽었다.

느 큰 집으로 들어가니, 대문에 맞이하는 사람이 없고 사랑도 텅 비어 있었지만 시체는 보이지 않았다. 그래서 안장을 풀고 기숙하기로 했다.

밤이 이경쯤 되었을 때, 소복한 처녀가 등불을 들고나오더니 사랑방 문을 살짝 열고 유심히 보고서 들어가는 것이었다. 이윽고 저녁상이 나오는데 자못 풍성하고 정갈했다. 문산은 이를 받아서 먹었다.

밤이 더욱 이슥해서 소복한 처녀가 등불을 든 두 시녀를 앞세우고 나와 문산에게 인사를 올리는 것이었다. 문산은 얼른 일어나 피하며 말했다.

"멀리서 온 길손이 기숙할 곳이 없어 우연히 귀댁에 폐를 끼치거니와, 사랑방이 적막하여 남자가 없는데 깊은 규중의 처자가 이렇게 나오시다니 무슨 연고인지 모르겠소. 하나 남녀 간에 예절이 엄중한지라 밤중에 한방에 있는 것은 심히 불안하니 내가 피해 가겠소이다."

"가화家禍가 잔혹하여 시신이 산처럼 쌓였는데 홀로 이 질긴 목숨이 살아남았습니다. 공의 몸가짐을 삼가 뵈오니 실로 걸출한 군자시라. 반드시 남의 어려움을 도울 분이겠기에 공께 장사를 지내주실 것을 바라옵니다. 또 이 연약한 목숨을 버리지 마시고 소녀가 일생을 의탁하고자 하는 소원을 풀어주심이 어떠하올지?"

"장례는 치러드리겠지만 여행 중에 갑작스럽게 여자를 얻어 돌아가는 것은 예의에 크게 어긋나는 일이니 나로서는 결코 행할 수 없소이다."

처녀는 일어나 절하고 들어가더니 이윽고 다시 나와서 호소하는 것이었다.

"제가 아까 나와 뵙고 군자께 의탁하고자 한 것은 곧 몸을 바쳐 이승에서 다른 데로 가지 않겠다는 뜻입니다. 생사가 오늘에 달렸으니 군자께서는 측은히 여겨주옵소서."

그러면서 문산의 소매를 붙잡았다. 문산은 완강히 거절하고 그날 밤을 밝혔다.

새벽에 문산은 노비를 불러 그 집에 있는 물건들을 전부 동원하여 쌓인 시체를 내다가 장사를 치렀다. 그러고 나서 즉시 길을 떠났다. 이때 여자가 문산에게 하는 말이 이러했다.

"군자께서 죽은 이를 위해 큰 은혜를 베푸셨으니 반드시 응보가 있어 벼슬길이 크게 트일 것입니다. 그런데 산 사람은 끝내 돌보지 않고 죽게 만드시는군요. 이 역시 원한이 맺혀 반드시 응보를 받을 것이니, 군자의 현달하심이 끝을 맺기 어려울까 두렵습니다."

문산이 말을 타고 미처 그 집 문밖을 나서기도 전에 안에서 곡성이 들렸다. 그 여자가 자결한 것이다.

"문산이 그런 경우에 당해서 어떻게 조처를 해야 옳았소?"

"남녀 사이에는 대절大節이 있고, 죽고 사는 것 또한 큰일이라. 처변[4] 하는 방도는 의리 판단이 정밀한 군자가 아니고서야 누가 능히 해낼 수 있으리오. 문산의 이야기가 사실인지 여부는 미상이나, 어쨌건 이 이야기로 판단하건대 애당초 문산에게 두가지 잘못이 있소. 군자는 한발짝 내딛기에도 신중하여 소홀히 해서는 안 되거늘, 저물녘에 이르러 잘 곳을 정하는데 어찌 처소를 살펴보지 않으리오? 처음에 자세히 알아보지 않고 남자가 없는 사족士族의 집에 숙소를 잡은 것이 그 하나의 잘못이요, 처자가 등불을 들고 엿볼 적에 장차 무슨 일이 일어나리라는 점을 생각하여 미리 피하지 않고 가만히 앉아 있었던 것이 그 두번째 잘못이

---

4 처변處變 일을 변고에 따라 처리해감.

라. 이는 문산이 바른 도리를 잃은 셈입니다.

처녀가 재차 접근해왔을 때 그녀의 언사와 기색을 살펴보면 어찌 삶을 가벼이 하려는 마음이 있음을 몰랐겠소? 그대로 응하면 예법에 어긋나고, 받아들이지 않으면 차마 못할 일이라. 만약 후일을 기약해서 약속을 굳게 하여 바로 자결하는 일이 없도록 하며, 돌아가는 길에 다시 들러 거듭 당부하여 상을 마칠 때까지 기다렸다가 데려가겠다고 하면 좋았을 것이요, 여자가 의지 없이 홀로 있다가 무슨 욕을 당할까 두려워 수레를 타고 따라나서겠다면 그 역시 허락함이 옳겠지요.

이와 같이 타일러도 여자가 끝내 자결한다면 이는 문산의 허물이 아니니, 이쪽은 유감이 없고 자연히 저쪽도 원한이 없을 것이 아니오?"

제2화

조정암[5]은 나이 열서넛에 준수한 용모가 사람들의 눈을 끌었다. 매양 책을 끼고 내왕하는데 이웃집 처녀가 엿보고 깊이 사모했으나, 또한 도저히 애정을 고백할 수 없음을 알았으므로 그리운 마음에 병이 들었고, 병은 마침내 고질이 되었다.

그 처녀의 부모는 오직 딸 하나를 두었는데, 딸이 병이 난 원인을 알지 못한 채 안타깝게 생각하여 물었다.

"네게 무슨 맺힌 생각이 있어 이처럼 병이 났느냐?"

처녀는 그때마다 머리를 젓고 좀처럼 말을 않다가 병이 위중해지자 비로소 자기의 심경을 토로하였다. 그 아비가 조정암의 집에 가서 정암에게 직접 발설해볼까 하다가, 그 엄숙한 용모를 바라보고는 감히 말도

---

5 **조정암趙靜菴** 정암은 조광조趙光祖의 호. 중종 때 정치개혁을 하려다가 실패하고 기묘사화에 죽음을 당했다.

꺼내지 못하고 정암의 부친에게 울면서 사정을 호소했다. 공이 가엾게 여겨 정암을 불러서 타일렀다.

"너로 말미암아 죽는 사람이 있다면 살려야 하지 않겠니?"

"저와 관계없는 사람이라도 살릴 만하면 살려야지요. 하물며 저 때문에 죽는 사람이 있다면 더 말할 것이 있겠습니까?"

이에 공은 사정을 이야기하고 그 아비를 가리키며 말했다.

"저 사람이 비록 관청 아전으로 신분이 미천하나 그 딸은 처자이다. 네가 첩으로 받아들이면 예의에 어긋날 것이 있겠느냐? 그 소원을 풀어주도록 하여라."

"여자가 부모의 명과 중매의 말에 의하지 않고 사사로이 남자를 엿보아 음심이 발동했으니, 그 허물이야말로 죽어도 족히 아까울 것이 없습니다. 자식을 예의로 가르치심이 마땅하거늘, 어찌 소자로 하여금 음녀를 취하라 하시옵니까?"

정암이 대답하는 말이었다. 공은 한숨을 길게 쉬며 더 말을 못 했다. 그 아비는 눈물을 흘리고 돌아가서 차마 자기 딸을 바로 보지 못했다.

처녀의 병세가 더욱 위급해가므로 그 아비는 다시 정암의 집에 와서 애원하였다.

"사세가 급하옵니다. 만에 하나 요행을 바랄 따름이옵니다."

공 또한 눈물을 흘리며 재차 정암에게 명했으나 정암은 끝내 순종하지 않았다. 그 아비는 통곡하며 집으로 돌아가서 딸을 보고 입을 꽉 다물었다.

"전 벌써 요행이 없을 줄 알았어요."

그리고 처녀는 소매를 들어 얼굴을 가린 채 숨을 거두었다.

장례를 치르는데 상여가 정암의 집 대문 앞에서 움직이지 않으므로,

그 아비가 정암에게 울며 호소하였다.

"상여를 움직일 수 없으니 도련님이 글자 몇자를 써주십시오."

이에 정암도 눈물을 흘리며 내의에 글자를 써서 널에 올려놓았더니 그제야 움직였다.

정암이 화를 당한 것은 이 여자의 원한 때문이라고 세상에서 말한다. 여기서 그 여자의 잘못은 남자를 사사로이 엿본 데 있을 뿐이다. 정암은 두가지 잘못이 있다. 부친의 명이 불의가 아니거늘 따르지 않은 것이 하나요, 어린 여자를 지나치게 책하고 가엾이 여겨 동정을 베풀지 않았음이 그 둘이라 할 것이다.

제3화

권석주[6]가 산길을 가다가 날이 저물어 어느 큰 기와집에 투숙했다. 대문에 들어서도 사람이 안 보이더니, 밖에서 부른 지 한참 만에 여종이 나와서 손님에게 어떤 분이며 성씨는 누구시고 무슨 일로 오셨는가 등을 묻는 것이었다. 그리고 들어갔다가 이내 다시 나와서 사랑방을 열고 맞아들였다.

석주가 자리에 앉자 여종이 주안상을 내와서 술을 마시고, 저녁상이 나와서 저녁을 들었으며, 이윽고 이부자리도 깔았다. 석주는 사양하지 않고 그대로 받아들였다.

밤이 깊은 시각까지 석주는 시를 읊으며 미처 자리에 눕지 않고 있었는데, 늙은 부인과 중년의 부인과 젊은 부인, 이렇게 셋이 여종에게 등

---

6 권석주權石洲 석주는 권필權韠의 호. 시인. 광해군의 비妃 유씨柳氏 친족들의 득세를 풍자하는 궁류시宮柳詩를 지어서 화를 입어 죽었다.

불을 들려 좌우로 세우고 방으로 쭉 들어오는 것이 아닌가. 석주는 당황하여 자리 밑에 엎드려 머리를 들지 못했다.

노부인이 설명하는 것이었다.

"괴이하게 생각지 마십시오. 우리는 모두 권씨 집의 부인이요 공 또한 권씨시니, 서로 대함이 어찌 꼭 예법에 부당하다 하리오? 편히 앉아 제 말을 들어주십시오. 제가 권씨 가문에 시집온 지 30년에 친족이 있다는 말을 듣지 못했고, 대개 독자로 10여 대를 내려와서 나 역시 독자를 두었고, 자식의 처는 이 중년 부인인데 또한 독자를 두었더니, 그 독자가 이 어린 신부와 초례[7]를 지내고는 미처 합방도 못 하고 갑작스러운 병으로 죽었답니다. 저 어린 손부가 인도人道를 모르는 것도 불쌍한데다 후사를 구할 데가 달리 없다오. 공은 이 정상을 아무쪼록 애련히 여기셔서 오늘밤 손부와 동침하시어 인도를 알게 하고, 천행으로 한 아들을 얻으면 이는 권씨로 권씨를 이음이니 다른 남보다 낫지 않겠습니까?"

석주는 정색을 하고 그럴 수 없다고 말했다. 노부인은 눈물을 흘리며 한숨을 쉬었다.

"불가한 줄 모르는 바 아니오나, 이 어린 손부를 위해서는 불가한 줄 모르겠습니다."

석주가 완강히 거절하고 응하지 않았다. 젊은 부인이 먼저 일어서고, 중년 부인이 따라 일어서고, 노부인도 뒤따라 일어서면서 거듭 간청했다.

"끝내 허락하실 수 없을까요?"

석주는 기어코 응하지 않았다.

---

7 초례醮禮 혼인 예식.

세 부인이 모두 안으로 들어갔다. 젊은 부인이

"할머님 꾸미신 일이 대단히 아름답지 못하여 공연히 저만 욕되었을 뿐입니다."

하더니 마침내 자결해 죽었다.

석주는 누차 과거에 급제하지 못하고 마침내 시화[8]로 죽었는데, 세상 사람들이 이 여자의 앙갚음이라고들 말했다.

여기서 석주는 처음에 잘못이 있으니 왜인가? 사랑방으로 안내하자 들어가고 주안상과 식사가 나오자 모두 받아먹으니, 부인들이 어떻게 생각했겠는가? 한번 청해볼 만하다고 생각할 법했다.

나중에 가서는 석주가 옳았다. 한번 혼인하여 일생 개가하지 않음이 부인의 마땅한 도리이다. 만약 저 젊은 부인이 미혹하여 도리를 잃었더라도 군자가 심히 책망할 것은 없다. 군자로서 남의 결혼한 여자와 음란한 행동을 하는 것은 비록 무서운 칼이 뒤에 있는 줄 알더라도 어찌 가히 지키는 바 바른 도리를 굽힐 수 있으랴!

제4화

김문곡[9]의 일은 정암이 겪은 바와 같고, 그 처지 또한 대체로 정암과 마찬가지라 다시 의논할 것이 없겠다.

이자의[10]가 언젠가 먼 길을 가다가 어느 객점에 들어 촛불을 밝히고

---

8 시화詩禍 시로 인해 말썽이 생겨 화를 입음.

9 김문곡金文谷 문곡은 김수항金壽恒(1629~89)의 호. 숙종 때 정승을 지낸 인물로서 노론이 밀려나고 남인이 집권한 기사환국 때 죽임을 당했다.

10 이자의李諮議 자의는 동궁東宮에 소속된 관직명. 이자의가 어떤 인물인지는 미상이다.

독서를 하는데, 글 읽는 소리가 쇠와 돌에서 울려나오듯 낭랑했다. 이웃의 처자가 가만히 듣고는 정욕을 이기지 못해 깊은 밤중에 대뜸 그의 처소로 뛰어든 것이다. 처녀는 20세 전후로 보였다. 이자의가 옷깃을 여미고 단정히 앉아 물었다.

"귀신이오, 사람이오?"

"사람입니다."

"천인이오, 양반이오?"

"토관[11]의 딸입니다."

"시집갔소, 안 갔소?"

"처녀입니다."

"남녀가 유별하니 비록 천인의 딸이라도 담을 넘어 남자를 만남이 옳지 않거늘, 하물며 토관의 딸인 데야. 어서 돌아가시오. 어서 가요."

"예의를 모르는 바 아니오나 여자의 정이 승하니 어찌합니까? 오늘밤 죽어도 못 물러가겠습니다."

이자의가 심한 언사로 기어이 거부하여 크게 꾸짖는 소리가 났으나, 처녀는 끝끝내 물러서지 않았다.

"제가 죽고 사는 것은 오직 오늘밤에 있습니다. 제발 예의는 덮어두세요. 저도 그쯤은 모르지 않습니다."

이자의는 그녀가 막무가내임을 깨닫고 객점 주인을 불러 그 아비를 데려오게 했다. 그 아비가 달려와 보고 깜짝 놀라서 딸을 꾸짖으며 끌고 가려 했다.

"여자의 몸으로 밤중에 이런 일을 저질렀으니 이미 절개를 잃었습니

---

11 **토관土官** 특히 평안도·함경도의 부府·목牧·도호부都護府에 따로 둔 관직으로, 그 지방 출신만 하게 되었다. 향직鄕職.

다. 어떻게 온전한 사람이 되기를 바라겠습니까? 아버지, 진정하시고 잠깐 손님과 조용히 말할 기회를 주세요. 그렇지 않으면 여기서 죽고 말 겠어요."

그리고 처녀는 문턱에 버티고 앉아 죽기를 한하고 나가려 하지 않았다. 그 아비가 힘껏 끌어내자 처녀의 말이 하는 이러했다.

"여식이 절개를 잃는 것이 눈앞에서 죽는 것보단 낫지 않아요?"

그 아비는 크게 노하여 꾸짖었다.

"네깟 년, 실절하는 꼴보다 차라리 죽는 꼴을 보겠다."

처녀는 그 즉시 혀를 깨물고 머리를 부딪쳐서 문 옆에 쓰러져 죽으면서 부르짖었다.

"손님은 실로 정인군자正人君子입니다. 하나 기필코 앙화를 받으리다. 내가 죽어 여귀厲鬼가 될 테요."

그뒤로 이자의는 매양 꿈에 그녀가 혀를 깨물고 머리가 깨진 형상을 하고 나타나는데, 그때마다 집안에 재앙이 생겨 끝내 홀로 곤궁하게 살다가 생애를 마쳤다.

여기서 이자의는 처신에 지혜가 없었고 정도만 고수하며 권도[12]가 부족했으니, 인仁과 지智를 모두 잃었다고 하겠다. 만약 털끝만치라도 이름을 얻으려는 마음이 의리를 지키는 사이에 들어 있었다면 앙화를 받아 마땅하다.

그 여자가 죽음을 무릅쓰고 들어와서 도저히 물러가게 할 수 없음을 알았을 때, 객점 주인을 시켜 그녀의 아버지를 불러와서 여자의 잘못이

---

12 권도權道 수단은 옳지 않으나 목적은 정도에 합당한 처리방식.

드러나게 하지 말고, 마땅히 그녀의 집을 직접 찾아가 사연을 말하고 또 여자의 허물을 숨겨 조용히 조처하도록 하고 그 집에서 묵으면, 그 여자도 필시 뒤따라 왔을 것이다. 그 아비로 하여금 백방으로 달래어 글 잘하는 훌륭한 선비를 택해서 시집보내겠다고 했으면 그녀는 마음이 안정되어 규방으로 돌아갔을 것이다. 이것이 최선책이었다. 그러나 만일 그녀가 말하기를

"생사가 오직 오늘밤에 있습니다. 손님은 저를 받아들이지 않으시나 저는 이미 손님에게 몸을 허락했습니다."

하면, 마땅히 그녀의 아비에게 이렇게 말할 것이다.

"나는 이미 장가를 든 사람이오. 따님의 말이 저러하니 어찌하려오? 부친이 가문을 헤아려보실 때 따님을 내게 소실로 거느리도록 한다면 가할지 불가할지? 오직 부친의 의향에 달렸습니다. 따님과 상의하실 일이요, 내가 관여할 바 아닙니다."

이렇게 하면 허락하건 허락하지 않건, 죽건 죽지 않건, 원망하건 원망하지 않건 오로지 그 부친에게 달린 것이다. 거기에 이자의야 무슨 관계가 있으리오.

그의 처사를 돌아보건대 이렇게 하지 않고 객점 주인을 시켜 여자의 아비를 불러오도록 해서 소리소리 지르고 야단쳐 여자가 하소연할 기회를 얻지 못하고, 그 아비가 전후를 생각하지 못해 여자로 하여금 객점 문에 피를 낭자하게 뿌려놓게 했으니, 어진 사람으로 차마 못할 일이요 슬기로운 사람이 하지 않는 바이다.

『주역』의 「대전大傳」에 가로되 "회통함을 보아 전례를 행한다觀會通, 以行其典禮"고 했다. 무릇 어려운 일이 엉켜 심히 난처한 경우에도 그 가운데서 찬찬히 따져보면 반드시 통로를 열고 나아갈 길이 있다. 하필

거꾸로 가고 거슬러 행할 필요가 없는 것이다. 곧 '전례를 행한다'는 뜻
이다.

만약 살신殺身하는 길밖에 다른 도리가 없는 경우는 살신이 또한 전
례이며 통로라고 하겠다. 이자의가 만난 여인이 과부였다면 이자의는
죽는대도 허락할 수 없지만, 그 여자의 집을 찾아가 허물을 숨겨주고 선
처하도록 하면 다른 도리가 있는 것이 아니라 이것이 곧 전례이다. 처녀
라면 그 아비로 하여금 조처하도록 하고 그 아비의 말을 듣는 것이 전례
이다.

제5화

노봉[13] 민상국閔相國은 본디 술을 좋아했는데 정사에 해로우므로 늘
절제하였다. 그러다가 간혹 남몰래 교외로 나가서 실컷 마시되, 이때도
반드시 밤에만 취하도록 마시곤 하였다.

일찍이 승상부에서 나와 성묘를 하고 어느 산골 마을 아무개의 집 앞
을 지나오는데, 그 사람은 전에 비장의 소임을 지낸 자라 미리 좋은 술
을 준비하여 올리는 것이었다. 노봉은 밤이 깊도록 실컷 마시고, 취중에
그에게 말했다.

"네게 처녀 누이동생이 있다지. 왜 잘 꾸며서 들여보내지 않느냐?"

"대감이 명하옵시는데 감히 거행하지 않겠습니까?"

그는 안으로 들어가서 자기 어머니에게 아뢰고 즉시 누이를 단장시
켜 데리고 나왔다. 방으로 들어와 보니 노봉은 벌써 술이 취해 곯아떨어
져 있었다. 그는 누이를 노봉의 곁에 앉혀두고 등불을 돋운 다음, 자기

---

13 **노봉老峯** 민정중閔鼎重의 호. 숙종 때 좌의정을 지냈고 기사환국에 밀려나 유배를
가서 죽었다.

는 문밖에 나가서 기다리는 것이었다.

노봉은 닭이 울어서야 비로소 술이 깨서 눈을 떴다. 곱게 꾸민 처자가 옆에 있는 것을 보고 소스라치게 놀랐다.

"이게 꿈인가, 아니면 귀신인가? 도대체 당신은 웬 처자인데 내 곁에 있소?"

그 사람이 즉시 방으로 들어와 엎드려 아뢰었다.

"아까 대감께서 제 누이를 들여보내라 분부하셨기로 노모께 여쭙고 누이를 단장시켜 대령했소이다."

노봉은 깜짝 놀라 벌떡 일어나 소리쳤다.

"내가 그런 소리를 할 리가 있느냐? 내 비록 대취하여 실언이 있었다 한들 어디 그런 무례한 말을 할 것이냐? 어서 네 누이를 데리고 들어가 거라."

그 사람은 주저주저하며 순종하지 않았다. 노봉이 크게 노하여 말했다.

"네 누이를 데리고 나가지 않으면 밤중이라도 내 당장 일어서 가겠다."

그 사람은 별 도리 없이 누이를 데리고 안으로 들어갔다. 노봉이 그를 준절히 꾸짖었다.

"이 사람아, 내가 취한 틈을 타서 네 누이를 바쳐 권한을 얻으려고 마치 내가 시킨 듯이 말하는 것 아니냐?"

"죽을지언정 감히 그런 짓을 하겠습니까?"

노봉은 종내 믿지 않았다.

이후로 그 집에서는 감히 누이를 출가시킬 수 없었다. 누이 또한 말하는 것이었다.

"반야 동안이나마 대감이 주무시는 곁에서 모셨으니 저는 대감의 여자입니다. 다른 데로 시집갈 수 없습니다."

해서 그 사람이 틈을 보아 이 말을 노봉에게 드리고 나서 덧붙여 말했다.

"제 누이가 이미 과년했소이다. 대감께옵서 어여삐 여기심을 바라옵니다."

"처자가 무엇을 알겠느냐? 이게 다 너의 속셈이지. 어서 시집을 보내거라."

그는 울며 자기 누이가 정말 그러함을 하소연했으나 노봉은 종내 곧이듣지 않았다. 이같이 오고 간 일이 한두번이 아니었으되, 노봉은 끝끝내 신용하지 않고 그녀를 맞아들이지 않았다. 마침내 그녀는 한이 맺혀 병으로 죽고 말았다.

노봉이 평생 화가 많고 복이 적었던 셈인데, 화가 있을 적마다 여귀의 살이 미쳤다고 한다. 그뒤 그녀를 노봉의 묘 옆으로 이장했으니, 이는 노봉의 집에서도 역시 불쌍히 여겼기 때문이다.

여기서 노봉은 처음부터 끝까지 잘못이 있었다.

대개 사람이 마음을 수양한다는 것은 몸을 닦고 사물을 가다듬기 위해서인데, 공사公私 조야朝野 간에 대소경중의 다름은 있겠으나 마음에 일시라도 어두운 구석이 있게 해서는 안 되는 것은 마찬가지다.

지금 보건대 사적으로 교외에 나갔다고 해서 방심하고 술이 취해 어지러운 말을 지껄여 남의 신세를 그르치고 자기를 그르쳤으니, 처음에 잘못이 있었다는 것은 이 점이다.

처자가 마음이 굳센 것은 어른이 꼭 시켜서 그렇겠는가. 궁벽한 시골의 여자가 모두 예의와 정조를 알아서 지킨다 할 수는 없겠으나 고유한 천성의 발로로 알 수도 있는 것이거늘, 어찌 한계를 그어 일절 모른다고 단정할 것이랴! 그리하여 속이는 것으로 억측하고 시간이 지날수록 더욱 억지를 부렸으니, 끝내 잘못한 것은 이 점이다.

제6화

김하서[14]가 인종 임금을 섬겨 시종신[15]이 되었더니, 조만간 큰 환란이 있을 것을 예상하고 외임外任을 자청하여 옥과[16] 현감으로 나갔다.

얼마 지나지 못해 인종이 승하하고 문정대비[17]가 명종을 세웠는데, 윤원형尹元衡이 국정을 쥐고서 인종의 외숙 윤임尹任을 살해하고 자기에게 붙지 않는 사림을 해쳤다. 하서는 인종의 흉보를 듣고 관직을 버리고 숨어 누차 불러도 나오지 않았다.

정송강鄭松江은 어려서부터 기질이 특이하고, 남달리 성품이 깨끗하고 몸가짐이 엄격하여 옛 성현의 학문에 뜻을 두었다고 한다. 그런데 일찍이 인사를 드리려고 하서를 찾아간 일이 있었다. 때마침 하서는 취하여 잠들었다가 손님이 왔다는 말을 듣고 일어나서 두 시녀의 부축을 받고 꽃나무 사이로 나오는데, 그 모습이 더없이 풍류스럽게 느껴졌다. 그리고 자리에 앉자 입에서 나오는 담론이 상쾌하여 속세를 벗어나서 빼어나 보였다. 송강은 흔연히 흠모하여 이때부터 좋은 술, 아름다운 여자를 별로 멀리하지 않았다.

슬프다, 송강같이 현명한 사람으로서 주색을 멀리했다면 학문의 진

---

14 김하서金河西 하서는 김인후金麟厚의 호. 인종 사후에 고향인 장성으로 돌아가 나라에서 불러도 나오지 않았다.
15 시종신侍從臣 옥당玉堂이나 승지承旨 등 왕의 측근에 있는 신하.
16 옥과玉果 전라남도 곡성군에 속한 지명.
17 문정대비文定大妃 중종의 비로 명종의 어머니, 윤원형尹元衡의 누이이다. 을사사화를 일으켰다.

전과 공적의 수립이 마땅히 어떠했겠는가? 돌아보건대 하서가 그르친 바 된 것이라, 애석하도다!

대개 하서는 스스로 세상을 버린 분이다. 주색을 가까이하기를 꺼리지 않은 것이지만, 어찌 그 해가 멀리 미칠 줄을 생각하지 못했단 말인가. 옛사람들이 명성과 덕망이 높을수록 더욱더 근신했다고 한 것은 참으로 까닭이 있었다.

●작품 해설

『삽교별집』에서 뽑은 것이다. 작자인 안석경이 신사겸申士謙의 심심당에서 친구들과 어울려 한담을 나눈 내용을 기록한 형식이어서 '심심당한화深深堂閑話'라 제목하였다. 원래 제목이 붙어 있지 않았던 것이다.

여기에 연속된 6편의 이야기 모두가 남녀관계를 주제로 한 내용이고, 각각의 이야기 말미에 그에 대한 약간의 평을 붙이고 있다. 이처럼 유사한 주제의 다양한 이야기들이 묶여 한편을 이룬 점에서 박지원의 「옥갑야화」와 형태가 동일하다. 보까치오G. Boccaccio의 『데까메론Decameron』과도 구조적 유사성이 있다고 보겠다. 근엄한 주자학도의 한 사람으로서 작자가 붙인 평어는 다분히 규범적인데다가 인과론에 사로잡히긴 했으나, 유학의 테두리 안에서 상당히 인간성을 긍정하는 방향으로 기울고 있음을 본다. 가령 제2화에서 자기에게 연정을 품은 이웃집 소녀를 동정하지 않고 죽게 만든 조정암의 처사를 비난하거나, 제4화에서 밤중에 남자의 방에 뛰어든 처녀를 자결하게 만든 남자의 융통성 없는 행동을 책망하는 등의 평이 그 좋은 예이다.

청상孀女

　어떤 재상의 딸이 출가했다가 1년도 안 되어 남편을 잃고 친정에 와서 외롭게 지내고 있었다.

　하루는 재상이 밖에서 안으로 들어오는데 아랫방에서 딸이 곱게 단장을 하고 있었다. 거울을 앞에 놓고 바라보다가 이윽고 거울을 던지며 얼굴을 가리고서 통곡하는 것이 아닌가. 재상은 그 정경을 보고 몹시 측은한 마음이 들어 사랑으로 나와 앉아서 한참 동안이나 아무 말이 없었다.

　때마침 문하에 출입하는 무변이 들어와 문안을 드리는 것이었다. 그는 집도 없고 아내도 없는데, 나이 젊고 건장한 사람이다. 재상은 사람들을 전부 물리치고 조용히 그에게 물었다.

　"자네 신세가 지금 곤궁한데, 나의 사위가 되어주지 않으려나?"

　그는 황송하여 어쩔 줄 몰라 했다.

　"그 어인 분부이시온지? 소인은 무슨 뜻인지도 모르면서 감히 명을 받들지 못하겠나이다."

　"내 장난으로 하는 말이 아닐세."

그러고는 궤 속에서 한 봉의 은돈을 꺼내주면서 말했다.

"이걸 가지고 나가서 튼튼한 말과 가마를 세내어 오늘밤 파루 후에 우리 집 뒷문 밖에서 대기하고 있게. 절대로 시간을 어겨서는 안 되네."

무변은 반신반의하여 우선 은돈을 받아들고 물러나, 그 말대로 가마와 말을 준비해가지고 뒷문으로 와서 기다리고 있었다.

그날 밤이 깊어 어두운데 재상이 딸을 데리고 나와 가마에 타도록 한 다음 경계하는 말이 이러했다.

"지금 곧장 함경도 땅으로 가서 살아라. 그리고 나의 문하에 발을 디딜 생각은 아예 마라."

그 사람은 아무 영문도 모른 채 가마를 따라 성문 밖으로 나가 먼 길을 떠났다. 재상은 안채의 아랫방에 가서 울며 부르짖었다.

"내 딸이 자결해 죽었구나."

집안사람들이 모두 놀라 슬퍼해 마지않는데, 재상이 엄명을 내리는 것이었다.

"이 아이는 평생토록 자신을 남에게 보이지 않았더니라. 내가 직접 염습을 하겠으니 남매간이라도 들여다볼 것이 없다."

그러고는 손수 염을 하여 시체 모양을 만들고 이불을 덮어놓았다. 비로소 시가에 부음을 알리고 입관한 다음, 운구하여 시가의 선산에 장사를 지냈다.

몇년 뒤의 일이다. 재상의 아들 아무개가 수의어사[1]로 함경도 지방으로 나가게 되었다. 어느 지역에 당도하여 한 집에 들르자 주인이 나와서 맞았다. 방에는 두 아이가 책을 펼치고 글을 읽고 있었다. 그 형제 얼굴

---

1 수의어사繡衣御使 암행어사를 지칭하는 말. 수의는 암행어사의 정식 복장.

이 맑고 준수한데 자기 집 사람들 생김새와 닮아 보였다. 마음에 괴이한 생각이 드는데다 날도 저물고 피곤하기까지 하여 그 집에서 유숙하였다.

한밤중이 되어 안에서 문득 한 부인이 나오더니 어사의 손을 잡고 눈물을 흘리는 것이었다. 깜짝 놀라서 바로 보니 벌써 죽은 자기의 누이가 아닌가. 놀라움을 이기지 못해 물어보고 비로소 부친의 지시를 따라 이곳에 와서 살게 된 연유를 알게 되었다. 이미 아들 둘을 낳았으니, 아까 본 아이들이었다. 어사는 입이 달라붙어 한참이나 말도 못 하고 있다가, 몇 년 사이의 막힌 회포를 대략 풀고 날이 새기를 기다려 그 집을 떠났다.

어사가 복명[2]하고 나서 집으로 돌아와서 밤에 자기 부친을 모시고 있었다. 때마침 고요하여 목소리를 낮추고 입을 열었다.

"이번 걸음에 괴상한 일을 겪었습니다."

그러자 재상은 두 눈을 부릅뜨고 뚫어지게 바라보며 아무 말이 없었다. 아들은 감히 발설을 하지 못하고 물러나왔다.

재상의 성명은 여기 적지 않는다.

---

2 **복명復命** 임금의 명령을 받고 일을 처리한 뒤 결과를 보고드리는 일.

●작품 해설

『청구야담』에서 뽑았는데, 『계서잡록』과 『청야담수』에도 수록되어 있다. 제목이 『청구야담』에는 '재상이 홀로된 딸을 안타깝게 여겨 궁한 무변에게 맡기다 憐媚女宰相囑窮弁', 『청야담수』에는 '거울을 던지고 통곡하다가 다시 남자를 만나다 擲鏡大哭更逢良人'라 되어 있다. 여기서는 젊은 나이에 과부가 된 딸이 이야기의 초점이 되고 있는 점으로 보아 '청상[孀女]'이라고 제목을 붙였다.

이 이야기는 양반 가문에서 재혼이 얼마나 어려운 일이었던가를 인상적으로 그리고 있다. 문벌을 중시하던 당시에는 만약 개가한 딸이 있으면 가문에 큰 누가 되어 당대뿐 아니라 두고두고 양반으로 행세하는 데 장애가 되었다. 이 때문에 청춘에 홀로된 딸이 있어 부모로서 아무리 측은한 마음이 들더라도 재혼시킬 도리가 없었다. 이 작품에서 보는 재상의 변칙적인 조처는 불가피한 노릇이었다고도 하겠다. 이는 인도적인 정신에서 나온 처사였다. 당시의 도덕률을 역행한 이 재상은 보다 인간적인 아버지가 아닌가.

태학귀로 太學歸路

예전에 어떤 유생이 집이 동소문[1] 밖에 있었다. 그는 몹시도 가난하여 끼니를 잇기 어려운 형편이었다. 매일 성균관[2]에 다니며 관내 식당에서 아침저녁으로 식사에 참여했다가 남긴 음식을 가지고 바삐 집으로 돌아와서 아내에게 주었다. 이것이 날마다 일과처럼 되었다.

하루는 날이 저물어 어두운데 소매 속에 밥을 챙겨가지고 돌아오다가 중도에서 어떤 미인을 만났다. 미녀는 그의 뒤를 따라오는 것이었다. 유생이 돌아보고 물었다.

"누구시오? 왜 남의 뒤를 밟고 있소?"

"서방님을 따라가서 기추[3]를 받들까 하옵니다."

"말도 마오. 우리 집 가난은 유명하다오. 마누라 하나도 굶주림에 울리고 있는 판에 첩까지 거느려! 낭자가 나를 따라오고 보면 영락없이

---

1 동소문東小門 서울 도성의 동북방에 있는 문. 혜화문惠化門이라고도 하는데 현재 복원되어 있다. 이 문밖은 지금의 성북동과 삼선교가 된다.
2 성균관成均館 일명 태학. 이조시대의 국립대학에 해당함. 현재 성균관대학교 내에 성균관과 함께 식당 건물이 그대로 남아 있다.
3 기추箕箒 키와 빗자루. 여자가 남자를 좇아 살림살이를 한다는 말로 결혼을 뜻함.

뽕나무 귀신[4]이 되고 말 테니 아예 생각도 마오."

"생사는 운명이요 부귀는 하늘에 달렸으니, 궁함이 극에 다다르면 운이 트이고, 때가 되면 좋은 바람이 부는 법이랍니다. 위수에서 낚시질하던 강태공[5]은 나이 여든에 문왕을 만나 득의하고, 소진[6]은 하루아침에 육국六國 재상의 인끈[印綬]을 찼거늘, 어찌 일시의 곤궁함을 가지고 평생을 단정할 수 있겠습니까?"

그녀는 이렇게 말하며 물러나지 않고 그의 집까지 따라왔다. 그는 부득이 동침하게 되었다.

이튿날 그녀는 가지고 온 돈꿰미로 양식을 사고 땔감을 들여와서 조석 끼니를 잇게 했다. 그다음 날도 그러했다. 이로부터 그 부부는 굶주림을 면할 수 있었다. 돈이 떨어지면 그녀는 또 어디선가 가져오곤 했다. 4, 5개월이 지났을 무렵 그녀는 말을 꺼냈다.

"이곳은 너무 외져서 살 곳이 못 됩니다. 문안으로 들어가는 게 어떨까요?"

"집도 없이 문안에 들어가 어떻게 사나?"

"문안에 들어가서 살려고 한다면야 집이 없다고 걱정할 게 있나요?"

어느날 하인 7, 8명에 가마 두채, 말 두필에 한 청의동자靑衣童子가 나귀 한필을 끌고 들이닥쳤다. 그녀는 농을 열고 남녀의 새 의복을 꺼내서

---

4 원문은 '翳桑'이다. 원래 옛 지명인데, 먹을 것이 없어 굶주리는 것을 가리키는 말로 쓰인다. 춘추시대 진晉나라 영첩靈輒이 이곳에서 굶주리고 있는 것을 조돈趙盾이 지나다 보고 먹을 것을 주어 구제했다. 후일 영첩이 진나라 영공靈公의 갑사甲士가 되어, 조돈이 위기에 처한 것을 구해주었다 한다(『춘추좌전春秋左傳·선공宣公 2년』).

5 강태공姜太公 주나라 문왕文王의 스승. 위수渭水에서 낚시질을 하며 때를 기다리다가 노년에 문왕을 도와 왕업을 이루었다.

6 소진蘇秦 전국시대의 정치가. 출세하기 전에 고생을 많이 하여 가족에게까지 푸대접을 받았으나 뒤에 육국의 재상이 되었다.

한벌은 본부인이 입도록 하고, 한벌은 자기가 입었다. 남자옷 한벌은 생원이 입었다.

이리하여 처와 첩이 각각 가마를 타고, 생원은 나귀에 앉아 뒤를 따라서 성안으로 들어갔다. 어느 저택에 당도하여 처와 첩은 바로 안채로 들어가고 생원은 바깥뜰에서 서성거리는데, 집 규모가 굉장하고 화초도 잘 가꿔져 있었다. 이내 여자아이가 생원을 안으로 맞아들이는 것이었다.

처는 안방, 첩은 건넌방에 들었다. 집에는 살림살이치고 없는 것 없이 구비되어 있고 비복도 부리기에 충분했다.

"이게 누구 집인가?"

그 여자는 웃으며 말하는 것이었다.

"대[竹]를 구경했으면 그만이지, 하필 주인을 물어 무엇하겠습니까?[7] 들어앉은 사람이 주인이지요."

그로부터 의식이 풍족하고 거처가 편안하니 오두막집의 여윈 얼굴이 윤기가 돌아 강남의 부가옹을 부러워하지 않게 되었다. 이동지라 하는 사람이 간혹 들러서 그의 첩을 만나고 가는데, 그녀는 자기 가까운 친척이라고만 했고 그밖에 내왕하는 사람은 별로 없었다.

하루는 그녀가 생원에게 말을 꺼냈다.

"서방님은 아름다운 여자를 한 사람 더 맞을 생각이 없나요?"

생원은 놀라 반문했다.

---

7 대竹를 구경했으면~무엇하겠습니까? 왕희지王羲之의 아들 왕자유王子猷가 대를 좋아해서 좋은 대밭이 있으면 가서 대만 보고는 대밭 주인은 찾지 않고 돌아왔다 한다. 왕유王維의 시에 "대를 보는데 어찌 꼭 주인을 물을 것이 있는가看竹何須問主人"란 구절이 있다.

"아니, 자네를 만난 이후로 자네에게 힘입어 일신이 안온하고 만사가 부족함이 없거늘, 밥 위에 떡까지 얹어먹자고 하겠나?"

"비아구동이요 동몽구아라.[8] 하늘이 주시는 것을 받지 않으면 도리어 재앙이 내리는 법이랍니다."

이처럼 그녀가 극력 권하자 생원은 마지못해 우선 부인과 상의해보겠다고 하였는데, 부인 역시

"첩이라도 저런 사람만 같으면 열을 두더라도 해로울 것이 있겠습니까?"

하여 드디어 승낙을 하였다.

어느날 밤 한 묘령의 여인이 두 몸종을 앞세우고 달빛에 걸어왔다. 그 여자는 인물이 절색이고 품행이 깔끔한데 얼굴에 가득히 부끄럼을 띤 자태가 결코 상민이 아니었다. 그는 일견 놀랍고 기쁘기 그지없어 운우지락을 누렸음이 물론이다.

"저 사람은 분명한 사족의 딸이니 저와는 비할 바가 아닙니다. 정실正室의 예로 대해주심이 좋을 듯하옵니다."

이런 그녀의 말에 따라 그는 새로 맞은 여자를 정중히 대해주었다. 세 여자가 한집에 살면서 사이가 좋아 화락을 누렸다.

어느날 이동지란 이가 들러서 말했다.

"오늘 정안[9]에 그대 이름이 능참봉陵參奉의 첫머리에 올랐습디다."

"내 성명을 세상에 아는 사람이 없고 또 천거할 만한 친지도 없거늘,

---

8 비아구동匪我求童이요 동몽구아童蒙求我라 내가 아이를 구하는 것이 아니요 아이가 나를 구한다는 말. 『주역·몽괘蒙卦』에 나오는 말이다.

9 정안政案 정부의 인사발령 대장. 인사를 담당하는 부서에서 망(望, 후보자)을 올려 임금의 낙점을 받는 절차가 있었다.

누가 천거해서 올랐겠소? 잘못 전해진 말일 거요."

"내 이 눈으로 정안을 똑똑히 보았는데 그대의 성명을 어찌 모르겠소?"

이윽고 능의 관노가 사령장을 들고 와서 대문을 두드렸다.

"여기가 아무 댁이오?"

문서를 보니 자기 성명이 틀림없었다. 마음속으로 의아해하면서 나아가 벼슬을 하였다. 그후로 차츰 벼슬이 올라 주목州牧의 관장을 역임하는 데 이르렀다. 하루는 그가 그녀에게 물었다.

"내가 임자와 동거한 지 어언 수십년이 되어 이제 늙어죽을 날도 멀지 않았소. 그래도 아직 임자의 내력을 모르고 있구려. 여태까진 숨겨왔다지만 이제 곡절을 좀 들어보세."

그녀는 길게 숨을 내쉬며 들려주었다.

"이동지란 분은 곧 저의 아버지십니다. 제가 청춘에 일찍 홀로되어 음양의 이치를 모르는 것을 부모로서 안타까이 여기신 나머지, 하루는 제게 '오늘 저녁에 너는 집을 나가서 누구든지 처음 만나는 의관한 남자[10]를 따라가서 섬기도록 하여라.' 하시기로, 길을 나섰다가 서방님을 처음 만났지요. 이 모두 천생연분인가 싶어요. 집을 마련하고 세간을 수선한 것 역시 모두 제 아버지께서 지휘하신 바입니다. 저 새댁은 현직모 재상의 따님인데 역시 합궁 전에 홀로되었지요. 제 아버지가 그 재상과 절친한 사이라 집안의 조그만 일까지도 서로 의논하신답니다. 두 집이 모두 혼자된 어린 딸을 두어서 마음이 항상 아프셨더래요. 제 부친이 저를 이렇게 조처했다는 이야기를 들으시고 그 재상도 한참을 수심에 잠겼다가 '나도 그래보려네.' 하시고는 딸이 병으로 죽었다고 시가

---

10 의관한 남자 의복과 모자를 제대로 갖춰 입은 사람, 즉 양반 신분을 가리킨다.

에 부고를 전하고 시가댁 선산에 허장虛葬한 뒤, 몰래 이리로 오게 했던 겁니다. 지난번 첫 벼슬에 능참봉으로 추천한 전관이 바로 이 대감이시지요."

그는 듣고 나서 자신의 기이한 만남에 비로소 감탄하였다.

그는 1처 2첩을 거느리고 머리가 하얗게 되도록 해로하며 자녀도 많이 두었다. 그뿐 아니고 현달한 자손들의 봉양을 받아 슬하에 영화가 이어졌다 한다.

『파수편』에 수록된 '가난한 선비가 기이한 인연으로 두 여인을 얻다逢奇緣貧
士得二娘'라는 제목의 작품으로『청구야담』에도 같이 실려 있다.『동야휘집』에
실린「기이한 만남으로 두 소실을 나란히 두다獲奇遇 二妾列屋」도 같은 내용이지
만 주인공을 권상기權尙基라고 했고 문장 표현도 다른 점이 적지 않다. 제목을
'태학귀로太學歸路'로 하였다.

주인공은 성균관 학생으로 식당에서 남은 밥을 가져다가 아내를 먹여야 할
만큼 곤궁한 처지였다. 유일한 활로는 관료로 진출함에 있는데 그것 역시 길
이 막혀 가망이 없었다. 그야말로 '남산골 딸깍발이' 신세다. 이러한 그에게 의
외의 행운을 가져다준 것이 성균관에서 돌아가던 길에 미인과의 만남이었다.
이 점을 강조하여 '태학귀로'로 제목을 삼은 것이다. 이 미인의 아버지 이동지
란 이는 부유한 중인층 내지는 상인이었을 것으로 보인다. 이동지는 관념에 사
로잡히지 않은 인물이어서 홀로된 딸에게 새로운 남성을 찾아가게 하였을 것
이며, 이러한 이동지의 처사에 용기를 얻어 재상도 딸을 개가하도록 한 것이다.
이 모든 것이 주인공에게 더할 수 없는 행운을 안겨주었다.

한편 한 남자에 여러 여자가 인연을 맺는 서사구조는『구운몽九雲夢』같은 국
문소설에서 유래한 것으로 볼 수 있다.

고담古談

안동 양반 권진사 모씨는 집이 매우 부유했는데, 성품이 준엄하여 치가에 법도가 있었다. 외아들을 두어 맞아들인 며느리가 성질이 사납고 투기가 심해 휘어잡기 어려웠다. 그러나 엄격한 시아버지 밑에서 며느리는 성깔을 부리지 못했다.

권진사는 한번 화가 났다 하면 반드시 대청에 자리를 잡고 앉아 내려다보며 죄를 다스리는데, 비복을 때려죽이는 일도 있었고 생명까지는 상하지 않더라도 피를 보고야 말았다. 이 때문에 대청에 자리를 한번 벌였다 하면 반드시 사람이 상할 것으로 생각하여 온 집안이 벌벌 떨었다.

아들의 처가가 이웃 고을에 있었다. 아들 권생이 장인 장모를 뵈러 갔다가 돌아오는 길에 비를 만나서 어느 객점에 들게 되었다. 한 청년이 먼저 들어와 마루에 앉아 있었다. 마구에 5, 6필 준마가 매여 있고 비복들도 여럿인데, 내행內行을 거느리고 길을 나선 것처럼 보였다.

그 청년이 권생에게 말을 붙이며 술과 음식을 권하는 것이었다. 술맛이 매우 준하고 안주도 더없이 좋았다. 서로 통성명을 하고 사는 곳을 물었다. 권생은 먼저 사실대로 다 말했으나 그는 자기의 성만 대고 사는

곳은 밝히지 않고

"우연히 이곳을 지나다가 비를 피해 객점에 들러 동년배의 좋은 벗을 만나니 이보다 기쁜 일이 있겠소?"

하여, 두 사람은 마주 앉아 술잔을 주거니 받거니 취하도록 마셨다. 권생이 먼저 크게 취해 곯아떨어졌다.

권생이 한밤중에 눈이 뜨여 방 안을 둘러보니 술잔을 주고받던 젊은 이는 그림자도 찾을 수 없었다. 자기 혼자 내실에 누워 있는데 곁에 웬 소복을 한 여인이 앉아 있었다. 나이는 18, 9세쯤으로 용모가 빼어나고 도 단아하여 결코 상민이 아니요 서울의 재상가 부녀임에 틀림없어 보였다. 권생은 깜짝 놀라 물었다.

"내가 어떻게 여기 누워 있소? 임자는 어느 댁의 부인인데 이곳에 앉아 있소?"

그 여인은 부끄러운 기색으로 대답을 하지 못했다. 재삼 다그쳐 물어도 끝내 입을 열지 못하다가, 한참이 지나서 비로소 조심스런 소리로 말을 시작하는 것이었다.

"저는 서울의 가문이 번창한 집안의 딸입니다. 14세에 출가를 했다가 15세에 상부喪夫하고 부친도 일찍 작고하셔서 지금은 오빠에게 의지해 있습니다. 오빠는 성벽이 남달라서 시속의 예법에 구애된 나머지 어린 누이동생을 혼자 늙게 만들고 싶지 않대요. 개가할 곳을 구하려 한즉 온 문중에 말썽이 일어나서 모두들 가문을 더럽힌다고 반대하여 꾸중하시기로 부득이 의논을 접었습니다. 그래서 오빠는 가마와 말을 준비하여 저를 싣고 서울을 떠나, 정해놓은 곳이 없이 돌아다니다가 이곳에 당도 했답니다. 오빠 생각은 적합한 남자를 만나면 소녀를 맡기고 자기는 돌아가서 일가들의 이목을 피하겠다는 생각이었지요. 지난밤에 손님이 취하신 틈을 타서 하인을 시켜 내실로 모셔 들였는데, 오빠는 지금쯤은 이미 멀리 가셨을 거예요."

말이 끝나자 옆에 놓인 상자를 가리키며 말을 덧붙였다.

"이 안에 5, 6백냥의 은자가 있는데, 이것으로 제 의식의 밑천을 삼도록 하신 것입니다."

권생이 놀라움에 얼른 문밖으로 나가 둘러보니 그 청년과 허다한 인마는 온데간데없었다. 어린 몸종 둘이 한구석에 웅크리고 있을 뿐이었다. 권생은 다시 방으로 들어와서 드디어 그녀와 동침하였다.

그러고 나서 가만히 생각해보니 정말 큰일이었다. 엄격한 아버지 슬하에서 사사로이 첩을 얻었으니 반드시 큰 사달이 날 것이요, 아내의 사납고 투기하는 성질로 미루어 받아들여질 가망이 없는 노릇이다. 장차 이를 어찌할 것인가. 천가지 만가지 헤아려본들 뾰족한 도리가 나서지 않았다. 미인과의 기이한 만남이 도리어 큰 두통거리가 된 셈이다.

권생은 몸종들에게 잘 모시라 이르고, 그 여자에게 일렀다.

"집에 엄부가 계시니 우선 돌아가서 여쭈어야 옳겠소. 그리고 데려가겠으니 조금만 기다리시오."

객점 주인에게도 신신당부하고 그곳을 떠났다.

권생은 그길로 지모가 많은 친구의 집을 찾아가 사실대로 털어놓고 좋은 계책을 물었다. 그 친구는 한참을 생각에 잠겼다가 대답하는 것이었다.

"참으로 어려운 문제네. 지난한 일이야. 정말 별 뾰족한 도리가 없는 걸……. 단 한가지 방법이 있긴 있네. 자네가 귀가한 며칠 후에 내가 주연을 베풀고 친구들을 청할 테니, 자네는 그다음에 자리를 마련하고 우리를 청하게. 그러면 자연 좋은 방법이 생길 것일세."

권생은 그 친구의 말대로 시행하기로 약속하고 귀가했다.

며칠 후 그 친구가 하인을 보내 초대하는 말이 "마침 주찬이 마련되어 여러 벗들이 모두 모이는데, 이 자리에 형이 빠질 수 없으니 꼭 왕림해줍시사." 하는 것이었다. 권생은 부친께 아뢰고 친구 집 연회에 참석했다. 이튿날 권생이 아버지께 여쭈었다.

"아무개가 어제 주연을 벌여 친구들을 초대했는데, 답례의 절차가 없을 수 없지 않겠습니까. 마침 오늘 약간의 음식이 준비되어 있으니 여러 벗들을 부름이 좋을 듯합니다."

부친이 허락하여 주연을 베풀고 그 친구와 함께 동네의 여러 젊은이들을 청했다. 여러 젊은이들이 모두 와서 먼저 권진사에게 인사를 드렸다. 권진사는 반갑게 말했다.

"자네들은 돌아가며 주연을 가지면서 늙은 나를 한번도 부르지 않다니 거 무슨 도리인가?"

그 친구가 얼른 대답을 했다.

"어르신께서 좌석에 앉아만 계셔도 연소한 시생들은 도무지 몸가짐이 자유롭지 못합니다. 또한 이르신께서 천품이 워낙 준엄하신 까닭에 시생들이 잠깐 뵙는데도 혹시 과실이 있을까 조마조마하는 터에, 어떻게 종일 주석에서 모실 수 있겠습니까? 어르신께서 자리하시고 보면 그 야말로 살풍경입니다."

권진사는 껄껄 웃으며 말했다.

"이 사람아, 주석에서 무슨 장유유서長幼有序를 찾겠는가? 오늘 술은 내가 주인일세. 예법의 구속을 파탈하고 종일 실컷 놀아보세. 자네들이 내게 백번 실례를 해도 내 조금도 허물하지 않음세. 어쨌든 실컷 즐기다 파하여 이 늙은 사람의 하루 고적한 심회를 위로해주기 바라네."

젊은이들 모두 공순히 "예—"하였다.

장유노소가 섞여 앉아 잔을 들었다. 술이 반쯤 돌았을 때, 그 지모 많은 친구가 권진사 앞에 말을 건넸다.

"시생에게 재미난 고담이 한 자락 있기로 내놓아서 한번 웃으시게 할까 합니다."

"고담이라. 좋지, 나를 위해 한 자락 해보게."

그 친구는 권생이 객점에서 미인을 만난 일을 가지고 고담으로 꾸며서 한바탕 이야기했다. 권진사는 구구절절 찬탄을 하였다.

"기이한 일이다, 기이한 일이야! 옛날이야 혹 그런 기연이 있었을지 몰라도 요새는 도무지 듣지 못하겠는걸."

이에 그 친구가 말을 받았다.

"만약 어르신께서 그런 경우에 당하면 어떻게 대처하시겠습니까? 밤중에 아무도 없는 방에서 절대가인을 곁에 두고 가까이하시겠습니까, 멀리하시겠습니까? 기왕에 가까이하셨다면 거두어 함께 살도록 하시겠습니까, 아니면 내버리시겠습니까?"

"고자가 아닌 담에야 황혼에 가인을 만나 어찌 헛되이 보낼 이치가 있는가? 그리고 기왕 동침했으면 데리고 사는 거지, 어찌 버려서 적악을 한단 말인가?"

"그래도 어르신께서는 성품이 본시 엄정하신지라 아무리 그런 경우에 당해서도 결코 흐트러지지 않으실 걸요."

권진사는 머리를 저었다.

"아닐세. 그 사람이 규방에 들어간 것이 고의가 아니요 속임을 당했으니 이는 자신이 고의로 저지른 잘못이 아니네. 또 젊은 사람이 미색을 대해서 혈기가 동함은 인정에 당연한 일이요, 그 여자가 사족의 딸로서 그렇게 되었으니 사정이 딱하고 처지가 측은한데, 만약 한번 버림을 받고 보면 필시 수치와 원한을 품지 않겠는가? 큰 적악이지. 사대부의 처사가 그토록 각박해선 안 되네."

그 친구가 다시 다그쳐 물었다.

"인정 사리가 과연 그럴까요?"

"그야 여부 있는가? 의당 그래야지. 사람이 야박해서야 어디 쓰겠나?"

이에 그 친구는 웃으며 아뢰었다.

"제 이야기는 실은 고담이 아니옵고 바로 댁의 자제가 일전에 겪은 일입니다. 어르신께서 사리에 당연함을 재삼 단언하셨으니 자제는 다행히 죄책을 면할 줄로 믿습니다."

권진사는 이 말을 듣고 나서 한동안 말없이 있더니, 문득 정색을 하고 노기를 띠어 소리쳤다.

"자네들은 그만 돌아가주게. 내 조처할 일이 있네."

모두들 놀라 흩어졌다. 권진사는 소리를 벽력같이 질렀다.

"빨리 대청에 자리를 벌여라!"

집안사람들이 이번에는 누구를 치죄할까, 벌벌 떠는데 권진사는 대청에 앉아 다시 소리를 높였다.

"작두를 대령하여라."

하인들이 황망히 작두와 널판을 뜰아래 차려놓고 기다렸다. 또 큰 소리로 호령한다.

"너희 서방님을 잡아다가 작두판에 올려라."

하인이 권생을 잡아다 목을 작두판 위에 늘여놓았다. 권진사가 꾸짖는다.

"이 고얀 놈! 입에 아직 젖내도 안 가신 놈이 부모에게 고하지 않고 제멋대로 첩을 얻다니, 이는 집안을 망칠 짓이다. 내가 아직 세상에 붙어 있어도 이런 짓을 하는 놈이, 하물며 내 죽은 뒤에야 오죽하겠느냐? 너같이 패악한 자식은 살려두어서 무익하니라. 내가 있을 때 머리를 베어 아예 후환을 없앰이 옳다."

그리고 호령을 하자, 하인이 발을 들어 작두를 밟을 기세를 취했다. 이때에 집안은 위아래로 다들 안색이 사색이 되었다. 권진사의 부인과 며느리도 뜰에 내려가 애걸하였다.

"비록 죽을죄를 졌다지만, 어찌 차마 눈앞에서 외아들의 머리를 자른단 말입니까?"

권진사가 벽력같이 소리를 질러 물러가라고 꾸짖으니, 노부인은 비실비실 피하고 며느리는 땅에 머리를 두드려 얼굴에 피가 낭자했다.

"연소한 사람이 방자히 행동하여 죄를 지었사오나, 아버님의 피붙이는 단지 이뿐이온데 어찌 차마 잔혹한 일을 행하시어 누대 제사를 일시에 끊을 수 있겠습니까? 비옵건대 저의 몸으로 대신 죽게 해주옵소서."

"집안에 패륜아를 두어 집구석이 망하는 날 조상께 누를 끼치느니보다는 내 차라리 눈앞에서 이놈을 없애고 양자를 구해 들이는 것이 낫다. 이러나저러나 망하긴 일반이라. 망하더라도 깨끗이 망해야지."

권진사가 당장 작두를 밟으라 호령하니, 하인들은 입으로는 "예이" 하면서도 차마 발을 디디지 못했다. 며느리가 더욱 지성으로 울며 호소하자, 권진사는 며느리를 보고 말했다.

"이 일이 집안을 망칠 장본이 되는 것은 비단 한가지만이 아니다. 부모시하의 사람이 제 맘대로 축첩을 했으니 첫째 망조요, 네 성질이 거세고 투기가 심하여 소실을 결코 용납하지 못할 터라. 그리되면 가정에 날마다 분란이 날 것이니 둘째 망조다. 이런 망조는 미리 제거하는 것이 현명하니라."

"저 역시 명색 사람의 가죽을 둘러썼고 사람의 마음을 가지고 있습니다. 이런 광경을 눈으로 보고도 어찌 추호나마 질투할 마음을 두겠습니까? 만약 아버님께서 한번만 용서를 해주옵시면 저는 새사람과 함께 살면서 조금도 화기를 잃지 않기로 맹세하겠습니다. 바라옵건대 아버님께서는 그런 염려는 마시고 너그러이 용서해주옵소서."

"아니다. 네가 지금은 사세가 급박하여 이런 말을 하지만, 필시 겉으로는 이러면서도 속은 다를 것이니라."

"어찌 그럴 이치가 있겠사옵니까? 만약 추호라도 이런 말씀과 비슷한 일이 일어난다면 하늘의 벼락을 맞을 것이며, 귀신의 벌을 받을 것입니다."

"아니다. 네가 내 생전에는 그렇지 않다손 치더라도 내 죽은 뒤에는 필시 다시 옛 버릇이 나타날 것이다. 그땐 내 이미 세상에 있지 않고 저자식이 능히 제어하지 못할 것이니, 그 역시 집안 망칠 일이 아니냐. 아무래도 지금 미리를 베어 화근을 없애느니만 같지 못하니라."

"어찌 그럴 리 있사옵니까? 아버님 백세후百歲後에 혹시 털끝만큼이라도 악한 마음이 생긴다면 제가 개돼지만도 못할 것입니다. 이 말로 맹세하오니 다짐을 받아두셔도 좋습니다."

"그러면 네가 맹세의 말을 종이에 써서 바치거라."

며느리는 약속을 어기면 짐승만도 못하다는 의미로 맹세하는 각서를 쓰고 나서 다짐하는 말을 덧붙였다.

"만약 한번이라도 이 맹세를 어기는 일이 있으면 저는 응당 벼락을 맞아 죽을 겁니다. 이렇게 맹세를 해도 끝내 용서하지 않으시면 저는 죽음이 있을 뿐입니다."

권진사는 그제야 아들을 용서하고, 우두머리 하인을 불러서 분부하는 것이었다.

"교자와 말과 인부를 거느리고 아무 곳의 객점에 가서 서방님의 소실을 모시고 오너라."

노속들이 명령대로 가서 모셔왔음이 물론이다.

새사람은 시부모께 현구례[1]를 행한 다음 정실부인에게도 예로 인사를 드리고 한집에서 동거하였다. 며느리는 감히 한마디도 입을 떼지 못했다. 늘그막에 이르도록 화목하게 지내서 집안에 잡음이 전혀 없었다고 한다.

---

1 **현구례現舅禮** 신부가 시집에 와서 시부모를 뵙는 절차. 구고례.

● 작품 해설

『계서야담』에서 뽑았는데『선언편』『기관奇觀』『청구야담』『동패낙송』『동야휘집』등에도 수록되어 있을 뿐 아니라, 근대야담으로서 널리 알려진 이야기이다.『계서야담』에는 원래 제목이 없었고,『청구야담』은 '엄한 시아버지가 두려워 드센 며느리가 맹서를 하게 되다畏嚴舅悍婦出矢言'로,『동야휘집』은 '엄한 시아버지가 수단을 써서 투기하는 며느리를 겁주다嚴舅權術懼妬婦'라고 되어 있다. 여기서는 친구가 권생이 겪은 일을 고담인 양 꾸며 권진사에게 들려준 데서 취하여 '고담古談'으로 제목을 삼았다.

이 작품에서도 앞의「청상과부」에서처럼 양반 가문의 개가가 문제시되고 있다. 작중 권생이 서울 양반 가문의 혼자된 여자와 인연을 맺는 것이 사건의 발단이다. 권생이 이 여자를 맞아들이는 데는 두가지 난관이 있었다. 첫째 권생의 아버지 권진사가 성품이 엄하다는 점이요, 둘째 권생 본처의 질투가 심하다는 점이다. 첫 난관은 친구의 지혜를 빌려 통과하고, 다음 난관은 권진사의 기지로 해결한다. 이러한 과정이 매우 흥미롭게 서술되어 있다. 첫 난관을 통과하는 데 있어서 혼자된 여성과 인연을 맺음이 인정상 당연한 하나의 아름다운 이야기로 받아들여진다. 그 인정가화로 취급된 이면에는 다분히 여성의 개가를 긍정하는 입김이 들어 있는 것이다.

한편 여기에는 양반 가문이 잘 그려져 있다. 안동 지방은 양반사회가 다른 어느 곳보다도 발달하여 가풍을 엄격하게 지키는 것을 당연시하고 있었다. 소위 엄격한 가풍은 가부장의 절대적 권위에 의해서 지속되기 마련이다. 권진사는 가부장의 전형적인 인물이라 하겠다.

말馬

영남의 어떤 거벽이 향시鄕試에는 거의 15, 6차나 합격을 했으나 회시[1]에서는 매양 시험관의 눈에 들지를 못했다. 자연히 살림도 기울어서 곤란한 형편이 되었다.

동향 친구 김씨가 점을 잘 치는 까닭으로 회시를 보러 갈 적이면 그에게 점을 쳐보는데, 번번이 이롭지 못하다고 했다. 처음에는 그의 말을 준신하지 않았지만 결국 그의 말대로 되었다.

그는 정시를 보인다는 기별을 늦게 듣고 이번에도 역시 김씨에게 가서 운수가 어떨지 물었다. 김씨는 점괘를 뽑아보고 나서 말했다.

"이번 과거에는 결과가 어떨지 논할 것도 없고, 목숨에 관계되는 큰 액운이 눈앞에 닥쳤소. 야단인걸! 쯧쯧……."

"노형이 미래사를 귀신처럼 아는데, 화를 돌려 길하게 하는 도리도 있을 것 아니오? 부디 한번 더 봐주시오."

김씨는 한동안 묵묵히 궁리를 하다가 말했다.

---

1 회시會試 지방 군현에서 실시하는 향시의 합격자가 중앙에 모여 보는 시험. 복시覆試.

"당면한 액운을 자세히 헤아려보니 이번 과거는 틀림없이 급제하겠는데, 액운을 면할 도리가 없으니 어찌하겠소?"

이윽고 다시 말했다.

"내 노형이 화를 벗어나 영예를 누릴 길로 나가는 방도를 찾아냈소. 노형, 집에 들르지도 말고 과거 볼 행장을 대충 챙겨가지고 이 길로 바로 서울길을 떠나시오. 오늘은 50리를 가서 자고, 내일 새벽에 일어나 동으로 험준한 고개를 넘어 긴 골짜기를 따라 내려가면 시냇가 버드나무 아래 소복한 여인이 있을 테니, 어떻게 해서든 기어코 그 여자와 상관하시오. 그사이에 겪게 될 일이야 말로 다 표현하기 어려우나, 이번에 급제는 무난하리다."

그는 김씨와 작별하고 나와서 말 모는 하인에게 일렀다.

"이 길로 곧 과거 길을 떠나도록 하자."

하인은 발끈해서 말했다.

"천리 길에 돈 한푼 안 가지고 인마人馬 세 입의 양식은 어떻게 합니까? 일단 집에 가서 행장을 챙겨가지고 차분히 떠나야지요."

그는 하인을 타일렀다.

"내 지금까지 과거 길에 김생원의 점이 한번도 틀린 적이 없었느니라. 이번 김생원의 점괘가 오늘 당장 떠나면 급제할 가망이 있으려니와, 그렇지 않으면 필시 죽을 액운이 앞에 있다는구나. 그의 이 말이 결코 황당한 소리가 아니다. 생사가 달린 판에 한가히 행장을 챙기고 있겠느냐?"

하인은 마지못해 따라나섰다.

50리를 가서 저물어 객점에 당도하여 인마가 함께 빈속으로 투숙했다. 이튿날 새벽에 일어나 동쪽으로 고개를 넘으니 과연 김씨의 말과 같이 지세가 험준했다. 비록 배가 몹시 고팠지만 마음은 적이 즐거웠다.

골짜기를 지나 내려가자 큰 마을 앞으로 시냇물이 흐르는데, 버드나무 아래서 노파가 빨래를 하고 있었다. 그 옆에 있는 소복한 젊은 여인이 외양이 단정하고 아름다운데, 말 탄 사람을 살짝 보고는 당황하여 노파를 재촉해서 부리나케 빨래를 이게 하고 마을 안으로 들어가는 것이었다. 그는 급히 뒤를 따라갔다. 소복한 여인이 재빨리 중문 안으로 들어가며 문을 닫았다.

그는 그 집 사랑 앞으로 가서 말을 내렸다. 말이 사랑이지 사랑마루에는 인적이 없고 먼지만 그득했다. 그는 말을 나무에 매고 먼지투성이 마루 위에 올라앉았으나 아무도 나와 응접하는 사람이 없었다.

한참 지나 이웃집에서 한 노인이 와서 말했다.

"어디서 오신 손님인데 이 빈 사랑에 드셨소? 여긴 혼자된 내 며느리의 집이라오. 주인 노릇 할 남자가 없으니, 우리 집으로 가십시다. 내게서 머물고 떠나시오."

그러나 그는 이렇게 대답했다.

"제가 인마의 접대로 이 댁에 폐를 끼칠 생각은 없소이다. 그저 한쪽 마루에 누웠다가 날이 새기를 기다려서 떠나려 합니다. 저도 생각한 바가 있으니 노인장을 따라가기를 원치 않소이다."

노인은 재삼 여기서 머물 수 없다는 뜻으로 말했으나, 나그네가 기어이 따르지 않자 아주 못마땅한 기색으로 돌아갔다.

드디어 해가 지고 어두워졌다. 밤중이 되어 그가 하인에게 일렀다.

"어디 구멍을 뚫더라도 이 집 내실로 들어가야겠는데, 내가 들어간 다음 왁자지껄하는 소리가 들리면 나의 목숨이 끝나는 판이다. 너까지 따라 죽을 까닭은 없다. 너는 급히 도주하여라."

그 집은 담장이 높고 견고한데다 중문에 자물쇠를 채워서 들어갈 도

리가 없었다. 그는 담장을 빙빙 돌다가, 담 밑에서 조그만 구멍을 발견
하고서 몸을 움츠리고 옷을 걷고서야 겨우 들어갈 수 있었다.

안에는 집과 방이 겹겹으로 있어 사람의 정신을 어지럽게 하는데, 창
문 가까이 마구에 매여 있는 한필 준마가 사람을 보고 소리를 내서 마음
을 더욱 겁나게 했다. 그는 조심조심 말 앞을 지나 몸을 벽에 붙이고 접
근하여 등불이 비치는 방 앞으로 가서 문구멍을 내고 들여다보았다. 횃
대에는 소복이 걸려 있고 방바닥에는 흰 금침이 펴 있는데, 사람은 보이
지 않았다. 바로 과부의 침실이 분명한데 등불만 켜 있었다.

그가 건너채의 다른 방으로 가서 엿들으니, 한 부인이 집안 아이들 몇
을 데리고 담소를 하는데 과부도 그중에 끼여 말참례를 하고 있었다. 그
방 주인은 그 여자의 시누이었다.

그는 여자가 필시 자기 방으로 돌아오리라 짐작하고 먼저 그 방으로
들어갔다. 등불을 끄고 가만히 드러누워서 한참을 기다렸다. 이윽고 여
자가 돌아와 방문을 열고는 섬뜩해서 혼잣말로 중얼거렸다.

"어마! 등불이 절로 꺼지진 않을 텐데 이상도 해라."

그리고는 방에 발을 들여놓지 못하고 주저주저하는 기색이었나. 그
는 어두운 가운데 마음이 몹시 조마조마했다. 이윽고 여자가 들어와 이
불 옆에서 한숨을 푹 쉬더니 드러눕는 것이었다.

"사람이 들어와 있소."

그가 조심스럽게 인기척을 했다. 여자는 깜짝 놀라 일어나며 말했다.

"아닌 밤중에 누가 과부의 방엘 들어왔소?"

그는 소리를 낮춰서 애원하는 조로 말했다.

"이 사람은 정욕에 이끌려 들어온 사람이 아니라오. 몹시 딱한 사정
이 있으니 낭자는 소리를 내지 말고 우선 조용히 나의 말을 좀 들어보

시오."

"우선 말해보세요."

이에 그는 자신의 전후사정을 쭉 이야기했다. 그 여자는 듣고 나서 말했다.

"이 일은 하늘의 뜻이군요. 하늘의 뜻을 거스를 수 있겠습니까? 저는 아무 고을 민촌 부자의 딸로 16세에 이 집 큰아들에게 시집을 와서 17세에 남편을 잃었습니다. 창밖에 있는 말이 제 남편이 사랑하던 말이라 제가 손수 기르며 죽은 남편을 대하듯 하지요. 금년 열아홉으로 종신토록 정조를 굳게 지키리라 결심했는데, 간밤 꿈에 동구 앞의 냇물을 따라 황룡이 서쪽에서 내려오더니 변해서 사람이 됩디다. 곁에 서 있던 어떤 사람이 저를 보고 하는 말이 '저이가 바로 너의 낭군이 될 사람인데 장차 귀하고 길하리라.' 하고 일러줍디다. 깨어보니 또렷이 다 기억이 났습니다. 오늘 아침에 꿈이 맞나 안 맞나 증험해보려고 할멈을 시켜 빨래를 이고 냇가로 나갔지요. 이윽고 말을 탄 손님이 오시기에 눈을 들어 얼핏 보니, 꿈속에서 황룡이 변해서 된 사람과 조금도 다르지 않더군요. 십분 놀랍고 이상한 일이라 얼른 들어와버렸지만, 종일 마음이 놓이지 않데요. 그리고 사랑에 온 손님이 필시 아침 나절의 말을 탄 그 사람이겠거니 싶었지요. 아까 시누이 방에서 돌아올 때 불이 꺼진 것을 보고 갑자기 마음이 동하여 누군가 방에 들어와 있다는 생각이 들었습니다. 주저주저하는 사이에 만약 소리라도 질렀으면 호랑이 같은 시동생 서넛이 득달같이 달려올 터이니, 손님은 필시 육장肉醬이 되고 말았을 거예요. 소리를 내지 않았던 것은 아무래도 무언가 짚인 데가 있어서였나봐요. 지금 손님의 말씀을 듣고 보니 점괘가 저의 몽조夢兆와 부합하는데, 이 어찌 하늘이 점지하신 일이 아니겠습니까?"

이에 두 사람은 동침을 했다. 그리고 여자는 곧 일어나기를 재촉하였다.

"낭군이 과거에 급제하는 것은 이미 정해진 바니 반드시 등과하실 겁니다. 그런데 둔한 말을 타고 서울까지 가는 건 어려운 일이라, 모름지기 노자를 후히 지닌 후에라야 큰일을 이룰 수 있겠지요. 제가 여장을 준비해서 낭군을 보내드리겠습니다."

그러더니 등불을 들고 벽장으로 올라가서 포목·비단·엽전 등을 적잖게 꺼내어 한짐을 꾸렸다. 이어 마구에 매인 준마를 끌어낸 다음 대문의 자물쇠를 따고 나가 하인에게 주어 먼저 길을 떠나게 하자고 했다. 밤길을 무릅쓰고 어느 주막으로 가서 기다리도록 하려는 것이었다. 여자는 또 그에게

"말에 짐을 실어 하인을 떠나보내고 나서 낭군은 아까처럼 사랑마루의 자리에 그냥 누워 계시다가 장차 다가올 곤경을 겪고 나서 추후에 출발하도록 하시지요."

라고 했다. 그는 여자의 지시대로 짐을 준마의 등에 싣고 중문 밖으로 나왔다.

여자는 다시 중문을 닫아걸고 들어갔다. 그리고 즉시 담장의 한 모퉁이 취약한 곳을 허물어 도적이 말을 훔쳐간 것처럼 꾸며놓았다. 다음날 날이 새자 여자는 통곡을 하며 넋두리를 늘어놓았다.

"내가 망부亡夫를 대하듯 말을 길렀는데 어떤 도둑놈이 훔쳐갔네요. 이를 어떻게 하나. 지금 마음속의 슬픔이 남편을 잃을 때와 다름없구나."

여자의 시아버지와 시동생들이 곡성을 듣고 일제히 달려와 보고서, 그를 지목하여 성을 내며 욕설을 퍼부었다.

"이자가 우리 집으로 안 가겠다고 버틸 때 벌써 일을 낼 줄 짐작했지.

우리 집 명마를 훔쳐간 건 틀림없이 이자이지. 이런 도둑놈은 때려죽여
야 마땅해."

모두들 몽둥이를 들고 그에게 달려들었다. 그는 공손히 말했다.

"내가 만약 말을 훔쳤으면 밤을 타 도주하는 것이 사리에 옳지 않소?
무엇 때문에 여기 그대로 있으면서 죽을 곤욕을 당하겠소?"

시동생들이 따졌다.

"네 하인놈은 어디 갔느냐?"

"내가 잠든 사이에 도망쳐서 나도 모르오. 견마잡이 없이 말을 타야
겠으니 매우 난처하게된데다 말을 훔치고 종놈을 도주시켰다는 누명도
듣게 되었구려. 죽이시든지 살리시든지 처분을 따르리다."

노인이 나서서

"손님 말씀이 옳다. 말을 훔쳤으면 곧장 도주할 일이지, 날 잡아 잡쉬
하고 가만히 앉았을 리가 있겠느냐?"

하고는 덧붙여 말했다.

"말은 이왕 잃어버린걸. 손님은 어제부터 계속 굶으셨으니 견디기 힘
드실 듯하오. 우리 집에 가서 조반이나 드십시다."

그를 데리고 가서 후히 대접하는 것이었다. 선비는 노인에게 감사를
드리고 길을 떠나서 40리를 가 객점에 다다랐다. 하인이 과연 준마의 고
삐를 잡고 기다리고 있었다.

하인은 간밤에 여자의 집에서 곤히 잠들었다가 상전이 깨우는 소리
를 듣고 주인이 화를 당했나 싶어 겁이 덜컥 났었다. 이내 정신을 차려
월승[2]이 맺어지고 좋은 말까지 얻어 근심이 행운으로 바뀌었음을 알게

---

2 **월승月繩** 월로적승月老赤繩의 준말. 남녀 간의 인연. 인연을 맺어주는 신인 월하노
인月下老人이 붉은 끈[赤繩]으로 연을 맺어놓는다는 데서 유래한 말.

되었다. 그 준마에 몸을 싣고 산길에 호랑이도 겁내지 않고 신나게 달려 객점에 당도했던 것이다. 상전과 하인이 만나서 기일에 맞춰 상경하였다.

그는 천우인조天佑人助로 지푸라기를 줍듯 홍패를 얻을 수 있었다. 창방 후에 고향으로 돌아가는데, 한 곳에 당도하니 노상에서 4, 5인이 기다리다가 묻는 것이었다.

"신은행차³가 아무 고을 아무 선달이시온지?"

"그렇다네."

여자의 친정집이 한길 가까이에 있었다. 여자는 친정에 기별하고 몰래 몸을 빼어 시집을 버리고 아주 친정으로 돌아와 있었다. 그래서 신은을 맞이할 준비를 하고 중도에 사람을 내보낸 것이다. 신은이 풍악을 잡혀 그 집에 이르러 보니 차일이 높이 쳐 있고 일가친척이 많이 모여 마치 새신랑을 맞이하는 듯 집안에 희색이 가득했다. 10여 일 전 밤에 만난 그 여자가 성장을 하고 그를 맞이하니, 기쁨이야 물어볼 것도 없었다.

이들은 종신토록 금실이 좋았고 부귀를 온전히 누렸다고 한다.

---

3 신은행차新恩行次 새로 과거에 급제하여 내려오는 사람을 이르는 말.

『동패낙송』에서 뽑았다. 『청구야담』의 「호남 유생이 점쳐서 나온 말을 믿어 미인을 탐내다信卜說湖儒探香」와 『동야휘집』의 「일부러 말을 훔쳐서 전화위복이 되다假竊馬轉禍媒榮」는 대략의 줄거리는 비슷하나 내용이 상당히 다르고, 특히 영남이 아닌 호남 유생의 일로 되어 있다. 제목은 서사의 전개과정에서 말이 의미를 띠는 점을 고려하여 '말[馬]'이라고 붙였다.

영남의 한 거벽이 매우 불길한 운수를 앞에 두고 점쟁이 말을 들어 미인을 얻고 과거에 급제했다는 줄거리다. 숙명론으로 일관되어 있다. 이 숙명론을 어떻게 해석할 것인가? 이 점이 문제인데, 요는 유형적인 것이다. 유형적 장치에 의해서 작품은 재미나고 짜임새 있게 구성되었다.

그런데 표면적으로는 거벽이 주인공으로 되어 있지만 작중에서 보다 중요한 의미를 갖는 인물은 '그 여자'이다. 우선 이 거벽은 별다른 개성도 찾을 수 없는데 비해, 그 여자는 비록 숙명론으로 위장되어 있으나 구도 덕에 자신을 매몰시키지 않고 보다 적극적으로 자기의 인생을 개척하는 주견이 뚜렷한 인물이다. 그 여자는 '민촌 부자', 곧 농촌의 서민부자의 딸이며, 시집 또한 서민부자였다. 이런 배경에서 양반 부녀자와 다른 의식이 형성될 수 있었을 것으로 여겨진다. 이러한 여성이 낡은 도덕률에 희생당하지 않고 자기의 인생을 개척하는 모습에 이 작품의 진정한 주제가 있다. 여기서 숙명론은 믿느냐 믿지 않느냐의 차원이 아니며 구성의 장치로서 기능한 것이다.

유훈遺訓

　　진사 임희진任希進은 호남 사람으로 임진왜란 당시 군사를 모아 의병
을 일으켰다가 진주 싸움에서 전사한 인물인데, 가문이 선대부터 절의
로 이름이 높았다.

　　그의 선조 중에 선비 아무개는 글을 잘했다. 결혼하기 전 20대에 향
시에서 장원을 하고 회시를 보러 상경하였다. 길이 장성을 경유하게 되
었는데 비를 만나 객점을 지나치고 어느 마을 앞을 통과했다. 그 마을은
꾀꼬리가 울고 대숲이 푸르러 그야말로 절경이었다. 여기저기 눈을 돌
리며 경치를 즐기고 혼자 발걸음을 옮기다가 갈 길을 잊었다. 마을이 끝
난 지점에 대로 울타리를 두른 집에서 한 소녀가 바람에 날리는 부들솜
을 붙잡으려 하며 천진스럽게 웃는 정경이 눈에 들어왔다. 그는 그만 정
신을 빼앗겨 가까이 다가가서 수작을 걸어보았다.

　　소녀는 겁을 내거나 무어라고 대답을 하는 것이 아니라 엄마를 찾았
다. 이내 곱사등 여인이 나와서 소녀에게 무슨 일이냐고 물었다.

　　"어디서 온 양반인지 치근치근 귀찮게 굴어."

　　그는 매우 난처하여, 갈증이 심하니 마실 물을 달라고 둘러댔다.

"집이 협소해서 손님이 앉으실 만한 데가 없네요. 애야, 서늘한 물 한 대접 떠온."

여인이 말하여 소녀는 대답과 함께 안으로 들어갔다. 임생이 여인에게 물었다.

"따님 나이가 몇인가요?"

"이제 겨우 열세살입니다."

"정혼을 하셨습니까?"

"성치 못한 늙은 몸에 오직 저 딸년 하나 슬하에 두어서 남에게 보내고 싶지 않구려."

"여자는 출가하여 부모 형제를 떠나간다고 하였소. 슬하에 두고 계시는 건 장구한 계책이 아닙니다."

이때 마침 소녀가 냉수를 떠가지고 와서 뒤의 말을 듣고 얼굴을 붉히며 종알거렸다.

"엄마, 이 손님 맘이 엉큼해요. 말 많이 말아요."

여인이 웃으며 말했다.

"들을 만하면 들을 것 아니니? 그거야 내게 달렸지. 어린년이 웬 잔소리냐?"

임생은 자신이 향시에 장원한 것을 자랑하여 마음을 움직이게 만들기 위해 떠벌렸다. 여인이 한참을 가만히 듣다가 물었다.

"장원이란 게 뭔가요?"

"글을 읽고 과거장에 나가 재주를 겨루어 이름을 금방[1]에 으뜸으로 올리고 이로부터 문임[2]을 담당하여 조서詔書를 쓰는 등 문장으로 나라

---

1 금방金榜 과거에 급제한 사람의 명단을 적어 붙이는 방. 금金 자를 붙인 것은 그것을 영예롭게 수식한 것이다.

를 빛내 천하에 첫째가는 사람이 되는 것을 장원이라 한다오."

"첫째가는 사람이 몇년에 하나씩 나오는지 모르겠네."

"3년이라오."

소녀가 옆에서 듣고 섰다가 배시시 웃으며 말했다.

"난 뭐 장원이면 천고에 제일인 줄 알았지. 기껏 3년에 한명씩 나온다니 그게 뭐 그렇게 대단하다고 남 앞에서 자랑을 늘어놓을까."

"계집애가 방정맞게 주둥이를 놀려 사람을 헐뜯니?"

"나와 무슨 상관이람? 저 어리석은 손님이 제풀에 병이 났지."

소녀는 이러면서 깔깔 웃고 도망치는 것이었다. 그는 멍청히 서 있다가 여인에게 말했다.

"만일 허물하지 않으신다면 약소한 예물이나마 받아두시지요."

그는 머리에 꽂은 쌍남[3] 비녀를 뽑아주었다. 여인은 그것을 받아 손으로 여러번 문질러보다가 말했다.

"냄새를 맡아도 아무 향내도 없고 손에 쥐면 차가운 이것이 무엇이람?"

"그게 황금이라오. 추우면 옷이 생기고 배고프면 밥이 지어지는 진짜 보물이지요."

"우리 집이 밭 몇경에 뽕나무 여러 주가 있어 추위와 주림을 근심하지 않소. 이런 물건은 우리에게 쓸데없으니 장원랑壯元郞에게 돌려드리오. 주인이 두고 쓰시지요."

여인은 비녀를 땅에 던지며 혼자 투덜거렸다.

---

2 문임文任 홍문관弘文館·예문관藝文館의 직책을 가리키는 말. 글을 짓는 것이 주 임무며 이를 가장 영예롭게 여겼다.

3 쌍남雙南 보물의 일종. 남금南金 중에 좋은 것.

"가엾다. 미친 녀석이 도무지 점잖은 기색이라곤 한점도 없네. 한갓 재물로 사람을 꼬이려 드는구먼."

그러고서 여인은 사립문을 닫고 들어가버렸다. 임생은 반나절이나 멍하니 서 있다가 탄식하며 돌아섰다.

그는 예조에서 보는 시험에 합격하여 응방應榜을 한 다음 고향으로 내려오게 되었다. 귀로에 다시 그 집에 들러 여인을 찾았으나 병을 핑계하고 만나주지 않았다. 그 집 사정을 이웃에 물으니, 사족인 장씨댁인데 빈한하여 숙부 집 옆에서 모녀 단둘이 의지해 살고 있으며, 딸은 아직 정혼하지 못한 줄 알았다.

임생이 그 숙부를 통해서 청혼을 했더니, 처음에는 소실을 삼으려는 줄로 의심했다가 마침내 허락해서 그 소녀를 아내로 맞아서 본가로 돌아갔다.

그 여자가 총명하고 범절을 알아 임생은 매우 흡족하게 여기었다. 그런데 몇년 지나지 않아서 불행히 임생은 유복자 하나를 남기고 그만 세상을 떠났다. 그의 부인 장씨는 외아들을 키우며 수절하는데, 여자의 도리를 극진히 했다. 유복자가 장성해서 자녀를 낳아 장씨 나이 80여 세에는 손자, 증손자들이 슬하에 가득했다.

장씨 부인은 임종에 다다라 손부, 증손부들을 불러 둘러앉힌 다음 입을 열었다.

"내 긴요한 말이 있으니, 너희들 잘 들어라."

"예."

"너희들이 우리 집 며느리로 들어와서 백년해로하면 그야 물론 우리 가문의 복이거니와, 혹시 불행하여 젊은 나이에 홀로된 때는 자기 스스로 생각해보아 수절할 자신이 있으면 수절을 하되, 그러지 못하겠으면 위로 어른께 고하고 개가하는 것도 또한 좋은 방도이니라."

모두들 의아하여 정신이 혼미한 중의 난명⁴이거니 생각했다. 장씨가 웃으며 말했다.

"너희들은 나의 말이 사리에 그른 것으로 들리느냐? 수절 두 자는 말하기 어려운 것이란다. 나는 그 가운데서 살아온 사람이다. 너희들을 위해 지난 일을 이야기하마."

모두들 숙연해서 귀를 기울였다.

"내 혼자된 때가 나이 겨우 18세였다. 명색 양반 가문에서 태어나 선비에게 시집왔고, 또 복중腹中에 생명이 꿈틀거리는 고로 아예 딴마음을 먹지 못했더니라. 그래도 새벽바람 밤비에 싸늘한 벽 외로운 등잔 밑에서 수심을 금하기 어려웠더니라. 한번은 시부님의 생질 모씨가 충청도에서 오셔서 사랑방에서 묵어가는데, 내가 병풍 뒤에서 그분 풍채가 훌륭함을 보고 나도 모르게 마음이 흔들렸구나. 밤에 집안사람이 모두 깊이 잠든 것을 보고 객실에 뛰어들고자 등을 들고 나갔더니라. 그러나 머리를 숙이고 자신이 부끄러워 다시 방으로 돌아왔다가는 마음을 진정하지 못하여 또 등을 들고 나갔다가 아무래도 수치스러운 일이라 한숨을 쉬고 돌아섰더니라. 이러하기 여러 차례에 마침내 결연히 사랑방으로 나가는데, 부엌에서 여종들이 소곤소곤하는 소리가 들려 그만 숨을 죽이고 돌아와 등불을 탁자에 놓고 지쳐서 스르르 잠이 들었다. 꿈에 사랑방으로 들어갔더니 모씨가 독서를 하고 있어 등불 아래 마주 앉아 각기 정회를 토로하고는 이어 손을 잡고 휘장 안으로 들어가는데, 어떤 사람이 휘장 속에 앉아서 쑥대머리에 피를 흘리며 베개를 치고 통곡

4 난명亂命 죽어가는 사람이 정신이 혼미한 가운데 남긴 잘못된 유언. 치명治命의 반대말. 치명은 꼭 지켜야 하지만 난명이면 지키지 않아도 되는 것으로 규정되어 있었다.

하지 않겠니? 자세히 보니 바로 돌아가신 서방님이더라. 고함을 지르고 눈을 떠보니, 탁상에 등불이 환하게 푸른빛을 발하고 망루[5]에서 바야흐로 삼고[6]를 치는데 아이가 젖을 찾아 포대기 속에서 울고 있지 않겠느냐. 처음에 놀라고, 중간에 슬퍼지고, 이어서 크게 뉘우쳤더니라. 부녀자의 정이란 어느 지경에 갈지 모르는 것이다. 그로부터 마음을 깨끗이 갖고 비로소 양반의 곧은 부인이 되었더니라. 그때 만약 부엌에서 소근거리는 소리를 못 들었고 휘장 속의 몸서리쳐지는 광경을 꿈에 보지 않았던들 일생을 결백하게 지킬 수 있었겠으며, 지하에 계시는 분에게 수치를 끼치지 않았겠느냐? 이로 인해서 수절이 어려운 줄 알고 억지로 행할 일이 아니라고 말한 것이다."

이어서 아들에게 명하여 이 내용을 백관[7]에 써서 자손에게 전하여 가법을 삼으라 하고, 이내 웃음을 머금고 눈을 감았다.

임씨 가문은 후세에 번창하였고 대대로 절부節婦가 나와 백여 년 이래로 규문이 맑고 깨끗했다 한다.

---

5 망루望樓 멀리 바라보기 위해 만든 높은 다락. 원문은 '초루譙樓'로 나와 있다.

6 삼고三鼓 밤 삼경三更을 가리킴. 이때 통행을 금지하는 북이나 종을 울렸기에 고鼓 자가 들어갔다.

7 백관白管 옥으로 만든 둥근 관. 경계하는 내용을 새겨서 자손에게 길이 남긴다는 의미에서 쓴 표현.

●작품 해설

이 작품은 『동야휘집』에 '노부인이 문서를 남겨 자손들을 경계하다授簡書老婦 垂誡'라는 제목으로 실린 것이다.

작품은 임생이 산골에서 만난 소녀와 결혼하는 대목을 경계로 전후 두 부분 으로 나뉜다. 전반부에서 주인공 장씨 부인은 규범적인 여성이 아닌 천진하고 생기발랄한 소녀로 그려진다. 이러한 소녀에게 마음이 끌려서 당장 청혼을 하 여 결혼하는 임생 역시 활달한 사람이다.

작품의 중심은 후반부에 있는데, 후반부는 장씨 부인이 임종시에 자손들에게 준 유훈이 골자이다. 만약 과부가 된 경우에 "수절할 자신이 있으면 수절을 하 되, 그렇지 못하겠으면 위로 어른께 고하고 개가하는 것도 좋은 방도이다."라는 유훈은 여성의 순사殉死와 수절을 당위의 도리로 신봉했던 당시에 실로 대담한 발언이었다. 이런 주장은 자신의 체험으로 절실히 깨달은 바였다. 즉 남녀 간의 정욕은 천연의 본성이므로 도덕률을 가지고 억누르는 것은 불가능에 가깝다는 것이 그녀가 깨달은 인간 현실이다. 장씨 부인이 전반부에서 천진하고 생기발 랄한 여성이었기 때문에 후반부에 이런 유훈을 남길 수 있었을 것으로 해석되 기도 한다.

작중 인물 임생이 임진란 때 활약한 임희진任希進(당시 전라도 해남에서 기병했 던 의병장)의 선조라고 하였으니, 시대 배경은 임진란 이전으로 소급된다. 그런 데 『동야휘집』이 전반적으로 이야기를 특정한 유명 인물에 결부시키고 되도록 시대를 끌어올리는 경향을 보이는 점으로 미루어 이 역시 그렇게 생각된다.

방맹芳盟

곤륜崑崙 최창대[1]는 문장이 일찍이 빼어나 명망이 세상에 떨쳤을 뿐만 아니라 용모도 출중하여 풍채가 사람의 눈길을 끌었다.

그가 과거에 급제하기 전의 일이다. 어느 저문 봄에 알성시[2]를 보인다는 왕명이 있었다. 최창대가 마침 일이 있어서 나귀를 타고 나가 시전 거리를 지나가는데, 돌연 누군지 모를 사람이 나귀를 가로막고 머리를 숙여 절을 하는 것이었다.

"당신이 누구시던가……. 기억이 없군요."

"소인은 지전[3] 상인 아무개올시다. 아직 한번도 문안을 드린 적이 없사오나 구구하게 아뢸 말씀이 있어 이렇게 나와 뵙습니다. 조용한 처소라야 여쭙고 싶은 말씀을 다 드릴 수 있사온데, 소인의 집이 바로 여깁

---

1 **최창대崔昌大(1669~1720)** 최명길崔鳴吉의 증손이며, 영의정을 지낸 최석정崔錫鼎의 아들이다. 숙종 20년(1694) 별시 문과에 급제, 벼슬이 부제학에 이름. 저술로 『곤륜집崑崙集』이 전한다.
2 **알성시謁聖試** 임금이 성균관으로 가서 대성전大成殿, 즉 공자 사당을 배알하고 그 자리서 보이던 과거.
3 **지전紙廛** 시전 중에서 지물전. 종이 등속을 파는 점포.

니다. 대단히 죄송하오나 감히 행차를 청하오니 잠시 들어와 쉬십지요."

창대는 그의 말이 심히 이상하여, 나귀에서 내려 그 집 사랑방으로 들어갔다. 방이 정결하고 서화가 벽에 가득했다. 좌정하자 그 지전 상인이 몸을 굽혀 예를 표하고 가까이 다가서 말을 꺼내는 것이었다.

"소인에게 여식이 하나 있지요. 나이 갓 16세로 밉상이 아니고 멍청하지 않아 문식文識도 약간 있는 편인데, 젊은 문사의 부실副室이 되기가 저의 평생소원이랍니다. 그래 아직 혼처를 정하지 못하고 있답니다. 그런데 지난밤 여식의 꿈에 정초지[4] 한장이 홀연 하늘로 날아오르더니 황룡으로 변해 구름 속으로 힘차게 솟구쳐 가더라지요. 꿈을 깬 뒤에 기이하게 여기고 꿈속에서 용이 되어 날던 그 정초지를 찾아 열번이나 싸서 봉해두고, 제딴엔 이번 과거에 이 정초지로 관광[5]을 하는 사람이 필시 장원급제를 하리라고 확신한 나머지, 저 자신이 사람을 택해 이 정초지를 드리고 그의 소실이 되겠다고 하는 겁니다. 소인 집이 마침 대로 옆에 있는데, 여식이 식전부터 행랑 한 칸을 정히 치우고 창문에 발을 가리고 진종일 지나다니는 사람을 지켜보고 있다가, 마침 서방님 행차를 보고는 소인을 급히 불러 행차를 모셔오라고 조르지 않겠습니까? 그래서 지금 당돌하게 들어오시도록 한 겁니다."

이윽고 큰상이 나오는데 음식이 대단히 사치스러웠으며, 그 딸을 나와 뵙게 하는데 꽃 같은 용모에 달 같은 자태가 그야말로 경성지색[6]이

---

4 정초지正草紙 과거시험장에서 답안을 쓰는 종이로 두껍고 넓게 특별히 제작하였다. 시지試紙.
5 관광觀光 원래 관국지광觀國之光에서 유래한 말로 나라의 위의와 문명을 본다는 뜻. 그래서 과거시험 보는 것을 가리켜서도 관광이라고 한 것이다.
6 경성지색傾城之色 온 성을 기울게 만든다는 뜻으로 여자의 미모를 찬탄하는 말. 이보다 한 등급 높은 미인을 경국지색傾國之色(나라를 기울게 하는 미인)이라 했다.

었다. 미목이 수려하고 행동거지가 아담하여 여염의 여자들과는 동류가 아니었다. 지전 상인이 무릎을 꿇고 정초지 한장을 바치면서 말했다.

"이게 바로 소인 여식이 용꿈을 꾼 그 종이올시다. 과거날이 며칠 남지 않았군요. 이 정초지에 써서 정권하시면 필시 장원을 하시리다. 창방하는 날 미천한 것이라 꺼리지 마시고, 곧바로 교자를 보내 여식을 데려가셔서 길이 기추를 받들도록 하여 여식의 평생소원을 이루어주시기를 간절히 바라옵니다."

창대는 이미 그 여자의 빼어난 미모에 반했던데다가 몽조가 특이함을 반겨서 흡족히 허락하고, 단단히 약속을 맺어두고서 떠났다.

과거시험날 창대는 그 정초지를 휴대하고 입장하여 생각을 짜내 일필휘지로 글을 써서 바쳤더니 과연 장원급제였다.

어전에 창명唱名이 되어 어사화를 꽂고 사악[7]을 받아 그의 부친 최정승이 후배[8]로 나오니, 풍악이 하늘에 울리고 영광이 온 누리에 빛났다. 자기 집에 당도하자 초헌[9]이 문을 메워 축하객이 마루에 가득하고 노래하는 사람과 춤추는 여인이 앞뒤로 늘어섰다. 진수성찬이 좌우로 즐비한데 관악·현악으로 기쁨을 돋우고 광대가 재주를 자랑하니 구경꾼으로 뜰과 문전이 장사진을 이루었다.

어느덧 날이 저물어 빈객이 많이 흩어졌다. 창대는 전날 단단히 맺은 언약을 잊은 것은 아니었으나, 아무래도 젊은 사람이 하는 일이라 생각이 치밀하지 못해서 감히 부친께 사연을 고하지 못했다. 또한 분주했기 때문에 부모를 모시는 처지로 달리 주선할 도리도 없어 망설이며 한숨

---

7 사악賜樂 임금이 내려준 음악.
8 후배後拜 등과한 자가 임금께 인사를 드릴 때 함께 인사를 드리는 것.
9 초헌軺軒 종2품 이상의 고관이 타던 가마.

만 들이쉬는 즈음에, 갑자기 대문 밖에서 곡성이 들려왔다. 어떤 사람이 가슴을 두드리며 방성대곡을 하고 대문 안으로 뛰어들려 하는데, 하인배들이 밀어내자 울며불며 한사코 들어오겠다고 다투는 것이었다.

"마음에 철천지한이 있기로 선달님께 아뢰고자 합니다."

부친 최정승이 듣고 해괴히 여겨 그 사람을 울음을 그치고 가까이 오게 하여 물었다.

"네가 무슨 원통한 일이 있기에 하필 오늘같이 경사스러운 날에 와서 이런 야료를 부리느냐?"

그 사람이 눈물을 씻고 절을 하더니 울음을 삼키며 말했다.

"소인은 지전 상인 아무개올시다."

이어서 자기 딸이 용꿈을 꾼 일과 함께 최창대와 언약한 일을 자세히 아뢰었다.

"소인의 여식이 과거시험날 아침부터 밥도 먹지 않고 오직 방이 나기를 기다려 자주 서방님의 등과 여부만 묻는 고로, 소인이 연방 탐문하여 댁의 서방님이 장원급제하셨음이 틀림없는 줄 알았지요. 여식에게 희소식을 전했더니, 여식은 천지에 그런 기쁠 데가 없이 오식 교자를 갖춰 데려간다는 기별이 오기만 눈이 빠지게 기다렸습니다. 그러다가 날이 저물어도 아무 소식이 없자 안절부절 얼빠진 것같이 실성한 것같이 아무 말이 없이 긴 한숨만 내쉬는군요. 소인이 그 정경을 차마 보다 못하여 백방으로 깨우치기를 '창방하는 날이야 으레 바쁘고 번거롭기 마련이란다. 하객이 밀려들어 응대하기만도 번거로운데 긴요치 않은 일에 생각이 미치겠니? 저 서방님이 잠시 망각하는 것도 괴이한 일이 아니고, 혹시 잊지 않았대도 분주하다보면 미처 일을 주선하지 못할 수도 있으니 그 또한 예사 아니겠느냐? 내가 댁에 가서 축하를 드리고 동정을 살피고 와도 늦지 않다.' 이렇게 타일러도 여식은, '만약 언약이 심중에 새겨 있다면 아무리 분주한들 잊어먹나요? 그리고 만약 애정이 있다면 아무리 총망한 중이라도 교자를 보내 데려가기야 불과 분부 한번이면 될 일인 걸, 어찌 그럴 겨를도 없겠어요? 그 서방님 심중에 이미 소녀가 없기 때문에 여태 아무 소식이 없는 거예요. 저쪽이 이미 나를 잊고 데려갈 의향이 없는데 우리가 먼저 탐문하면 그 또한 부끄럽지 않아요? 설사 우리가 탐문함으로 인해서 마지못해 데려간다 하더라도 그 또한 인생에 무슨 재미가 생기겠어요? 부부가 백년토록 해로하는 건 믿음과 사랑이 있기 때문이지요. 방맹芳盟이 식기도 전에 이처럼 마음이 변했으니, 후일에 무엇을 기대하겠어요? 저의 뜻은 이미 결정되었으니 다시 더 말할 것이 없습니다.' 이러더니 방에 들어가서 끝내 자결하고 말았습니다. 소인이 슬픔이 가슴에 북받치고 원한이 하늘에 사무쳐서 감히 이렇게 달려와 아뢰옵니다."

최정승은 듣고 놀랍기도 하고 측은하기도 하여 한참을 말없이 있다가, 그 아들을 불러 준절히 꾸중하였다.

"사람의 생명이 달린 큰일에 네가 저와 더불어 언약을 하고서 이렇듯 배신했으니, 세상에 너같이 풍류도 없고 신의도 없는 사내가 있단 말이냐? 박정하기 짝이 없고 적원積寃이 더할 수 없구나. 내 일찍이 너에 대해 기대한 바 컸거늘 이번 일로 보건대 족히 더 볼 것이 없겠다. 무슨 일을 주선하겠으며, 무슨 벼슬을 감당하겠느냐?"

그리고 혀를 차며 일렀다.

"즉시 제수를 성대하게 마련하고 제문 한통을 지어서 너의 잘못을 깊이 사죄하고, 후회막급이라는 뜻으로 그 여자의 시신 앞에 가서 곡을 하고, 아울러 초종의 제반 절차를 네 몸소 살펴 유감이 없도록 하여라. 언약을 어긴 너의 죄를 조금이나마 씻고 눈을 감지 못하는 원혼을 위로해 줌이 옳으니라."

그리고 관곽과 수의 등 장례 제구를 잘 마련해주어 후히 장사 지낼 수 있도록 했다.

후일에 최창대는 벼슬이 부제학에 이르렀으나 일찍이 세상을 떠났다.

●작품 해설

『청구야담』에 '최곤륜이 급제를 하고서 여자와의 언약을 어기다崔崑崙登第背芳盟'란 제목으로 실린 것인데, 여기서는 '방맹芳盟'만으로 제목을 삼았다.

서울의 시전 상인들은 신분적인 제한을 받고 있었으나 생활이 화려했고 의식도 새로울 수 있었다. 작중 인물인 지전 상인의 딸의 경우, 문학적인 교양이 있었고 정서가 발달한 소녀였다. 그 소녀는 상인의 딸이라는 신분적인 제한 때문에 자기가 소망하는 신랑을 만날 수 없었다. 그래서 문인의 소실을 자원한 것이었다. 문학적인 교양이 없는 남성과 몰취미한 인생을 사느니보다 비록 소실로라도 문인과 서로 문학을 이해하고 감정이 통하는 삶을 원했을 것이다.

그리하여 남자로부터 배신을 당했다고 판단하자 자결을 단행했다. 무엇보다 부부관계는 서로 간의 믿음과 사랑이라고 생각했고, 믿음이 없고 사랑이 식은 남자와는 같이 살게 되더라도 아무런 인생의 낙을 느낄 수 없다고 하여 자결한 것이었다. 이러한 소녀의 행동은 자기의 감정과 의식을 살린 인간 생활을 추구하는 자아의 각성이라 할 것이다.

심생沈生

심생은 서울의 양반이다. 그는 약관에 용모가 매우 준수하고 풍정風
情이 넘치는 청년이었다.

어느날 그가 운종가[1]에서 임금의 거둥을 구경하고 돌아오던 길에 어
떤 건장한 여종이 자줏빛 명주보자기로 여자를 덮어씌워서 업고 가는
것을 보았다. 그 뒤를 한 계집애가 붉은 비단신을 들고 따라가고 있었
다. 심생은 업힌 여자의 몸을 가늠해보아 어린애가 아닌 줄 짐작했다.

그는 바짝 따라붙었다. 뒤꽁무니를 밟디기 디디 소매로 스치고 지나
가기도 하면서 계속 시선을 보자기에서 떼지 않았다. 소광통교小廣通橋
에 이르렀을 때, 갑자기 돌개바람이 일어 자줏빛 보자기가 반쯤 걷히었
다. 놓치지 않고 보니 과연 한 처녀라. 복숭앗빛 뺨에 버들잎 눈썹, 초록
저고리에 다홍치마, 연지와 분으로 가장 곱게 화장을 한 용모였다. 한눈
에 절대가인임을 알 수 있었다. 처녀 역시 보자기 안에서 어렴풋이 미소
년이 쪽빛 상의에 초립을 쓰고 왼편이나 오른편에 붙어서 따라오는 것

---

1 운종가雲從街 지금의 서울 종각이 있는 네거리. 당시에도 서울의 중심가였다. 종각에
서 지금의 남대문로를 따라 이동하는 것이 작중의 동선이다.

을 보았다. 마침 추파秋波를 들어 보자기 사이로 주시하던 참이었다. 그러다가 보자기가 걷히는 바람에 버들 눈썹, 별 눈동자의 네 눈이 서로 부딪쳤다. 처녀는 놀랍기도 하고 부끄럽기도 하여 보자기를 당겨서 다시 얼른 덮어썼다. 심생이 어찌 이를 놓칠 것인가. 계속 쫓아가서 소공주동[2] 홍살문[3]에 당도했는데, 처녀는 중문 안으로 들어가 사라졌다.

그는 멍하니 무언가 잃어버린 것처럼 한참을 서성거렸다. 그러다가 어떤 이웃 할멈을 붙들고 자세히 물어보았다. 호조에 계사[4]로 있다가 은퇴한 사람의 집이고, 슬하에 16, 7세 된 딸 하나를 두었는데, 아직 혼사를 정하지 못했다는 사실을 알게 되었다. 그 딸이 거처하는 방을 물었더니 할멈은 손으로 가리키며 일러주었다.

"이 조그만 네거리를 돌아서면 회칠한 담장이 나오는데, 담장 안의 한 골방이 바로 그 처자가 거처하는 방이라오."

그는 이 말을 듣고 도저히 잊을 수가 없어 저녁에 집안 식구에게 거짓말로 꾸며댔다.

"동창 아무개가 저와 밤을 같이 지내자고 하는군요. 오늘 저녁부터 가볼까 합니다."

그는 행인이 끊어지기를 기다려 그 집 담장을 넘어 들어갔다. 때마침 초승달이 으스름한데 창문 밖으로 꽃나무가 썩 아담하게 가꾸어졌고, 등불이 창호지에 비쳐 환했다. 심생은 처마 밑 바깥벽에 기대 앉아서 숨을 죽이고 기다렸다.

---

2 소공주동小公主洞 지금의 서울의 중구 소공동.

3 홍살문紅箭門 능陵·원園·묘廟·궁전·관아 등으로 들어가는 입구에 세우는 문. 붉게 칠을 했기 때문에 홍살문이라고 불렀다.

4 계사計士 호조의 회계원會計員. 의관醫官·역관譯官과 함께 대표적인 중인 기술직.

그 방에는 처녀가 두 매향[5]과 함께 있었다. 처녀는 나지막한 소리로 언문 소설을 읽는데, 꾀꼬리 울음같이 낭랑한 목청이었다. 삼경쯤에 몸종은 벌써 깊이 잠들었고, 처녀는 그제야 등불을 끄고 취침하는 것 같았다. 그런데 오래도록 잠을 이루지 못하고 뒤척뒤척 무언가 고민하는 모양이었다.

심생은 잠이 올 리도 없거니와 바스락 소리 하나 내지 못했다. 그대로 새벽종이 울릴 때까지 있다가 다시 담을 넘어 돌아왔다.

그는 이후로 이 일이 일과처럼 되었다. 저물어서 갔다가 새벽이면 돌아오는 것이었다. 이렇게 20일 동안 계속하여 게을리하지 않았다. 처녀는 초저녁에는 소설책을 읽거나 바느질을 하다가 밤중에 이르러 불을 끄는데, 혹은 잠이 들기도 하고 혹은 번민하여 잠을 이루지 못하기도 했다. 6, 7일이 지나자 문득 몸이 편치 못하다면서 초경부터 자리에 들었다. 베개에 엎드려 자주 손으로 벽을 두드리며 긴 한숨 짧은 탄식으로 그 숨결이 창밖까지 들렸다. 하루하루 갈수록 더해만 갔다.

스무날째 되는 밤이었다. 처녀가 갑자기 나오더니 마루를 내려와 바깥벽을 돌아서 심생이 앉아 있는 곳에 당두하였다. 심생은 깜깜한 어둠 속에서 불끈 일어서 그녀를 붙잡았다. 그녀는 조금도 놀라는 기색이 없이 낮은 목소리로 말했다.

"도련님은 소광통교에서 만난 그분이 아니세요? 저는 이미 스무날 전부터 도련님이 다니시는 줄 알았답니다. 저를 붙들지 마셔요. 제가 한번 소리를 치면 다시는 여기서 못 나갑니다. 절 놓아주시면 제가 뒷문을 열고 방으로 들어오시게 할게요. 얼른 놓으셔요."

---

5 매향梅香 몸종을 가리키는 말.

심생은 곧이듣고 물러서 기다렸다. 처녀는 몸을 돌려 방으로 들어가서는 몸종을 부르더니 말했다.

"너 마나님한테 가서 큰 주석 자물쇠를 주시라고 하여 갖고 오너라. 밤이 깜깜해서 사람이 겁이 나는구나."

몸종이 윗방 마루로 건너가서 자물쇠를 들고 왔다. 처녀는 열어주기로 약속한 뒷문에다 아퀴 맞는 쇠꼬챙이를 분명히 꽂고 다시 손으로 자물쇠를 채우는 것이었다. 일부러 쇠를 채우는 소리를 찰카닥 냈다. 그리고 바로 불을 끄고 잠이 깊이 든 척했으나, 실은 잠을 이루지 못하였다.

심생은 속임을 당한 데 분통이 터졌다. 하지만 달리 생각하면 그나마도 만나본 것이 다행이다 싶었다. 여전히 자물쇠를 채운 방문 밖에서 밤을 지새고 새벽이면 돌아갔다. 다음날도 가고 그다음 날도 갔다. 방에는 여전히 자물쇠가 굳게 채워져 있었지만 심생은 조금도 해이해짐이 없었다. 비가 오면 유삼油衫을 둘러쓰고 가서 옷이 흠뻑 젖어도 개의치 않았다. 이렇게 또다시 열흘이 지났다. 밤중이 되어 온 집안이 모두 깊이 잠들었다. 처녀 역시 불을 끄고 한참이나 있다가 문득 벌떡 일어나서 몸종을 불러 얼른 등에 불을 붙이라고 재촉하는 것이었다.

"얘, 너희들 오늘밤엔 윗방으로 가서 자거라."

두 매향이 방을 나가자, 처녀는 벽에 걸린 열쇠를 가지고 자물쇠를 따고 뒷문을 활짝 열었다.

"도련님, 들어오세요."

심생은 얼떨떨한 중에 자기도 모르게 몸이 벌써 방에 들어와 있었다. 그녀는 다시 그 문에 자물쇠를 채우고 심생에게 말했다.

"도련님, 잠깐 앉아 계셔요."

그리고 윗방으로 가서 자기 부모를 모시고 나왔다. 부모는 영문도 모르고 어리둥절하였음이 물론이다. 그녀는 말을 시작했다.

"놀라지 마시고 제 말을 들어보셔요. 제 나이 열일곱으로 발걸음이 일찍이 문밖을 나가지 못하다가, 한달 전에 임금님의 거둥을 구경하고 돌아오던 길에 소광통교에서 우연히 덮어쓴 보자기가 바람에 걷혔습니다. 마침 그때 한 초립 도령과 얼굴이 마주쳤어요. 그날 밤부터 도련님이 어느 하루 안 오시는 날이 없이 밤이면 이 방문 밑에 와서 숨어 기다린 것이 이제 이미 30일이 지났답니다. 비가 와도 오시고, 추워도 오시고, 문에 자물쇠를 채워 거절하는 뜻을 분명히 해도 역시 오셨어요. 저는 곰곰이 생각해보았습니다. 만일 소문이 밖으로 퍼져서 동네 사람들이 알게 되면 남자가 밤에 들어왔다가 새벽이면 돌아가는데 자기 혼자 바깥벽 아래 있다가 가는 줄로 어느 누가 믿겠습니까? 제가 사실과 달리 누명을 뒤집어쓸 수밖에 없겠지요. 영락없이 개에게 물린 꿩이 되는 셈이에요. 그리고 저분은 양반댁 도령으로 지금 바야흐로 소년이라 혈기가 아직 정해지지 못해 다만 나비와 벌이 꽃을 탐낼 줄만 알고 바람과 이슬에 몸이 상하는 것을 돌보지 않으니, 얼마 못 가서 필경 병이 나지 않겠어요? 발병을 하면 필시 일어나지 못할 텐데, 그렇게 되면 제가 죽이지 않았어도 제가 죽인 것과 다르지 않습니다. 비록 남들이 모르더라도 반드시 나쁜 응보를 받게 됩니다. 또 제 몸은 한낱 중인 집의 딸에 불과합니다. 제가 무슨 절세의 경성지색으로 꽃이 부끄러워할 만한 용모를 지닌 것도 아닌데, 도련님께서 솔개를 보고 매로 잘못 생각하여 제게 지성을 바치길 이토록 부지런히 하십니다. 제가 만일 도련님 뜻을 따르지 않으면 하늘이 필시 저를 미워하여 재앙을 내리실 거예요. 저는 결심하였습니다. 부모님께서는 근심하지 마소서. 아! 저는 부모님께서 연로하시고 동기간이 없으니 데릴사위로 들어올 사람과 혼인할 생각이었습니다. 그래서 부모님이 생존하시는 날까지 봉양을 다하고 돌아가신 뒤에 제사를 받들면 저의 소망에 족하다고 여겼습니다. 이제 일이 뜻하지 않게 이렇게 되었으니, 이 역시 하늘이 정한 바라. 말해 무엇하겠습니까?"

처녀의 부모는 어안이 벙벙했으나 달리 할 말이 없었으며, 심생은 더욱 아무 말도 못 했다. 드디어 동침을 하게 되었다. 애타게 사모하던 끝에 그 기쁨이야 오죽하였겠는가. 그날 밤 이후로 심생은 저물게 나갔다가 새벽에 돌아오지 않는 날이 없었다.

처녀의 집은 본래 부유했다. 그로부터 심생을 위해 산뜻한 의복을 정성껏 마련해주었으나, 그는 본가에서 이상하게 여길까봐 감히 입고 나서지 못하였다. 하지만 심생이 아무리 숨기고 조심한다고 해도 집에서는 그가 매일 바깥에서 자고 늦게 돌아오는 데 의심이 가지 않을 수 없었다. 그래서 절에 가 글을 읽으라는 명이 떨어졌다. 심생은 마음에 몹시 괴로웠으나, 집안의 압력을 받는데다가 친구들에게 이끌려서 책을 싸들고 북한산성으로 올라갔다.

선방禪房에 머문 지 한달 가까이 되었을 무렵이다. 심생에게 처녀의 언문 편지를 전해주는 사람이 있었다. 편지를 펼쳐보니 유서로 영 이별하는 사연이 아닌가. 처녀는 이미 죽은 것이다. 편지의 사연은 이러했다.

봄추위가 아직도 쌀쌀하온데 절간의 글공부에 옥체 평안하시옵니까? 항상 사모하옵는바 어느날이라 잊으리까?

소녀는 도련님께서 떠나신 이후로 우연히 한 병을 얻어 점점 골수에 사무쳐 백약이 무효인지라, 이제 필경 죽음밖에 없는 줄 알았사옵니다. 소녀처럼 박명한 몸이 살아본들 무엇하리까마는, 우선 세가지 큰 한을 가슴에 안고 있으니 죽음에 당해서도 눈을 감지 못하옵니다.

소녀 본래 무남독녀로 부모님의 사랑하심을 받자와 장차 부모님께 서는 적당한 데릴사위를 구하여 만년의 의지를 삼고 후일의 계책을 마련코자 하였더니, 호사다마라 뜻밖에 악연에 얽히었군요. 여라[6]가 외람되게 높은 소나무에 붙었으나 주진지계[7]가 이제 단망이오니, 이 는 소녀가 아무 낙이 없이 시름하다가 마침내 병으로 죽음에 이른 까 닭입니다. 이제 고당학발[8]은 영영 의뢰할 곳이 없게 되었사오니, 이 것이 첫째 한이옵니다.

여자가 출가하면 설령 여종의 처지라도 문에 기대어 손님을 맞는 기생의 몸이 아닌 다음에야 남편이 있고 시부모가 있겠지요. 세상에 시부모가 모르는 며느리가 있사오리까? 소녀 같은 몸은 남의 속임을 받아 몇달이 지나도록 일찍이 도련님 댁의 늙은 여자 하인 하나도 보 지 못하였사오니, 살아서 부정한 자취를 남겼고 죽어서 돌아갈 곳이 없는 귀신이 될 것이라, 이것이 둘째 한이옵니다.

부인이 남편을 섬기매 음식을 장만하여 공궤하고 의복을 지어서 입으시도록 하는 일보다 소중한 일이 있을까요? 도련님과 상봉한 이 후로 세월이 오래지 않음도 아니요 지어드린 의복이 적다 할 수도 없 는데, 한번도 도련님께 한 그릇 밥도 집에서 자시게 못 하였고, 한벌 옷도 입도록 하지 못하였으며, 서방님을 모시기를 오직 침석에서뿐 이었습니다. 이것이 셋째 한이옵니다.

---

6 여라女蘿 넝쿨진 풀의 일종. 지체가 낮은 사람이 높은 사람에게 결탁하는 것을 말한 다. 『시경·소아小雅·규변頍弁』의 "蔦與女蘿 施於松栢"에서 나온 말.

7 주진지계朱陳之計 주·진 양씨가 진秦나라의 악정惡政을 피해 무릉도원에 들어가 서 로 혼인했다는 고사에서 유래한 말로 혼인함을 가리킨다.

8 고당학발高堂鶴髮 늙으신 부모님을 가리키는 말. 고당은 부모가 있는 처소, 학발은 머리가 하얗게 센 것을 가리킨다.

그리고 상봉한 지 얼마 아니 되어 문득 길이 이별하옵고, 병으로 누워 죽음이 다가왔으되 대면하여 영결을 못 하옵니다. 이러한 여자의 슬픔을 어찌 족히 군자에게 말씀드리오리까? 생각이 여기에 이르러 창자가 끊어지고 뼈가 녹으려 하옵니다. 비록 연약한 풀이 바람에 쓰러지고 시든 꽃잎이 진흙이 된다 하온들 끝없는 이 원한은 어느 날이라 다하리오.

오호라! 창문 사이의 밀회는 이제 그만입니다. 바라옵건대 도련님은 소녀를 마음에 두지 마옵시고, 더욱 글공부에 힘쓰시어 일찍이 청운의 뜻을 이루옵소서.

옥체를 내내 보중하옵기 천만 비옵니다.

심생은 이 편지를 받고 자기도 모르게 울음과 눈물을 쏟았다. 이제 와서 아무리 슬프게 울어본들 무엇하겠는가.

그뒤에 심생은 붓을 던지고 무관이 되어 벼슬이 금오랑[9]에 이르렀으나 역시 오래 살지 못하고 죽었다.

매화외사梅花外史는 논한다. 내가 열두살 적에 시골 서당에서 글을 읽는데, 매일 동접들과 더불어 이야기 듣기를 좋아하였다. 어느날 선생님이 심생의 일을 자세히 들려주고 말씀하셨다.

"심생은 나의 소년 시절 동창이란다. 그가 절에서 편지를 받고 통곡할 적에 나도 옆에서 보았더니라. 그래서 이 이야기를 듣고 지금까지 잊히지 않는구나."

---

9 금오랑金吾郎 의금부 도사都事. 죄인을 압송하는 임무를 띰.

이어서 덧붙인 말씀이 있었다.

"내가 너희들에게 이 풍류소년을 본받으라는 것이 아니다. 사람이 일에 당해서 진실로 꼭 이루고야 말겠다는 뜻을 세우면 규중의 처자라도 오히려 감동시킬 수 있거늘, 하물며 문장이나 과거야 왜 안 되겠느냐?"

우리들은 이 이야기를 듣고 아주 신선하게 느꼈다. 뒤에 『정사』[10]라는 책을 읽어보니 이와 비슷한 것들도 있었다. 이에 이 글을 기록하여 『정사』의 보유補遺로 삼을까 한다.

---

10 『정사情史』 명나라 말의 문학가 풍몽룡馮夢龍이 지은 소설집. 남녀의 애정을 다룬 내용이 주를 이루어서 붙여진 이름.

●작품 해설

이 「심생沈生」은 담정潭庭 김려金鑢가 편찬한 『담정총서潭庭叢書』 중에 수록된 것으로, 이옥李鈺의 작품이다. 고 이가원李家源 선생이 역편譯編한 『이조한문소설선李朝漢文小說選』(민중서관 1961)에 실려 알려진 바 있다.

18세기 이후 소설의 발달은 독자층의 확대와 밀접하게 연관된 현상이었다. 특히 규범에 얽매이지 않고 생활의 여유를 누렸던 사회계층의 성장에 의해서 새로운 소설 독자층이 확대되어간 것이다. 새로운 독자층이 서울의 중인 내지 상인층으로 확장된다. 이 작품의 여주인공은 바로 이 새로운 독자층의 한 사람으로 볼 수 있다.

여주인공은 호조 계사의 딸로 서울의 부유한 가정에서 한가로이 소설을 읽으며 지낼 수 있었다. 이러한 분위기 속에서 성장하여 재치 있고 정감이 발달한 처녀가 되었다. 앞의 「방맹」의 여주인공과 유사한 인간형이다. 작품은 이 여주인공과 심생 사이의 사랑이 신분갈등으로 인해서 비련으로 끝나는 사연을 그린 것이다. 작중 심생은 서울의 양반으로 고귀한 신분을 타고났다. 심생은 이 처녀에게 강렬한 애정을 느끼고 사랑을 획득하기 위해서 오로지 일심전력 노력한 나머지 두 남녀의 결합이 일단 이루어지긴 했다. 그러나 양반과 중인이라는 신분적인 장애 때문에 그들의 사랑은 결국 비극적으로 끝나고 말았던 것이다. 심생이 처녀의 유서를 받은 뒤 붓을 던지고 방황한 끝에 무관이 되었다고 하였는데, 이는 그 충격 때문에 무한히 고민하다가 학업을 중단하고 문과는 안 되어서 마지못해 무관으로나마 나가본 것을 말해주고 있으며, 마침내 고민 끝에 죽고 말았던 것이다. 곧 심생의 죽음은 한 여성에 대한 사랑 때문에 끝끝내 현실에 순응하지 못하였음을 의미한다.

이정離情

서울의 한 선비가 약관의 나이로 진사 시험에 합격하고 삼촌과 함께 남방의 어느 고을 부친의 임지로 그 영광을 고하러 가던 길이었다.

날이 저물어 한 시골 마을에 당도했다. 죽창竹窓에 사립문이 달린 집이 푸른 대와 푸른 솔이 어우러져서 자못 운치가 있었다. 집주인이 길손을 사랑으로 맞아들였다. 이내 저녁상이 나오는데 역시 산채 야채가 정결해서 썩 입에 맞았다.

그날 밤을 그 집 사랑에서 묵게 되었다. 삼촌은 먼 길에 피곤하여 눕자마자 곯아떨어졌으나, 그는 흥취를 못 이겨 달빛 가득한 뜰을 거닐었다. 젊은 기분에 집 뒤로 돌아가보았더니, 대숲 사이에서 여자의 시 읊는 소리가 은은히 들렸다. 소리를 따라 한 걸음 두 걸음 옮겨가니 두어 간 초옥이 연못가에 산뜻했다. 주인집 딸의 거처였다. 그 규수는 침어낙안[1]의 용모와 폐월수화[2]의 자태로 국색國色이라 일컬을 만했다.

---

1 **침어낙안沈魚落雁** 미인의 빼어난 용모를 수식하는 말. 『장자·제물론齊物論』에 아무리 출중한 미인이라도 가까이 가면 '물고기는 물속으로 깊이 숨고 새는 높이 날아간다魚見之深入 鳥見之高飛'라는 글에서 유래한 것이다.

그는 끌리는 감정을 억제하지 못하고 그 방문을 열고 들어갔다.

"손님은 웬 분이십니까?"

처녀는 별로 놀라는 기색도 없이 차분히 묻는 것이었다. 그는 들어온 사연을 고백하고 간청하였다.

"이왕 들어왔으니 하룻밤 자고 가기를 소원합니다."

처녀는 그의 세련되고 훤칠한 용모를 보고 한동안 깊이 생각하다가 말했다.

"저는 본디 농가의 딸이라 농가로 시집가기 마련이지요. 여자의 몸이 되어, 이 땅에 태어나서 자라 여기서 시집을 가고 여기서 죽어 서울의 번화함과 궁궐의 굉장함을 못 보고 초목과 같이 썩어질 것을 스스로 한탄하였습니다. 오늘밤 인연을 맺은 뒤 저를 버리지 않으신다면 저의 숙원을 이루겠지요. 그렇게 될 수 있을까요?"

"내 마땅히 아버지께 말씀드리고 날짜를 정하여 데려가기로 약속하겠소. 만약에 이 언약을 어기면 죽어서도 부끄러움을 면치 못하리다."

그가 이렇게 다짐하여, 처녀는 기꺼이 응했다. 이윽고 새벽닭이 울었다. 처녀는 먼저 일어나서 살며시 옷을 챙겨 입고 그에게 나가기를 권하면서 거듭 언약을 단단히 하고 송별시 한편을 지어주었다.

갈림길에 서서 이별하는데,

떠날 줄을 모르누나.

비 내리는 어두운 성城 밖에서

이별의 눈물은 소리도 없이.

---

2 폐월수화閉月羞花 미인을 수식한 말. 폐월은 미인을 달이 구름에 살짝 가린 모습에 비유한 것이며, 수화는 꽃도 부끄러워할 지경이라는 뜻이다.

물은 나루터를 가로질러

쉬지 않고 흐르는데,

그 깊고 얕음

우리의 이정離情과 어떠하리.

그는 시를 소매 속에 넣고 사랑으로 나왔다. 삼촌은 그때까지도 곤히 잠들어 있어 간밤의 일을 까맣게 모르고 지나갔다.

그는 부모를 뵙고 영광의 기쁨을 나눈 뒤에 그대로 책방[3]에 머무르면서 그 처녀와 기약한 날짜가 임박하였으나, 부친의 성품이 워낙 엄하기 때문에 망설이다가 어느덧 기한을 넘기고 말았다.

이듬해 봄이 되었다. 그의 부친이 아들에게 집으로 돌아가서 부지런히 학업을 닦으라고 명하였다. 그는 삼촌과 함께 행장을 꾸려가지고 길을 나섰다. 다시 그 시골 마을에 들렀더니, 집주인이 그를 보고 통곡을 하는 것이었다. 삼촌이 어리둥절하여 무슨 영문인지 물었다. 집주인이 자초지종을 이야기하고 나서 자기 딸이 자결해 죽었음을 알리는 것이었다.

삼촌은 노하여 조카를 책망했다.

"정 아버지께 여쭙기 어려우면 내게 일찍 주선해달라는 말을 왜 못했니? 이런 원한을 지었으니 어찌 네 앞길에 큰 해가 없겠느냐? 그러나 이미 끝난 일이로구나. 너를 책망한들 무슨 소용이 있겠니?"

그는 이후로 마음의 병이 점점 깊어져 음식을 제대로 들지 못하고 생

---

3 **책방冊房** 감사나 지방 수령의 아들, 또는 아들의 거처를 지칭하는 말. 지방관의 비서 업무를 맡은 사람을 일컫기도 한다. 책실冊室.

을 마쳤다.

　부묵자 가로되, 슬프다, 재주와 미모를 갖춘 여자로서 행로[4]를 조심하지 않았으니 어떻게 명을 잘 마칠 수 있었겠는가. 공자께서는 "자고로 누구나 죽기 마련이되, 사람이 신의가 없으면 서지 못한다自古皆有死人無信不立"라고 말씀하시었다. 선비가 행실을 이랬다저랬다 하고 신의까지 저버렸으니 또한 앞길이 좋을 수 있겠는가. 이 글을 보는 사람은 모름지기 남녀의 만남은 반드시 정도를 통해야 하며, 구차스러움이 없어야 하는 점을 명심하게 될 것이다.

---

4 **행로行露** 『시경·소남召南』의 편명. 밤길은 이슬에 젖기 때문에 출입을 삼가듯이 여성이 몸가짐을 조심한다는 의미.

부묵자의 『파수록』에서 뽑은 것으로 원래 제목은 붙어 있지 않다. 여기서는 작중 처녀의 송별시에서 '이정離情(이별의 정회)'이라는 말을 따서 제목을 삼았다.

앞의 「방맹」과 「심생」이 도시 서울을 배경으로 한 남녀 간의 애정을 그린 데 비해 이 작품은 농촌이 배경이다. 작중 처녀의 집은 농촌의 서민부자인 것으로 보인다. 그 처녀는 대지주층이 저택에서 화려한 생활을 누리던 것과는 달리 조촐하게 살았다. 그러나 자신의 감정을 시로 표현해낼 만큼 문학적인 교양이 있었다. 이러한 시골 처녀로서 서울을 동경하고 또 세련된 도시 소년에게 반하는 것은 있을 수 있는 일이다. 이 작품 역시 「심생」처럼 애정에 끌려 남녀가 관계를 맺었으나 그들의 현실은 이를 용납하지 않았고, 이 때문에 두 주인공의 죽음을 초래한 것이다.

동원삽화東園揷話

이업복李業福은 겸인 부류다. 아이 때부터 언문 소설책들을 맵시 있게 읽어서 그 소리가 노래하듯이, 원망하듯이, 우는 듯이, 슬픈 듯이, 가다가는 웅장하여 영걸의 형상을 표현해내기도 하고, 곱고 살살 녹아서 어여쁜 여인의 자태를 짓기도 하는데, 대개 그 소설 내용에 따라 백태를 연출하는 것이었다. 그래서 당시에 부자로 잘사는 사람들이 그를 서로 불러다 소설책을 읽히곤 했다.

어떤 서리 부부가 그의 재주에 반해서 업복이를 먹여 살리며 일가처럼 터놓고 지냈다. 이 서리에게 미혼의 딸이 하나 있었는데, 용모가 단정하고 빼어나서 아름답기 꽃이요 온화하기 옥이었다. 업복이는 그녀를 대면할 적마다 정신이 황홀하여 끌리는 마음을 걷잡지 못하고 추파를 보내곤 했으나, 그녀는 그때마다 정색을 하고 응하지 않았다.

어느 명절날 서리 내외는 온 가족을 데리고 성묘를 갔고 그녀 혼자 집에 남아서 대문을 단단히 걸어잠그고 있었다. 업복이 담을 넘어가서 가만히 그녀의 방으로 들어갔다. 그녀는 잠이 들어 있었다. 업복이 그 곁에 누워서 슬그머니 허리를 껴안았다. 그녀는 깜짝 놀라 발딱 일어났다.

"어머나, 이게 누구야?"

"업복이지."

그녀는 발끈 성이 나서 놋쇠 등걸이를 들고 업복이를 때렸다.

"네가 우리 아버지 어머니 은정을 잊어버리고 이런 짐승 같은 행동을 하다니?"

업복은 몸을 일부러 앞으로 내밀어 얻어맞으며 넉살을 부렸다.

"아가씨의 벌은 달기가 엿이라."

그녀는 더욱 분통이 나서 사납게 마구 때려 얼굴에 생채기를 입혔다. 업복이는 그래도 부드러운 소리와 화한 낯빛으로 정답게 달래는 것이었다. 그녀는 본디 성품이 온순하고 모질지 못한데다 그가 가여운 마음이 들어 몸을 자리 위에 던졌다.

"네 맘대로 해."

이에 업복은 제 욕망대로 희롱을 하여 이루 말할 수 없었다. 그녀는 용모를 가다듬고 일어나 소리쳤다.

"이제 네 소원을 풀었으니 빨리 나가거라."

업복은 미련을 남겨둔 채로 방문을 나갔다.

이튿날 아침에 서리의 집 식구들이 산에서 돌아왔다. 업복이는 그녀의 어머니에게 인사를 하러 들어갔다. 그녀가 옆에서 모시고 있는데, 얼굴에 근심이 가뜩 서려 아미를 찌푸린 자태가 한 가지 고운 꽃이 아침의 찬 이슬을 머금은 듯 애처롭기 그지없어 보였다. 업복이는 더욱 잊지 못해 편지 한장을 써서 틈을 보아 그녀에게 살짝 전했다. 사연인즉 동원東園에서 만나자는 것이었다.

그녀가 과연 약속대로 나타났는데, 무엇에 홀린 듯 혼잣말로 종알거리는 품이 아무래도 제정신이 아니었다.

"아가씨, 행동이 이상해 보이네요?"

업복이 묻자 대답이 이러했다.

"방금 서왕모[1]가 사자를 보내 전갈하기를 '네가 남의 유혹으로 더럽힘을 당해 꽃다운 자질이 망가지고 원한의 빚을 졌으니, 곧 속세의 인연을 끊고 선계로 돌아오라.' 하시데. 이제 곧 저승사자를 따라갈 거야."

"사자가 어디 있어?"

업복이 웃으며 다시 묻자 그녀는 옆을 가리키며 말했다.

"사자가 여기 계시네."

그러더니 공중을 향해서 웃고 말하면서 계속 소곤소곤하는 것이었다. 자기의 옥가락지를 뽑아서 누구에게 주는 형상을 짓고는, 또 남의 신을 벗겨서 자기 발에 신는 시늉을 내는 등 별별 이상한 짓을 다 했다. 하지만 눈을 씻고 보아야 밝은 달빛 아래 아무것도 보이는 것이 없었다.

"아가씨, 지금 누구하고 그리 재미있게 수작하고 있어?"

업복의 물음에 그녀는 웃으며 대답했다.

"요지瑤池의 사자야."

업복은 잔뜩 겁이 나서 달아났다.

그녀는 이후로 하루 종일 혼자 종알거리는데, 대체로 서왕모 사자에 대한 말이었다.

어느 새벽에 일어나보니 그녀는 사라져 종적이 없었다. 그 부모는 업복이 화의 계단이 된 줄 전혀 눈치채지 못하고 백방으로 종적을 수탐해 보았으나 끝내 찾을 수 없었다.

업복은 자기 신세가 궁박해서 이리된 일이라고 종종 한탄을 하였다.

---

1 서왕모西王母 서방을 주재하는 여신. 서왕모가 사는 곳을 요지瑤池라고 이름.

●작품 해설

이 작품은 『파수편』에 '가인을 잃고 복이 없음을 자주 탄식하다失佳人數歡薄倖'라는 제목으로 실린 것인데, 『청구야담』에도 같은 내용에 같은 제목으로 수록되어 있다. 여기서는 작중의 남주인공이 여주인공을 동원에서 만나는 장면에 초점을 맞춰 '동원삽화東園揷話'라고 제목을 붙였다.

작중 인물 이업복의 고백을 기록한 형식의 작품이다. 이업복은 소설책을 멋지게 읽는 것으로 업을 삼은 일종의 전문 이야기꾼이다. 전기수가 서울의 길거리에서 청중을 상대로 소설을 낭독하는 사람임에 대하여, 이업복 같은 자는 각 가정에 불려다니며 소설책을 읽어주는 사람이었다. 서리층의 한 집이 이업복에게 단골이 되었다.

그 단골집에서 잊지 못할 관계가 맺어진 것이다. 작중 서리의 딸은 감정이 지극히 섬세한 아름다운 처녀였다. 그 처녀가 업복에게 겁박을 당한 것이 원인이 되어 끝내 실성하여 어디론가 사라졌다. 이 때문에 이업복은 비련이 되고 만 사랑을 더욱 잊지 못하는 것이다.

매헌梅軒과 백화당百花堂

매헌梅軒

사족 한생韓生의 부인 이씨는 홀로된 어머니 밑에서 자라, 오빠들이 글 읽는 소리를 귀에 익게 들어 외우고 기억해서 잊지 않았다. 그래서 저절로 문장을 이루어 입에서 나오는 한마디 한마디가 사람을 놀라게 했던 것이다. 결혼한 뒤에도 부귀영화에는 전혀 뜻이 없이, 한적한 방에서 조용히 지내며 길쌈이나 바느질에는 처음부터 흥미를 갖지 않았다.

이 당시 중인 집의 처자 조趙소사[1]는 이름이 옥잠玉簪이고 호를 현포玄圃라고 했는데, 이씨의 명성을 전해 듣고 도보로 찾아왔다. 대번에 두 여자는 옛 친구라도 만난 듯 가까운 사이가 되었다. 이네들이 주고받는 말은 실로 사물의 이치를 꿰뚫었고, 경전과 역사를 토론하여 속세의 남자들로서는 감히 그 규방의 영역을 넘볼 수 없었다.

이낭자가 조소사에게 화답한 시가 있다.

---

1 소사召史 양반이 아닌 중인 이하의 부녀자를 호칭하는 이두어. 우리말로 '조이'라고도 한다.

쌍해오라기야,

무슨 마음에 떴다가 다시 앉느냐?

조각구름

자취 없이 흘러갔다 돌아온다.

조소사는 이 시를 평하여 "부인의 시상은 맑고 고우나, 유원한 기상이 없어 은근히 걱정되네요."라고 말했다. 과연 얼마 지나지 않아서 이씨는 유산을 하여 죽었다.

조소사는 그 영전에 통곡하며 글을 지어 제를 지내고 돌아오는 길에 또 시를 읊었다.

새 누에는 알에서 나오는 날

늦게 목욕을 하였고,

옛 제비는 알을 떨어뜨릴 때

공연히 돌아왔네.

조소사는 이후로 세상에 별 뜻이 없어 꽃 피는 아침 달 뜨는 저녁이면 눈물을 흘리고 한숨을 쉬기도 하며 혼자 말했다.

"매헌 낭자의 아리따운 용모와 슬기로운 언어를 다시는 보고 들을 길이 없으니, 내가 사는 것이 슬픔이 될 뿐이라."

그녀 또한 음식을 전폐하고 마침내 병이 깊어 죽었다.

이씨는 호가 매헌이다. 수고手稿 수백 편이 다 주옥같았는데, 시집에서는 굳이 숨겨 쉬쉬하고, 친정에서도 깊이 감춰 남에게 보이지 않아서 결국 세상에서 사라지고 말았다. 애석한 일이다.

백화당百花堂

백화당 주인의 처는 성씨를 알 수 없다. 주인이 원래 성품이 깨끗하고 시벽詩癖이 대단했다. 부모에게 소원하기를

"저의 혼사는 문벌의 고하나 재산의 유무는 따질 것 없고 오직 규수의 시재詩才를 보아 취택하겠습니다."

하여, 나이 서른이 가깝도록 장가들지 못했다. 어느 먼 곳에 사는 처녀가 아주 재주가 있는데 가난하고 보잘것없는 집안에서 성장했다는 말을 전해 듣고 백방으로 통혼하여 부부가 되었다. 부인은 맑은 문사와 고운 언어가 과연 듣던 바와 다름이 없었다.

주인은 자기 집 후원의 한적한 곳에 정사精舍 한채를 세웠다. 그리고 갖가지 꽃을 가꾸어서 백화당이라는 현판을 걸었다.

주인은 불행히도 나이 겨우 마흔에 죽었다. 부인은 통곡하던 끝에 자결하려 하다가 뜻을 이루지 못했다. 이에 부인이 시 한편을 지었는데 이러하다.

삼종[2] 그 어느 하나 따를 곳이 없어라.
내 죽음이 더디어 이 몸이 한스럽구나.
홀로 선 백화당 적막한데
꾀꼬리 울고 누에 잠들어 봄이 다 가네.

---

2 삼종三從 여자가 일생 동안에 의탁할 세군데를 가리킴. 어려서는 부모를 따르고 자라서는 남편을 따르고 늙어서는 아들을 따른다고 하였다.

●작품 해설

이 작품은 『좌계부담左溪裒談』에서 뽑았다. 짧지만 두편이 본디 독립된 것이었다. 그런데 여류 문인의 불우한 운명을 그린 점에서 상통하여 「매헌梅軒과 백화당百花堂」으로 묶었다.

전통적인 가족제도하에서 문학은 원칙적으로 여성의 일이 아니었다. 여성은 생활공간이 규방에 한정되어 있으면서 이른바 여자의 도리를 다해야 했다. 시를 짓는 것은 여자의 도리에 해당하는 일이 아니기에 덕목으로 평가하지 않았다. 여자의 도리를 벗어나 시를 좋아하는 이매헌이 "길쌈이나 바느질에는 처음부터 흥미를 갖지 않았다."는 것은 여성을 속박하는 생활규범에 대한 저항의 의미를 갖는다. 중인 처녀로서 신분적인 제한을 받아야 하는 조소사와 이러한 매헌은 쉽게 지기知己가 될 수 있었다. 조소사가 요절한 매헌을 잊지 못해 "사는 것이 슬픔이 될 뿐이라."라고 하며 병들어 죽은 것은, 지기를 잃은 슬픔 때문일 뿐 아니라 당시 사회에서는 자기의 정서를 살리고 의식이 통하는 가정을 도저히 이룰 수 없다고 판단했기 때문이었으리라.

백화당의 경우는 백화당 주인이 시적 정서 속에서 살아가는 가정을 꾸미려 하였다. 그래서 감정과 의식이 통할 수 있는 여성을 부인으로 맞아 그 소망이 이루어지는 듯하였으나, 그의 죽음으로 그 부인까지 비운에 잠긴다.

두편 모두 비극적으로 끝나는 것은 중세적인 속박하에서 그러한 예술의 세계에서 자아를 찾으려는 삶의 좌절된 형태라 하겠다.

연도戀盜

갑甲과 을乙 두 선비는 소꿉동무로, 장차 장가를 들면 서로 부인을 보여주기로 굳게 언약했다.

갑이 먼저 장가를 들어 을에게 아내를 보였다. 을은 뒤에 혼인을 했는데 그 부인이 절세의 미인이었다. 을 또한 갑에게 부인을 인사시키자, 갑은 첫눈에 긴 한숨을 내쉬고 일어섰다. 그길로 집을 나가서 어디론가 종적을 감췄다.

그로부터 10여 년. 을은 과거에 급제하여 호남의 어느 고을 원으로 부임하게 되었다. 행차가 마침 무주 덕유산 밑을 지나는데, 홀연 무장한 100여 기騎가 준마를 탄 한 미장부를 옹위하고 황금 교자를 앞세우고 달려오는 것이 보였다. 가까이 다가와서 을과 수작을 붙이더니 이내 큰소리가 나왔다.

"네가 미인을 10여 년 독점했으니 이제 그만 내게로 공손히 돌려보내라."

그리고 여종을 시켜서 안으로 말을 전하도록 했다.

"천하절색으로 졸장부를 좇아 이미 10여 년 살았으니, 이제 나의 교자로 옮겨 타 천하 미장부의 짝이 됨이 어떠하오?"

그리고 당장 안으로 교자를 들려 보내고 자신도 따라 들어가는 것이었다. 을 역시 뒤를 따라 들어가보니, 자기 아내가 흔연히 웃음으로 맞아 교자에 오르지 않는가. 갑은 크게 기뻐 을을 돌아보며 호통치는 것이었다.

"옛 친구의 정의로 네 목숨은 붙여둔다!"

을이 따라서 나가니 100여 기가 나는 듯이 달리는데 금교자도 함께 떠나갔다.

을은 멍하니 바라보며 우두커니 서서 눈물을 흘려 옷깃을 적시었다. 길을 떠날 마음이 일어나지 않았으며, 이속과 졸개들 또한 넋이 나가 하얗게 질려 있었다. 이윽고 안에서 여종이 나와 뜻밖의 말을 전했다.

"부인마님이 '왜 발행하지 않으시는가?'라고 전갈하십니다."

을이 단걸음에 뛰어들어가며 소리쳤다.

"부인이라니, 누구야?"

"내가 도적의 교자를 타고 간 줄로 아셨나요?"

부인이 웃으며 말하는 것이었다. 을은 눈을 비비고 보며 다시 소리쳤다.

"당신이 어떻게 여기 있소? 귀신 아니오?"

부인이 입을 가리고 웃으며 말했다.

"여러 말 하실 것 없이 길을 서둘러 큰 고을에 가서 숙소를 정하세요."

"당신 분명히 도적의 교자를 타고 가지 않았소? 그런데 어떻게 다시 왔소? 혹시 당신 둔갑술을 부렸소?"

"원, 당신도. 본래 못 배운 요술을 어떻게 부린답디까? 아까 도적의 교자에 탄 건 제가 아니고 저의 몸종이에요. 그 사람이 전에 저를 보고는 긴 한숨을 쉬고 나가서 자기 처를 버리고 집을 나갔을 때, 저는 이미 그이가 도적에 가담하여 언젠가 이런 일을 낼 줄로 요량했지요. 그래서 돈을 기울여 저와 닮은 여자를 하나 구해 항상 저와 똑같이 옷을 입히고 치장을 시켜 분간이 안 가게 하고 기다렸거든요. 드디어 오늘 도적의 교자를 태워 보냈는데 끝내 진위를 숨기도록 다짐했답니다. 일생 사랑받고 잘살게 될 터이니 이제 저는 한시름을 놓았지요.”

을은 입이 저절로 벌어졌다.

“그런 걸 왜 진작 내게 알리지 않고 나를 거의 죽을 뻔하게 했소?”

부인이 대답하는 말이 이러했다.

“깊은 지혜와 묘한 기밀은 아무리 부부간이라도 미리 말하지 않는다지요. 누설될까 염려하여 조심한 것이지요. 그래서 그 종을 깊이 숨겨서 당신에게도 보이지 않았더랍니다.”

을은 부인을 더욱 기특하고 대단하게 여겼으며, 애정이 더욱 두터워졌다.

●작품 해설

『삽교별집』에서 뽑았다. 『동패낙송』과 『기관』에도 비슷한 내용이 있다. 『동야휘집』의 「가마에 여종을 태워 도적 괴수를 속이다橋中納婢誑賊帥」도 유사한 내용인데, 명종 때 안위安瑋라는 인물이 겪은 일로, 시대를 끌어올리고 이야기를 장황하게 꾸며놓았다. 여기 실은 『삽교별집』의 것이 유사작 중에서 빼어나다.

친구의 부인에 대한 사랑은 인간의 제도와 윤리를 부정하지 않는 한 도저히 용인되지 못한다. 갑은 깊은 연정을 느낀 을의 처를 획득하기 위해서는 도적이 되는 길밖에 없었다. 그리하여 "천하절색으로 천하에 옹졸한 남자를 좇아 이미 10여 년 살았으니 이제 천하 미장부의 짝이 되라."라고 호언한 것이다. 이러한 인물은 반사회적·반도덕적 인간으로, 말하자면 사랑의 도적이어서 여기서 '연도戀盜'라 제목한 것이다.

눈雪

어느 재상이 평양 감사로 있을 때 외아들이 따라가 있었다. 동갑짜리 동기童妓가 용모가 아리따워 서로 좋아지냈다. 어느덧 둘 사이의 두터운 정은 산 같고 바다 같은 것이 되었다. 감사는 임기가 끝나서 돌아가게 되었다. 이때 그의 부모는 아들이 기생과 정을 끊고 떠날 수 있을지 자못 걱정스러웠다.

"네가 아무개와 정이 든 모양인데, 장차 마음을 정리하고 훌훌히 떠나갈 수 있겠느냐?"

소년이 대답하는 말이 이러했다.

"한갓 풍류호사에 불과합니다. 무슨 미련이 있겠습니까?"

부모는 그렇다니 다행이고 반가운 노릇이었다. 정작 떠나는 날도 소년은 따로 석별의 정이 없는 듯 보였다.

소년은 책을 짊어지고 산사山寺로 올라가서 삼여지공[1]에 힘쓰게 되

---

1 삼여지공三餘之工 공부에 힘쓴다는 뜻. 겨울은 한해의 나머지요, 밤은 하루의 나머지요, 궂은 날은 때의 나머지이니, 이 삼여三餘를 이용하여 독서해야 한다고 삼국시대

었다. 소년이 절집에서 독서하던 어느날, 마침 대설이 그치고 밤에 하얀 달빛이 뜰에 가득했다. 우연히 혼자 난간에 비끼고 앉았다가 사방을 둘러보니 모든 소리가 그치고 온 산천이 고요한데, 마치 구름 속에서 무리를 잃은 한마리 학이 슬프게 울고, 바위틈에서 짝을 찾는 외로운 잔나비가 구슬피 부르짖는 심경이 들었다. 이때 소년의 쓸쓸한 마음속에 문득 평양의 그 기생이 떠올랐다.

그녀의 아리따운 자태와 아담한 용모가 눈에 선하게 떠올라 그리움이 샘솟듯 일어났다. 잊으려야 잊히지 않고, 도저히 주체할 수 없는 감정이었다. 그대로 앉아서 새벽종 소리를 고대하다가, 옆의 사람도 모르게 살짝 빠져나와 짚신발에 들메끈을 매고 약간의 노자를 차고 도보로 떠나서 그 걸음에 평양으로 향했다.

여러 중들과 글 읽던 동창들은 아침에야 그가 없어진 줄을 알았다. 깜짝 놀라 수색해보았으나 종내 그림자도 보이지 않아 그의 집으로 기별을 했다. 온 집안이 경황없이 산골을 이 잡듯 뒤졌으나 끝내 나오지 않아, 결국 호랑이에게 물려간 것으로밖에는 생각할 수 없었다. 부모의 애통한 심경은 이루 형언할 수 없었다.

소년은 고생고생 길을 가서 여러날 걸려 평양성에 당도했다. 바로 그 기생집을 찾았으나 기생은 없고, 기생어미가 나오더니 소년의 행색이 초라한 것을 보고 쌀쌀한 눈으로 대하여 전혀 반가이 맞는 기색이 아니었다.

"자네 딸이 지금 어디 갔는가?"

"시방 신임 사또 자제의 수청을 듭지요. 한번 들어간 뒤로 통 못 나온

위나라의 동우董遇가 말한 데서 유래했다.

답니다. 그런데 도련님²은 무슨 연고로 천리 길을 도보로 오셨습니까?"

"자네 딸 생각으로 창자가 끊어질 듯하데. 불원천리하고 온 것일세. 한번 만나봐야겠네."

기생어미는 냉소하는 투로 대답했다.

"천리 타관에 공연히 헛걸음을 하셨소. 내 딸은 나 역시 상면조차 어려운 형편이랍니다. 하물며 도련님이야……. 얼른 돌아가시는 게 좋겠습니다."

기생어미는 말을 마치자 방으로 쏙 들어가더니 전혀 내다보지도 않았다.

소년은 개탄하며 나와서 올데갈데없어 망설이다가, 감영의 이방이 일찍이 친숙했고 자기 아버지에게 적지 않은 은혜를 받았음을 생각해내고 그 집을 물어서 찾아갔다. 이방은 크게 놀라 일어서 맞아들여 자리에 앉도록 하고 물었다.

"도련님, 이게 웬일입니까? 귀하신 몸으로 천리 머나먼 길을 도보로 오시다니……. 실로 뜻밖이올시다. 대체 무슨 일로 내려오셨는지요?"

소년은 연유를 사실대로 말하자 이방이 머리를 흔들었다.

"난처하군요. 정말 난처해요. 요새 사또 자제가 그 기생을 독차지해서 몇발짝도 곁을 못 떠나게 하기로 실로 상면할 도리가 없습니다. 어쨌든 우선 소인 집에 며칠 머무시며 기회를 엿보기로 합시다."

하고 이방은 소년을 극진히 대접했다.

소년이 이방 집에서 며칠을 묵는데 홀연 하늘에서 눈이 내려 쌓였다.

"상면할 기회가 바로 지금인데, 도련님이 능히 실행하실 수 있을지요?"

---

2 원문에 '書房主(서방님)'으로 되어 있는데 『동패낙송』에는 '都令主'로 되어 있어서 여기서는 『동패낙송』쪽을 따라 '도련님'으로 번역했다.

"여부 있소? 내 그 기생의 얼굴을 보게만 된다면야 죽을 고비라도 피하지 않겠소. 하물며 다른 일이야……."

"낼 아침 시중의 인부를 동원해서 동헌 뜰의 눈을 쓸게 됩죠. 소인이 도련님을 소설掃雪 인부로 충당하여 책실 앞에서 눈을 쓸게 하겠으니, 혹시 잠깐 상면할 기회가 생길지 모르겠네요."

소년은 흔연히 이 말을 좇았다. 그는 상민의 복장을 하고 눈 쓰는 인부들 무리에 끼여 빗자루를 메고 들어가서 책실의 뜰을 쓸었다. 눈을 쓸면서 자주자주 눈을 들어 마루 쪽을 훔쳐보는데, 그녀의 얼굴이 종내 나타나지 않았다.

한 식경이나 지나서 방문이 열리는 곳으로 그녀가 짙은 화장을 하고 난간에 나와 서서 설경을 완상하는 것이 아닌가. 소년은 눈 쓸기를 멈추고 뚫어져라 바라보았다. 그녀는 문득 안색이 싹 변하더니 부리나케 방으로 들어가서는 다시는 감감무소식이었다.

소년은 마음속으로 무한히 저주하며 낙심천만하여 돌아왔다. 이방이 물었다.

"그 기생을 보셨습니까?"

"잠깐 얼굴은 보았소."

그리고 그녀가 한번 들어가더니 다시 나오지 않던 전말을 이야기했다.

"기생이란 본디 그런 거죠. 차고 덥고를 재어서 송구영신送舊迎新하기 마련이라 족히 책망할 것도 못 되구요."

소년이 자기 처지를 생각해보니 실로 진퇴양난이라 내심에 몹시 민망했다.

그녀는 소년의 모습을 한번 보고는 그가 왜 내려왔는가를 마음으로 알아챘다. 나가서 만나고 싶었으나 책실이 항상 곁에서 떠나지 못하게 하니 어찌할 도리가 없었다. 이에 빠져나올 도리를 궁리하여, 그녀는 문득 눈물을 똑똑 떨어뜨리며 가장 슬픈 표정을 지었다. 책실이 놀라 물었다.

"얘, 왜 이러니?"

그녀는 울먹이며 대답했다.

"쇤네는 다른 형제가 없는 고로 쇤네가 집에 있을 때는 제 손으로 죽은 아비의 산소에 눈을 쓸었어요. 오늘 같은 대설에 눈 쓸 사람이 없어 이 때문에 슬퍼하는 것입니다."

"그거야 내가 방자[3]를 보내 쓸게 하면 그만 아니니?"

그녀가 고개를 외로 틀고 말했다.

"이것이 관청 일이 아니온데 이런 추운 날 방자를 시켜 소인 선산의 눈을 쓸게 하면 소인의 죽은 아비가 욕설을 무한히 듣고 말걸요. 결코 안 될 말씀이에요. 소인이 잠깐 가서 눈을 쓸고 나는 듯이 돌아올 테니 보세요. 우리 아버지 산소가 성동 10리 밖에 있으니 가고 오고 불과 수 식경이면 될 거예요."

책실은 그 사정을 딱하게 여겨서 허락했다. 그녀는 즉시 자기 집으로 달려가서 어미에게 물었다.

"아무 도련님이 오시지 않았나요?"

"며칠 전에 잠깐 들렀다가 가더라."

그녀는 울먹이며 자기 어머니를 원망하여

"엄마, 인정이 어찌 그럴 수가 있어요? 그분은 높은 벼슬아치 가문의

---

3 원문에는 '一隷'라고 하여 관청 하인인 것으로 되어 있으나, 『동패낙송』에는 '房子'라고 되어 있어 여기서는 이를 따랐다.

귀공자요, 천리 걸음이 오로지 날 보자고 오신 것 아니에요? 엄만 왜 만류해두고 제게 기별은 못 하나요? 엄마가 좀 쌀쌀히 대했으면 그분이 그냥 갔겠어요?"

하고 눈물을 그치지 않았다.

소년의 거처를 찾으려야 물을 곳도 없었다. 문득 전에 이방과 친근했던 것이 생각났다. 혹시 그 집에 가 있을까 싶어 바쁜 걸음으로 이방 집을 찾아갔더니 과연 그 집에 있었다.

소년과 기생은 만나자 손을 맞잡고 슬픔과 기쁨이 교차했다. 그녀가 말했다.

"전 오늘 도련님을 뵈오니 결단코 떨어지고 싶지 않네요. 이곳에서 바로 우리 둘이 같이 도피하도록 해요."

그녀가 다시 자기 집으로 가보니 마침 모친이 집을 비웠기에 상자 속에 넣어둔 은돈 5, 6냥과 자기의 패물 등속으로 짐을 하나 만들었다. 그리고 인부를 사서 짊어지게 하고 이방의 집으로 돌아왔다. 소년은 이방에게 말 두필을 세내달라고 하였다.

"세마稅馬로 왕래하다가는 종적이 탄로나기 쉽습니다. 제게 두어필 건장한 말이 있으니 타고 가시지요."

이방은 이렇게 말하고, 따로 4, 50냥을 노자로 쓰라고 내놓았다.

소년은 그녀와 함께 당장 길을 떠나 양덕·맹산[4] 어름의 조용하고 후미진 곳에 집을 구하여 살았다.

그날 감영에서는 기생이 늦도록 돌아오지 않는 것이 수상하여 사람을 시켜 찾았으나 종적을 알 수 없었다. 그 어미에게 물어도 당황해할

---

4 양덕陽德·맹산孟山 다 같이 평안남도에 동부 지역에 있는 고을 이름으로 험한 산골이다.

뿐 역시 어디로 갔는지 알지 못했다. 사방으로 사람을 풀어 수색했지만 종내 찾아내지 못하고 말았다.

그녀가 어느날 소년에게 하는 말이었다.

"낭군은 부모를 배반하고 이렇게 되었으니 죄인이십니다. 속죄할 길이란 오직 과거 급제에 있고, 급제하는 길은 부지런히 공부하는 데 있잖아요? 먹고살 걱정은 제게 맡기시고, 이제부터 학업에 전력하시면 뒤에 방도가 생길 것입니다."

그녀는 널리 서책을 구하여 값의 고하를 묻지 않고 사들였다. 그때부터 소년은 부지런히 글공부를 하여 과문科文의 솜씨가 크게 진보하였다.

어느덧 4, 5년이 지났다. 나라에서 무슨 경사가 있어 별시別試를 보여 인재를 뽑는데, 그녀가 소년에게 과거를 보러 올라가라고 권했다. 그리고 노자를 후히 마련해주어 길을 떠나게 되었다.

소년은 상경해서 자기 집으로 가지 못하고 객점에 들었다. 과장에 들어가서 제목이 걸린 것을 보고 일필휘지하여 정권을 하고 방이 나기만 기다렸다. 이윽고 방이 난 것을 보니 소년이 장원으로 뽑혔다. 임금이 이조판서를 어전에 가까이 불러 물었다.

"일찍이 듣기로 경의 독자가 절에서 독서하다가 호환을 입었다고 하더니, 이번 신방新榜 장원의 봉내[5]를 보니 곧 경의 아들이오. 그런데 직함을 어찌하여 대사헌으로 썼는지 괴이한 일이로군. 부자 동명同名이란 드문 일이요, 조정의 재상 반열에 경과 동명은 없지 않소? 실로 무슨 영문인지 모르겠도다."

임금이 신은을 부르니 이조판서는 어탑御榻 아래 엎드려 기다렸다.

---

5 봉내封內 과거시험 답안지의 오른쪽 상단을 일부 잘라내어 응시자의 성명 및 선대와 출생지를 적어서 봉해둔 부분.

신은이 들어오는데 과연 그의 아들이었다. 부자가 서로 붙잡고 말이 막혀 눈물만 흘리며 손을 놓지 못했다. 임금이 가까이 불러 그 곡절을 물었다.

신은은 엎드려 있다가 몸을 일으켜서 일찍이 절에서 글을 읽다가 문득 평양으로 떠났던 일로부터 감영 책실 앞의 눈을 쓸던 일, 기생과 함께 도피해 살면서 공부하여 등과하기까지의 경과를 일일이 아뢰었다. 임금은 안상을 두드리며 기특한 일이라고 칭찬한 뒤에 말하였다.

"너는 패자悖子가 아니라 효자로다. 네 처의 절개와 지모는 누구보다 탁월하구다. 천한 기생 중에 이런 인물이 있을 줄 미처 몰랐다. 이런 사람을 창기로 대접할 수 없느니라. 부실로 맞이하는 것이 옳도다."

그날로 평양 감사에게 명을 내려 그녀를 치송하도록 했다.

그는 사은謝恩하고 물러나 자기 부친을 따라서 본가로 돌아갔다. 온 집안은 축제 분위기로 넘쳐 있었다.

봉내에 직함을 대사헌으로 쓴 것은 소년이 절에 있을 당시 부친의 관직이었다. 그녀는 이름이 자란紫鸞이고, 자字는 옥소선玉簫仙이었다 한다.

●작품 해설

『계서야담』에서 뽑았다. 『선언편』『청야담수』『동패낙송』에도 수록되어 있고, 『청구야담』의 「기생의 충고를 들어 패자가 과거에 오르다 聽妓語悖子登科」와 『동야휘집』의 「마당의 눈을 쓸면서 옛 정인을 엿보다 掃雪庭獲窺故情」도 유사한 내용이다. 이 중에 『계서야담』과 『청구야담』『선언편』『청야담수』는 이야기의 진행방식이 서로 약간 다르긴 하지만 같은 계열이다. 『동패낙송』의 것은 다른 계열이며, 『동야휘집』의 것은 작중 주인공을 성현成俔의 아들 성세창成世昌으로 하여 장황하게 부연되고 지나친 문식이 가해졌다. 『계서야담』에는 원래 제목이 없는데, 작중에서 눈이 두번에 걸쳐 중요한 계기를 만들고 있기에 '눈雪'으로 제목을 삼았다.

이 작품은 평양 감사의 아들과 기생의 신분을 초월한 사랑이 테마이다. 처음에 소년은 여자를 한갓 기생으로 희롱했고, 그 기생도 기생이라는 자기의 처지에 순응했다. 그런데 절간의 눈이 하얗게 쌓인 분위기 속에서 문득 기생의 모습이 떠올랐고, 이때 소년은 비로소 연정이 타오른 것이다. 이 연정을 못 이겨 당장 평양으로 달려가는 우직한 행동을 범한다. 소년의 이 우직한 행동은 전혀 이성을 잃었을뿐더러 당시 규범으로는 반사회적·반도덕인 패자의 짓이었다. 그러나 한편 순수한 인간으로 돌아온 순진한 애정의 표출이었고, 이에 그녀도 기생이기 이전의 한 인간으로 돌아와서 소년의 순수한 사랑을 받아들였다. 그리하여 그들은 일단 인간적인 사랑의 승리를 구가할 수 있었으나, 그 결과는 세상에 용납 못할 존재가 되고 만 것이다. 그들은 숨어 살지 않으면 안 되었고, 이러한 상태가 행복한 사랑의 보금자리일 수는 없었다. 그들의 성실한 노력에 의해 소년이 과거에 급제함으로써 사회적·도덕적으로 구제되고 따라서 그들의 관계가 떳떳해질 수 있었다. 그 신분을 초월한 사랑이 인생의 행복이라는 차원에서는 성공을 완수한 셈이다.

무운巫雲

무운은 강계 기생인데 인물과 재주로 한때 이름이 높았다.

서울 사는 성진사가 우연히 내려왔다가 동침하고는 서로 정이 깊이 들었다. 성진사가 돌아갈 적에 피차 연연한 마음으로 차마 떨어지지 못했다.

무운은 성진사를 송별한 뒤 어느 누구에게도 몸을 허락하지 않기로 마음에 맹세하고, 양쪽 다리에 쑥으로 뜸을 떠 창독瘡毒의 흔적처럼 만들었다. 그리고 고약한 병을 얻었노라고 핑계를 대어 선후로 내려온 관장들에게 시침侍寢 드는 일을 면할 수 있었다.

대장 이경무[1]가 그 고장에 부임해서 무운을 불러 보고 가까이하고 싶어 했다. 무운은 창독 흔적을 내보이며 사정을 말했다.

"소인에게 이런 악질惡疾이 있으니 어찌 감히 가까이 모시오리까?"

"그렇다면 내 앞에 있으면서 심부름이나 해라."

이후로 매일 수청을 들다가 밤이면 반드시 물러나왔다. 이렇게 4, 5개

---

1 이경무李敬懋(1728~99) 영조 때 무과에 급제하여 삼도수군통제사·어영대장 등을 역임하고 형조판서에까지 올랐다. 무관으로 당대에 명성이 높았다.

월이 지난 어느날 밤, 무운이 가까이 다가오더니 하는 말이었다.

"소인이 오늘밤 모실까요?"

이대장은 깜짝 놀라 물었다.

"아니, 네가 고약한 병이 있다면서?"

"소인이 성진사를 위해 수절하려고 일부러 쑥으로 뜸을 떠서 사람들의 접근을 막은 겁니다. 사또님을 여러달 모시면서 두루 살펴보니 훌륭한 분이신 줄 알았어요. 소인은 기생인데 사또님 같은 대장부를 모시고 싶은 마음이 왜 나지 않겠어요?"

이대장은 껄껄 웃으며

"그렇다면 같이 자자꾸나."

하고 드디어 동침하였다.

이대장이 임기를 마치고 돌아가게 되자 무운은 따라가기를 원했다.

"내가 거느린 소실이 셋이란다. 네가 따라오는 건 심히 긴요치 않느니라."

"그러시면 저는 수절하겠습니다."

이대장은 웃으며 말했다.

"수절이라니, 성진사 위한 수절이 되게?"

무운은 발끈해서 얼굴을 붉히며 장도칼을 뽑아 왼손 넷째 손가락을 자르려 했다. 이대장이 대경실색하여 데려가겠다고 했으나, 끝끝내 응하지 않았다. 그래서 작별하게 되었다.

10여 년이 지나 이대장은 훈련대장으로 있다가 성진진[2]에 임명이 되었다. 조정에서 성진에 군영을 신설하고 명망이 높은 노장을 임명했던

---

2 성진진城津鎭 함경북도에 있는 지명. 변경 지역으로 원래 여진족이 살던 곳이며 길주吉州에 속했는데, 영조 때 진鎭을 설치한 일이 있다.

것이다.

이대장은 단기單騎로 부임했다. 성진은 강계와 접경이지만 거리는 3백리나 되었다. 어느날 무운이 성진으로 찾아왔다. 이대장이 반갑게 맞아 그동안 쌓이고 막힌 회포를 풀며 하루해를 넘기고 밤이 되어 가까이하려 하자 죽기로 거부하는 것이었다.

"왜 이러느냐?"

"사또님을 생각해서 수절하는 때문입니다."

"나를 위해 수절한다면서 왜 나를 거부하느냐?"

"기왕에 남자를 가까이하지 않기로 맹세했으니 아무리 사또님이라도 동침할 수 없습니다. 한번 동침하고 보면 곧 훼절이 됩니다."

그러고는 한사코 잠자리를 함께하기를 거부했다. 1년 넘게 함께 지냈으나 끝끝내 동침하지 못하였다.

이대장이 돌아가자 무운도 강계 집으로 돌아갔다. 그후에 이대장이 상처를 하자, 무운은 달려와서 서울 집에 머물며 상기喪期를 마치고 내려갔다. 이대장이 죽었을 때에도 역시 올라와서 상복을 입었다.

무운은 자호를 운대사雲大師라 하고, 끝내 수절하여 생을 마쳤다고 한다.

『계서잡록』에서 뽑았다. 『기문총화』와 『청구야담』에도 수록되어 있다. 『청구야담』의 제목은 '강계 기생이 개가하여 수절하다江界妓再嫁守節'로 되어 있다. 『계서잡록』이나 『기문총화』에는 제목이 달려 있지 않은데, 여기서는 주인공의 이름을 따서 '무운巫雲'이라 하였다.

이 작품에서는 무운이라는 한 개성적인 여인을 묘사하고 있다. 성진사를 생각하여 자신을 지키던 무운은 이대장에게서 보다 좋은 면을 발견하고 기꺼이 자기 몸을 허락했다. 그뿐 아니라 그를 위해 헌신적이었으며, 끝까지 자기의 정조를 지켰다. 그런데 뒤에 다시 만나서 1년이나 같이 지내면서도 왜 끝내 동침을 거부했을까? 무운은 이대장을 진정으로 사랑했다. 그리하여 이별할 때 따라가기를 원했고 이를 거절당하자 수절하겠다고 맹세하는데, 이에 대하여 이 대장은 "수절이라니, 성진사 위한 수절이 되게?"라고 조롱하였다. 무운은 이대장이 자기를 결국 한낱 기생으로밖에 취급하지 않는다고 느낀 것이다. 무운으로서는 사랑이 배반당했을뿐더러 자기의 인격이 무시당했다고 생각되었을 것이다. 이에 무운은 자기 자신을 강렬하게 표현하기 위해서 이대장에게 사랑을 다하면서도 동침만은 거부했던 것으로 보인다.

조보朝報

병사 우하형[1]은 황해도 평산 사람이다. 그는 본래 몹시 가난한 무관으로, 평안도 압록강변의 어느 고을에서 근무를 하였다. 거기서 퇴기로 수급비[2] 노릇을 하던 한 여자를 만나 동거하는 사이가 되었다. 그녀가 우하형을 보고 하는 말이었다.

"선다님, 저를 첩으로 삼으시고서 무슨 재물로 먹여 살리시렵니까?"

"객지의 고단한 신세로 너를 가까이한 건 애오라지 옷이나 빨고 떨어진 옷가지나 깁는 일을 시키려 할 따름이다. 나 같은 빈털터리가 무엇이 있어 너에세 덕을 보이겠느냐?"

"제가 지금 선다님을 모시고 있으니 철따라 옷가지를 제대로 입으시도록 하는 것이 제 직분입니다. 무슨 손쓸 일이 있을까요?"

"어찌 감히 바라겠느냐? 그렇게 생각할 것 없다."

---

1 **우하형馬夏亨** 영조 때 무인으로 경상도 병마절도사兵馬節度使, 회령 부사를 역임하고 64세에 죽었다.
2 **수급비水汲婢** 관아에 소속되어 잡역을 하던 여종. 기생과 같은 신분층인데 기생보다 더 천하게 여겨졌다.

그녀는 그후로 바느질과 길쌈을 부지런히 하는 한편 음식과 의복을 대접하는 데 빠짐이 없었다. 우하형이 임기를 마치고 떠날 무렵에 그녀가 묻는 말이다.

"선다님, 여기서 돌아가시면 상경하여 벼슬자리를 구하시렵니까?"

"웬걸. 가난하여 끼니도 못 잇는 주제에 행장이며 식량을 어디서 마련하여 서울 가서 머문단 말이냐? 전혀 가망 없는 일이다. 평산으로 돌아가 허름한 집에서 늙어 죽을 수밖에 도리가 없지."

"제가 선다님의 골상을 보니 결코 적막하실 분이 아니옵니다. 나중에 병사 한자리는 넉넉합니다. 제게 평생 노력하여 모아놓은 은자 6백냥이 있습니다. 이것을 행장 속에 넣고 말과 의복을 마련하여 상경해서 일을 도모해보셔요. 저는 본디 천한 몸이라 선다님을 위해 혼자 살면서 수절하기는 실로 어려운 처지이옵니다. 아무 집에 일시 몸을 의탁해 있다가, 선다님이 본도의 관장으로 나오시는 날에 당장 동헌으로 달려가 뵙겠습니다."

우하형은 의외의 많은 재물을 얻고, 그녀의 의기와 식견에 감동하였다. 일변 당황하고 일변 서글픈 마음으로 후일을 기약하며 그곳을 떠났다.

그녀는 고을의 홀아비로 지내는 장교 집으로 찾아갔다. 장교는 그녀의 사람됨이 우매하지 않음을 반겨 후처로 삼고자 했다. 그녀가 말했다.

"제가 당신의 전처를 이어 살림을 맡았는데 그냥 어름어름해두고 받을 수 없으니, 재산 장부에다 가장 기물은 무엇무엇이고 곡물은 얼마나 있으며 포목은 얼마인가 등등의 숫자를 낱낱이 뽑아서 제게 주셔요."

"아니 이 사람아, 부부로 만나 장차 해로하려는 판에 어찌 꼬치꼬치 재산 장부를 만들어서 주거니 받거니 하여 마치 의심을 둔 듯이 한단 말인가?"

그래도 그녀가 기어이 청하기로 그 요청을 따르지 않을 수 없었다.

그녀는 장교 집으로 들어온 이후 치산을 성근지게 하여 재산이 날로 불어서 장교는 더욱 애지중지하였다.

어느날 그녀가 장교에게 일렀다.

"내가 대략 글자를 볼 줄 아는데 조보[3]의 정사[4]를 보기가 재미있대요. 우리 고을에 오는 조보를 좀 빌려다주세요."

이에 장교는 조보가 오는 족족 빌려와서 그 처에게 주었다.

몇년이 지나지 않아 정목[5] 중에서 선전관 우하형, 주부 우하형, 경력[6] 우하형을 발견하고 그녀는 마음이 매우 흡족했다.

이러구러 7년이 지나자 과연 우하형이 평안도의 어느 좋은 고을을 제수받은 것이다. 그녀는 '이제부턴 조보만 보고 있으면 되겠지.' 했다. 며칠 지나지 않아서 모 읍 원 우하형이 사조[7]를 한다는 알림이 나왔다. 그녀는 장교에게 말했다.

"내가 애당초 당신 집에서 오래 살 생각이 아니었다오. 오늘이 서로 작별할 날입니다."

장교는 깜짝 놀라 어찌할 바를 몰랐으나, 여자의 굳게 먹은 마음은 돌릴 도리가 없었다. 그녀는 그 집의 재산 및 현재의 물품 종류 등을 자세히 장부에 기재하여 자기가 처음에 와서 받았던 문서와 대조해 보이며 말했다.

---

3 조보朝報 지금의 관보官報에 해당하는 것. 그날그날의 인사이동을 알리는 기별지.
4 정사政事 인사발령 사항을 뜻하는 말.
5 정목政目 벼슬아치의 임명과 면직을 기록한 것.
6 경력經歷 충훈부忠勳府·의빈부儀賓府·의금부義禁府·한성부漢城府 등에 두었던 종4품 벼슬.
7 사조辭朝 지방관으로 나가는 관인이 국왕에게 하직하는 절차.

"내가 7년을 남의 아내로 살림을 맡아 표주박 하나 사발 한개라도 줄었다면 의당 부끄러울 일입니다만, 하나가 혹 둘이 되고 둘이 혹 셋이 되고 다섯이 혹 열이 되어 모두 전보다 불었으니 내 직분을 다한 셈입니다. 떠나는 제 마음도 흐뭇합니다."

그날로 장교와 작별한 다음 평소에 보살펴주었던 어떤 거지아이에게 짐을 지게 하고 자신은 남장에 패랭이를 쓰고 우하형의 고을을 찾아갔다. 도임한 지 3일째 되는 날이었다.

그녀는 소원[8]을 하러 온 백성을 가장하고 관정에 들어가 뜰아래 서서 아뢰었다.

"비밀히 사뢸 일이 있사오니 뜰 위로 오르도록 허락해주옵소서."

사또가 의아하며 허락했더니 다시 동헌 위로 올라서기를 청하고, 또 다시 방으로 들어가기를 청하는 것이었다. 사또가 더욱 의아하여 방으로 데리고 들어가자, 그녀는 머리를 들고 말했다.

"나으리, 저를 몰라보시겠습니까?"

"방금 도임한 내가 어떻게 이 고장 백성을 누군 줄 알아본단 말인가?"

이에 자기 본색을 드러냈다.

"아무 고을에 계실 적에 여러해 모셨던 사람이 기억 안 나십니까?"

우하형은 크게 놀라고 기뻐서 소리쳤다.

"막 도임하자마자 네가 들이닥치니 참으로 신기한 일이로구나."

"이별할 때 약속한바 벌써 오늘을 예정해두었습니다. 무어 신기할 것이 있겠습니까?"

우하형은 마침 독신이어서 그녀를 내아[9]에 있도록 했다. 엄연히 정실

8 소원訴願 고을 백성이 관장에게 자신의 억울한 사정을 호소하고 처분을 바라는 행위.
9 내아內衙 지방 관청의 안채. 내동헌內東軒.

의 권한이 돌아가서 며느리들이 그 명을 받들게 되었다. 이에 그녀는 가정을 도맡아 적자嫡子를 대하고 비복을 부림에 각기 적당한 도리를 다하여 가문 내의 칭찬이 자자했다.

그녀는 매양 우하형에게 비변사[10] 서리를 통해 조보를 구입해오게 하여 보는데, 대개 열흘이 걸려 도착했다. 그녀는 조보를 통해서 조정사를 멀리서 헤아리고 전관이 누가 될 것인지 미리 알아맞혔는데, 귀신 같아서 열에 하나도 틀림이 없었다. 그리하여 우하형으로 하여금 다음 전관銓官이 될 사람에게 미리 손을 쓰도록 평안도 물화를 수집하여 정성으로 바치니, 현직 전관이 아닌 사람이 전관이 받는 만큼 받게 되니 그 효험이 십분 나타났던 것이다. 그이가 일단 전관이 되고 보면 우하형을 극력 천거하여 오히려 미치지 못할까 두려워했다. 이에 우하형은 평안도 본도 내에서만 이 고을 저 고을 하여 여섯 고을 수령을 역임했고, 녹봉이 점차 불어서 위로 섬김도 더욱 풍부하여 전도가 날로 양양해진 것이다. 절차에 따라 승진하여 마침내 절도사에 이르렀다.

우하형은 나이가 일흔 가까이 되어 집에서 생애를 잘 마쳤다. 그녀는 적자를 위로해 말했다.

"영감께서 시골 무관으로 지위가 아장[11]에 이르렀고 고희古稀 가까이 수를 하셨으니, 당신으로 보아서도 유감이 없으실 것이요 자제들 또한 과도히 애통할 것이 없겠소. 자기 공치사는 아니지만 나의 일을 두고 말하더라도, 여자가 지아비를 섬김에 오랫동안 벼슬길을 도와서 높은 지위에 이르시도록 했으니 나의 소임 역시 다한 셈이라, 다시 무엇을 바라겠소?"

---

10 비변사備邊司 군국대사軍國大事를 심의 결정하던 정부의 최고기구.
11 아장亞將 절도사, 즉 병사兵使를 이르는 말.

성복成服이 막 지나자 그녀가 말했다.

"영감 재세시에는 내가 가정을 주관했지만, 영감이 별세하신 지금이야 큰며느리가 의당 이 집의 주인이 되어야 할 것이오. 나는 한 서모에 불과하니 가정을 큰며느리에게 맡기겠소."

하고 창고에 저장하고 농 속에 담아둔 재물을 문서에 기록하여 열쇠와 함께 내주는 것이었다. 큰며느리가 울며 사양하였다.

"서모님이 우리 집에 얼마나 공로가 많으셨고 얼마나 고생하셨게요? 아버님이 별세하셨으니 저희는 응당 서모님을 아버님처럼 모시겠어요. 집안일 일체를 먼저대로 해나가고 싶은데 서모님은 왜 이런 말씀을 하셔요?"

그녀는 큰며느리에게 기어코 가정을 맡겼다.

"나는 오늘부터 큰방을 내놓고 건넌방에 가서 지낼 거요."

그녀는 건넌방을 치우고 들어가서

"이제 다시는 문을 나가지 않으리라."

하더니 방문을 닫고 곡기穀氣를 끊어 마침내 숨을 거두었다.

"우리 어진 서모님에 대해 시속의 첩실에 대한 예를 쓸 수 있나. 마땅히 삼월장三月葬을 지내고 별묘[12]를 세워 제사를 잘 받들 일이다."

그 적자가 하는 말이었다.

먼저 우병사를 치상하여 발인하는데, 상두꾼이 많았지만 상여가 움직이질 않았다. 상두꾼들이 말했다.

"인력이 부족한 탓이 아니라 영감님의 혼령이 작은마나님과 떨어지지 않으려고 이러시는 것일세."

---

12 **별묘別廟** 조상의 신주를 모시는 정식 가묘家廟 외에 별도로 사당을 지어 4대가 넘은 조상이나 기타 방계 조상을 받드는 곳.

하여 급히 서모의 상여를 꾸며 함께 발인하니, 그제야 우병사의 상여도 움직여 함께 나갔다고 한다.

나는 누차 평산을 지나다녔다. 평산 동쪽 10리 마당리馬堂里 한 길가에 서향하여 우병사의 묘와 그 오른쪽 10여 보에 그의 소실의 묘가 있어, 지나는 길손들이 손을 들어 그곳을 가리키며 옛이야기 하는 것을 볼 수 있었다. 우씨 집 후손들은 지금껏 그 서모의 제사를 받들어온다고 한다.

●**작품 해설**

『동패낙송』에서 뽑았다.『선언편』『계서야담』『청구야담』『동야휘집』등에
도 유사한 내용이 수록되어 있는데 각기 약간씩 다르다.『청구야담』에는 제목
이 '우병사가 변방에 나갔다가 현명한 여자를 만나다禹兵使赴防得賢女'이고,『동
야휘집』에는 제목이 '은을 주어 벼슬길에 나가도록 했다贐碎銀圖占仕路'라고 달
려 있다.『동패낙송』에는 원래 제목이 없는 것을 작중 주인공에게 조보가 중요
한 정보를 제공해주었던 사실을 중시해서 '조보朝報'로 제목을 삼았다.

이 작중 여주인공은 수급비 노릇을 하던 천한 신분인데, 합리적인 사고로 자
기 인생을 치밀하게 설계하고 실천해가는, 사리에 밝고 대단히 영민하고 능력
있는 여성이었다. 현실주의적인 인간형이라 할 것이다. 이 여주인공은 우하형
을 도와서 자기 인생의 보람을 찾으려 하였다. 그리하여 이 인생설계를 자신의
빼어난 능력과 실천적인 노력으로 달성했다. 공을 이루고 인생의 보람을 십분
찾은 것이다. 그래서 아무런 여한이 없이 조용히 죽은 남편의 뒤를 따라갔다.
규범에 사로잡혀 열녀가 되기 위한 죽음과는 성격이 다른 것이다. 한 인간이 할
일을 다했다고 판단할 때, 이 세상에 더 머물러야 할 필요가 없다고도 생각할
수 있다. 그녀는 우하형의 죽음으로 세상을 더 살아야 할 의의를 상실한 셈이었
다. 그리고 작중 두 남녀는 죽음의 길을 같이 감으로써 결합이 더욱 돈독해지고
보다 높은 차원의 인생을 산 것이었음이 강조되었다. 매우 진실한 관계로 정신
적인 사랑도 강했음을 보여주는 것이다.

이 여주인공은 보통 이상의 비범한 인간형이다. 그러나『박씨전朴氏傳』에서
만나는 초인간적인 신비로운 면모나『구운몽』에서 만나는 이상적인 유형의 재
자가인才子佳人이 아니고, 어디까지나 합리적인 사고와 실천적인 노력으로 현실
에 대처하는 점이 특징이다. 하층민 속에서 등장한 새로운 인간형이라 하겠다.

관상觀相

옛날 한 무관이 관상을 잘 보았다. 그가 새로 영흥 부사를 제수받고 부임할 무렵에 자기 얼굴을 거울에 비춰서 상을 보니 임지에서 어사의 손에 죽을 운이라 크게 근심이 되었다.

임금에게 하직하고 나와서 다락원[1] 객점에 이르러 점심을 드는데 어떤 상제가 그 앞으로 지나갔다. 얼핏 그의 상을 보니 오래지 않아 어사를 할 사람이었다. 그 무관이 객점 주인에게 물었다.

"금방 지나간 상주가 어떤 양반이오?"

"뒷동네 이참의參議댁 자제입지요. 참의 어른이 돌아가시어 소상이 지났는데, 그 댁이 워낙 빈궁하여 가련한 지경이랍니다."

무관은 그 집의 속내를 객점 주인에게 두루 캐물어서 안 연후에, 아전을 보내 조문을 간다고 미리 알리고 찾아가서는 제청으로 올라가 영전에 엎드려 한바탕 곡을 했다. 상인은 이 어른이 물론 선친과 절친한 분이겠거니 생각하고 슬픔이 새삼 복받쳤다. 무관은 눈물을 거두고 주인

---

1 다락원 서울서 의정부 가는 길목에 있는 지명. 한자로 누원樓院이라 한다.

상주에게 말했다.

"돌아가신 영감과의 교분을 생각하면 슬픔이 오히려 미진하오. 내 여러해 동안 변방에 체류하여 소식이 두절되었거니와, 인사가 이에 이를 줄 어찌 생각이나 했겠소? 소상이 지난 지금에야 부음을 듣고 문상을 하게 되니 천만 부끄럽구려."

말을 마치고 다시 흐느끼다가 물었다.

"원래 어려우신 형편에 상장喪葬으로 진 빚이 적잖을 터이지요?"

"이루 다 형언할 수 있겠습니까?"

"내 이번 외임으로 나가는데 상주가 큰일을 당했으니 옛 정의를 생각해서는 마땅히 상례의 빚을 내가 전담해야 할 터이나, 관가의 일이 번다하여 도임 즉시 짐바리를 치송하기는 어려울 것 같으니, 상주가 대상 전후로 세마를 타고 내려오면 내 넉넉히 도우리다."

무관은 입문첩[2]을 써주고 떠났다.

상제가 손을 전송하고 안으로 들어가자 그 모친이 물었다.

"어떤 손이 문상을 와서 그리 애통하시더냐?"

"신임 영흥 부사입니다. 선인과 절친하다고 하시며, 우리 상채를 갚아주겠노라고 저를 한번 내려오라고 청하며 입문첩까지 주시는군요."

"우리 집을 살려줄 생불이신 모양이다. 천만다행이구나. 아무렴! 가야 하고말고."

이씨는 근근이 대상을 치르고 나서 어렵게 말을 세내고 노복까지 빌려서 철령[3] 높은 고개를 넘어 영흥 고을에 당도했다. 눈바람을 무릅써서 행색이 심히 초췌했다.

---

2 입문첩入門帖 관청 출입을 허가하는 증서.
3 철령鐵嶺 강원도 회양군과 함경남도 안변군 사이에 있는 높은 고개.

입문첩을 제시하고 관문으로 들어갔다. 영흥 원으로 앉아 있는 무관이 그의 용모를 바라보니, 전과 아주 달라져서 도무지 어사를 할 상이 아니었다. 그래서 매정하게 잘라 쫓아버려야겠다고 작심을 하게 되었다. 이씨의 인사를 받자 묻는 말이다.

"손님을 내 언제 뵈었소?"

"사또께서 제 집에 문상을 오셨다가, 이 입문첩까지 해주시고 저보고 곧 한번 내려오라 신신당부하시지 않았습니까? 천신만고 높은 고개를 넘어 찾아왔는데 지금 와서 모른 척하시다니, 어디 이런 맹랑한 인사가 있습니까?"

"나는 손님 집에 문상을 간 적이 없거니와, 입문첩을 써준 일도 없소. 손이 초면인 나를 협박하다니 실로 황당한 일이오."

주객 간에 말이 오고 가다보니 점점 큰소리가 나왔다. 원이 아전들을 불러 "이 양반을 끌어내라." 하고 한편 관내의 백성들에게 포고령을 내렸다.

"오늘밤 이 양반을 재워주는 자는 곤장을 중히 치고 또 벌로 서울길을 가는 부역을 시키겠노라."

이씨가 관문을 나서자마자 이런 지엄한 포고문이 내렸으니 누가 그를 재워줄 것인가. 날씨는 바야흐로 혹한이고 해도 저물었는데, 동쪽 서쪽 돌아다니며 문을 두드려도 집집마다 내쫓으니 어찌하리오. 오로지 죽음을 기다릴 도리밖에 없었다.

말을 어느 마을 모퉁이 빈 방앗간에 세우고 주인과 하인이 함께 오들오들 떨고 있었다. 그때 소복을 한 시골 여인이 16, 7세 되는 딸과 10여 세 되는 아들을 데리고 방앗간을 지나갔다. 이윽고 소복한 여인이 혼자 다시 돌아와서 이씨에게 묻는 것이었다.

"어디서 오신 손이신데 이런 곤경을 만났습니까?"

이씨가 대강 경위를 이야기했더니, 그 여인이 말했다.

"상도上道 나으리, 영락없이 돌아가시게 되었구려."

'상도 나으리'란 북도 사람들이 흔히 서울의 문벌 좋은 양반을 지칭하는 말이다.

"나는 이 마을의 과부요. 관가의 명령을 어긴다고 설마 나를 죽이기야 하겠소? 내가 사람을 살려야지."

그러고는 이씨를 자기 집으로 데려갔다. 큰 바가지에 온수를 떠다놓고 그의 동상 걸린 얼굴을 물에 가까이 대고 있도록 하자, 한참 만에 얼굴에서 무언가 물속으로 떨어지는 것 같았는데 곧 얼음이었다. 그러고 나서 따뜻한 방에 앉히고 밥을 잘 차려 내왔다. 그 여인은 집이 부유한 데다 의기가 있었던 것이다. 이씨는 크게 치하하며 감사해 마지않았다. 그 집에서 하루 이틀 묵게 되었다.

"상도 나으리, 지금 급히 회정하시기 어려운 처지에, 사람 마음이 무관한 남을 오래 접대하면 귀찮게 되겠지요. 나으리가 무단히 여러날 머물러 계시면 자연 난처해지기 마련입니다. 청컨대 저의 여식을 소실로 삼으시지요."

그녀의 딸은 단아하고도 썩 어여뻤다. 그는 기꺼이 제안을 받아들였음이 물론이다. 이에 신랑으로 대접을 받게 되니 먹고 입는 것이 더욱 풍족해졌다.

그는 노모가 대문 앞에 서서 기다릴 것이 걱정되어 서울로 돌아가려 했다. 모녀가 같이 나서서 말렸다.

"이런 엄동설한에 길이 눈에 막혔으니 높은 고개를 넘다간 목숨을 보존하기도 어려워요. 노모를 두고 오래 떠나 있기도 차마 못할 일이나,

아무래도 내년 봄까지 기다리시는 것이 옳겠네요."

그는 이 말을 따를 수밖에 없었다. 그곳에서 한해 겨울을 보내는 사이에 영흥 원의 탐학하고 무도한 행사를 귀가 닳도록 들었다.

이듬해 해동이 되어 떠나매 여인은 마필을 갖추고 은자 6백냥에 좋은 마포麻布 수십필을 실어 보냈다. 그는 소실에게 후일을 굳게 언약하고 작별을 했다.

이씨는 서울로 돌아와서 상을 당해 졌던 빚을 모두 갚았다. 이로부터 운이 크게 트여 바로 그해에 과거에 급제를 했다. 한림翰林으로 경연經筵에서 임금을 모시게 되었다. 마침 한가롭고 조용한 가운데 임금께서 하교하시길

"경 등은 고담 한 자락씩 해보오."

하여, 그가 아뢰었다.

"신이 몸소 겪었던 일을 고담으로 만들어 아뢸까 하옵니다."

그리고 자신이 영흥에서 직접 겪었던 일을 이야기 삼아 처음부터 끝까지 아뢰었다. 임금께서 일어나 침전으로 들어가시더니 이내 돌아와서 봉함 셋을 그에게 내주며 분부하는 것이었다.

"이 봉함에 일, 이, 삼으로 숫자를 써놓았다. 그 제1봉은 네가 궐문 밖에 나가서 뜯어보고 시행할 것이요, 제2봉은 당도한 곳에서 뜯어보고, 제3봉은 다시 그뒤에 뜯어보아라."

그가 궐문 밖에 나와서 봉함을 뜯어보니 영흥으로 가서 탐관을 잡으라는 암행어사 임명장이었다.

즉각 행장을 꾸려서 출발했다. 영흥에 당도하자 허름한 의관으로 바꿔 입고 먼저 그 소실의 집에 들렀다. 소실의 어미는 그의 의관이 허름한 것을 보고 별로 반기는 기색이 아니었다.

"무엇하러 먼 길을 오셨소?"

"따님이 보고 싶어 왔소."

그러고서 소실의 방으로 들어가니, 비로소 서로 반갑고 정다운 마음이 일어났다. 그날 밤 같이 잠자리에 들었다가 야심한 후에 그는 소실이 곤히 잠든 틈을 타서 슬그머니 빠져나왔다. 방 뒤편에 숨어서 첩의 마음이 어떤지 떠보려고 했다. 소실이 잠에서 깨어 팔을 뻗어 남편을 껴안으려다가 보니 자리에 없었다. 벌떡 일어나서 제 어미를 부르고 울며불며 찾는 것이었다.

"낮에 엄마가 덜 좋은 기색을 보여서 나으리가 화를 내 가버렸어요."

"아까 내가 그 사람을 대한 것이 무슨 화낼 거리가 되었단 말이냐?"

"천리 타관에 저를 보려고 오신 양반을 엄마가 박정하게 대하는데 화가 안 나요? 사고무친한 땅에 올데갈데없이 춥고 굶주려 죽기 알맞아요. 제 마음이 어떻겠어요?"

소실은 울음보를 터뜨리다가 제 어미가 재삼 타이르자 겨우 울음을 그쳤다.

그는 즉시 내려올 때의 의관으로 바꿔 입고 서리와 추종[4]들을 불러 객사에서 어사출두를 했다. 마당에 횃불을 가득 밝힌 다음 각 창고를 봉하는 한편 세 향소[5]와 이방 호장戶長들을 잡아들여 형틀 위에 올려놓으니 온 고을이 벌벌 떨었다.

그의 소실 모녀가 어사 구경을 나왔다. 객사 담에 기대어 불빛 아래 서 있는 어사를 바라보다가, 한참 후에 어미가 그만 가자고 재촉했다.

---

4 추종趨從 높은 사람을 따라다니며 시중을 드는 하인들을 일컫는 말.
5 향소鄕所 좌수座首·별감別監 등 향청鄕廳 책임자들. 그 지방 출신으로 수령의 행정을 보좌하는 역할을 맡았다. 향관鄕官.

"엄마 먼저 가세요. 전 더 구경하다 갈게요."

얼마 지나지 않아서 딸이 헐레벌떡 집으로 달려와서 자기 어미를 불렀다.

"엄마, 엄마, 어사가 다른 사람이 아니고 우리 집 나으리데요."

"아니, 그럴 리가 있니?"

"내 눈으로 똑똑히 본걸. 가서 보세요."

모녀가 다시 쫓아가서 담 너머로 살펴보니 과연 딸의 말이 맞았다. 모녀가 뛸 듯이 기뻐하며 집에 돌아와서도 기뻐 잠을 이루지 못했다.

어사는 즉시 서계[6]에 영흥 부사가 공금을 훔친 일, 인민의 재물을 약탈한 일 등 크게 탐학한 사례 수십여 조를 나열해 적어서 역마를 달려 보고했다. 그러고 나서 제2 봉함을 뜯어보니, 그대로 머물러 영흥 부사를 행하라는 특명이었다. 즉시 인장을 추심하고 도임장到任狀을 감영으로 작성해 보냈다. 며칠 지나지 않아서 금오랑이 내려와 구관舊官을 잡아갔다.

끝으로 제3봉을 뜯어보니, 그것은 첩을 둘째 부인으로 삼으라는 분부였다. 즉시 꽃가마로 소실을 맞아오는데, 관청 사람들이 앞뒤로 옹위하여 내아의 큰방으로 모셨다. 읍내 상민 여자가 급기야 관부의 실내마님이 되니 영광스러움이 사방에 울렸다.

그 무관은 참으로 관상을 잘 본 것은 아니었다.

<hr>

6 서계書啓 왕명을 받고 파견된 관원이 임금에게 올리는 서면보고.

●**작품 해설**

　『동패낙송』에서 뽑은 것인데, 『기관』에도 수록되어 있다. 원래 제목이 없는 것을 '관상觀相'이라고 붙였다.

　이 작품은 한 무관이 관상을 잘 보았으나 실은 참으로 관상을 잘 본 것이 아니었다는 사실을 이야기해주는 구조로 되어 있다. 그런데 관상을 이 작품의 진정한 주제라고 보기는 어렵다. 그것은 이야기를 구성하기 위한 수단으로 이용되었을 뿐이다. 이야기 내용을 담기에 알맞은 틀이 된 셈이다.

　틀에 담긴 이야기는 궁한 선비 이씨의 행각을 통해서 당면한 시대의 현실을 보여준다. 몰락한 양반의 생활, 영흥 읍내의 어떤 부민 부녀자, 어사출두 광경 등이 재미나게 묘사되었다. 물론 이야기의 중심은 영흥 읍내의 한 상민의 딸이 궁한 선비 이씨와 관계를 맺어 "급기야 관부의 실내마님이" 되었다는 데 있다. 여기서 그 남녀관계가 싱겁게 처리된 감을 준다. 작중 과부가 궁지에 몰린 이씨에게 자기 딸을 소실로 주겠다고 하는데, 이는 기실 시골 상민으로서 '서울 양반'(상도 나으리)을 동경한 나머지 막연한 기대를 걸어본 것으로 여겨진다. 그래서 이씨가 다시 궁한 몰골로 나타났을 때는 반기지 않는다. 이때 딸이 재회를 못내 기뻐하는 것은 남자에게 끌린 감정의 표현이라 하겠다. 이처럼 소박하게 그려진 남녀관계가 싱거운 감이 있으면서도 그 시대의 사정에 비추어볼 때 오히려 실감을 주기도 한다.

최풍헌 딸崔風憲女

최씨녀는 횡성 풍헌의 딸로 예쁘고 총명했다. 풍헌의 집이 요족하여 딸을 규중에 두고 손에 든 구슬처럼 애지중지 길렀다. 그 이웃 마을의 조생원은 궁한 노인인데, 글을 잘해 시골 훈장으로 살아가니 그 고을의 사족 중에 자질들을 보내어 공부시키는 사람이 많았다.

조생원이 세상을 뜨자 그 아들은 의지할 곳이 없게 되었다. 조생원에게 수학하던 사람들이 돌아가신 스승과의 정의를 생각하여 돌아가며 자기들 집에서 먹여주었고 거처는 서당이었는데, 나이 스물이 넘도록 장가를 들지 못했다.

여러 소년들이 서로 의논을 했다.

"우리들이 힘 닿는 데까지 이 친구의 혼인을 돕는 것은 그만둘 수 없는 일이다. 아무 마을의 최풍헌이 재산이 넉넉한데 구슬 같은 딸이 있으니, 이 처자와 혼인을 하게 되면 족히 의지할 수 있겠지. 누가 좋은 꾀를 내어 성혼시킬 수 있을까?"

그중 한 사람이 나서서 말했다.

"이 일은 수단을 부려서 해야 할 일이지, 정도만으로는 될 수가 없네."

"수단을 부리다니 무슨 수단?"

"최풍헌은 명색 시골의 부민이 아닌가. 어떻게 양반이 좋은 줄 알아서 즐겨 조생원 집의 고아를 사위로 삼으려 하겠는가? 듣기로 풍헌의 딸이 매우 현숙하다지. 만일 그 규수의 승낙만 받으면 일이 수월해지네. 자네가 이 일을 해낼 수 있을까?"

그 소년이 조총각을 돌아보며 말을 이었다.

"여기에 자네가 죽을 고비에서 살아날 묘수가 있다네. 오늘밤 담장을 넘어가서 규수와 말이 잘되면 우리들이 도와서 혼인을 이루게 해줌세. 만약 일이 잘 풀리지 않으면 그 자리서 죽어버리지, 돌아와 우리들과 만날 생각은 아예 말게!"

"죽건 살건 내 오직 자네들 말을 따르겠네."

그날 밤 삼경에 달빛이 희미했다. 여러 학동들이 조총각을 이끌고 풍헌 집 담장 뒤편 언덕에 올라가 불빛이 비치는 조그만 창문을 가리키며 일렀다.

"저게 규수가 거처하는 방이네. 자네 마음을 대담하게 먹고 말을 잘해서 신표를 한가지 얻어가지고 나오게. 우리는 여기서 기다리겠네."

여러 소년들이 담 위로 밀어올려서 조총각은 담 안으로 뛰어내렸다. 등불이 환한 곳으로 가서 문구멍을 뚫고 들여다보니 그 처자가 혼자 있었다. 조총각은 방문을 밀고 들어가서 가까이 다가서지는 못하고 방 한 구석에 무릎을 꿇고 앉았다. 처녀가 낮은 소리로 묻는다.

"사람이오, 귀신이오?"

"나는 서당 조생원의 아들로 노총각이오."

처녀는 정색을 하고 책망했다.

"양반집 자제로 심야에 담을 넘어 처자의 방을 범하다니, 이게 무슨 도리요?"

조총각은 처음에는 겁을 잔뜩 먹었다가 이어서 부끄러운 마음이 들어 다시 옷깃을 여미고 대답했다.

"내가 양반의 자식으로 이 짓이 옳지 못한 줄 왜 몰랐겠소? 동학의 여러 친구들이 나의 곤궁한 처지를 딱하게 여겨 사중구생지계死中求生之計를 낸 것이라오. 나 역시 겁박할 마음이 있어서 들어온 것은 아니고, 다만 낭자의 한마디 말을 들어 월하가연月下佳緣을 정하려 함이오. 낭자는 부디 애련히 여겨주기 바라오."

"혼인 약속은 여자가 마음대로 할 일이 아닙니다. 집에 아버지가 계시니, 도령은 서당 소년들에게 말해서 우리 아버지를 초청하여 우선 진정한 뜻으로 말씀을 드리면, 우리 집은 미천한데 어찌 양반과의 혼인을 마다하겠습니까? 만약 일이 여의치 못하면 저는 응당 죽음으로 지키겠습니다."

"그러면 낭자가 몸에 지니고 있는 물건 하나를 내게 주시오. 훗날 증표로 삼으리다."

이에 처녀는 은가락지를 뽑아주는 것이었다.

조총각은 신표를 얻어 더없이 기뻐하며 담을 넘어 나왔다. 그때까지 소년들이 담 밖에서 기다리고 있었다. 조총각이 은가락지를 보이며 주고받은 이야기를 들려주니 소년들 역시 크게 기뻐하였다.

다음날 소년들은 모두 서당에 모였고 사람을 보내 풍헌을 불러와서는 조총각을 가리키며 말을 꺼냈다.

"이 집 지체야 풍헌도 아는 바 아니오? 근자에 곤궁하고 의지가 없어 풍헌 집과 혼인하려 하니, 그 사정이 측은합니다. 우리들이 의기로 권하는 터에 풍헌도 의기로 허락하면 이 또한 시골의 한 기이한 일이 아니겠소?"

풍헌은 한동안 깊이 생각하다가 입을 열었다.

"여러 수재秀才분들의 의기가 실로 장합니다. 내 어찌 여식 하나를 아껴 수재분들의 높은 의기를 이루어드리지 않겠소?"

드디어 정혼을 하고 그 자리서 택일까지 하여 혼약을 굳게 하니, 날짜가 멀지 않았다.

여러 소년들이 자기 부모에게 고하여 각기 돈을 내어 혼수를 도와서 3, 40꿰미의 돈이 모였다. 그들이 조총각에게 말했다.

"자네 외숙이 가까이 계시니 우리가 처음부터 끝까지 주장할 일은 아닐세. 이 돈이면 가난한 사람 혼수는 족히 마련할 수 있으니 별로 자네 외숙에게 염려를 끼치지 않아도 될 것이네. 이걸 가지고 자네 외숙에게 가서 급히 혼수를 마련하여 혼례를 무사히 치르고 나면, 그때 우리들이 술을 내어 축하하겠네."

"자네들 말대로 하다뿐인가."

조총각이 돈을 가지고 외숙에게 가서 전후의 사실을 이야기하자 외숙이 일렀다.

"너 같은 천하 가난뱅이가 부잣집 딸을 얻으니 실로 큰 행운이다. 구태여 문벌의 고하를 따지겠느냐? 내 너를 위해 혼인날에 늦지 않게 혼수를 마련해줄 터이니, 걱정 말고 우리 집에서 여러 사촌들과 함께 지내거라."

혼인날을 하루 앞두고 외숙은 갑자기 끈으로 조총각의 수족을 묶고 솜으로 입을 틀어막아 토실土室 속에다 처박아두고 문에 커다란 자물통을 채우는 것이었다. 그러고는 밤이 되자 예법대로 폐백을 보내고, 이튿날 자기 아들에게 신랑의 복식을 차려가지고 풍헌 집으로 갔다.

전안[1]을 올리고 초례청에서 교배[2]하는 즈음에 풍헌은 전혀 의심하지 않았으나, 신부는 한삼 사이로 신랑을 슬쩍 보고 조총각이 아닌 줄 알았다.

신부가 갑자기 땅에 털썩 주저앉더니 정신을 잃은 듯했다. 온 집안이 당황하여 신부를 신방에 들여다놓고 물을 떠넣어도 물이 넘어가지 않았다. 그 집에서는 신랑을 임시로 다른 객실로 인도하여 기다리게 했다.

신부는 방에 사람이 없는 틈을 타서 신랑의 의복으로 갈아입고 뒷문으로 몰래 빠져나가서 담을 넘어 곧장 서당으로 달려갔다. 여러 소년들에게 인사하고 물었다.

"조수재는 지금 어디 있습니까?"

"오늘이 바로 조수재 장가가는 날이 아니오? 여기서 몇마장[3] 가면 마당에 차일을 치고 사람이 복작거리는 집이 곧 조수재 처가라오."

"조수재가 집이 없이 항상 서당에서 지낸다던데, 오늘 여기서 행차를 꾸리지 않았습니까?"

"아니지요. 10리 밖에 있는 아무 마을 아무 집이 그 사람 외숙의 집이라, 바로 그 집에서 치행治行을 했지요."

신부는 인사를 하고 나와서 그 외숙 집으로 달려갔다. 그 집에 사람이 하나도 없었다. 그 집 울타리 옆에서 머뭇거리다가, 달팽이집 같은 행랑방에 한 노파가 앉아 있는 것을 보고 들어가서 말을 붙였다.

"과객이 심히 배가 고프니 밥 한 그릇을 주시면 합니다."

---

1 전안奠雁 혼인 때에 신랑이 목기러기를 가지고 신부 집에 가서 상 위에 놓고 절하는 예.
2 교배交拜 혼인 예식에서 신랑 신부가 절하는 예. 이때 신부는 머리에 족두리를 쓰고 원삼을 입고 얼굴을 가렸으며, 신랑은 사모관대만 착용해서 얼굴이 노출됨.
3 마장 5리나 10리 정도의 거리 단위.

"밥은 없고 몇홉의 쌀이 있으니, 죽이 끓을 때까지 기다려요."

"정말 고맙네요."

노파는 부엌에 들어가서 죽을 쑤며 이따금 탄식하는 소리를 내는 것이었다.

"할멈, 왜 한숨을 쉬시나요?"

"묻지 마시오. 손님이 아실 일이 아니라오."

굳이 캐물었더니 대답이 이러했다.

"이 늙은것은 이 댁 주인 양반 누님의 교전비[4]라오. 상전이 돌아가신 후 본댁에 돌아와서 지냅지요. 우리 상전에게 아드님이 하나 있어 아무 풍헌 집으로 정혼을 했는데, 이 댁 주인이 성질이 음흉한 사람이라 생질을 묶어놓고 자기 자식을 데리고 가서 혼례를 치르고 있답니다. 오늘 해도 저물어 혼례가 벌써 끝났을 텐데 정작 신랑은 토실에 갇혀 죽어가고 있다오."

노파가 울면서 하는 말이라 소리가 제대로 나오지 않았다.

신부는 토실이 있는 곳을 물어가지고 바로 그 안으로 들어갔다. 아무도 막는 사람이 없었다. 곧장 토실로 가서 손으로 자물쇠를 부수고 조총각을 등에 업고 나왔다. 묶은 것을 풀고 보니 목구멍 밑으로 약간 온기가 있다. 죽을 입에 떠넣자 한참 만에 비로소 넘기는 것이었다.

드디어 조총각을 부축하여 다시 서당으로 갔다. 소년들은 모두 깜짝 놀랐다.

"여러분, 이 사람을 잘 간호하여 은혜를 끝까지 베풀어주십시오. 저는 풍헌의 딸입니다. 신랑이 깨어나면 이야기를 듣게 될 겁니다."

---

4 교전비轎前婢 신부를 따라가서 돌봐주는 여종.

신부는 여러 소년들에게 이와 같이 말을 하고 나서 자기 집으로 돌아갔다.

집에서는 신부를 잃고 한참 사방으로 찾다가 남복을 하고 돌아오는 딸을 보고 놀라 다들 눈을 크게 떴다. 신부의 전후 이야기를 듣고는 이웃의 하인들까지 동원하여 가짜 신랑과 그 아비를 잡아 묶었다. 바로 관가에 고발하고 혼구를 걷어서 마당에 쌓아놓고 "이건 더럽혀져서 못 쓸 물건이다." 하고 불태웠다. 그리고 곧 서당으로 사람을 보내 조총각의 안부를 물어보니 별 탈이 없었다. 이에 다시 초례청을 차리고 작수성례[5]를 했다.

관가에서는 이 일을 조사하여 그 외숙은 사형에 처하기로 판결이 내려졌다.

외사씨外史氏는 말한다. 서당의 학동들은 향촌의 소년들로서 의기를 발해 성혼을 시켰으니 매우 기특한 일이다. 그 처녀가 불의의 사태에 대응한 것을 두고 말하면 참으로 훌륭하여 옛 절부의 풍모라 하겠다. 실로 상하다. 조생의 외숙은 재물을 탐내 생질을 해치고 남의 혼인을 가로채려 했으니 사형을 면치 못함이 마땅하니라. 무릇 월로적승月老赤繩은 하늘이 정한 바다. 천리天理를 어길 수 없음이 이러하니라.

---

5 작수성례酌水成禮 물을 떠놓고 혼인 예식을 치른다는 말로 간단한 의식을 뜻한다.

●작품 해설

『청야담수』에 '남장을 하고 신랑을 찾아 혼인 약속을 이루다換衣尋郎諸宿約'라는 제목으로 실린 것이다. 『동야휘집』에도 같은 제목으로 수록되어 있는데, 여기에는 끝에 붙인 외사씨의 평을 볼 수 없다. 『파수록』에도 이와 비슷한 작품이 있으나 주인공이 강릉 최수재와 남촌 정풍헌의 딸이고, 내용도 상당히 다르다.

이조 후기에 서당 훈장은 실세한 양반의 생활수단의 하나였다. 훈장 노릇은 일시적인 방편은 되었으나 생활의 안정을 도모하기는 어려웠다. 이 점은 작중 조생원의 아들 조총각의 곤궁한 모습을 통해서 역력히 보게 된다. 이에 대하여 최풍헌은 촌의 부민, 즉 신흥 서민부자였다. 명색 양반인 조총각으로서도 최풍헌에게 감히 정식으로 통혼할 수 없었다. 『파수록』에 수록된 작품을 보면, 풍헌의 부인이 이 양반과의 혼인을 반대하여 "그 사람이 비록 삼한갑족三韓甲族이라도 일신을 의지할 곳이 없어 거의 거지나 다름없는 사람인데, 우리가 어떻게 귀여운 딸을 그런 사람에게 주겠어요? 유독 당신만 세상에서 이르는 '문벌을 삶아먹는다[烹食家閥]'는 말을 못 들었소?"라고 하여 양반 신분이 서민부자의 경제력 앞에 무력하였음을 보여준다.

몰락한 조생원의 아들이 무기력한 남자인 데 비하여 서민부자인 최풍헌의 딸은 아주 똑똑한 여성이었다. 이 점에서 '최풍헌 딸[崔風憲女]'이라 제목을 붙였거니와, 이 여성의 생기발랄하고 용감한 행동에 의해서 조총각의 외숙인 파렴치한 양반의 흉악한 음모가 실패로 돌아가고 조총각이 구제된 것이다. 그런데 "월로적승은 하늘이 정한 바다." 하여 여기에 천리를 끌어들인 외사씨의 평은 속유俗儒들의 상투적인 논리로 돌려야 할 것이다.

천변녀川邊女

어느 고을의 읍내에 한 양반 소년이 살고 있었다. 그는 부모가 다 돌아가시고 의지 없이 외로웠다. 약간 문자를 해득하는 덕분에 그 고을 이방 집에 가서 장부를 대서해주는 일로 근근이 입에 풀칠을 하고 있었다.

읍내에 시내가 흐르고 시냇가에 한 민가가 있는데, 그 민가에 장성한 딸이 있어 아직 정혼하지 않고 있었다. 어느날 그 부모는 친척집에 나들이를 가고 딸 혼자 집을 보고 있었다.

양반 소년이 벌써 이 처녀를 한번 보고 마음속으로 늣내 사모하다가, 그날 혼자 있는 줄 알고 남몰래 그 집으로 가서 처녀의 허리를 껴안았다.

"내 도련님의 뜻을 잘 알아요. 내가 양반과 혼인하는 것이 상사람에게 시집가는 것보다 낫지 않겠어요? 지금 이렇게 무례하게 굴지 마세요. 내 이미 마음으로 허락했으니, 부모님이 돌아오시기를 기다려 혼인을 의논하고 택일하여 성례해도 늦지 않으니 우선 기다리셔요."

처녀가 이렇게 말하자 소년은 옳거니 여겨 약속을 하고 돌아갔다.

처녀는 부모가 돌아오자 사실대로 아뢰고, 곧 택일하여 성례하려는 참이었다.

그 여자의 외가 쪽 친척 중에 한 사내가 이 처녀의 용모에 반하여 여러번 구혼했다가 여자 집으로부터 거절을 당했는데, 이 사실을 알고 양반 소년을 유인하여 손발을 묶고 버선으로 입을 틀어막아 짚단 쌓는 곳에 거꾸로 박아두었다.

양반 소년은 평소에 읍내를 출입할 때 매양 이 처녀의 문 앞을 지나다녔는데, 하루 내내 그림자도 보지 못했다. 처녀는 덜컥 의심이 들어 바로 그 외가 쪽 집에 가서 따졌다.

"아무 도련님이 여기 있지요?"

"우린 모른다."

"내가 가는 걸 본걸요. 얼른 내놔요."

그 집에서는 큰 소리로 변명을 하며 욕설까지 퍼부었다. 처녀는 들은 척 않고 집 안을 샅샅이 뒤졌다. 뒤꼍으로 들어가서 짚동을 헤쳐내서, 그 안에 처박혀 곧 숨이 끊어질 지경이 된 소년을 찾아냈다. 급히 끌어내어 먼저 입속에 박힌 버선짝을 빼내고 수족의 결박을 풀어서 업고 자기 집으로 돌아왔다. 집에 두고 어머니에게 구호하도록 한 다음 곧 관가에 들어가서 이 사실을 고발했다. 관청에서는 처녀를 크게 칭찬하고, 그 외가 사내를 잡아들여서 엄히 벌하여 귀양 보냈으며, 처녀에게 혼수까지 넉넉히 지급했다.

온 고을 사람들이 이 이야기를 듣고 모두들 입에 침이 마르도록 처녀를 칭찬했다고 한다.

●작품 해설

『청구야담』에 '양반 도령이 짚더미 속에 처박히다班童倒撞蘽草中'라는 제목으로 수록된 것인데, 작중 처녀가 천변 민가의 딸이어서 '천변녀川邊女'로 제목하였다.

이 작품은 앞의 「최풍헌 딸」과 비슷한 내용이다. 특히 여기서 양반의 아들로 이방의 집에서 서기 노릇을 하고, 또 이 양반 소년이 민가의 딸을 연모하여 직접 구애를 한 점 등은 재미난 설정이다.

길녀吉女

    길녀는 평안도 영변 고을의 여자이다. 그녀는 본래 읍내 향관鄕官의 서녀인데, 일찍 부모를 여의고 삼촌 집에 의탁해 있었다. 나이 스물이 다 되도록 시집을 가지 못하고 길쌈과 바느질로 생계를 이어가야 했다.

    경기도 인천 사는 신명희申命熙란 사람이 소년 시절에 이상한 꿈을 꾼 일이 있었다. 어떤 노인이 나이 5, 6세쯤으로 보이는 여자애를 데리고 오는데, 얼굴에 입이 11개나 달려 있어 더없이 이상해 보였다. 그 노인이 신생을 보고 이르는 것이었다.

    "이 애가 나중에 너의 배필이 되어 해로할 것일세."

    깨어보니 참으로 괴상한 꿈이었다.

    신생은 나이 마흔이 지나서 상처하고 집안을 주관할 주부가 없어 항시 마음이 허전했다. 소실이나 들이고자 했으나 매양 일이 어긋나 뜻대로 되지 못했다.

    마침 한 친구가 영변 부사를 하고 있기에 신생은 그곳으로 놀러 가 있었다. 어느날 밤 꿈에 또 전에 본 노인이 입이 11개 달린 여자를 데리고 오는데, 이미 장성한 처자였다.

"이 여자가 이제 다 컸으니 곧 너에게 시집갈 것일세."

신생은 더욱 이상히 여겼다.

때마침 내아에서 아전에게 명하여 세포細布를 구입하도록 했다. 아전 말이 이러했다.

"읍내 한 향관 처자가 짜는 세포가 특품으로 우리 고을에서 유명합지요. 지금 짜는 베를 며칠 내로 끊는다 하니 기다립시다."

이윽고 사들이는데 보니 그 올이 가는 품이 바리 안에 드는 베[1]로 섬세정결한 것이 세상에 희한한 진품이다. 모두들 입에 침이 마르도록 칭찬하는 것이었다.

신생은 이 베를 짠 처자가 서녀라는 말을 듣고 은근히 마음을 두었다. 그는 읍내 사람 중에 이 여자의 집과 친히 지내는 사람을 잘 사귀어서 그 사람에게 중매를 서주도록 했다. 그녀의 삼촌도 합당히 여겨서 신생은 즉시 폐백을 보내고 드디어 성례를 하게 되었다.

신생이 그 집에 가서 신부를 맞아들일 때 보니 베 짜는 솜씨만 출중한 것이 아니고 용모도 썩 아리땁고 품행까지 우아하여 완연히 서울의 대갓집 따님 같지 않은가. 신생은 자신이 기대했던 것보다 훨씬 좋아서 기쁘기 그지없었다. 그리고 꿈에 보았던 11구十一口가 다름 아닌 길할 길吉 자임을 깨닫고 하늘이 점지한 인연임에 깊이 감동하였다. 두 사람의 정의가 더욱 두터워졌음은 말할 나위 없다.

신생은 혼인하고 몇달을 영변서 지내다가 머지않아 데려가겠노라는

---

1 바리 안에 드는 베 삼베의 올이 극히 가늘어서 한필이 바리(밥그릇)에 들어간다는 말. 이를 '바리안베[鉢內布]'라 해서 최상품으로 쳤다. 삼베는 당시 함경도 지역이 특산이어서 이를 북포北布라 일렀는데 영변 또한 함경도와 인접해서 좋은 삼베를 생산했다.

언약을 남기고 고향으로 돌아갔다. 고향에 가서는 이 일 저 일에 얽매여 어느덧 3년이 지나갔다. 약속을 이행하지 못하고 아득한 천여 리 타관에 소식마저 끊어진 것이다. 길녀의 사촌이나 여러 일가붙이들이 모두들 신생은 못 믿을 사람으로 단정하여, 그녀를 누구에게 팔아치우려고 도모했다. 길녀는 몸가짐을 더욱 조심하여 문밖출입도 살펴가면서 신중히 했다.

길녀가 사는 영변과 운산은 고개 하나 사이인데, 운산에 길녀의 당숙 되는 사람이 살고 있었다. 당시 운산 원은 젊은 무관이었다. 그 원이 소실을 하나 얻으려고 읍내 사람에게 알아보던 중이었다.

당숙이 길녀를 원님에게 바치고자 하여 관청에 들락거리며 은밀히 일을 꾸몄다. 미리 날짜까지 받아놓은 것이다. 그리고 원님에게 채단을 구해달라고 요청했는데 이는 길녀에게 혼수 의복을 짓도록 하려는 의도였다. 당숙이 길녀를 직접 찾아와서 다정한 척 지내는 형편을 묻고 나서 하는 말이다.

"나의 아들을 장가들일 날이 며칠 안 남아서 신부의 옷을 지어야겠는데 집에 바느질할 사람이 없구나. 네가 잠깐 와서 도와주지 않겠니?"

길녀는 달리 거절할 말이 없어 응낙하여 말했다.

"신서방이 요새 감영에 와 있다는군요. 저의 나들이는 그 사람의 말을 들어서 해야겠어요. 아저씨 댁이 가깝다지만 그래도 고을이 다른데 결코 제 마음대로 출입하지 못하겠습니다."

"그럼 신서방의 허락이 있으면 와서 좀 도와주겠니?"

"그러지요."

당숙은 자기 집으로 돌아가서 신생의 편지처럼 꾸며서 가까운 일가 사이에 화목하게 지내야 할 것이니 어서 가서 도우라는 뜻으로 편지를 써 보냈다.

그즈음 조관빈[2] 판서가 평양 감사로 있었다. 신생은 감사와 척의戚誼
가 있어서 감영에 와서 묵고 있었다. 당숙은 신생이 오래도록 발을 끊은
것을 보고 이미 길녀를 버렸다고 생각했기 때문에 감히 이런 계책을 꾸
민 것이었다.

길녀는 이 위조 편지를 받고 마지못해 당숙 집으로 가서 바느질을 했
다. 며칠이 지나도록 길녀는 그 집 사내들과 단 한마디 수작을 건네는
법 없이 오직 자기 할 일에만 열중했다. 하루는 당숙이 운산 원님을 모
셔다가 일차 길녀를 엿보게 하여 자기 말이 거짓이 아님을 증명하려 했
다. 길녀는 원님이 온다는 말을 듣긴 했지만, 설마하니 이런 흑막이 있
을 줄이야 어찌 알았으랴!

날이 저물어서 방에 불을 켜는데 당숙의 큰아들이 길녀에게 수작을
붙이는 것이었다.

"누나, 노상 벽을 마주 보고 등불 옆에 앉았는데, 왜 그래? 여러날 수
고했으니 쉬어가며 해요."

"나는 피곤한 줄 모르겠어. 그대로 앉아서 이야기해. 내게 귀가 있으
니 들릴 것 아냐?"

그 아들이 실없이 웃으며 기어이 길녀를 붙들어 돌려 앉히려고 하는
것이었다. 길녀가 정색을 하고 꾸짖었다.

"아무리 일가 간이라지만 남녀가 유별한데, 왜 이처럼 예절 없이 굴
어?"

이때 원님은 문틈에 눈을 대고 들여다보다가 길녀의 얼굴을 보고 크

---

2 조관빈趙觀彬(1691~1757) 영조 때 인물로 대제학大提學까지 역임했음. 그가 평안
도 관찰사로 있었던 것은 1742~44년으로 확인된다.

게 기뻐했다.

길녀는 잔뜩 분통이 터져 뒷문을 밀고 툇마루로 나갔다. 이때 앞마루 쪽에서 남자의 목소리가 들렸다.

"내 저런 일색을 보기 처음이야. 서울 미인도 저만하기는 쉽지 않겠는걸."

길녀는 비로소 원님과 모종의 음모가 있는 줄 알고서, 기가 막히고 정신이 아득하여 그만 쓰러졌다가 한참 뒤에야 겨우 일어났다.

다음날 날이 새자 길녀는 당장 집으로 돌아가겠다고 뿌리치고 나섰다. 이때야 당숙은 사실대로 말하고 타이르는 것이었다.

"저 신서방이란 사람은 가난뱅이요, 나이가 많아 곧 땅속으로 갈 사람이다. 게다가 집은 멀고 한번 가서 오도 가도 않으니 너를 버린 것이 분명하구나. 너처럼 젊고 고운 자색을 지니고 있는 바에 부잣집으로 시집가는 것이 사리에 당연하지 않으냐? 우리 고을 원님은 젊고 이름난 무인이고 앞길이 만리란다. 네가 아무 희망도 없는 사람을 기다리느라 신세를 그르쳐서 되겠니?"

온갖 달콤한 말과 허황한 소리로 유혹하는 한편 협박을 했으나, 길녀는 분한 생각이 복받쳐 맹렬히 대들며 서녀인 자기 분수조차 아랑곳하지 않았다.

당숙 되는 사람은 어찌할 도리도 없거니와 원님에게 죄를 지을까 두려워 아들들과 상의하고 일제히 나서서 길녀를 잡아다가 앞에서 끌고 뒤에서 밀어 골방에 가두었다. 문에는 자물쇠를 단단히 채우고 겨우 음식이나 넣어주며 혼인날이 되면 길녀를 겁박해서 원님에게 보낼 심산이었다.

길녀가 울부짖고 욕설을 퍼부으며 여러날 음식을 입에 대지 않으니,

형용이 초췌하고 기운이 쇠진하여 몸을 가누기도 어려웠다. 방 안에 생마[3]가 있는 것을 보고 그것으로 가슴에서 다리까지 전신을 칭칭 동이고서 장차 닥칠 신상의 위협을 막아보리라 생각했다. 그러다가 생각을 달리 가졌다.

'도적놈의 손에 부질없이 죽느니 차라리 내 손으로 도적놈을 죽여서 죽어도 원수를 갚아야지. 그러자면 억지로라도 밥을 먹어서 기운을 차려야 할 일이다.'

처음 길녀가 갇힐 때 마침 식칼 하나를 주워서 허리춤에 숨겨두었는데, 아무도 모르고 있었다. 길녀는 마음속에 계책을 정하고 당숙에게 말했다.

"제가 기진맥진해 곧 죽겠어요. 시키는 대로 할 테니 허기진 배를 채우게 먹을 것이나 많이 주셔요."

당숙은 미심쩍으면서도 우선 마음에 반가워 밥을 많이 담고 반찬을 걸게 하여 뚫어놓은 구멍으로 구메밥처럼 들여보내며 백방으로 달래었다.

길녀는 음식을 받아먹기 시작한 지 이틀이 지나자 다시 기운이 충실해졌다. 그날 밤이 바로 정해놓은 혼인날이다.

원님이 사랑에 와서 기다릴 때 비로소 당숙은 문을 열고 길녀를 밖으로 나오도록 했다. 길녀는 방 안에서 움츠리고 있다가, 문이 열리자 뛰어나와서 냅다 식칼을 휘둘렀다. 큰아들이 먼저 비명을 지르며 나가떨어졌다. 길녀가 크게 소리치고 길길이 날뛰며 남녀노소 가릴 것 없이 닥치는 대로 칼을 휘두르며 좌충우돌하니, 누가 그 기세를 막고 나서랴?

---

3 생마生麻 삼대에서 섬유질을 벗겨내 아직 가공하지 않은 상태를 이르는 말.

이마가 터지고 면상이 찢어져 유혈이 땅에 낭자한데, 어느 누구도 길녀를 막아설 장사가 없었다. 원님은 이것을 보자 정신이 빠지고 간담이 떨어져 문밖으로 도주할 겨를도 없이 다만 문고리만 붙잡고 발발 떨고 있었다. 길녀는 문짝을 냅다 발길로 차고 손과 발을 동시에 날려 창살을 치니 문짝이 부서졌다. 길녀가 원님을 대면하여 꾸짖는다.

"네가 나라의 두터운 은혜를 입어 이 고을을 맡아 다스리는 터에 의당 백성을 사랑하고 임금께 힘껏 보답해야 하겠거늘, 도리어 백성에게 잔학하고 여색을 탐한 나머지 흉악한 읍민과 결탁하여 양반의 소실을 겁탈하려 하다니, 개돼지도 않는 짓이요 천지에 용납 못 할 일이라. 나는 어차피 네 손아귀에 죽을 목숨이다. 너는 꼭 죽여야 할 놈이니 내 너를 죽이고 함께 죽겠다!"

통쾌한 말이 매섭기 칼날이요, 준열하기 서릿발이었다. 꾸짖는 소리가 사방에 진동하니 집을 백 겹이나 에워싼 구경꾼들이 모두 혀를 차며 탄복해 마지않았다. 길녀를 위해 팔을 휘두르는 사람도 있고 눈물을 줄줄 흘리는 사람도 있었다.

이때 당숙 부자는 숨어서 코빼기도 내밀지 못하고, 원님 혼자 방에서 그녀 앞에 엎드려 머리를 백번 조아리고 애걸복걸하는 것이었다.

"실은 부인의 정절이 이처럼 곧고 저자가 이런 흉악한 놈인 줄 잘 몰랐소. 이 흉악한 놈을 죽여서 사죄하겠으니, 부인은 제발 용서해주오."

그리고 아전을 호령하여 당숙을 잡아오게 하였다. 원님은 잡혀온 당숙을 보고 호통을 치며 몽둥이로 매우 치라 하여 혈육이 낭자할 지경이었다. 그제야 원님은 문을 빠져나와 코를 싸매고 관아로 돌아갔다.

그때 이웃 사람이 길녀의 집에 기별해주어서 즉시 달려와서 영변으로 데려갔다. 길녀는 사실의 전말을 적어서 신생에게 기별했다. 감사가 이 사실을 듣고 크게 놀라고 노여워했다.

당시 영변 부사는 같은 무인이어서 운산 원의 부탁으로 길녀가 식칼을 휘둘러 사람을 상해했다고 감영에 보고하여 엄중히 다스리려던 판이었다. 감사는 영변 부사에게 공식으로 글을 내려 엄중히 책망하는 동시에 운산 원을 파직시켜 종신 금고형禁錮刑에 처하도록 하고, 당숙 부자는 잡아와서 엄히 형벌을 가한 다음 절해고도로 유배를 보냈다. 그리고 기구를 성대하게 차려 길녀를 감영으로 맞아와서 크게 칭찬하고 상을 후히 내렸다.

신생은 즉시 길녀와 더불어 서울로 올라와 애오개[阿峴]에서 살다가, 몇년 뒤에 인천 옛집으로 돌아갔다. 길녀는 살림살이를 근면하게 하여 부유한 생활을 누렸다고 한다. 사람들이 그녀를 더욱 훌륭한 여자라고 칭찬했음이 물론이다.

신생은 을축년(1685) 생인데 아직까지 별로 노쇠하지 않고 건강하다. 진사 유응상柳應祥은 신생과 이웃에 사는데 교분이 자못 깊다. 그래서 사실을 자세히 알아 이와 같은 이야기를 나에게 들려주었다. 옛날의 열녀들은 살신성인殺身成仁한 사례가 많아서 사람들에게 애닯고 비통한 마음을 불러일으키며, 복록을 누린 경우는 드물었다. 길녀로 말하면 한 시대의 장렬한 여성으로 빛나거니와, 남편과 더불어 복과 수를 다 누려 계명상경⁴의 즐거움으로 백년을 기약한 것이다. 정렬貞烈과 복록 양쪽을 나란히 얻은 것이 아닌가. 이 어찌 장한 일이 아니랴!

---

4 계명상경鷄鳴相警 『시경·제풍齊風·계명鷄鳴』에서 유래한 말. 계명상경은 부인의 입장에서 지아비를 근면하도록 한다는 의미. 두 부부가 함께 근면하여 가정을 잘 꾸려간다는 뜻이다.

● 작품 해설

신돈복의 『학산한언』에서 뽑은 것이다. 『청구야담』과 『파수편』에는 '폭력에 저항한 규중의 정렬拒强暴閨中貞烈'이란 제목으로 수록되어 있다. 『동야휘집』과 『청야담수』에 '관장에게 칼을 들어 강제 혼인을 물리치다揮刀罵倅退勒婚'라는 제목으로 수록된 것이 유사한 내용으로 표현상의 차이를 보이고 있다. 『학산한언』에 실린 작품이 이 중에서 연대가 가장 앞서며, 따라서 작자는 신돈복으로 간주해도 좋을 것이다. 원래 제목이 붙어 있지 않은데 주인공의 이름을 취해 제목을 삼는다.

이 작품은 길녀라는 한 여자의 이야기다. 길녀는 향관의 서녀로 태어나 고아가 된 아주 불우한 여자였다. 이 때문에 일찍부터 현실과 대결하여 적극적으로 자신의 인생을 개척하지 않으면 안 되었고, 양반인 신생의 소실로 가게 된다. 게다가 『춘향전』의 변학도처럼 파렴치한 관장인 운산 원이 자기 첩으로 삼으려든 것이다. 이때 길녀는 자신에게 가해진 부당한 억압(강제 혼인)에 대해 처음에는 소극적으로 자기를 방어하려 하였으나, 이것이 운산 원의 권력 앞에 무력할 뿐임을 깨닫고 적극적으로 대항한다. 그녀가 휘두르는 칼날은 악질적인 관료와 그에 부화뇌동한 자들에 대한 공격이었고, 운산 원에 대한 꾸짖음은 압박받는 서민들의 저항의 부르짖음이었다. 그래서 이러한 길녀의 대담한 항거에 운산 읍민들은 모두 길녀의 편이 되어 함께 팔을 휘두르기도 하고 눈물을 흘리기도 하였다. 『춘향전』에서 춘향은 변학도에게 입으로 하는 저항에 그쳤으며, 결국 어사또로 나타난 이몽룡의 권력에 의해서 구제가 되나, 여기서 길녀는 직접 무기를 들고 운산 원의 무릎을 꿇려서 항복을 받아낸 것이다. 이처럼 길녀는 보다 적극적으로 현실에 대결하는 전투적 인간상이다.

한가지 덧붙여둘 점이 있다. 작중에서 신생은 을축년(1685) 출생으로 아직도 건강하게 살고 있으며, 이 이야기는 신생과 교분이 있는 사람으로부터 직접 들은 것이라고 밝혀놓은 사실이다(이 대목은 『학산한언』에만 실려 있음). 즉 작자 신돈복은 작중의 내용을 실사로 인식하고 기록한 것이다.

용산 차부龍山車夫

용산의 한 차부가 서울 성안으로 짐을 운반하고 날이 저물어 집으로 돌아가는 길이었다. 수각교[1] 길가 인가의 벽 뒤에서 소변을 보다가 머리 위에서 나는 말소리를 듣고 올려다보니 다락 창문에 한 미인이 몸을 반쯤 숨기고 차부를 부르는 것이 아닌가.

"잠깐 후문으로 들어오세요."

차부는 심히 의아했으나 급히 부르기에 우선 들어가보았다. 그녀는 나이 갓 스물로 자색이 어여쁜 여자였다. 그녀가 차부를 반가이 맞아들여 자리에 앉히더니 자고 가기를 청하는 것이었다. 남편이 누군가 물어보니 별감[2]인데 오늘밤 숙직하러 들어갔다고 했다. 차부가 소를 다른 곳에 맡기고 오겠노라고 하자, 그녀는 언약을 잊지 말라고 두번 세번 당부했다.

차부는 소를 성안의 객줏집에 맡기고, 다시 후문으로 들어갔다. 그녀

---

1 수각교水閣橋 서울 남대문 근방에 있던 다리.
2 별감別監 액정서 예속隷屬의 하나. 대전大殿 별감·중궁전中宮殿 별감·세자궁 별감·처소處所 별감의 구별이 있었음.

는 문에 서서 고대하고 있었다. 저녁을 성찬으로 들고 나서 여자는 곧 동침하기를 청했다. 차부가 망가진 삿갓, 누더기 옷을 한구석에 벗어던지고 여자와 비단 이불 속으로 함께 들어가니, 음란한 행위는 이루 형언할 수 없었다.

밤이 거의 삼경이 될 무렵에 대문을 두드리며 사람을 부르는 소리가 들렸다. 그녀는 깜짝 놀라

"남편이 왔어요."

하고 급히 차부를 다락으로 숨겼다. 자물쇠를 채운 뒤 나가서 대문을 열고 본부本夫를 맞아들였다. 차부가 다락에서 엿보니 남편은 용모가 수려하고 의복도 산뜻했다.

"숙직하는 양반이 무슨 일로 나오셨우?"

"아까 꿈에 집에 불이 나서 전부 재가 되지 않았겠나? 꿈을 깨고 하도 걱정이 되어 궁중의 담을 넘어 나왔다네."

그녀는 짐짓 놀라는 기색을 보이며 도리어 크게 책망했다.

"꿈자리가 불길하다고 궐내에서 숙직하는 양반이 이렇게 조심 않고 행동하세요? 얼른 돌아가셔요."

"이미 나왔으니 그냥 돌아가기 심히 허전한걸."

남편이 아내를 붙들고 희롱하려 하니, 그녀는 백방으로 거부하고 끝내 응하지 않았다. 남편은 화를 내다가 웃다가 하며 달랬으나 그녀는 막무가내였다. 또한 당직 자리를 오래 비워두기도 어려워 이내 발길을 돌렸다.

그녀는 따라 나가서 대문을 굳게 잠그고 들어오더니 즉시 차부를 다락에서 맞아내려 다시 한판 일을 벌이는데 아까보다 더욱 맹렬했다. 그러고 나서 그녀는 피곤하여 바로 곯아떨어졌다.

차부는 잠이 들지 못하고 등불 아래서 뒤척뒤척하다가 문득 마음에 깨달은 바가 있었다.

'저의 남편이 나보다 백배나 훌륭하고 나는 한갓 지나가는 사람인데 무단히 끌어들여 이런 음란한 짓을 하다니, 이는 오로지 음욕 때문이다. 아까 남편이 백방으로 달래도 안 들은 것은 내가 다락에 있어서겠지. 저의 부모가 부부로 맺어주었거늘 추행이 이와 같다니. 사람이란 의리가 있는 법인데 더구나 내가 눈으로 목격하고서 어찌 그대로 두겠느냐.'

차부는 드디어 칼로 여자를 찔러죽이고 닭이 울기를 기다려서 도주했다. 이튿날 사람이 들어와 보니 방 안에 유혈이 낭자하고 몸에 칼자국이 어지러웠다.

그녀의 친정에서 관에 고발을 했다. 그런데 별다른 단서가 없고 다만 행랑 사람의 진술이 이러했다.

"그날 밤중에 바깥주인이 당직처에서 몰래 나와 방에 들어가는 것을 보았으나 언제 돌아갔는지 모르겠소. 이밖에 다른 일은 모릅니다."

남편이 조사를 받는데, 채질이 약하고 연소한 사람이라 고문을 이기지 못해 요망한 소실에게 혹하여 과연 자기가 찔러죽였노라고 허위 자백을 하고 말았다. 그래서 사형으로 판결이 났다.

대개 죄수가 형장으로 갈 때 용산 차부가 수레로 실어가는 것이 상례였다. 그날 밤에도 용산 차부가 명을 받고 대기하는 중인데 죄수가 미처 나오지 않았다. 차부가 전옥가[3] 앞에 서 있다가 형조의 서리에게

"오늘 수레의 사형수는 어떤 사연이오?"

하고 묻는 즈음에 사형수가 옥문을 나와서 수레에 올랐다. 죄수를 자

---

3 전옥가典獄街 전옥서典獄署 앞거리. 전옥서는 죄수를 다루던 곳으로 서울 종로구 서린동瑞麟洞에 있었음.

세히 보니, 저번 다락에 숨어서 등불 아래 보았던 그 남편이 아닌가. 차부는 깜짝 놀랐다.

"어찌 내가 죽는 것이 아까워 무죄한 사람을 죽게 만들랴!"

하여 드디어 관에 자수를 하였다.

"저 사람은 살인자가 아니올시다."

그리고 그 경과를 상세히 아뢰었다.

"한 음녀를 죽이고 한 무고한 자를 살렸으니 이 사람은 의인이다."

옥관獄官은 이렇게 판결을 내린 다음, 특별히 면천免賤을 시키고 상까지 내려주었다. 용산 차부는 성이 유柳가인데 본디 사천[4]이었기 때문이다.

그 남편은 사형장으로 끌려가다가 삶을 얻었기에 차부를 은인으로 대접하였다. 집이 부자여서 자기 재산의 절반을 나누어주었다.

차부는 수레 끌기를 그만두고 그 재산에 힘입어 잘살았으며 자손도 번창했다. 그가 수레를 끄는 일로 인해서 복을 얻었기 때문에 사람들이 차달車達이라고 불렀다.[5]

---

4 사천私賤 비복·백정·무당 등 천인을 가리키는 말.
5 이 끝에 "지금 문화文化 유씨의 시조다."라는 주가 달려 있다.

●**작품 해설**

이 작품은『기문습유』에서 뽑은 것으로「의환」「택사」와 함께 구수훈의『이
순록』이 원전인 점으로 미루어 작자는 구수훈으로 보아야 할 것이다.『청야담
수』에는 '한 음녀를 죽여 한 무고한 사람을 살리다殺一淫女活一不辜'라는 제목으
로 수록되어 있다.『기문습유』와『이순록』에는 제목이 달려 있지 않다. 첫머리
의 '용산 차부龍山車夫'를 취해 제목을 삼는다.

작중 여자는 별감의 처였다. 별감은 서리직으로 궁정에서 호위하는 임무를
수행하는데, 여기서도 용모가 수려하고 의복도 산뜻하듯이 그들은 대개 멋을
부리고 호사스런 생활을 누리는 경향이 있었다. 용산 차부는 천민이었다. 여자
가 차부를 끌어들인 것은 물론 차부가 소변보는 것을 엿보고 욕망이 일어났기
때문이었다. 차부는 비록 수레를 끄는 천민이나『수호전水滸傳』중의 인물처럼
의협심이 강한 인간으로, 그 의협심으로 결국 면천이 되고 잘살게 되었다는 줄
거리이다. 지금의 관점에서 보면 차부가 여자를 음부라는 이유로 살해한 행위
는 아무래도 정당화될 수 없을 것이다. 여자의 정조에 대한 그 시대의 편견이
개재된 것으로 여겨진다. 작중에서 시정인의 생태가 그려지고 하층민을 주인
공으로 등장시킨 점이 흥미롭다.

재회再會

어떤 부잣집 아들이 외도에 빠져 가산이 많이 기울었으나, 별감으로 있어서 의복이 화려했다.

어느날 저동[1]으로 가다가 길에서 한 대장 행차를 만났는데 심히 벽제 辟除를 하여 감히 길을 가지 못하고 옆에 비켜서 있었다. 이때 건너편 소각문[2]이 반쯤 열리며 한 미인이 대장의 행차를 구경하려고 문설주에 기대어 섰다가 우연히 별감과 눈길이 마주쳤다. 여자가 당황하여 얼른 몸을 안으로 숨기더니 이윽고 다시 머리를 내밀었다. 재차 눈이 마주치자 얼른 문을 닫고 들어가버렸다. 별감이 눈을 두리번거리며 바라보았으나 끝내 그림자도 찾을 수 없었다. 눈길이 번개 치듯이 부딪쳐서 흔들린 마음을 억제하기 어려웠다.

그 집 동쪽 모퉁이로 조그만 집에 노파가 콩죽을 팔아서 살아가고 있었다.

별감은 맥없이 자기 집으로 돌아갔다. 이튿날 그는 새벽같이 다시 저

---

1 저동苧洞 서울에 있던 지명으로 현재의 중구 저동이 그 지역에 해당한다.
2 소각문小角門 문간이 따로 없이 양쪽에 기둥을 하나씩 세워서 문짝을 단 대문.

동으로 달려가서 일없이 배회하던 중, 문득 마음속에 한 계책이 떠올라 죽집으로 들어갔다. 노파는 그가 홍의에 초립을 쓰고 들어오는 것을 보고 필시 별감이겠거니 요량하여 말을 건넸다.

"별감님, 무슨 일로 누추한 집엘 들르셨습니까?"

"볼일이 있어 새벽바람을 무릅쓰고 왔더니 한기가 드는구면. 죽 한 그릇 주오."

노파가 얼른 정결한 그릇에 죽을 담아 올리자, 별감은 주머니를 열고 동전 한움큼을 집어주는 것이었다. 노파는 깜짝 놀라 말했다.

"한두푼이면 족합니다. 웬걸 이리 많이 주시나요?"

"몸이 떨린 걸 가지고 말한다면 한 줌 동전도 약소한 셈이라. 과히 사양하지 마오."

노파는 후의에 감사하며 인사하였다. 다음날도 별감은 이 근방에 볼일이 있어서 어쩌고 하며 들어섰다. 노파는 반가이 맞아 또 죽 한 그릇을 올리며 드시라고 권하는데 정의가 아주 은근하였다.

별감이 또 소매에서 은자 일정—鋌을 꺼내 노파에게 주며 말했다.

"할멈, 앞으로 이런 고생스런 생활에서 벗어나 늘그막에 편히 살아보시오."

노파가 큰 재물을 눈앞에 보고 어찌 욕망이 동하지 않으리오. 자고로 황금은 사람의 마음을 검게 하고, 백주白酒는 사람의 얼굴을 붉게 한다고 일러왔다. 노파는 왼손으로 사양하면서 오른손으로 은을 받아 쥐었다.

"이 늙은것이 몸은 늙고 집이 가난해서 자녀를 성취시키지 못했습니다. 별감님 은덕이 산처럼 높고 바다처럼 너른데 무엇으로 갚으리까?"

별감은 노파가 어떤 어려운 일을 부탁하더라도 물러서지 않을 것임을 보고 그제야 조용히 입을 열었다.

"저 집에 누가 살고 있우?"

"중인 김아무개 집인데, 그 사람이 몹시 가난하여 먹고살 도리가 없으므로 지금 어느 부잣집에 몸을 의탁해 있으나, 생계가 궁핍하여 말이 아닙니다."

별감은 노파의 손을 쥐고 말했다.

"나의 생사가 할멈 손에 달렸소. 할멈이 만약 소원을 풀어주지 않으면 이 몸은 오직 죽음밖에 없지요."

"제가 별감님의 큰 은덕을 입었거늘 끓는 물속에 뛰어들고 타는 불속을 들어간다 한들 사양하리까? 품은 뜻을 말씀합쇼."

이에 별감이 자초지종을 털어놓고, 어떻게 하든 일이 잘 이루어지게 해달라고 당부하였다.

"저 아씨는 성정이 정숙하여 평생에 외간 사람과 교제가 없고, 내가 비록 안면은 있다지만 내왕간에 진중하여 말수가 적은 까닭에 별로 수작이 없었습죠. 만일 지금 문득 무례한 말을 꺼내면 일이 어긋날 뿐만 아니라 필시 나와 사이가 막히게 됩니다. 기묘한 꾀를 내지 않고는 어렵고말고요. 여차여차하면 별감님 소원이 성취될 듯싶은데 어떻겠습니까요?"

별감이 크게 기뻐 좋다고 무릎을 치며 서로 약조를 굳게 하고 헤어졌다.

그날 밤 노파가 맛 좋은 탁주를 받아 꿀을 타서 약간 데워가지고 그 집으로 갔다. 아씨는 인사말로 맞았다.

"할멈, 왜 오래 볼 수 없었소?"

"늙은것이 요새 편치 못해서 와보지 못했다우. 죄만스럽네요. 오늘 마침 좋은 술이 생겼길래 드실까 하고 왔는데, 아씨 한번 맛이나 보아요."

할멈이 너스레를 떨었다.

아씨는 그날 저녁밥도 먹지 못한데다가 날씨가 추워 더욱 배고픈 참이었다. 음식을 가릴 처지가 아니었지만 본래 술을 못 마시는 까닭에 물리치고 들지 않았다. 노파가 재삼 간절히 권해서야 마지못해 입을 대니, 빈속에 맛이 달아 쭉 따라 들어갔다. 그만 몸을 가눌 수 없도록 대취하고 말았다.

별감이 즉시 문을 열고 들어와서 우선 촛불에 비춰보니 그야말로 국중일색이다. 옷을 벗기고 잠자리에 들어 운우지락이 바야흐로 무르익었을 즈음 그 여자가 깨닫고 소리쳤다.

"누군데 이런 무례한 짓을 하오?"

"임자는 지난번 눈이 마주친 사람이 기억 안 나오? 일이 여기에 이르렀으니, 이 또한 하늘이 주신 연분이 아니겠소? 이웃 사람 놀라게 하지 맙시다."

여자가 울며

"당신이 꽃을 탐하는 욕망으로 월장[3]의 치욕을 돌보지 않으니 한스럽고 부끄럽소."

하고는 머리를 숙이고 말이 없었다. 별감은 더욱 사랑하고 공경하는 마음이 들어 이후로 왕래가 잦았다.

주인 김씨는 이런 줄은 까맣게 모르고 노상 부잣집에서 일을 보고 있었다. 때마침 부잣집에서 제사를 지내고 새벽 파제 후에 음식을 한 상잘 차려 내왔다. 김씨는 성찬을 앞에 놓고 차마 젓가락을 들지 못하는 것이었다. 부잣집 주인이 그 뜻을 짐작하고 말했다.

---

3 월장越牆 담을 넘어간다는 뜻으로 정식 혼담이 없이 남녀가 관계를 맺는 것.

"내 벌써 따로 한 상 준비해두었네. 자네 집에 보낼 걸세. 염려 말고 다 들게."

이에 김씨는 기쁜 마음으로 잘 먹었다. 주인이 진수성찬을 싸서 하인을 시켜 보내려 하자, 김씨는 자기가 가지고 가겠노라 하고 급히 자기 집으로 돌아갔다.

이날 밤에도 별감이 와서 여자와 밤이 이슥하도록 놀다가 막 잠이 깊이 들었다. 김씨는 대문 밖에서 아무리 소리쳐도 대답이 없으므로, 담을 넘어 들어갔다. 불이 환하게 켜져 있어서 문을 열고 들여다보니 아내가 어떤 사내와 함께 세상모르고 잠들어 있었다. 벽에 홍의와 초립이 걸린 것을 보아 간부奸夫임을 알 수 있었다.

김씨는 자탄하며 속으로 말했다.

'내가 집이 가난한 때문에 집안을 보살피지 못하여 여자의 물 같은 성질로 춥고 배고픔을 이기지 못해 남의 유혹을 받아 급기야 이 지경에 이르렀구나. 소리를 질러 소란이 일어나고 보면 이웃의 비웃음만 살 것이니, 내가 한번 참는 것만 못하다.'

김씨가 가만히 별감을 흔들었다. 별감이 놀라 깨어보니 웬 사람이 단정히 앉아서 누구냐고 묻는 것이 아닌가. 이에 별감은 당황하여 대답을 못 했다. 김씨가 이번에는 자기 아내를 깨워 일어나게 하고 별감을 가리키며 말했다.

"이왕지사는 이제 와서 따질 것 없고, 그대는 이 여자를 데리고 가서 잘 대접하여 평생 의식을 곤란케 하지 말아다오. 만약 조금이라도 배반하여 박대를 한다면 그때는 당장 내 칼 아래 놀란 혼이 될 것이다."

별감은 땀으로 얼굴이 홍건히 젖어 "네네, 말씀대로 하겠습니다." 하고 다른 말을 붙이지 못했다. 김씨가 빨리 가라고 재촉하니, 그 아내의 가슴이 미어지는 것이야 어찌 차마 말하리오.

별감은 정신도 제대로 차리지 못하고 미인과 함께 재촉을 받아 문을 나서니, 그물에서 빠져나온 물고기 같았다. 급히 자기 집으로 돌아가니, 별감의 노모는 나이 일흔으로 아직 잠을 자지 못하고 있었다. 문 두드리는 소리를 듣고 즉시 나와서 문을 열어 들어오게 하는데, 어떤 여자가 뒤에 서 있다. 그 어머니가 웬 사람이냐고 물어서 아들이 자초지종을 이야기했다.

"김씨는 은인이다. 너를 다시 살려준 사람이니, 이후로는 딴마음을 먹지 마라. 오늘부터 이 여자를 내 수양딸로 삼을 것이다. 너 또한 남매 간으로 정하여 큰 은혜를 갚도록 하여라. 언젠가 그분이 반드시 찾아올 것이다."

노모가 이렇게 말하여 별감은 자기 어머니의 말씀을 따라서 피차간에 오빠 누이로 부르며 지냈다.

한편 김씨는 아내를 떠나보내고 나서 집 대문에 열쇠를 잠그고 밖으로 나왔다. 울적한 마음을 이기지 못해 금강산으로 발길을 돌렸다.

길이 김화金化를 지나 날은 저물고 객점이 멀어 어느 산장에 투숙했다. 이튿날 새벽에 떠나서 가다가 잘못해서 깊은 산골로 들어갔다. 한참 빠져나오려고 헤매다가 문득 머리를 들어보니 위쪽으로 산삼의 꽃이 보였다. 마음속으로 크게 기뻐 가까이 가서 캤더니 큰 뿌리는 동자의 형상을 한 것이었다. 잔뿌리는 제쳐놓고 한짐 단단히 묶어 지고 즉시 서울로 돌아가 그 부잣집에 들어가서 그사이의 일을 죽 이야기했다. 부잣집 주인은 매우 반가워하며 말했다.

"자네의 음덕에 하늘도 감동하여 이런 큰 재물을 얻게 되었으니 참으로 축하할 일일세."

곧 산삼을 내다 파니 그 값이 무려 수만냥에 이르렀다. 즉시 집을 마련하고 노복을 갖추어 세상에 보기 드문 부자가 되었다.

그는 지난날을 돌이켜 생각하며 혼잣말을 했다.

"내 일찍이 집이 가난한 까닭에 가족을 잘 건사하지 못하고 흩어지도록 하였구나. 지금 내가 이만한 부자가 되어가지고 조강지처와 함께 복을 누리지 못한다면 나의 큰 허물이다."

그는 별감의 집을 찾아갔다. 별감의 노모가 크게 기뻐하였다.

"내 꼭 당신이 오실 줄 믿었소."

그리고 그동안의 경과를 말한 다음에 그 여자를 떠나보냈다. 이후로는 가까운 친척처럼 지냈다.

김씨는 아들딸을 낳아 기르고 80수가 되도록 길이 부호로 복록을 누렸다. 이야말로 분을 참고 음덕을 쌓은 덕이 아닌가 한다.

『기문』에 수록된 작품으로 원래 제목은 '분을 참고 음덕을 쌓다忍忿積陰'였는데, '재회再會'로 바꾸었다.

앞의 「용산 차부」와 마찬가지로 이 작품도 서울 시정인의 생태를 묘사하고 있다. 역시 별감이 등장하는데, 이들의 향락적이고 타락한 생활을 구체적으로 보여준다.

이 별감과 중인 김씨가 대조된다. 향락적이고 타락한 생활을 하는 별감에게 가난한 중인 김씨는 자기 아내를 빼앗겼다. 아내의 부정을 목격했을 때 김씨는 홍의 초립을 보고 간부가 별감배임을 물론 알았다. 이때 김씨는 '내가 집이 가난하기 때문에 여자의 물 같은 성질로 춥고 배고픔을 이기지 못하여 남의 유혹을 받은 것', 즉 가난 때문에 아내가 별감배의 유혹에 빠진 것으로 판단하였다. 그리하여 부정한 아내를 그 부유한 별감에게 맡기면서 "평생 의식을 곤란케 하지 말아다오."라고 당부했던 것이다. 이는 단순한 체념에서 나온 행동이 아니라 사회적인 차원에서 문제를 파악했기 때문이다. 그래서 김씨는 가난에서 벗어나자 다시 아내를 찾았던 것으로 이해할 수 있다. 무엇보다 가난이 죄라고 생각하고 아내의 인간성을 믿지 않았다면 이 재회는 있을 수 없었으리라.

상은償恩

충청도의 선비 유생柳生이 과거를 보러 상경했다가 낙방하고, 하릴없이 개성의 좋은 경치며 고적을 둘러볼 양으로 길을 나섰다.

개성의 곳곳을 구경하고 다니다가 하루는 시내에서 갑자기 소나기를 만났다. 대로변의 어느 집 대문 앞에서 비를 피하고 섰는데, 비는 그칠 줄 모르고 날이 저물어 심히 난처했다. 이때 한 여자아이가 집 안에서 나오더니 말했다.

"어떤 손님이신지 모르겠으나 비가 이렇게 오시니 잠깐 안으로 들어와서 쉬시지요."

유생이 물었다.

"이 댁 주인은 어떤 분이고, 남자는 없니?"

"주인어른은 행상을 나가서 타관에 계신 지 여러해랍니다."

"주인도 없는 집을 외간 남자가 들어가서 되겠니?"

"들어오시라는 분부신데 꺼릴 게 무어 있겠어요?"

유생은 여자아이를 따라 안으로 들어갔다.

스무살 남짓 되어 보이는 여인이 자색이 빼어나게 고와 정신을 홀리는 듯한데, 유생을 방 안으로 맞아들이는 것이었다.

"귀빈께서 비를 피해 오래 서 계시는 것을 보니 마음이 심히 불안하여 감히 들어오시라 여쭌 것입니다."

유생이 점잖게 대답했다.

"일면식도 없는 사람이 이런 친절한 대접을 받고 몸 둘 바를 모르겠소이다."

이윽고 저녁상이 나와서 식사를 든 뒤에 촛불을 밝히고 마주 앉아 정담을 나누었다. 시간이 흐를수록 서로 마음이 동하여 어깨를 가까이 하고 무릎이 부딪칠 정도로 흉허물이 없어졌다. 한참 노닥거리다가 이내 잠자리에 든 것이다. 이튿날이 되어서도 유생은 떠나지 않고, 하루 가고 이틀 가서 어느덧 열흘이 가까웠다.

그 집 주인은 장사를 나갈 때 이웃에 사는 한 친구에게 자기 집안일을 잘 보살펴달라고 부탁했기 때문에, 그 친구가 종종 들러서 살펴보곤 했다. 유생이 오래 붙어 있으니 꼬리가 드러나지 않을 수 있겠는가. 그 친구가 기미를 채고 기별을 히어 주인을 급히 집으로 돌아오도록 했다.

상인은 기별을 받고 밤낮없이 달려서 개성에 당도했다. 그 시각이 마침 깊은 밤중인데 곧바로 자기 집으로 가서 담을 넘어 들어갔다. 창구멍으로 방 안을 들여다보니, 자기 아내가 어떤 젊은 놈과 촛불을 가운데 놓고 마주 앉아 시시덕거리고 있지 않은가.

상인이 창문을 박차고 들어갔다. 이 돌연한 사태에 여자는 안색이 하얗게 질렸으며 유생은 황겁하여 넋을 잃었다. 상인이 호령했다.

"네 웬 놈인데 남의 집에 들어와서 감히 내 아내와 마주 앉아 있느냐?"

유생이 이윽고 정신을 수습하고 대강 사연을 고백하는데, 여자는 옆에서 머리를 푹 숙이고 아무 소리도 못했다. 상인은 아내에게 소리쳤다.

"네년이 저놈과 죽을죄를 저질렀으니 당장 죽여야겠다. 한데 내가 시방 멀리서 달려오느라 목이 타는구나. 얼른 가서 우선 술과 고기를 사오너라."

그리고 자기 주머니를 뒤져 동전을 꺼내주었다. 아내는 감히 거역하지 못하고 나가 술과 고기를 사서 돌아왔다.

상인은 자기 아내에게 술을 따르라 하여 마시다가 한 잔을 유생에게 건넸다.

"너는 이제 곧 죽을 목숨이지만 이거나 한잔 마셔라."

그리고 자기가 차고 있던 칼로 고기를 썩 베어서 먼저 질겅질겅 씹어 먹었다. 고기 한 덩이를 칼끝에 꽂아 유생 앞으로 들이미니, 유생은 술잔을 기울이고 입을 내밀어 고기를 달게 받아먹는 것이었다. 상인은 술 석 잔을 거푸 들이켠 다음 호통을 친다.

"내 이 칼로 네놈 모가지를 찌를 것이로되, 네 목숨이 불쌍하여 너그러이 살려준다. 당장 꺼져서 이 근처엘랑 얼씬도 마라."

유생은 백배사죄한 다음 머리를 싸매고 쥐구멍을 찾듯이 도망질을 쳐서 바로 서울로 돌아갔다.

상인은 자기 아내에게 말했다.

"네년이 이제 네 죄를 알겠느냐?"

여자는 땅에 엎드려서 흐느끼며 살려달라고 빌었다.

"오늘 마땅히 너를 죽여 죄를 바로 다스릴 일이로되 목숨이 불쌍해서 우선 네 머리를 남겨두겠다마는, 이런 버르장머리를 다시 못 버릴 때는 용서 없이 처단할 터이니 그리 알아라."

그의 아내는 머리를 조아리고 감사해 마지않았다.

상인은 아내에게 촛불을 끄고 조용히 누워 있으라고 이른 다음, 바로 친구 집으로 갔다. 친구에게 사람을 보낸 까닭을 물었다.

"자네 집에 웬 외간 남자가 드나드는 자취가 있는 듯해서 기별을 한 것이라네."

친구가 대답했다.

"그자가 아직 있을까?

"필시 안 갔을 것일세."

그 친구와 함께 자기 집 앞으로 왔다. 아직 동이 트지 않은 시각이어서 대문이 잠겨 있었다. 대문 앞에서 문을 열게 하고 안으로 들어갔다. 집 안에 아내밖에 외인은 찾을 수 없고, 샅샅이 뒤졌으나 역시 흔적도 보이지 않았다. 그 친구는 자기 잘못으로 알고 경솔히 기별한 일을 후회하며 미안해 어쩔 줄 몰라 했다.

"자네가 잘못 안 모양일세. 하나 그 역시 이상한 일이 아니지. 이게 다 자네와 나의 우정이 깊은 까닭으로 통지해준 것이 아니겠나. 그래 사실이면 조처하고 아니면 두어둘 것이니 역시 무방한 일이라. 그리 난처해할 필요가 없네. 젊은 아내를 혼자 두고 나가 있자니 노상 마음이 안 놓이네. 다음에도 혹시 실수할까 염려 말고 전과 같이 잘 보살펴주게. 이것이 나의 진정한 부탁일세."

그 친구는 이 간곡한 말에 감동하고 고맙게 여기는 것이었다.

상인은 그 친구를 돌려보낸 후, 날이 새기를 기다려 아내에게 신신당부를 하고 다시 장삿길을 떠났다. 이와 같이 은혜와 위엄을 보였으니 그 여자가 어찌 다시 사심을 품을 수 있으리오.

유생은 이듬해 봄에 과거에 급제하고 몇년 지나서 황해도 어느 고을의 관장으로 나가게 되었다. 어느날 한 촌민이 자기 아비가 송상[1] 아무 개와 다투다가 맞아죽었다는 고발을 해왔다. 피고인 송상은 다름 아닌 자기 생명의 은인인 그 사람이었다.

그 마을은 읍내에서 거리가 10리에 불과했다. 원님은 검시하러 나가 려다가 갑자기

"두통이 나서 어지러워 못 가겠다. 날도 황혼이 임박했으니 내일 식 전에 가기로 하자."

하고 그만두는 것이었다.

그날 밤 원님은 통인[2]들 중에 심복 하나를 은밀히 불러서 일렀다.

"나는 너를 남달리 생각하고 있다만, 네가 나를 위해 지극히 어려운 일이라도 힘써 도와줄 수 있겠느냐?"

"사또께옵서 소인을 한집안 식구처럼 대해주시어 은덕이 하해와 같 사온데 물속이나 불 속인들 어찌 사양하오리까?"

"오늘 아무 마을에서 살인사건이 난 걸 들었느냐?"

"예, 들었사옵니다."

"네가 오늘밤 몰래 그 마을로 가서 살해된 시체를 빼내다가 돌을 달 아서 마을 뒤편 방죽에다 던져넣을 수 있겠느냐?"

"명하시는 대로 거행합지요."

"네가 가는 길에 읍내서 큰 개 한마리를 잡아 짊어지고 가서 송장 대 신 그 자리에 덮어놓아 시체처럼 해두고, 날이 밝기 전에 돌아오너라. 그리고 일절 입을 다물어야 할 것이다."

---

1 송상松商 개성상인을 이르는 말. 개성의 옛 이름이 송도松都인 데서 유래한 것이다.
2 통인通引 관장에게 딸려 잔심부름을 하는 사람. 대개 총각이 하게 됨. 방자 혹은 지인 知印이라고도 한다.

통인이 원님의 명을 받들고 나가더니, 과연 새벽녘에 돌아와서 명령대로 거행했음을 보고하는 것이었다. 원님은 통인에게 물러가 있으라고 했다.

원님은 아침에 서둘러 현장으로 나갔다. 그 마을에 도착해서 원고를 불러 심문한 뒤 형리에게 검시하도록 명했다. 형리가 갔다가 금방 돌아와서는 보고하는 것이었다.

"별 괴변이 다 있소이다. 시체는 온데간데없고, 죽은 개 한마리를 홑이불로 덮어놓았습니다."

"아니, 그럴 리가 있나?"

원님이 깜짝 놀라 말했다. 직접 가서 검시를 한즉 과연 형리의 말과 다르지 않았다. 원님은 원고를 불러 심문했다.

"네 아비 시체를 감춰두고 죽은 개를 대신 놓아둔 건 무슨 까닭이냐?"

원고는 두 눈이 뒤집히고 정신이 아득하여 말을 못 하고 있다가 한참만에 아뢰었다.

"아비의 시신을 확실히 방 안에다 모셨습지요. 관에서 검시를 안 나오는 고로 홑이불로 덮어두고 옆에서 지키지는 않고 바깥 대청에서 밤을 샜습니다. 어떻게 이런 변괴가 생겼는지 소인은 도무지 영문을 모르겠습니다."

"필시 네 아비 시체를 다른 데다 은닉하고 죽임을 당했다고 무고하여 빚을 떼먹으려는 수작이 아니냐?"

원님이 엄히 다스리려 하니, 그는 억울함을 호소하는 것이었다.

"네 아무리 억울하다고 하지만 시체가 없는 걸 무엇을 증거하여 판결하겠느냐? 네가 시체를 찾아낼 때까지 기다려서 그때 조사하겠노라."

원님은 이런 사유를 감영에 보고한 뒤, 통인에게 상을 후히 주고 자식처럼 대했다. 그 시골 백성은 시체를 끝내 찾지 못해 다시는 관가에 와서 호소하지 못했다.

송상은 천행으로 죽임 당하는 것을 면하고 옥에서 풀려났다. 하지만 어떻게 된 사유인지 몰라서 혼자 의아할 따름이었다. 관장은 상인을 불러 보지 않아서 피차간 여전히 소식이 막힌 상태였다.

그후로 6, 7년이 지났다. 유생이 다시 어느 고을 수령으로 나갔는데, 송상이 사는 곳과 이웃에 있는 고을이었다. 부임한 뒤에 사람을 보내 송상을 가만히 불러서 오게 했다.

송상은 처음엔 그를 알아보지 못하다가, 아무 해에 있었던 일을 말하자 그때야 비로소 깨닫고 깜짝 놀랐다. 이야기가 시체를 은닉한 꾀를 써서 구금된 자신을 풀어준 데 미쳐서 송상은 크게 감격하는 것이었다.

"소인이 일찍이 사또의 생명을 구해드린 것이 인연이 되어 저번에 사또께서 소인의 목숨을 구해주셨군요. 이 은혜, 이 덕택은 실로 백골난망이올시다."

이후로 서로 서신으로 왕래하여 늘그막에 이르기까지 끊이지 않았다고 한다.

●**작품 해설**

『청구야담』에 '시신을 숨겨서 황해도 지역의 원님이 은혜를 갚다匿屍身海倅償恩'라는 제목으로 수록된 것이다.『동야휘집』의「돼지를 이불로 덮어서 전후로 목숨을 구하다覆豕衾前後活命」도 유사한 줄거리인데 문장 표현이 다르다.

이 작품은 앞의「용산 차부」나「재회」와 비슷한 테마를 다루었다. 여기서는 개성상인을 등장시킨 점이 특이하다. 개성상인들은 국내의 주요 시장에 진출하였을 뿐 아니라 대외무역까지 관여하여 흔히 집을 떠나 있을 경우가 많았다. 또 개성인의 상업활동이 활발해짐에 따라 개성은 상업도시로 발달하였다. 이러한 배경 속에서 작품에 그려진 사건들이 발생한 것이다.

상인이 간부를 관대히 용서하고 아내의 부정을 덮어주는 대목에서 호탕한 기상과 상인적인 기질을 보게 된다. 개성상인이 간부와 대면하는 장면은 제3권 제5부에 수록된「태백산太白山」에서 주인공 임경업林慶業이 산속에서 어떤 여인과 관계하고 도둑 대장과 대면한 장면과 비슷한데, 이 대목은 상인의 호탕한 성격을 표현하기 위한 유형적인 차용일 것이다.

이와 비슷한 소재의 이야기로『동야휘집』에「여우털 갖옷을 돌려주고 새사람과 옛 사람이 인연을 맺다還狐裘新舊合緣」가 있다. 이 작품은 상인들의 애정 생태를 구체적으로 묘사한 점이 특이한데,『금고기관今古奇觀』에 있는「장흥가가 진주삼을 다시 만남蔣興哥重會珍珠衫」의 번안으로 보인다.

의도기義島記

평양 사람 계생桂生은 이름이 전하지 않는다. 그가 소년 시절에 대동강 남쪽의 글방 선생에게 공부하러 다니고 있었다.

같이 글 읽는 아이들 10여 명과 강을 건너는데, 배만 있고 배 부리는 사람이 없었다. 소년들은 모두 강가 아이들이라 배를 겁내지 않았다. 저희들끼리 배를 저어서 강 한가운데 이르렀을 때 바람이 크게 일어나, 표류하여 바다로 나가게 되었다. 바다에 떠돈 지 여러날 만에 한 섬에 닿았다.

바람이 배를 밀어서 섬으로 올라갔더니 섬에는 사람이 살지 않았다. 이에 소년들은 굴을 파고 굴속에 들어가 앉아 맹세했다.

"우리들은 죽어도 이 굴속에서 함께 죽으리라."

며칠 후에 마침 멀리 지나가는 배를 보고서 옷을 흔들어 배를 불렀다. 배가 닿자 한문으로 의사를 통할 수 있었다. 그 뱃사람들이 권하기를

"너희 나라에 갈래야 우리는 방향을 모른다. 함께 우리가 사는 곳으로 가지 않겠느냐?"

하여, 그들이 사는 곳으로 가게 되었다.

그곳은 둘레가 수십리쯤 되는 섬이었다. 인가가 수백호인데 복식은 중국과 비슷했으며, 풍속이 순박하고 예스럽고 예의가 있었다. 서로 술이며 먹을 것을 가지고 와서 소년들을 대접하는 것이었다. 섬 이름을 의도義島라 하는데, 임금이나 윗사람이 없고 조세나 공납을 바치는 일도 없었다.

그네들은 이 섬에 정착한 지 오래되었으며, 땅이 비좁고 사람이 적어 무엇보다도 혼인하기 어렵다고 했다. 소년들 중에 가장 나이가 많은 사람에게 청혼을 하여 혼사가 이루어졌다. 계생은 그네들에게 물어보았다.

"이 땅이 어느 나라로 통합니까?"

"통하는 나라는 없다. 다만 이 땅에 삼[麻]이나 면화가 나질 않아서 매년 한번씩 중국 절강浙江 땅으로 나가서 의복가지를 사온단다."

"우리 조선은 매년 중국에 사신을 보내지요. 중국만 가면 조선으로 돌아갈 길이 있겠지요. 청컨대 절강으로 갈 때 저희도 따라가겠습니다."

장차 그 섬을 떠날 즈음 혼인한 사람은 그 아내 때문에 몹시 근심을 하였다. 그 아내가 신랑을 위로해 말했다.

"당신이 고국에 돌아가시면 부모 형제를 뵈올 텐데, 어찌 여자를 잊지 못해 망설이고 계셔요? 왜 그리 대장부답지 못합니까?"

배가 떠날 임시에 신부는 음식을 잘 장만하여 뱃머리에서 전송하더니, 배가 닻줄을 풀자 신랑에게 하는 말이었다.

"저는 오늘 당신이 보는 앞에서 죽어 제가 결단코 개가하지 않을 것을 밝히옵니다."

이 말을 남기고서 신부가 문득 몸을 물에 던졌다. 배에 탄 사람들이 모두 크게 놀랐다.

소년들은 중국으로 갔다가 우리 사신을 만나 귀국길에 올랐다. 아내를 잃은 그 사람은 슬픔과 그리움으로 병을 앓다가 압록강을 건널 무렵에 죽었다. 나머지 소년들은 모두 무사히 고향으로 돌아갔다고 한다.

우리 백부 하정공荷亭公께서 서울에서 이 이야기를 듣고 돌아와 우리 형제에게 들려주시고 말씀하셨다.

"의도 사람들은 아마도 명나라 유민遺民인 것 같다. 의리상 만주족에게 신하 노릇을 할 수가 없어 몸을 깨끗이 하느라 바다로 들어가 살면서도 자기네 본색을 드러내지 않기 위하여 우리 소년들에게 바로 말하지 않았던 것이 아닐까? 내 장차 이 사실을 서술하여 세상에 알리고자 한다."

종형의 말에 의하면 이 사실을 기록한 백부의 초고草稿가 미처 완성되지 못한 상태로 사라져버렸다는 것이다. 다만 초고 중에 "강가 아이들이라 배를 겁내지 않았다江上兒輕舟也"라는 한 구절만 기억난다고 하셨다. 아아, 애석하도다!

●**작품 해설**

『가림이고嘉林二稿』에 수록된 것으로 이강李矼이 지었다. 저작 연대는 원문에 1764년으로 밝혀져 있다.

서당에 다니는 대동강가의 소년들이 표류해서 겪은 일종의 모험담인데, 소년들이 기착했던 섬 의도가 이야기의 중심이고 또 의도를 표현하는 것이 작품의 주제이기도 하다. 주위 수십리로 수백호가 사는 의도는 "임금이나 윗사람이 없고 조세나 공납을 바치는 일도 없었다." 즉 어떤 지배질서나 수탈로부터 해방된 세계, 풍속이 순박하고 예스러운 곳, 그야말로 '유토피아'이다. 작품의 에필로그에서 작자는 이 이야기의 제공자인 백부 하정공의 말을 빌려 의도 사람들이 만청의 지배를 반대하여 망명한 명나라의 유민으로 추측하였다. 이 때문에 그 섬을 의도라 칭했을 것이다.

모험담에는 흔히 연애담이 따르게 된다. 여기 의도의 처녀와 결혼했던 소년이 그 여자를 죽음으로 작별하고 귀국하는 길에 "슬픔과 그리움으로 병을 앓다가 압록강을 건널 무렵에 죽었다."라는 간략한 표현에서 무한한 여운이 느껴지기도 한다.

표류기漂流記

제주도 사람 장한철張漢喆이 초시初試에 합격하고 예조에 회시를 보려고 상경하는데, 친구 김생 및 뱃사공 등 24인이 한 배에 동승했다. 바람이 순조롭고 물결이 급하여 배는 빠르기 쏜살같았다.

이때 홀연 서쪽 하늘을 바라보니 붉은 해가 살짝 터져나오는데 한 가닥 구름과 안개가 물결 사이로 일어나 구름 그림자와 햇빛이 명멸하며 끓어올랐다. 이윽고 오색영롱한 구름이 반공半空에 뜨더니 구름 사이로 어떤 기운이 우뚝 솟아올라 공중에 누각이 완연히 나타나는데, 멀어서 분간이 잘 되지 않았다. 한참 지나서 첩첩이 쌓인 구름 속으로 해가 들어가자 누각의 형상이 변하여 만 층의 성곽이 되고 다시 변하여 은빛 파도 위로 펼쳐졌다가는 문득 사라져서 아무것도 보이지 않았다. 그것은 신기루였다. 사공이 놀라 말했다.

"이건 폭풍우가 일어날 징조입니다. 아주 조심해야겠어요."

이윽고 모진 바람이 일어나며 비가 거세게 퍼부으니, 외로운 배는 정처 없이 표류했다. 배 안의 사람들은 쓰러져 인사불성인 자도 있고, 엎드려 통곡하는 자도 있었다. 밤이 점점 깊어가 지척도 분간할 수 없었다.

배 바닥에서는 물이 새어들고 배 위로는 빗물이 동이로 퍼붓듯 쏟아지니 배 안은 물이 벌써 반허리까지 차올랐다. 배에 탄 사람들이 꼼짝없이 죽었구나 하고 절망하는 상태였다. 장생은 일부러 말을 지어서 했다.

"동풍이 급하여 배가 나는 듯 하루 천리를 달리는데, 내 전에 지도를 보았더니 유구국¹이 제주도 동쪽 해로 3천리 밖에 있더군. 필시 오늘밤에는 유구국에서 저녁밥을 지어먹게 될 것일세."

모두들 기쁜 표정으로 벌떡 일어나서 배에 찬 물을 퍼냈다.

사흘 밤낮을 지나서야 바람이 조금 잠잠해졌다. 보이느니 바다와 하늘이 맞붙어서 끝 간 데를 알 수 없다. 김생이 여러 사공들과 입을 모아서 장생을 원망하는 것이었다.

"자네가 부질없이 과거 볼 욕심을 부려서 우리 무죄한 사람들까지 죽게 되었으니 나는 죽어서도 자네 혼을 괴롭혀서 이 원한을 갚고야 말겠네."

장생이 좋은 말로 위로한 뒤 억지로 밥을 짓도록 하였다. 그래서 밥이 잘되고 못되고를 보아 길흉을 점쳐보자고 말하였다. 마침 밥이 잘되어서 여러 사람들 마음이 한결 놓이는 기색이었다.

이윽고 안개가 자욱하여 사방으로 시야가 꽉 막히고 배는 바람 부는 대로 정처 없이 흘러갔다. 날이 저무는 시각에 홀연 이상하게 생긴 새가 울며 날아가는 것을 보고 사공이 말했다.

"저건 물새군요. 낮에는 해상에서 놀다가 저물면 반드시 물가로 돌아가 잔답니다. 저물녘에 새가 돌아가니 육지가 멀지 않은 것 같군요."

---

1 유구국流球國 지금 오끼나와沖繩 열도에 있었던 나라 이름. 15세기 이래 왕국으로서 중국이나 우리나라와 외교관계를 가졌는데, 19세기 후반기로 와서 일본에 강제병합이 되어 일본의 한 현縣이 되었다.

모두들 기뻐 어쩔 줄 몰랐다. 밤이 깊어 안개가 걷히고 하늘이 맑아지면서 바람이 자고 달이 환했다. 중천에 큰 별이 떠서 그 빛이 바다에 쏘이고 서기가 공중에 가득 차니, 짐작건대 남극노인성[2]인가 싶었다.

다음날 새벽 동이 트기 전에 물안개가 끼어 자욱하다가 정오 무렵에 안개가 걷혔다. 둘러보니 우리 배가 조그만 섬 북쪽에서 바람을 따라 서서히 섬으로 접근하고 있었다. 배에 탄 사람들이 모두 좋아서 날뛰며 배에서 뛰어내려 뭍으로 올라갔다.

언덕으로 올라가서 사방을 둘러보니 그 섬은 동서로 좁고 남북으로 길어 주위가 4, 50리쯤 되고, 사람은 살지 않는 것 같았다. 한 줄기 맑은 샘물이 흐르는데 물맛이 극히 상쾌했다. 온통 잡목이 무성한데 두충나무와 측백나무가 많고 바위 사이로 굵은 대나무가 듬성듬성했으며, 노루와 사슴이 떼지어 놀고 까마귀와 까치는 숲에 깃들어 있었다. 섬 중앙으로 산봉우리 셋이 우뚝하여 높이가 5, 60길이나 되어 보이고, 물줄기는 중봉으로부터 나와 굽이굽이 긴 시내를 이루어 동쪽 바다로 흘러들었다.

문득 큼직한 귤 한개가 물 위로 떠내려오는 것을 보고 시내를 따라 두 마장쯤 올라가니, 과연 귤나무 두 그루가 서 있었다. 푸른 잎 사이로 귤들이 붉게 익어가고 있었다. 모두들 달려들어 따서 까먹고 나머지를 싸가지고 돌아왔다.

들쥐를 잡고, 산약[3]도 캐고, 땔나무를 해오고 물을 길어왔다. 바닷물을 달여서 소금도 만들었다. 그리고 바다에 나가 전복 2백여 개를 채취

---

2 남극노인성南極老人星 남극 부근의 하늘에 있는 별. 예부터 사람의 수명을 맡아보는 별이라 하여 이 별을 보면 수명이 길어진다고 생각했다. 남극성.
3 산약山藥 마의 뿌리. 먹기도 하며 한약재로 쓰인다.

하여 초막 속에 보관했다. 여러 사람의 행장을 다 털어내니 겨우 쌀 한 말에 좁쌀 여섯말 정도 되었다. 동승한 24인[4]의 며칠 식량밖에 안 되는 양이었다. 이에 산약을 잘게 썰어 곡식을 조금 넣고 한데 섞어서 밥을 지었다. 전복으로 회를 쳐서 함께 먹었더니 맛이 썩 좋았다.

사공을 시켜 대를 베어다가 옷을 찢어 기폭을 만들어 매달고 높은 봉우리 위에 세웠다. 그리고 나무를 산마루에 쌓고 불을 피웠다. 표류한 사람들이 지나는 선박에 구원을 요청하는 줄 알게 하자는 것이었다. 4, 5일이 경과했다.

한 사공이 커다란 전복 한개를 캐서 껍질을 까니 진주 한 쌍이 나왔다. 광채에 눈이 부시고 크기는 제비알만 한 것이었다. 일행 중에 상인이

"그것 내게 주소. 돌아가서 50냥을 갚음세."

하여 사공과 서로 값을 다투더니, 저녁때가 되어서 백냥으로 낙착이 되어 증서를 쓰는 것이었다.

얼마 지나지 않아서 한점 돛대의 그림자가 동쪽 바다 저 멀리서 다가왔다. 사공들이 너도나도 나무를 더 쌓고 불을 붙여 연기를 피우고 봉우리 위에서 깃대를 흔들며 소리를 모아 크게 외쳤다. 날이 거의 저물어서 그 배가 점차 가까이 다가오는데, 배에 탄 사람들이 머리에 푸른 수건을 쓰고 윗도리는 검정 것을 걸쳤으나 아랫도리는 전혀 걸친 것이 없었다. 모양이 모두 같아 보였다. 그 배는 섬을 그냥 지나쳐 가는데 냉랭하게도 하등 구해줄 의향이 없어 보였다. 모두들 아우성을 쳐서 소리가 바다와 하늘에 울렸다.

그러자 문득 그 배에서 작은 배를 내려놓는 것이었다. 작은 배가 섬에

---

4 원문에 29인으로 나와 있는데 착오로 보아 24인으로 번역했다.

닿자마자 10여 명 장정이 해안으로 올라오는데, 허리에 긴 칼을 찼고 형상이 사나웠다. 저들이 우리들 속으로 달려들더니 글자를 써서 묻는 것이었다.

"너희들, 어느 나라 사람이냐?"

장생이 대답하는 말을 글자로 썼다.

"조선인인데 표류하여 여기에 이르렀소이다. 자비를 베풀어 우리 여러 사람의 목숨을 살려주십시오. 어르신들은 어느 나라 분이며, 지금 어디로 행하시는가요?"

"우린 남해불南海佛로, 장차 서역을 향해 가는 길이니라. 너희들 보물을 우리에게 바치면 살려주겠거니와, 그러지 않으면 죽음을 면치 못하리라."

"이 섬에는 보물이 나지 않습디다. 그리고 표류하여 구사일생으로 배에 실은 물건을 모두 바다에 빠뜨리고 간신히 몸뚱이만 살아남았으니 가진 것이라곤 아무것도 없소이다."

그자들이 무어라고 지껄이는데, 말소리를 도통 알아들을 수 없었다. 그러다가 그들은 칼을 휘두르고 고함을 지르며 달려들어 장생을 발가벗겨 나무에 거꾸로 매달고, 나머지 사람들도 붙잡아 옷을 벗기고 결박을 지은 다음에 소지품을 이 잡듯 뒤졌다. 양식과 의복만 남기고 진주 두개와 전복 등속을 빼앗아가지고 자기네들끼리 지껄이며 작은 배를 타고 가버렸다.

모두 결박을 풀고 나자 죽었다 다시 살아난 느낌이었다. 다들 봉우리로 달려가서 깃대를 뽑아버리고 불을 끌 양으로 나서는 것이었다.

"지나가는 배가 다 해적선일까? 남방인이라고 모두 왜놈처럼 잔인할 이치가 없으니, 틀림없이 우리를 살려줄 사람도 있을 것일세. 한번 체했다고 아예 밥을 안 먹을 텐가?"

장생이 이처럼 사리를 들어 말렸다. 한 사공이 말했다.

"저 남쪽으로 구름과 안개 사이에 아득히 보이는 곳이 유구국에 틀림없어요. 거리가 7, 8백리에 불과할 것 같으니, 북풍을 잘 만나면 밥 세끼면 갈 수 있겠소. 여기 앉아서 굶어죽을 수야 없잖소?"

이에 모두들 좋다고 찬동하여, 산에 올라가 나무를 베어와서 돛대와 노를 만들고 선상을 보수하는 등 작업을 하여 배를 수리했다. 사흘이 지나지 않았는데 마침 멀리 서남 해상으로 세척의 큰 배가 동북간을 향해 통과하고 있는 것을 발견했다. 깃대를 흔들고 연기를 올리며 사람 살리라고 아우성을 치는가 하면 두 손 모아 합장하고 머리를 조아려 빌기도 했다. 이윽고 선박에서 5, 6인이 작은 배를 타고 오는데, 모두 주홍색 수건으로 머리를 싸고 소매가 좁은 푸른 비단옷을 입고 있었다.

그중에 수염이 덥수룩하고 머리에 원건圓巾을 쓴 사람이 글자를 써서 물었다.

"당신들 어느 나라 사람이오?"

"조선 사람으로 여기까지 표류해 왔소이다. 자비를 베풀어 고국으로 돌아가게 해주심을 바라옵니다."

원건을 쓴 이가 또 물었다.

"당신들 나라에 중국인 망명객이 얼마나 되는지 아오?"

장생은 이들이 명나라 유민이겠거니 하고 답을 썼다.

"명나라 유민으로 우리나라에 망명해온 분들이 과연 많소이다. 우리나라에서는 크게 우대하여 그 후손 중에 벼슬하는 사람도 셀 수 없이 많답니다. 한데 상공은 어느 나라 분이신지?"

"나는 대명인大明人이지만 안남安南으로 이사한 지 오래라. 이번에 콩을 판매하려고 일본으로 가는데, 당신들 나라에 돌아가고 싶거든 우리를 따라 일본으로 가지 않겠소?"

장생은 눈물을 흘리며 대답하는 말을 썼다.

"우리 역시 대명의 아들이올시다. 임진란에 왜구들이 우리 조선국을 침노하여 나라가 어육이 되고 도탄에 빠진 판에 우리 조선을 위기에서 구하여 보전케 한 것은 대명의 은덕이라 깊이 감격할 따름이더니, 갑신년(1644) 3월의 천붕지변⁵이야 어찌 다 말로 표현하오리까. 우리나라의 충성스럽고 의로운 사람들의 마음이야 하루라도 한 하늘 아래서 저들과 함께 살아가고 싶으리까? 비록 그러하오나, 부모님이 돌아가심에 효자가 따라 죽지 않는 것은 천명이 같지 않고 생사의 길이 다르기 때문 아니겠습니까? 지금 만리창파에 천행으로 상공을 만나뵈니, 한갓 사해동포四海同胞일 뿐 아니라 한집안의 형제와 다름없지요."

원건을 쓴 이가 읽어가다가 가장 비분강개한 기색으로 붓을 들어 방점까지 찍고 다시 계속 읽다가 또 방점을 치는 것이었다. 다 읽고 나서는 반갑게 장생의 손을 붙잡고 조선 사람들을 모두 안내하여 작은 배에 타도록 했다. 그리하여 노를 저어 본선에 옮겨 타도록 했다.

향긋한 차와 백주, 그리고 미음과 죽을 모두에게 대접하고 나서 장생 등 24인을 선실 둘에 나누어 들게 했다.

장생이 원건을 쓴 이의 성명을 물었더니 임준林遵이라고 했다.

"선상에 존발⁶을 하고 관을 쓴 사람과 삭발을 하고 수건을 쓴 사람이 있는데, 왜 서로 다릅니까?"

---

5 천붕지변天崩之變 제왕이나 아버지 또는 남편의 죽음. 여기서는 명나라가 멸망한 사실을 가리킨다.
6 존발尊髮 머리를 깎지 않고 기르는 것을 이르는 말.

"명나라 사람이 많이 안남으로 망명을 했는데, 삭발하지 않은 21인은 모두 우리 명나라 사람이지요."

또 배가 닿았던 섬이 어딘가 물어보았더니 유구국 소속의 호산도虎山島라고 했다.

장생이 배 안을 두루 둘러보니 굉장한 저택처럼 방이 무수히 많고 난간과 창살이 연달아 겹겹이 문이었고, 세간 집기며 병풍·휘장·서화가 한결같이 매우 정교한 것들이었다. 임준이 장생을 안내해서 선복船腹으로 층계를 타고 내려가니, 폭이 100보에 길이는 배나 되었다. 한쪽 편을 밭처럼 만들어 채소를 가꾸었고 닭과 오리들이 사람이 접근해도 놀라 달아나지 않았다. 다른 편에는 땔나무가 잔뜩 쌓여 있는데 기물 등속이 뒤섞여 있었다. 또 따로 크기가 10섬들이쯤으로 보이는 항아리 같은 것이 있는데 위는 둥글고 아래는 네모지고 옆으로 구멍이 뚫려 있었다. 그 구멍은 크기가 손가락만 한 붉은 나무못으로 막아놓았는데 나무못을 뽑으니 물이 줄줄 흘러나왔다.

"이건 물통이라오. 물통에 채워진 물은 써도 마르지 않고 더해도 넘치지 않는다오."

임준이 설명하는 말이었다. 다시 또 한 층계를 내려가니 미곡과 비단 등 온갖 물건을 많이 저장해놓았고, 한편을 막아서 양과 오리·개·돼지 등 가축을 사육하여 떼지어 놓고 있었다. 한 층계를 더 내려가니 배의 밑바닥이 나왔다.

대개 이 선박의 구조는 모두 4층인데, 사람은 제일 상층에 거처하고 선실이 쭉 연이어 있었다. 그 아래 세 층은 선반을 매고 온갖 물건을 정연하게 수장해서 백가지 용도에 부족함이 없어 보였다.

배의 맨 밑바닥에는 작은 배 두 척을 매놓았는데, 한 척은 아까 우리가 타고 온 것이었다. 밑바닥에 물을 담아 작은 배가 떠 있게 했으며, 판자문을 달아 바다로 통하도록 했다. 판자문이 반은 물속에 잠기고 반은 물 위로 드러나 마음대로 개폐할 수 있어, 작은 배가 이곳을 통해 출입할 수 있게 되어 있었다. 판자문이 열리고 닫힐 때에는 바닷물이 배 밑을 통해 들어왔다가 수통으로 해서 도로 배 밖으로 빠져나가는데, 폭포가 떨어지는 것 같았다. 그 수통의 길이는 두길이 넘고 둘레는 한아름이 넘는데 위는 크고 아래가 가늘어 나팔 모양이었으며, 가운데로 구멍이 뚫려 있고 외부는 평면이었다. 아래로 한 쌍의 고리가 달려 있어 그 고리를 안고 왼쪽으로 선회하는데 마치 단가를 읊는 듯한 소리가 났다. 그러면 배 밑바닥의 물은 수통으로 쏟아져나갔다. 굉장히 신기해 보이는데 저들이 자세히 살펴보도록 허용하지 않았다. 층계를 따라 두 층을 올라가면 상층이 되어 오르고 내리는 길이 서로 달랐다.

이튿날 서남풍이 크게 불어 파도가 산같이 일어났다. 그래도 전혀 어려워하는 기색이 없이 백포 돛을 높이 달고 쏜살처럼 나아가 밤에도 계속 항해하는 것이었다.

안남인 방유립方有立이 장생에게 물었다.

"당신네 나라 사람으로 향빙도香傄島에 떨어져 있는 사람을 모르오?"

장생이 모르겠다고 대답하자, 방유립이 가르쳐주는 것이었다.

"전에 내가 표류해서 향빙도에 닿았었죠. 그 섬은 청려국靑藜國 소속입니다. 섬 가운데 조선촌이 있고 그 마을에 김태곤金太坤이라는 사람이 사는데, 그의 말이 자기 4대조가 조선 사람으로 청나라에 포로가 되어 남경까지 흘러갔다가 중국 사람들을 따라 이 섬으로 피해와서 집을 짓고 아내를 얻어 자손이 번창하다고 합디다. 그리고 그곳 주민들 말이 김태곤의 조상이 의술에 정통하여 인심을 얻었고 살림도 풍족했는데, 높은 언덕에 대를 쌓고 멀리 고국을 바라보며 눈물을 흘렸던 고로 후대 사람들이 그곳을 망향대望鄕臺라 부른다고 하더군요."

임준이 우리나라의 풍속·인물·의관·산천·지방 등을 물어 장생이 대답했다.

"우리나라는 기자箕子의 교화를 이어받아 유교를 숭상하고 이단을 배척합니다. 나라는 예악형정禮樂刑政으로 다스리고 인민은 효제충신孝悌忠信으로 행실을 삼아서 4백년을 배양한 나머지 인재가 죽순처럼 자라나서 문장도덕지사文章道德之士들을 역사상 이루 다 기재할 수 없을 지경이지요. 의관제도로 말하면 은주殷周시대의 옛 제도를 적절히 계승하고 명나라 문화를 집성했습니다. 산은 만이천봉 금강산이요, 물은 삼포[7]와 오대강이 깃이 되고 띠가 되어 있는데, 땅이 수천리가 넘지요. 그런데 귀국의 풍토·의관·문장에 대해서 들어볼 수 없을까요?"

저들은 둘러서서 장생이 쓴 기록을 읽으면서 무어라고 말들을 하면서도 끝내 대답은 하지 않았다. 그러고부터 저들은 필담에서 우리나라를 '너희 나라'라 않고 반드시 '귀국'이라 하고, 우리를 '너희들'이라 않고 꼭 '상공相公'이라고 존대하는 표현을 쓰는 것이었다.

그다음 날 큰 산이 동북간으로 보이는데 한라산이 분명하고 멀지 않은 것 같았다. 장생 일행은 기쁨이 넘쳐 목을 놓아 울었다.

"안타깝다, 우리의 부모처자들이 저 산 위로 올라가 우리를 기다리겠지."

---

7 **삼포三浦** 조선조 전기 일본인들의 왕래와 거주를 허가했던 동남 해안의 세 포구를 가리킨다. 지금 부산진에 해당하는 동래 부산포釜山浦, 지금 경상남도 창원시 진해에 속한 웅천熊川의 제포薺浦(또는 내이포), 지금 경상남도 방어진과 장생포 사이에 해당하는 울산의 염포鹽浦를 말한다.

임준이 까닭을 물어 장생이 대답했다.

"우리는 모두 제주도 사람입니다. 고향 땅이 가까이 있는 것을 보고 이런답니다."

임준이 저들과 말을 주고받더니 갑자기 와자지껄하면서 싸움이 일어났다. 우리 쪽으로 명나라 사람이 막아섰고, 저쪽에 안남 사람이 편을 지어 섰다. 안남인들이 큰소리를 치고 눈을 부라리며 임준 등을 향해 달려들어 공격할 기세다. 임준 등은 애써 말리는 모양이었다. 이렇게 대치한 상태로 정오를 넘겼다.

임준이 말했다.

"옛날 탐라왕이 안남국 태자를 죽였기 때문에, 안남인들이 여러분이 탐라 사람인 줄 알고서 칼을 빼들기에 우리가 백방으로 달래어 간신히 마음을 돌렸습니다만, 저들이 원수와는 한 배에 못 타겠다고 고집합니다. 우리도 어쩔 도리가 없으니 여러분과 여기서 작별해야겠소."

세상에 전하는 이야기로 제주 목사가 유구국 태자를 살해했다고 하는데, 유구국이 아니고 실은 안남국인 줄 알겠다.[8]

임준 등이 급히 배를 내어 장생 등 24인을 태워서 뱃전에 눈물을 적시며 떠나보냈다. 이로부터 뱃길을 달리니, 그야말로 날이 저물어 어두운 때 어린애가 부모를 잃고 갈 바를 모르는 형상이었다.

오후에 모진 바람이 일어 배가 나는 듯이 행하여 흑산도 큰 바다로 떠가고 있었다. 이윽고 어두운 구름이 모여들고 사나운 비가 몰아쳤다. 황

---

8 광해군 2년(1610)에 유구국 세자의 배가 표류해 왔는데 제주 목사가 세자를 죽이고 재물을 탈취했다고 하여 목사가 처벌을 받은 사건이 발생했다. 이에 관한 기록이 실록을 비롯해서 여러 형태로 후세에 전하는바 임형택 편역 『한문서사의 영토』(태학사 2012)에 실린 김려의 「유구국세자외전琉球國世子外傳」은 이 일을 작품화한 것이다. 실제 사실이 어떠한 일인지는 분명치 않다.

혼 무렵 노어도[9] 서북쪽 바다에 이르렀다. 이곳은 처음 풍랑을 만나 표류했던 지점이다.

밤이 깊어 거센 파도는 하늘에다 방아질을 하고 폭풍은 바닷물을 키질하였다. 사공이 울며 소리쳤다.

"여기는 가장 험한 물길입니다. 암초들이 어지러이 물결 사이로 뾰쪽뾰쪽 나와 있고 파도가 사나워 바람이 잠잠한 날에도 배가 난파하는 일이 종종 있는데, 시방 성난 바람이 바다를 말아 사나운 파도가 하늘에 닿으니 도저히 살아날 가망이 없어요."

모두들 휘항[10]을 벗어 머리를 싸매고 노끈으로 허리를 감는 것이었다. 통곡들을 하면서 몸을 동이기도 했다. 파도에 휩쓸려 죽게 되더라도 몸과 얼굴에 손상을 덜 받기 위해서였다.

장생은 놀라 넋이 나가서 울고 싶어도 입에서 소리가 되어 나오지 않았다. 부르짖고 피를 토하며 넘어져 정신을 잃었다. 이때 어렴풋이 예전에 표류해 죽은 김진룡金振龍·김만석金萬石이 눈앞에 어른거리고, 그밖에 온갖 귀신들이 천태만상으로 나타났다. 그런 중에 한 미인이 소복을 하고 음식을 차려 들고나오는 것이 아닌가. 정신을 차려 눈을 떠보니 꿈이었다.

두 사공이 뱃머리로 기어가 키를 붙잡으려 하다가 바람에 몸이 날려 물에 떨어져 즉사하였다. 갑자기 선판이 부서지는 소리가 바다를 뒤흔들었다. 배에 탄 사람들 모두 실성하여 목을 놓아 부르짖는다.

"배가 부서졌다!"

다들 서로 붙들고 형님 아저씨 하며 울부짖는데, 배에 함께 탄 사람들

---

9 노어도鷺魚島 어딘지 미상. 지금 전라남도 완도군에 속한 노화도蘆花島로 추정된다.
10 휘항揮項 방한용 모자. 남바위 비슷하게 생겼다.

이 형제간 숙질간이 많아서다. 김생이 장생을 끌어안고서 말했다.

"바다 가운데 외로운 혼이 자네를 버리고 누구에게 의지하겠나?"

그러더니 끈을 끌어다 자기와 장생을 한데 묶는 것이었다. 한참을 기다려도 사고가 일어나지는 않았다. 배가 뒤집히지는 않은 것이다. 머리를 들어 바라보니 큰 산이 눈앞을 가로막았다.

금방 배가 산 가까이 접근해서 아슬아슬하게 기우뚱거리는데, 성난 물결은 해안을 두드려 집채만 한 파도가 공중으로 솟구쳤다. 밤이 깜깜하고 안개가 자욱하여 지척도 분간할 수 없는 중에 여러 사람이 앞을 다투어 바다로 뛰어내리는 것이 어렴풋이 보였다. 그들은 모두 헤엄치기에 자신이 있었던 것이다.

장생은 헤엄칠 줄 전혀 모르면서도 엉겁결에 뛰어내렸다. 허리 아래쪽이 바위 머리에 걸려서 손발을 허우적거려 50여 보를 기어가서 해안에 닿았다. 언덕을 등지고 앉아 미처 정신을 차리지 못하고 두리번거려 찾았으나 사람은 하나도 보이지 않았다. 자세히 살펴보니 여러 사람들이 물결을 헤치고 나와 해변에 쓰러졌다가 제각기 몸을 일으켜서 둘러앉아 바다를 바라보고 울부짖는 것이었다.

"우리는 헤엄질을 잘해 살아났건만, 불쌍하다 장서방님은 어찌 되었을까! 무슨 면목에 고향으로 돌아갈꼬!"

저들은 장생이 이미 죽은 줄 알고 그러는 것이었다. 장생이 소리쳤다.

"어이, 나 여기 있네!"

모두들 달려와서 장생을 붙들고 울었다.

"우리는 헤엄질에 능하기로 죽을 고비를 넘기고 살아났거니와, 샌님은 약질에다 헤엄에는 손방인 양반이 어떻게 우리보다 먼저 해안으로 오르셨소?"

장생이 겪은 일을 말하자, 모두들 혀를 차며 신기하게 여겼다. 당초 배에 탔던 24인이 여기에 이르러 해안으로 살아서 올라온 사람은 겨우 10명이니 물에 빠져죽은 이가 14인이었다.

이때 밤은 캄캄하고 바람이 몹시 사나웠다. 추위와 주림을 못 이겨 인가를 찾아 간신히 석벽을 붙들고 벼랑을 한줄로 오르다가 장생이 발이 미끄러져서 천길이나 깊은 구렁으로 떨어졌다. 한참 기절했다가 간신히 정신을 수습해가지고 다시 언덕으로 올라가니, 뱃사람들은 이미 멀리 가서 보이지 않았다.

홀연히 한 줄기 불이 오락가락하여 그 불을 좇아 10여 리를 가니 화광火光이 붉어졌다가 푸른빛을 내며 꺼지는 것이었다. 사방을 둘러봐도 황막한데 아무 인적이 없다. 비로소 도깨비불에 이끌려 온 줄을 알았다.

장생이 오도 가도 못하고 언덕에 기대 앉았는데 어디선가 개 짖는 소리가 들려왔다. 그 소리를 따라 한 골목 입구에 이르러 사공이 섬사람들을 데리고 횃불을 잡히고 나오는 것을 만났다. 장생을 보고 크게 기뻐하며 함께 촌가로 들어갔다. 젖은 옷을 말리는데 죽이 나와서 마셨다.

여기까지 살아온 사람은 겨우 여덟명뿐이었다. 둘은 벼랑에서 떨어져 죽은 것이다. 다들 인사불성이 되어 쓰러졌다가 이튿날 아침에 간신히 정신을 차렸다.

섬사람들에게 물어보았더니, 이 섬은 신지도진[11]에 소속되어 있고 북으로 육지가 100여 리, 서남으로 제주도가 7백리 거리이며 섬의 둘레는 30리라고 했다.

섬사람들이 조석을 제공해서 사흘 동안 조리한 다음, 물에 빠져죽은

---

11 신지도진薪智島鎭 신지도는 지금 전라남도 완도군에 속한 섬. 진鎭은 군사의 단위로서, 신지도진에 소속된 섬들이 있었다.

16인을 위해 제를 지내고 성황당에 가서 무사귀환을 빌었다.

어떤 할멈이 장생을 초대하여 행랑채로 맞아들여 소복한 미녀를 시켜 식사를 대접하는 것이었다. 그 여자는 먼저 풍파에 혼절했을 당시 음식을 들고나온 꿈속의 미인과 닮아 보였다.

장생이 매우 신기하게 생각하여 숙소 주인에게 물어보았더니, 그 여자는 함멈의 딸이었다. 할멈은 조씨이며, 그 딸은 금년 나이 스물로 여러해 혼자되어 산다는 것이었다. 장생이 꿈꾼 일을 털어놓으니 숙소 주인이 말했다.

"내게 매월[12]이란 여종이 있는데 연전에 조씨댁으로 팔려갔지요. 매월을 중간에 세우면 일이 수월하게 되리다."

며칠 후에 주인이 매월을 데리고 와서 하는 말이었다.

"아까 매월이 전하는 말이 조씨 여자가 꿈 이야기를 듣고 마음이 있는 것 같더랍니다. 별로 완강히 잡아떼는 기색이 없더라죠. 아마도 허락하는 것 같아요. 마침 그 모친이 오늘밤에 절로 재를 지내러 간다 하니, 손님이 꽃을 꺾을 날이 바로 오늘밤이네요."

그리고 매월에게 이리이리하라고 지시하는 것이었다.

이날 밤에 장생 혼자 그 집을 찾아갔다. 창 아래로 한 그루 매화가 서있어 달빛 아래 꽃그림자가 하늘거렸다. 밤이 깊어 쥐 죽은 듯 고요한데, 오직 삽살개가 꽃 아래 서 있는 장생을 보고 짖어댔다. 매월이 개 짖는 소리에 문을 열고 나와서 장생을 방으로 안내해 들어갔다.

달이 창에 비쳐 방 안이 환하다. 조씨녀가 이불을 안고 누웠다가 깜짝 놀라 일어났다. 정색을 하고 준절히 거절하는 품이 결코 허락하지 않을

---

12 매월梅月 흔히 여종의 이름을 매월이라고 불렀다.

것 같더니, 은근히 달래는 말을 듣고는 완연히 눈길이 부드러워지고 말소리도 낮아졌다.

"매월아, 네가 날 팔았겠다. 죽일 년!"

하고 부끄러운 기색으로 화를 내 꾸짖는 것이었다. 같이 잠자리에 들자 정신이 아득하여 꾸짖던 소리가 끊어지고 애틋한 정은 누르기 어려웠다. 운우지락이 끝나자 여인은 매무새를 고치고 손으로 머리를 쓰다듬으면서 웃는 눈으로 장생을 보고 말했다.

"불쌍한 매월이 밖에서 떨겠네요. 어서 들어오라고 해요."

장생이 매월을 방으로 들어오라 부르고는 웃으며 그녀에게 말했다.

"죽일 년이라고 책망할 때는 언제고, 이제 와서 동정을 하오?"

그녀는 잔뜩 부끄러움을 머금고 대답이 없었다.

이윽고 물가 마을에 닭이 울고 동이 틀 무렵 손을 잡고 작별하는데, 목이 메어 말을 맺지 못했다.

그다음 날 뱃사공이 순풍이 일어 배 뜨기 좋다고 고해서, 장생은 배에 올라 이틀이 걸려 강진 땅에 당도했다. 서울에 도착해서 과거시험장에 들어가 재주를 겨루었으나 먹물을 마시고[13] 귀향했다.

전해 겨울에 승선해서 이듬해 5월에 비로소 고향으로 돌아온 것이다. 함께 표류했다가 살아온 일곱 명 중 넷은 이미 죽었고, 한 명은 병석에 누워 있다.

그 몇 년 뒤에 장생은 과거에 합격하여 고성 군수까지 지냈다.

---

13 먹물을 마시고 원문은 '飮墨'인데, 중국 육조시대 제齊나라의 고조高祖가 글을 못 짓는 자에게 먹물을 먹였다는 데서 유래하여 과거에 낙방함을 뜻하는 말.

● 작품 해설

『청구야담』에 '장생이 과거를 보러 떠났다가 넓은 바다에서 표류하다赴南省
張生漂大洋'라는 제목으로 수록된 것이다. 작중의 주인공 장한철은 실존 인물이
었으며, 내용 또한 그가 체험한 실제 사실이었다.

원래 장한철이 자신의 모험담을 기록했던바 제목을 '표해록漂海錄'이라 하였
다. 이 수기가『기리총화綺里叢話』의 작가 이현기李玄綺에게 입수되어 '장한철
표해록'이란 제목으로 옮겨졌고, 당초 일기 형식의 수기체를 벗어나 서사적으
로 다듬어졌다. 그러면서도 일인칭 형식을 유지하고 있었는데,『청구야담』으로
와서 삼인칭 서사로 바뀌었다. 이런 변용과정에서 산만한 느낌을 주는 대목들
이 삭감되었음에도 원작의 문장 표현까지 충실히 살려져 소설체로 전환된 것
이다. 요컨대 이 작품은 원체험자인 장한철의 수기로 성립, 이현기의 개작을 거
쳐『청구야담』편자에 의해서 삼인칭 서사로 정착되기에 이르렀다.

『동야휘집』의 「만리를 표류했다가 열 사람이 살아서 돌아오다漂萬里十人全還」
도 같은 내용으로, 문장 표현까지 비슷하면서도 개변이 되었다. 특히 장생이 관
계한 조씨녀를『청구야담』은 뒤에 어떻게 하였다는 말이 없으나,『동야휘집』에
서는 소실로 데려왔다는 말이 부연되어 있다.

장한철이 남긴 원기록『표해록』은 백영白影 정병욱鄭炳昱 선생이 발굴하여
『인문과학人文科學』제6집(1961)에 소개한 바 있다. 장한철이 영조 46년(1770)
12월 25일 제주도를 떠나 이듬해 5월 8일 제주도로 돌아오기까지의 일기체 형
식이다. 원작『표해록』과 구분하기 위해 여기서는 '표류기'라고 제목을 붙였다.

해양 표류라는 실제 체험의 기록인데, 전체로서 하나의 서사적 구성을 갖추
고 있다. 고난과 모험이 중첩되다가 위기의 극한에서 모험담은 결말에 이른다.
이 결말 대목에서 주인공이 미모의 여성을 만나 사랑을 이룬다. 여성의 등장은
그 앞의 분위기와 사뭇 달라서 엉뚱하다는 느낌을 주지만, 사랑을 이루는 과정
은 전기傳奇의 전형적인 방식이다. 작품이 제2부의 주제인 '성과 정'에 부합하
는 것은 아니나, 이 로맨스 대목에 비중을 주어서 여기에 포함시켰다. 한편 무
인도에 표착하여 바야흐로 생사의 위기에 처한 상황에서도 진주를 발견하자
서로 이해를 다투고 상거래를 하는 장면에서 인간의 자본주의적 성향이 노출
된다. 시대상의 반영으로 해석할 수도 있을 것이다.

이조한문단편집 1

초판 1쇄 발행 / 2018년 2월 20일

편역자 / 이우성·임형택
펴낸이 / 강일우
책임편집 / 정편집실
조판 / 박아경
펴낸곳 / (주)창비
등록 / 1986년 8월 5일 제85호
주소 / 10881 경기도 파주시 회동길 184
전화 / 031-955-3333
팩시밀리 / 영업 031-955-3399 편집 031-955-3400
홈페이지 / www.changbi.com
전자우편 / human@changbi.com

ⓒ 임형택 2018
ISBN 978-89-364-6043-3 94810
      978-89-364-6986-3 (세트)